AF307864

Dolores Mey lebt in Hessen. Gemeinsam mit ihrem Mann schreibt sie Geschichten, die das Leben hätte schreiben können. Heiter, spannend und immer auch romantisch.

DOLORES MEY

EIN *Weihnachts wunder* KOMMT SELTEN ALLEIN

Erstausgabe Dezember 2021

© 2021 dp Verlag ein Imprint der dp DIGITAL PUBLISHERS GmbH

Made in Stuttgart with ♥
Alle Rechte vorbehalten

Ein Weihnachtswunder kommt selten allein

ISBN 978-3-98637-227-9
E-Book-ISBN 978-3-96817-454-9

Covergestaltung: Miss Ly Design
Umschlaggestaltung: ARTC.ore Design
Unter Verwendung von Abbildungen von
shutterstock.com: © SunshineVector, © Sira Anamwong, © ecco
Lektorat: Astrid Rahlfs
Satz: dp DIGITAL PUBLISHERSn GmbH
Druck und Bindung: Books on Demand GmbH, Norderstedt

1

Juni 2013

Rebekka Marbert stand in ihrem Jugendzimmer vor dem Schrank und begutachtete sich skeptisch von allen Seiten in der Spiegeltür. Dabei strich sie über die hautenge dunkelblaue Jeans, in der ein gleichfarbiges Top aus festem Stretch steckte und zupfte die hellblaue Bluse, die sie offen darüber trug zurecht, um ihre füllige Oberweite zu kaschieren.

„Also ich weiß nicht … im Geschäft fand ich mich schöner."

Fragend drehte sie sich zu ihrer Mutter um, die es sich auf ihrem Bett bequem gemacht hatte und ihre Tochter ruhig betrachtete.

„Aber wieso denn?", reagierte Beate kopfschüttelnd und sprang auf. „Du siehst toll aus! Genau das Richtige für die Abifete." Sie stellte sich zu Rebekka. „Meine Herren, die Jeans sitzt ja wie angegossen – perfekt. Ich bin so froh, dass du dich endlich dafür entschieden hast, mal etwas Figurbetonteres zu tragen. Die Jungs werden Augen machen, da bin ich sicher … und die Mädchen auch. So haben sie dich wahrscheinlich noch nie gesehen."

„Ja ja, Specki-Becki traut sich was", brummte Rebekka vor sich hin und ließ mutlos die Schultern hängen.

„Was?"

„Sorry Mama, aber du hast echt keine Ahnung! Für dich habe ich eine klasse Figur. Ja schön, vielleicht war das früher mal so, aber heute ganz bestimmt nicht mehr. Du müsstest mal meine XXS-Klassenkameradinnen sehen. Die sind alle viel dünner und außerdem viel hübscher als ich. Für die bin ich mit meinen dicken Oberschenkeln, den runden Hüften und dem Riesenbusen einfach nur fett. So und jetzt weißt du auch, warum sie mich Specki-Becki nennen."

„Dicke Schenkel und Riesenbusen ... sag mal, spinnst du? Was redest du denn da?", brauste nun auch Beate auf. „Willst du dich etwa mit Frau Peters aus dem Erdgeschoss vergleichen? Bei der trifft diese Beschreibung nämlich wirklich zu. Aber doch nicht bei dir! Du hast weibliche Formen, ja gut, aber deswegen bist du noch lange nicht fett und unförmig."

Beate schüttelte entrüstet den Kopf. „Kann sein, dass meine Meinung nicht zählt, aber ..." Sie trat hinter ihre Tochter und umfasste demonstrativ Rebekkas schmale Taille. „Du bist ein hübsches Mädchen, gerade weil du nicht so dürr bist wie Sina, Mareike und wie sie noch alle heißen. Glaub mir, so manche Bohnenstange wird sich deine Figur noch wünschen. Keine Mode der Welt wird an gewissen Naturgesetzen je etwas ändern können ... aber das wirst du erst später verstehen."

„Ich lebe aber jetzt und nicht später", trotzte Rebekka.

„Lass gut sein, die Diskussion führt zu nichts ... äh ... sagt Clemens das auch?"

„Was?"

„Specki-Becki?"

„Nein. Für ihn bin ich geschlechtslos. Eben sein Kumpel – mehr nicht. Er redet über so was nicht. Wenn wir zusammen auftauchen, nennen sie uns Clecks und Becks.“

„Ah, verstehe. Clemens und Rebekka. Kein Wunder. Ihr seid ja auch meistens zusammen unterwegs. Und was ist, wenn das mal nicht so ist?“

„Dann bin ich Specki-Becki.“

Beate schüttelte den Kopf. „Das hast du nie erzählt …“

„Was hätte das bringen sollen?“

„Mein Gott, warum müssen Menschen nur so mies sein? Und das, obwohl du ihnen mit den Hausaufgaben so oft ausgeholfen hast. Weiß Clemens das?“

„Keine Ahnung … aber ich denke schon. Ohne ihn wäre alles noch unerträglicher gewesen. Mit ihm gehen sie nicht so um. Niemand. Nicht mal die Lehrer. Du kennst ihn … er schafft es doch immer, alle um den Finger zu wickeln.“

„Ja, das ist wohl wahr“, nickte Beate und lächelte. „Der Junge ist aber auch mit einem Charme gesegnet. Aber das alleine ist es natürlich nicht. Man merkt eben gleich, welche Umgangsformen er gewohnt ist. Dass beeindruckt die Leute, auch wenn er das gar nicht beabsichtigt.“ Beate hob den Daumen. „Aber du bist genauso gut erzogen. Meinst du, du hättest sonst all die Jahre in dieser Familie ein und aus gehen können? Ganz sicher nicht. Außerdem bist du hübsch und sehr klug, schließlich bist du meine Tochter“, zwinkerte sie aufmunternd, „und genau darauf solltest du stolz sein.“

„Ja ja, ich weiß Mama …“, verdrehte Rebekka genervt die Augen, „… vor allem klug. Ansonsten wären meine lieben Klassenkameraden noch mieser drauf gewesen.“ Rebekka zog eine Grimasse. „Wo ich doch immer so schön nützlich war …“

Beate machte ein bekümmertes Gesicht. „Es ist wirklich traurig. In letzter Zeit hört man immer mehr über das Thema Mobbing in der Schule. Wie gut, dass das nun vorbei ist. Sollen diese Wichtigtuer doch jetzt mal zusehen, wie sie durch die Prüfungen kommen, wenn ihnen keiner mehr dabei hilft. Sei froh, dass du sie heute das letzte Mal siehst." Sie seufzte. „Es ist ein Jammer, dass man das so sagen muss." Sie zupfte Rebekka lächelnd am Blusenärmel. „Übrigens steht dir das Hellblau ausgezeichnet. Es unterstreicht das Blau deiner Augen ganz wunderbar …" Sie sprach nicht weiter. Erschrocken registrierte sie, wie niedergeschlagen ihre Tochter plötzlich wirkte. „Kind? Hab ich was Falsches gesagt?"

„Nein, alles gut, Mama. Ich schaff das schon. Lass uns aufhören, darüber zu reden … bitte. Hilfst du mir noch beim Aufräumen?"

„Natürlich."

„Viel Spaß und macht euch einen schönen Abend", rief Beate eine Stunde später zum Abschied.

Ihre Worte hallten Rebekka in dem kahlen Flur des Hochhauses hinterher, während sie sich noch einmal zu ihrer Mutter umdrehte und ihr zum Abschied zuwinkte. Gedankenverloren tappte sie die Treppenstufen hinunter – drei Stockwerke. Den in die Jahre gekommenen Aufzug ließ sie unbeachtet. Sie wollte laufen, sich bewegen, doch vor allem brauchte sie den Moment für sich. Wenigstens die paar Minuten, bis Clemens und sein Vater sie abholen würden. Dass sie das Abitur mit einem hervorragenden Durchschnitt geschafft hatte – geschenkt. Rebekka kannte keine schlechten Noten. Das resultierte zum einen aus ihrem Ehrgeiz, verstehen zu wollen und zum anderen daraus, dass es ihr leichtfiel, zu begreifen und zu erinnern. Und dass jetzt ein neuer Lebensabschnitt anstand, der ihr bisheriges Leben auf den Kopf stellen würde – auch geschenkt. Darauf war sie vorbereitet. Am liebsten hätte sie Medizin studiert. Doch den heimlichen Wunsch, Ärztin zu werden, hatte sie inzwischen ad acta gelegt – er war trotz staatlicher Unterstützung zu langwierig und zu kostspielig. Ihre alleinerziehende Mutter würde mit ihrem mäßig bezahlten Job als Kassiererin nicht in der Lage sein, sie finanziell zu unterstützen. Und von BAföG allein ließ sich ein solches Studium einfach nicht finanzieren. Pragmatisch wie Rebekka war, nahm sie die Situation als gegeben hin und vertraute stattdessen auf die Möglichkeiten, die sich in anderen medizinischen Berufen ergaben. Nur dass sie ihren Freund und Schulkameraden Clemens, mit dem sie seit der vierten Klasse befreundet war, ab morgen kaum noch zu Gesicht bekommen würde, das machte ihr das Herz richtig schwer. Heute war die letzte Gelegenheit, ihn in ihrer Nähe zu haben. Wann sie sich das nächste Mal wiedersehen würden, wusste sie nicht, denn Clemens hatte vor, in Gießen zu studieren. Auch wenn es verrückt klang, aber sie vermisste ihn schon jetzt. Inzwischen lag die Pflichtschulzeit bereits ein paar Wochen zurück. Das Abitur war Geschichte und auch die Zeugnisse waren ausgehändigt. Nun sahen sie sich – meist aufgrund Rebekkas Initiative – nur noch sporadisch zum Treffen mit anderen Klassenkameraden in der Kasseler Innenstadt.

Es war die Art, wie Clemens mit ihr umging, mit der er sie von Anfang an in seinen Bann gezogen hatte. Allein wie er lachte und gestikulierte, sich die dunklen Locken aus der Stirn pustete und sich, wenn es darauf ankam, wie ein Professor auszudrücken wusste. Kein Wunder, sein Vater war schließlich einer. Clemens stammte aus einer angesehenen Akademikerfamilie. Das klang durch, egal wie schnoddrig er sein konnte. Überheblich war er deswegen nicht. Hatte er auch gar nicht nötig. Mit den dunklen Locken, die ihm, genauso wie die braunen Augen, ein leicht südländisches Aussehen verliehen, besaß er eine jungenhafte Ausstrahlung, die für seine Klassenkameraden, genauso wie für die Lehrer, unwiderstehlich war. Die Jungs wollten ihn zum Freund haben und die Lehrer sahen ihm einiges nach, was sie bei anderen nicht einfach so duldeten. In Clemens' Gegenwart hatte Rebekka das Gefühl, als würden winzige Funken seines Charmes auf sie überspringen und ihr ein wenig von seinem Glanz verleihen. Im Gegenzug dafür zog sie ihn, wenn es um die Erledigung der Schularbeiten ging, in ihrem Ehrgeiz mit, alle Aufgaben perfekt zu erledigen. Seit der Grundschulzeit war kaum ein Schultag vergangen, an dem sie nicht mit ihm nach Hause gegangen war, um dort den Nachmittag zu verbringen.

Im Gegensatz zu Clemens, dem das Leben alles in die Wiege gelegt hatte, was man sich nur wünschen konnte, kannte Rebekka nur den Alltag mit einer alleinerziehenden Mutter, die am Abend müde und abgespannt nach Hause kam. Früh hatte sie begriffen, sich selbst zu kümmern und sich zu arrangieren. In der Klasse hatte man Rebekka vor allem wegen ihrer

Klugheit geschätzt. Um wenigstens ein bisschen dazuzugehören, war sie bereit gewesen, ihr Wissen mit ihren Mitschülern zu teilen. Ihr war bewusst, dass man sie nur ausgenutzt hatte und sie nun, wo sie nicht mehr nützlich war, nicht sonderlich vermissen würde.

Clemens, der sich darüber noch nie Sorgen hatte machen müssen, würde ihre Gedankengänge nicht ansatzweise verstehen können. Er wäre aber erst recht geschockt, wenn er wüsste, was sie wirklich für ihn empfand. Nicht sehr verwunderlich, wo sie sich ihm gegenüber stets kumpelhaft gab. Dabei würde sie so gern mal mit ihm schäkern und flirten. So, wie es ihre Schulkameradinnen ganz selbstverständlich taten. Doch dafür war Rebekka viel zu schüchtern und vor allem zu feige. Überflüssig zu erwähnen, dass Clemens ein Mädchenschwarm war ... und sie das einzige Mädchen, von dessen Schwärmereien er nichts ahnte. Er würde es nicht mal in Erwägung ziehen, dass sie so fühlte. Sie wusste, auch ohne es ausgetestet zu haben, dass sie kein so zuckersüßes und spitzbübisches Lächeln zurückbekäme wie Lara. Dem Neuzugang aus der Parallelklasse starrte er seit neuestem ständig hinterher. Sie war im letzten Jahr aus Hannover zugezogen und eine furchtbar eingebildete Zicke. Alle Jungs waren hinter ihr her, himmelten sie an und taten, als sei *Ariana Grande* höchstpersönlich aus Los Angeles angereist. Es enttäuschte Rebekka maßlos, dass auch Clemens auf sie hereinfiel. Okay, Lara sah wirklich mega gut aus. Nur wusste sie das auch und verhielt sich entsprechend.

Verdammt! Rebekka haderte mit ihrem Schicksal. Warum konnte sie nicht genauso hübsch sein? Dann würde Clemens sie bestimmt ebenso anschauen. Doch er bemerkte ja nicht mal, wenn sie ein neues Brillengestell hatte. Wie sollte er da ahnen, dass sie seit der Klassenfahrt, die über zwei Jahre zurücklag, davon träumte, mehr als nur sein Kumpel *Becks* zu sein.

Rebekka atmete schwer. Mit ihrer genetischen Veranlagung würde sie nie eine Gazelle werden. Damit hatte sie sich notgedrungen abgefunden. Aber eines wusste sie, auch wenn Sina, Mareike und Bianca das ums Verrecken niemals zugeben würden: auf ihre schmale Taille, da waren die XXS-Hungerhaken in Stricknadeloptik schon neidisch. Sie dachte an Sina, mit der sie nur dann vernünftig reden konnte, wenn sie mal wieder nicht kapiert hatte, worum es im Unterricht ging – was ziemlich häufig vorkam. Auch so eine blöde Kuh, die ihr ständig mitleidig auf die Oberschenkel starrte. Ach wäre das schön, wenn Dummheit hässlich machen würde ... Sina könnte sich ab sofort nur noch in Vollverschleierung unters Volk begeben. Rebekka seufzte erneut und nahm die Stufen in die erste Etage. Insgeheim wünschte sie sich nichts sehnlicher, als genauso dünn und zart zu wirken wie die hohlköpfige Sina. Es war einfach nicht zu glauben ... obwohl Sina keine drei Sätze ohne *Echt jetzt? Oh, das ist ja soo cool* oder *Ich find das soo mega* sagen konnte, rannten ihr die Jungs wie blöd hinterher. Waren die alle taub? Wenigstens zählte Clemens da nicht dazu.

Rebekka blieb stehen. Sie war im Erdgeschoss angekommen und betrachtete sich im schmalen Glasfenster des Aufzugs. Ob Clemens bemerken würde, dass sie heute anders aussah? Dass sie keine Basecap und keine schlabbrige Latzhose trug? Sie hatte jeden Cent für neue Klamotten zusammengekratzt und setzte nun ihre ganze Hoffnung darauf, dass ihm das auffiel. Und darauf, dass er sie nicht länger als ein geschlechtsloses Neutrum, sondern auch als Mädchen wahrnahm, mit dem man gleichzeitig flirten und durch dick und dünn gehen konnte. Es stimmte wirklich, dass die hellblaue Bluse die Farbe ihrer tiefblauen Augen zum Strahlen brachte – das einzig wirklich Schöne an ihr, wie Rebekka fand. Und auf ihre langen, dichten Wimpern waren die Mädels sowieso alle neidisch. Sie hatte es nämlich nicht nötig, sich künstliche anzukleben. Da reichte ein bisschen Wimperntusche allemal. Leider war da aber noch die verhasste Brille. Für Kontaktlinsen hatte ihr bis jetzt der Mut gefehlt. Sogar mit ihren widerspenstigen Haaren konnte sie sich heute anfreunden. Sie hatte eine Ewigkeit dafür gebraucht, sie einigermaßen in den angesagten Schnittlauch-Look zu bekommen. Mittelscheitel und superglatt, so, wie alle Mädels jetzt frisiert waren. Aber besonders gefiel ihr, dass sie schlanker wirkte als sonst.

Ein letztes Mal strich sie sich eine lange aschblonde Strähne aus der Stirn und holte tief Luft. Nein, mehr gab es jetzt wirklich nicht zu tun. Mit einem flauen Gefühl im Magen verließ sie das Gebäude.

Ringsherum sah man nur hässliche Hochhäuser, zwischen denen eine sanfte Abendbrise wehte. Alles wirkte trist und öde, da halfen auch die vereinzelten Bäume und Sträucher nichts, die man erst in den letzten Jahren nach und nach angepflanzt hatte. Kein Vergleich zu der Wohngegend, aus der Clemens stammte – Bad Wilhelmshöhe, Kassels Stadtviertel für die Upperclass.

Als hätte sie mit diesem Gedanken die schwarze Mercedes-Limousine herbeigerufen, bog der Wagen um die Ecke. Rebekkas Herzschlag kam ins Stolpern. Entschlossen, sich das nicht anmerken zu lassen, schluckte sie ihre Scheu herunter und setzte einen unbekümmerten Gesichtsausdruck auf, um überrascht zu entdecken, dass ihre Klassenkameraden Fabian und Franziska auf der Rückbank saßen. Seltsam, warum wusste sie davon nichts? Zu blöd. Aber andererseits war es so typisch für Clemens. Er würde die ganze Stadt mitfahren lassen, wenn er damit jemandem einen Gefallen tun könnte.

Carsten Lorentz, Clemens' Vater, lenkte den Wagen auf den Randstreifen und ließ sie hinten einsteigen.

„Na, schon aufgeregt?", wollte er mit Blick in den Rückspiegel wissen, während Rebekka neben Franziska Platz nahm.

„Ja, ein bisschen schon. Danke, dass Sie mich mitnehmen."

„Keine Ursache." Er fuhr los.

„Hey, du siehst ja toll aus! Echt coole Klamotten." Franziska hob den Daumen.

Nun drehte sich auch Clemens, der vorn auf dem Beifahrersitz saß, zu ihr um und musterte sie prüfend. Sein Blick blieb an ihrer neu erworbenen Handtasche hängen. „Oje, noch eine, die mit so einem unförmigen Koffer rumrennt", verdrehte er theatralisch die Augen.

Tatsächlich war die Tasche viel auffälliger, als der Stoffrucksack, den sie normalerweise mit sich herumschleppte.

„Clemens!", tadelte sein Vater.

„Ist ja schon gut. War nicht so gemeint. Ja, ich weiß, Cathi und Mama finden die Dinger auch total cool. Dachte halt, dass Becks anders ist."

Rebekka ließ seine Worte sacken und starrte aus dem Fenster. Von der Welt da draußen nahm sie jedoch nichts wahr. Sollte das schon die Antwort auf ihre Frage sein? Wenn er noch nicht einmal realisierte, dass auch sie weibliche Interessen hatte. Würde es überhaupt Sinn machen, ihm ihre Gefühle zu offenbaren? Heute? Wo sich so viele aus ihrer Schule zum Abifest versammelten und nur darauf warteten, dass sich irgendjemand blamierte?

Hi hi! Everybodys Darling Clemens gibt die Pflegschaft für Streber-Specki-Becki überraschend auf. War ja klar, dass das irgendwann mal fällig war.

Nein, so weit würde Rebekka es nicht kommen lassen. Seine Freundschaft konnte ihr keiner nehmen und dass sie es innerlich zerriss, ihm so nahe zu sein, ohne ihn wirklich berühren zu können, ging niemanden etwas an. Spätestens wenn er sein Studium antrat, würde sie ihn endgültig an ein viel hübscheres Mädchen verlieren. Davon war sie überzeugt.

Nach einer kurzen Fahrt tauchte das abgezäunte Messegelände, in dessen Hallen die überregionale Abifete stattfand, vor ihnen auf. Ein Auto nach dem anderen fuhr vor und auch genauso schnell wieder ab, um Platz für das nächste zu machen.

Kaum dass der Wagen vor dem Gelände anhielt, öffnete Clemens auch schon die Tür. Den Geldschein, den ihm sein Vater hinhielt, schob er sich tief in die Hosentasche.

„Fürs Taxi heute Nacht." Carsten verabschiedete seinen Sohn mit einem freundschaftlichen Klaps.

„Danke, Dad", rief Clemens im Aussteigen und stürmte los.

Bevor Herr Lorentz wieder losfuhr, nickte er Rebekka zum Abschied zu und hielt kurz ihren Blick fest. Sie wusste, was er ihr damit sagen wollte: das Gleiche, was er immer zu ihr sagte, bevor sie gemeinsam auf Strecke gingen: *Melde dich bitte, wenn es Probleme gibt.*

Fabian bedankte sich ebenfalls hastig und beeilte sich, seinem Freund hinterherzukommen. Auf die beiden Mädels achtete auch er nicht und bemerkte deshalb natürlich genauso wenig, wie entgeistert sie den Jungs hinterherstarrten – besonders Rebekka.

„Ey Alter", japste Fabian, „bist du auf der Flucht oder warum hast du's so eilig? Vielleicht weihst du mich mal in deine Pläne ein, Mann!"

Clemens warf seinem Freund einen Blick über die Schulter zu. „Da gibt's nichts einzuweihen. Das geht klar. Nun komm gefälligst. Ich muss in Halle drei, da spielt eine Band, die will ich sehen. Hab schon viel von denen gehört."

„Und die Mädels wollen da nicht hin?" Fabian sah ihn verständnislos an.

„Nee. Soviel ich weiß, nicht." Clemens krümmte sich bei der glatten Lüge innerlich. „Becks wollte mit Meike und Franziska abhängen, mehr weiß ich nicht. Ist doch klar, oder? Die wollen sich vielleicht auch mal ein bisschen *umsehen?*" Er malte Anführungszeichen in die Luft, bevor er seinen Blick umherwandern ließ.

Allmählich wurde er ruhiger. Rebekka und Franziska waren ihnen offensichtlich nicht gefolgt. Gott sei Dank! Sein Plan ging auf. Es war das erste Mal seit einer Ewigkeit, dass es ihm lieber war, wenn Rebekka etwas ohne ihn unternahm. Bei aller Freundschaft, die ihn mit ihr verband – es fiel ihm schwer, ihr zu beichten, dass er sie jetzt nicht an seiner Seite gebrauchen konnte. Oft war das Gegenteil der Fall gewesen, vor allem dann, wenn ihm die giggelnden Mädchen zu nahe auf die Pelle gerückt waren. Doch heute Abend würde sie ihm mit ihrer Anwesenheit nur die Tour vermasseln. Seit Tagen konnte er an nichts anders mehr denken als an Lara Resch. Boah, war die heiß. Und so, wie sie ihn ansah, ging es ihr genauso. Bisher hatte er sich mit den Mädchen in der Schule zurückgehalten, war froh, dass Rebekka, die meistens an seiner Seite war, Schutz bot. Mit ihrer Gegenwart hatte sie bewirkt, dass die Hühner ihn in Ruhe gelassen hatten. Allerdings hatte das in letzter Zeit einige Mädels trotzdem nicht davon abgehalten, nachmittags bei ihm daheim anzurufen. Dort mussten ihn dann meistens seine Mutter oder seine Schwester Cathi retten.

Clemens schätzte Rebekka sehr. Sie war sein Kumpel, irgendwie sogar sein bester *Freund* – auch wenn sie kein Junge war – und seine enge Vertraute. Aber er brachte es einfach nicht fertig, ihr zu sagen, dass er auf Lara scharf war. Er wusste selbst nicht, warum das so war. Es fühlte sich falsch an und änderte die Situation zwischen ihnen kolossal. Natürlich würde er es ihr irgendwann sagen. Aber erst dann, wenn die Sache mit Lara ernst würde. Im Moment gab es dazu noch keinen Grund. Außerdem war es für Rebekka ohnehin besser so, mal allein unterwegs zu sein. Bestimmt gab es auch einen Typen, den sie gern aufreißen würde.

Auf der Suche nach der richtigen Halle preschte Clemens voran. Er wühlte sich durch die Massen von feierwütigen Gleichaltrigen und fand Lara schließlich inmitten ihrer Klassenkameraden. Allen voran den Jungs, die ihr gefallen wollten, das war offensichtlich. Als sie ihn entdeckte, huschte ein besonderes Lächeln über ihr Gesicht und Clemens wusste instinktiv, dass die anderen keine Chance hatten. Na bitte! Sollten die doch so viel baggern, wie sie wollten. Sie gehörte ihm. Seit sie sich vor ein paar Tagen zufällig im Sekretariat begegnet waren, bahnte sich dieser Moment an.

Lara löste sich aus der Gruppe und kam langsam auf ihn zu. Clemens konnte sich ein glückliches Grinsen, das sich von einem Ohr zum anderen zog, nicht verkneifen. Jeglicher Gedanke an Rebekka und sein damit verbundenes schlechtes Gewissen verblasste. Selbst an Fabian dachte er nicht mehr. Das schien der zu bemerken, so wie er ihn gerade am Arm zog.

„Hey! Hältst du mich für bescheuert? Wo ist denn jetzt diese phänomenale Band, von der du geschwafelt hast?" Er deutete auf riesige Lautsprecher, aus denen gängige Songs aus den Charts dröhnten. Fabian hielt inne, als sein Blick auf Lara fiel, die interessiert zu ihnen herüberstarrte.

„Ah, jetzt kapier ich das!" Er schlug sich mit der flachen Hand auf die Stirn. „Alles klar. Wird besser sein, ich mach die Fliege. Weiß Rebekka, dass du auf Lara stehst?"

„Hä? Was hat denn das mit ihr zu tun?"

Sichtlich entgeistert starrte Fabian seinen Kumpel sekundenlang an und zuckte dann gleichgültig mit den Schultern. „Musst du wissen. Geht mich nix an ... ich mach 'n Schuh und geh Yannik suchen." Als würde er salutieren, tippte er sich an die Stirn. „Du weißt, wo du uns findest."

Clemens nickte, ohne richtig zugehört zu haben. Alles, was ihn interessierte und worauf er sich konzentrieren konnte, war Lara. Wie im Tunnelblick verschwanden die Leute ringsherum um sie in einem grauen Feld. Lara schien es ähnlich zu gehen, denn sie kam ihm entgegen und lächelte ihn verheißungsvoll an. Sie war so verdammt verlockend, dass ihm schwindlig wurde.

„Hi, da bist du ja", strahlte sie ihn an und ließ sich von ihm in den Arm ziehen.

„Ja, ging nicht eher. Bin nicht allein gekommen." Clemens nahm ihre Hand, visierte einen freien Stehtisch am äußersten Rand der Tanzfläche an und ignorierte die missgünstigen Blicke von zwei Typen, die eben noch bei ihr gestanden hatten.

„Was willst du trinken? Ich hol uns was." Seine Augen versenkten sich in ihren und er hatte das Gefühl, die Luft vibrierte.

Die Antwort hauchte sie ihm ins Ohr, wobei sie ihn mit den Lippen berührte. Clemens überlief es heiß und kalt, so sehr erregte ihn diese Andeutung einer Berührung. Auf dem Weg zur Bar hatte er Mühe, seine überbordenden Gefühle zu sortierten, die ihm aus allen Poren kamen. Scheiße, am liebsten würde er mit ihr wohin gehen, wo sie allein sein konnten. Aber den Mut, ihr das zu sagen, hatte er nicht.

Mit einem Bier und einer Cola kam er zurück zum Tisch und beschloss, bei der nächsten Gelegenheit mit ihr zu tanzen, um ihr wenigstens auf die Art etwas näher zu kommen.

Lara musste ähnliche Gedanken haben. Dicht gedrängt stand sie neben ihm, schlürfte an ihrer Cola und sah ihm dabei zu, wie er das Glas zum Mund führte. Da man sein eigenes Wort nicht verstehen konnte, verzichteten sie aufs Reden und verschlangen sich stattdessen nur mit Blicken.

Als endlich sanftere Töne aus den Boxen dröhnten, ergriff Clemens entschlossen ihre Hand, um sie auf die Tanzfläche zu ziehen. Auf dem Weg dorthin glaubte er, Rebekka in der Menge erkannt zu haben, doch so schnell, wie der Gedanke gekommen war, so schnell war er auch wieder weg. Sein ganzes Denken war von Lara bestimmt.

Als sie sich dann mit geschlossenen Augen an ihn schmiegte und sich mit ihm im Gleichklang der Schmusemusik bewegte, fühlte sich Clemens wie im siebten Himmel.

„Was hältst du davon, wenn wir von hier abhauen?", hörte er Lara plötzlich an seinem Ohr sagen. „Ich würde viel lieber mit dir alleine sein."

Clemens, der es selbst nicht gewagt hätte, so schnell voranzupreschen, riss überrascht die Augen auf und blickte prompt in die finsteren Mienen von Laras Klassenkameraden, die offenbar immer noch beleidigt waren. Liebe Güte, was war daran nicht zu verstehen, dass Lara sich entschieden hatte? Und zwar für ihn. Wie lange wollten die denn noch blöd gaffen?

„Gute Idee." Clemens streifte Laras Wange mit den Lippen und zog sie demonstrativ näher zu sich heran. Wenn das nicht Aussage genug war, wusste er es jetzt auch nicht mehr. „Okay. Lass uns austrinken und dann hauen wir ab."

Voller Euphorie leerten sie ihre Gläser, aus denen sie zuvor nur genippt hatten, in einem Zug und bahnten sich einen Weg durch die Menge nach draußen. Clemens, der Laras Hand fest umklammert hielt, lief voraus und überlegte, wo er jetzt mit ihr hingehen konnte.

Es geschah von einer Sekunde auf die andere. Clemens wurde plötzlich seltsam schwindlig und er hatte Mühe, sich zu orientieren. Wahrscheinlich lag es daran, dass sie im Freien angekommen waren und er frische Luft einatmete.

Lara studierte besorgt sein Gesicht. „Clemens! Was ist mit dir? Geht's dir nicht gut?"

Rebekka, die nach einem Rundgang, den sie vor ihren Freunden mit einem Toilettengang begründet hatte, zurückkam, wusste nun, warum Clemens es so eilig gehabt hatte. Lara! Ihr war zum Weinen zumute, doch sie riss sich gezwungenermaßen zusammen. Schließlich ahnte niemand etwas von ihren wahren Gefühlen für ihn. Fabian, der allein zum vereinbarten Klassentreff zurückgekommen war, hatte kein Wort über Clemens' Abwesenheit verloren. Auch Yannik – er gehörte genau wie Fabian zum engeren Kreis von Clemens' Freunden – erwähnte ihn mit keiner Silbe. Rebekkas Verdacht verdichtete sich, dass er nur sie nicht in seine Pläne eingeweiht hatte. War ja klar, wenn es darauf ankam, war ein Kumpel eben mehr wert als eine Kumpeline. Erst nachdem Marius, ebenfalls ein Klassenkamerad, nach ihm fragte, hatte Fabian eine fadenscheinige Erklärung abgegeben: Clemens sei unterwegs und würde Kumpel treffen.

Na klar – *Kumpel!* Zum Knutschen, oder was?

Rebekka schluckte ihren Frust hinunter und tat das Einzige, was ihr Freude bereitete: Tanzen. Erstaunt bemerkte sie, dass Marius sich ihr anschloss – wortlos. Er spielte in einer Fußballmannschaft und war bei den Mädchen ähnlich begehrt wie Clemens. Sie wunderte sich, dass ausgerechnet er ihre Nähe suchte und nicht die ihrer Klassenkameradinnen. Jetzt sah er sie an, als wollte er ihr etwas sagen und bewegte sich an zwei Tänzerinnen vorbei auf sie zu. Doch seltsamerweise hörte sie nicht ihn ihren Namen rufen. Durch den stampfenden Beat der Musik schrie jemand anderer. Gleich darauf spürte sie eine Hand auf ihrem Arm. Abrupt drehte sie sich um und erkannte Fabian, der sich zu ihr herabbeugte und ihr ins Ohr brüllte: „Mensch, warum gehst du denn nicht mal an dein Handy?"

Sie blieb stehen und bedachte ihn lediglich mit einem genervten Blick. *Hatte der sie noch alle?*

„Was gibt's denn so Dringendes?" Sie wich einem Typen aus, der wie wild tanzte und dabei mit den Armen umherwedelte. „Und wie sollte ich das hier hören?"

„Ja ja, schon gut. Bitte, du musst unbedingt mitkommen." Er umfasste ihren Oberarm und sah sie dabei geradezu flehentlich an.

„Ich? Wieso?" Rebekka wich erneut einem Tänzer aus und erntete einen bösen Blick dafür, dass sie mitten auf der Tanzfläche Diskussionen führte. Auch Fabian erkannte, dass sie störten, und bahnte sich einen Weg zu den Stehtischen. Notgedrungen folgte sie ihm, zog ihr Smartphone aus der Gesäßtasche und entdeckte im Display die Anzahl seiner fehlgeschlagenen Anrufe.

„Was ist denn los?", fuhr sie ihn an, als sie an der etwas ruhigeren Theke angekommen waren.

„Mit Clemens stimmt was nicht. Es geht ihm nicht gut …"

„Und was hab ich jetzt damit zu tun? Bist du sicher, dass ich da die Richtige bin, die du um Hilfe bittest? Er hat mich doch den ganzen Abend nicht gebraucht."

„Ach komm, jetzt sei nicht so … du kennst ihn doch."

Da bin ich mir nicht mehr so sicher.

„Und? Was soll ich deiner Meinung nach tun, was du nicht auch könntest? Wo ist er überhaupt?"

„Du musst ihn heimbringen."

„Ach, und das kannst du nicht?"

„Doch, könnte ich schon, aber … bitte komm! Ich hab ihn draußen im Eingangsbereich auf eine Bank gesetzt. Keine Ahnung, wie viel er getrunken hat … muss 'ne ganze Menge gewesen sein, so voll wie der ist."

„Hä? Du willst mich doch veräppeln!"

„Nein. Es gibt Sachen, über die mach ich keine Scherze. Komm mit, dann wirst du's selbst sehen." Fabian packte sie so energisch am Arm, dass Rebekka gerade noch ihre Tasche schnappen konnte, die über einem Hocker hing.

Das Bild, das Clemens bot, erschreckte Rebekka dann doch.

Sie fanden ihn im Außenbereich vor den Ausgängen allein auf einer Bank sitzend vor. Den Kopf in den

Händen abgestützt, bewegte er sich mit dem ganzen Körper merkwürdig hin und her, so als würde er sich selbst beruhigen müssen und sah erst auf, als sie vor ihm standen.

„Hey, warum lasst ihr mich so lange alleine?", rief er euphorisch und blinzelte die beiden an, als könnte er sie nicht richtig erkennen. Dann schnappte er sich Rebekkas Hand und hielt sie fest. Sie suchte Fabians Blick.

„Glaubst du mir jetzt?", flüsterte der.

Entgeistert nickte sie. Bei keiner einzigen Klassenfete hatte sie Clemens jemals in einer solch seltsamen Verfassung erlebt. Und Alkohol hatte auch da zur Verfügung gestanden.

„Komm! Wir gehen." Sie hielt Clemens die Hand hin und bemerkte Fabians Erleichterung. Hinter ihm tauchte ein Mädchen auf. Erst jetzt fiel Rebekka auf, dass das Mädel schon die ganze Zeit in Fabians Nähe ausgeharrt hatte und sie begriff, warum *er* seinen guten Kumpel nicht heimbringen konnte. Sie seufzte. Obwohl sie von Clemens' Vertrauensbruch tief enttäuscht war, brachte sie es dennoch nicht fertig, ihn jetzt im Stich zu lassen. Echte Kumpel taten so etwas eben nicht. Entschlossen zog sie ihn von der Bank hoch und fuhr überrascht zusammen, als er sie aus der Bewegung heraus umarmte und sich an sie schmiegte. Liebe Zeit! Das tat er doch sonst nie!

Fabian legte ihr die Hand auf die Schulter und sah sie dankbar an. „Natürlich hätte ich ihn auch heimgebracht, aber du bist mit seiner Familie doch viel vertrauter ..."

„Schon gut. Aber hör auf, mich zu verarschen. Der Grund, warum du hierbleiben willst, ist blond und wartet da hinten auf dich." Sie deutete mit dem Kinn in Richtung des Mädchens. Fabians schuldbewusster Gesichtsausdruck sprach Bände.

„Alles klar. Ich kümmere mich", winkte Rebekka ab und dachte daran, was sie Clemens' Vater wortlos zugesagt hatte. „Das habe ich seinen Eltern versprochen."

Suchend sah sie sich um und atmete erleichtert aus, als sie die Schlange wartender Taxis am Straßenrand ausmachte.

Nachdem Rebekka dem Fahrer erklärt hatte, dass ein Notfall vorlag, weil – okay, das war frei erfunden – Clemens Diabetiker sei und dringend Insulin brauche, was er zu Hause vergessen habe, nahm er den schnellsten Weg zur Lorentz-Villa. In diesen wenigen Minuten ging sie durch ein Wechselbad der Gefühle. Trotz der enormen Enttäuschung schaffte sie es nicht, länger böse auf Clemens zu sein. Schon gar nicht, wenn er so anhänglich und verschmust war. Nie zuvor hatte sie ihn so erlebt. Sie konnte sich nicht erinnern, dass er sie, abgesehen von dem einen Mal auf der Klassenfahrt, überhaupt jemals umarmt hatte. Und nun hielt er sie fest, als wollte er sie nie mehr loslassen. Dabei kam ihm kein Laut über die Lippen und er wirkte, als würde er jeden Moment einschlafen. Ihr Verstand riet ihr, in seine Anschmiegsamkeit nicht zu viel hineinzuinterpretieren. Doch ihr törichtes, sehnsüchtiges Herz, das seit einer gefühlten Ewigkeit nach seinen Zärtlichkeiten lechzte, genoss jede Sekunde mit ihm und weigerte sich, sein Verhalten in einem realistischen Licht zu betrachten.

Rebekka zahlte das Taxi aus eigener Kasse. Glücklicherweise war der Fahrer mit zehn Euro zufrieden. Ihrem letzten Geld. Nun standen sie vor der Haustür. Ihr

Versuch, sich von Clemens zu lösen, scheiterte. Seine Arme umklammerten sie wie ein Krake. Als er keine Anstalten machte, den Haustürschlüssel aus seiner Jackentasche hervorzuholen, griff sie kurzerhand hinein, zog den Schlüssel hervor und schloss die Tür auf.

Es war bald Mitternacht und stockdunkel in der Villa. Clemens' Schlafzimmer befand sich in einem Flügel im Erdgeschoss. Rebekka tastete nach dem Lichtschalter und zog ihn mit.

„Komm, ich bringe dich rasch in dein Zimmer", flüsterte sie. „Du weckst sonst noch das ganze Haus auf."

„Aber du gehst nicht gleich wieder weg", raunte er an ihrem Hals.

Rebekka wurde heiß und kalt. Was war das jetzt gerade? Wie kam es, dass er ihr plötzlich solche zärtlichen Worte zuflüsterte? Sein Griff um ihre Schulter wurde fester. War er nicht eben noch total müde und apathisch gewesen?

Sie vermied es, ihm zu antworten, wollte um keinen Preis Aufsehen erregen. Leise öffnete sie seine Zimmertür, schaltete das Flurlicht aus und betrat das Zimmer, das von der Straße her ein wenig von einer Laterne ausgeleuchtet wurde, und schloss die Tür. Ehe sie sich versah, hatte er sie mit zu seinem Bett gezogen, ließ sich mit ihr darauf fallen und begrub sie halb unter sich.

„Clemens! Was tust du?"

„Ich will dich anfassen ... dich berühren. Du fühlst dich so verdammt gut an." Mit einem Mal waren seine Hände überall. „Bleib hier, bitte! Bei mir. Ich will jetzt nicht alleine sein. Ich ... ich brauch dich so, will dich so sehr ... du hast überhaupt keine Ahnung, wie sehr ... komm, du willst das doch auch ..."

Ohne Vorwarnung begann Clemens, sie überall zu küssen. Zuerst hauchte er ihr nur zarte Küsse auf Wangen und Hals, doch dann legte sich sein Mund auf ihren. Rebekka glaubte zu träumen. All das, worüber sie seit einer Ewigkeit phantasiert hatte, geschah nun auf einmal. Ihre Zungen berührten sich. Berauscht vor Seligkeit ließ Rebekka sich mitreißen. Oh Gott, war das schön, ihn so zu erleben. Als sie seine Erektion bemerkte, wusste sie, dass es jetzt kein Zurück mehr gab. Was für ein Segen, dass sie schon seit zwei Jahren die Pille nahm. Hauptsächlich aus medizinischen Gründen – sie war noch Jungfrau und Clemens der erste Mann, der ihr überhaupt so nahe kam. Sie wünschte sich nichts mehr, als dass er ihr erster Liebhaber wurde. Ihr Körper kribbelte vor Erregung und sie wollte ihn endlich ganz nah und in sich spüren. Sie träumte schon so lange davon. Ihr Herz pochte laut, als sie sich in Höchstgeschwindigkeit ihrer Kleidung entledigten. Clemens schien nicht mehr ganz so unschuldig zu sein, wie sie vermutet hatte. Zielstrebig erforschten seine Hände ihre erogenen Zonen und ging dabei ziemlich forsch vor. Er sprach nicht mehr, sondern küsste sie nur gierig, während seine Finger ihre feuchte Hitze fanden und in sie eindrangen. Als Rebekka sein Gewicht auf sich spürte, war sie bereit für ihn. Er verlor keine Zeit, drang heftig in sie ein und begann zu stoßen. Den kleinen Schmerz, den sie verspürte, atmete sie weg und ließ es geschehen. Doch ihre Erregung verpuffte. Allein dass Clemens ihr so nahekam, entschädigte sie für den Moment. Mit einem heißeren Stöhnen ergoss er sich in ihr, küsste sie und entzog sich. Seufzend rollte er sich zu Seite und blieb mit geschlossenen Augen reglos neben ihr liegen.

„Oh Mann, Lara, du fühlst dich so verdammt gut an ...“

Stille.

An der Art, wie er atmete, erkannte sie, dass er sofort eingeschlafen sein musste. Rebekka gefror das Blut in den Adern und vor Entsetzen wurde ihr augenblicklich schlecht. *Lara!*

Völlig desillusioniert richtete sie sich auf. Vor Scham und Enttäuschung schossen ihr die Tränen in die Augen. Konnte es wirklich sein, dass er sie die ganze Zeit für diese Lara gehalten hatte? Wie war das möglich? Er ... er war doch gar nicht mehr so betrunken gewesen!

Leise vor sich hin schluchzend sammelte sie im Turbogang ihre Sachen zusammen, zog sich an und verließ auf Zehenspitzen das Haus.

2

Am nächsten Tag erwachte Clemens nach einem tiefen, traumlosen Schlaf erst am späten Nachmittag. Mit extrem trockener Kehle und dem Smartphone in der Hand tapste er barfuß in die Küche, wo er auf seinen Vater traf, der sich einen Kaffee brühte.

„Auch einen?", deutete Carsten auf die Tasse in seiner Hand.

„Nee, erst mal nur Wasser." Clemens verzog das Gesicht und fasste sich an die Stirn, hinter der ein nagender Schmerz pochte.

„War wohl eine lange Nacht, was? Ich habe dich gar nicht heimkommen hören ... habt ihr euch gut amüsiert?"

„Hm, glaub schon ... äh, haben wir so was wie Schmerztabletten im Haus? Ich hab tierische Kopfschmerzen ..."

„Setz dich. Ich hol dir was Besseres. Schmeckt nicht, hilft aber bestens gegen deinen Kater. Was hast du denn um Himmels willen alles getrunken? Das kenne ich ja gar nicht von dir."

Carsten ging und kam mit einer Brausetablette wieder, die er in einem Glas Wasser auflöste.

Clemens saß am Tisch und stützte sich den Kopf. „Ich ... ich weiß nur noch, dass ich mir ein Bier bestellt hab. Mein letzter Stand ist, dass ich nur ein paar Schlucke getrunken habe … aber davon kriegt man doch nicht so einen Brummschädel … hm, versteh ich nicht." Er schüttelte den Kopf und sah seinen Vater entgeistert an. „Ehrlich gesagt weiß ich gar nichts mehr."

„Auch nicht, wie du nach Hause gekommen bist?"

„Nee."

„Hört sich seltsam an. Da solltest du mal deine Freunde zu befragen. Bestimmt wissen die was."

„Das will ich hoffen."

Mit angewiderter Miene trank Clemens die aufgelöste Brausetablette und stürzte gleich noch ein Glas Wasser hinterher. „Igitt, was ist das denn für ein Zeug?"

Carsten lachte nur und ließ seinen Sohn alleine.

Clemens zog das Handy aus der Hosentasche und entdeckte eine Sprachnachricht von Lara, in der sie sich dafür entschuldigte, dass sie nicht mehr für ihn hatte tun können und ihn fragte, ob es ihm wieder besserginge. Er strich sich über die Stirn. Glücklicherweise ließen die Kopfschmerzen allmählich nach. Verdammt, jetzt wollte er aber genau wissen, was da los gewesen war und warum er sich an nichts erinnern konnte. Er wählte Fabians Nummer und atmete erleichtert auf, als der prompt abnahm.

„Hey Fabi, kannst du mir mal erzählen, wie ich heute Nacht heimgekommen bin? Ist mir echt peinlich, weil ich keinen Schimmer hab, aber ich kann mich echt an überhaupt nichts mehr erinnern …"

„Mann Alter, mir steht jetzt noch der Schweiß auf der Stirn. So wie du drauf warst … so hab ich dich ja noch nie erlebt. Du warst so was von breit …"

„Was? Tickst du noch ganz richtig? Ich hatte höchstens 'n halbes Bier!"

„Sicher? Du hast gelallt und konntest kaum noch geradestehen ... hast dich an Lara geklammert und ... wolltest sie vor allen Leuten abknutschen. Mann, das Mädel war total überfordert. Sie wusste sich überhaupt keinen Rat mehr. Ich war zufällig mit Janina auch draußen ... Mann Alter, ich dachte erst, du willst mich verarschen! Lara hat mich gebeten, ihr zu helfen ...“

„Oh Scheiße, dann hab ich es wohl mit ihr vergeigt ...“

„Äh ... nein, das glaub ich nicht“, kam es von Fabian zögerlich, „na ja, sie meinte nur, dass es besser wäre, wenn du dich bei ihr melden würdest, wenn du wieder fit wärst.“

„Dann hast du mich heimgebracht“, folgerte Clemens.

„Nee, das hat Rebekka übernommen ... Mann, endlich läuft bei mir was mit Janina, da wollte ich doch nicht gleich wieder weg.

„Oh Scheiße! Rebekka war bestimmt auch nicht begeistert, oder?“

„Na ja ... nein, war sie nicht. Aber sie war auch total geschockt, als sie dich so gesehen hat. Sie hat nur gemeint, dass sie es deinen Eltern versprochen hätte, ein Auge auf dich zu haben“, umschiffte Fabian die Wahrheit.

„Ich versteh das nicht. Wie kann denn das sein, dass man nach einem Glas Bier so drauf ist? Ich vertrage doch sonst mehr und gegessen hatte ich auch was.“

„Für mich hört sich das ganz klar danach an, als wenn dir jemand was ins Glas getan hat. Ist dir irgendwas aufgefallen?“

„Nee, nur dass zwei von Laras Klassenkameraden ziemlich stinkig auf mich waren, weil sie mit mir zusammen sein wollte“, sinnierte Clemens.

„Vielleicht war es ja einer von denen."

„Meinst du echt, die würden so weit gehen? Kann ich mir nicht vorstellen. Vielleicht sollte es ja für Lara sein und nicht für mich ... ach ist ja jetzt auch egal ..." Clemens wurde von einer Nachricht abgelenkt, die eingegangen war. Sie war von Lara, die ihm prompt noch eine zweite Nachricht schickte. Sie wollte sich mit ihm treffen. Sofort war alles andere Nebensache.

„Sorry Fabi, wir telefonieren später. Hab noch was vor ..."

Unterdessen glich Rebekkas Gefühlslage einer Achterbahn. Einerseits war sie wütend und maßlos enttäuscht, andererseits verachtete sie sich selbst dafür, dass ihr dummes Herz sich noch immer nach Clemens sehnte und trotz allem nicht aufhören wollte zu hoffen. Als aber auch nach vier Tagen Warten kein Lebenszeichen von ihm kam, starb das letzte Fünkchen Hoffnung in ihr ab. Nach einer durchwachten Nacht mit massiven Selbstvorwürfen und heftigen Weinkrämpfen fasste sie schließlich einen Entschluss: Sie musste weg. Am besten ganz weit. Weg von absolut allen – außer ihrer Mutter. *Specki-Becki* brauchte kein Mitleid. Von niemandem. Ihr Vorhaben, einen medizinischen Beruf zu ergreifen, erwies sich für ihren Wunsch, die Stadt zu verlassen, als optimale Voraussetzung. Diesen Plan würde sie schnellstmöglich umsetzen. Einen Ausbildungsplatz als Gesundheits- und Pflegefachfrau zu bekommen, war sehr aussichtsreich und ihr Wunschziel Berlin bot dafür hervorragende Möglichkeiten.

Fleißig und ehrgeizig wie Rebekka nun einmal war, hatte sie ihre Bewerbungsunterlagen längst vorbereitet. Das Einzige, was ihr fehlte, war ein aktuelles Foto. Außerdem hatte sie sich dafür entschieden, die Handynummer zu wechseln. Sie wollte für niemanden außer ihrer Mutter erreichbar sein. Auf Nachfrage beim Telefonanbieter erklärte man ihr, dass es wegen des bevorstehenden Wochenendes ein paar Tage dauern würde, bis sie eine neue Nummer bekäme. Mist.

In einem der großen Einkaufszentren der Stadt suchte sie einen Fotografen auf. Gerade als sie den Laden verließ, vibrierte das Handy in ihrer Hosentasche. Erschrocken zuckte sie zusammen. Ein Blick aufs Display reichte, um zu erkennen, wer der Anrufer war. Sie ließ es klingeln. Nein! Clemens war der letzte Mensch, mit dem sie reden wollte. Dazu fühlte sie sich einfach nicht in der Lage. Schon gar nicht, so zu tun, als wäre nie etwas geschehen. Seit jener Nacht war sie im Ausnahmezustand, was sie ihm aber ganz sicher nicht auf die Nase binden würde.

Das Telefon gab endlich Ruhe. Kurz darauf schickte er eine Nachricht:

Hi, Becks, alles klar bei dir? Zeit zum Quatschen? Muss ja nicht lange sein. (Zwinkersmiley)

Die Nachricht war so kurz, dass Rebekka sie ansehen konnte, ohne zu offenbaren, dass sie sie tatsächlich gelesen hatte.

Sie dachte gar nicht daran, sofort zu reagieren.

Muss ja nicht lange sein. Na klar, mit *Specki-Becki* konnte man so was ja machen. Ob er mit Lara genauso redete? Besten Dank auch.

Am Abend antwortete sie ihm. Im Gegensatz zu sonst ohne Smiley, GIF oder sonstigen Schnörkel.

Hi, sorry. Habe wenig Zeit, bin ziemlich busy.

Er antwortete prompt:

Schade. Weiß von Fabian, dass du mich nach der Fete heimgebracht hast. Wollte mich bedanken. Außerdem schulde ich dir Geld. Sorry, muss ganz schön neben der Spur gewesen sein. Falls du doch noch Zeit hast, melde dich! Fahre erst in zwei Wochen mit meiner Family nach Spanien. Ich schreibe dir, wenn ich zurück bin.
(Smiley)

Tss … Wollte mich fürs Heimbringen bedanken.

Bitte schön.

Schulde dir noch Geld.

Keinen Cent.

Ganz schön neben der Spur.

Kann man wohl sagen.

Kleiner Fick für zwischendurch gefällig?

Danke Becks.

Gern geschehen.

Rebekka musste sich arg zusammenreißen. Sie schniefte, schluckte und presste die Lippen zusammen, um nicht laut aufzuschluchzen. Was bildete sich dieser Schnösel reicher Eltern eigentlich ein? Vielleicht war es ja gut so, dass sie zukünftig getrennte Wege gingen. Er lebte doch sowieso in einer ganz anderen Welt. Finca in Spanien! Villa mit parkähnlichem Garten. Nur Professoren und Doktoren in der Familie.

Dagegen war ihre Mutter froh, wenn sie mit ihrem kleinen Gehalt über den Monat kam!

Rebekka war so aufgebracht, dass sie den Hutständer, der vor einem Laden stand, zu spät entdeckte und ihn umgerannt hätte, wären nicht plötzlich zwei starke Arme aufgetaucht, die das Umkippen verhinderten.

„Hey, du hast's ja eilig!", lachte ihr Klassenkamerad Marius sie an und sah sich dann suchend um. „Wie kommt's, dass du allein unterwegs bist ... ohne Clemens, meine ich?"

„Danke", brachte sie gerade noch heraus, „ich war so in Gedanken, dass ich das Ding zu spät gesehen habe."

„Hast du Lust, mit mir ein Eis zu essen?"

„Äh ... " Rebekka war sprachlos. Mit allem hätte sie gerechnet, nur nicht damit, dass Marius mit ihr Zeit verbringen wollte. „Ehrlich gesagt ist mir grad nicht so nach Eis ... aber wenn es okay ist, dass ich nur was trinke ... kein Problem."

„Na klar. Die Gelegenheit muss ich ausnutzen."

„Was? Wie soll ich das denn verstehen?"

„Ist doch gar nicht so schwer. Wann bist du schon mal allein unterwegs?"

Ab sofort nur noch.

Sie fanden ein Café. Während Marius die Getränke besorgte, musste Rebekka sich kneifen, weil sie nicht glauben konnte, was gerade in ihrem Leben abging.

„Wieso liegt dir so viel daran, mich allein zu treffen?“ Irgendwie war sie in der Stimmung, die Dinge beim Namen zu nennen. Der Entschluss, die Stadt zu verlassen, machte das ungemein leichter. Was hatte sie schon zu verlieren?

Marius kam mit einer Diät-Cola für sie und einem Latte macchiato für sich zurück und setzte sich ihr gegenüber. Er sah sie irritiert an, sagte aber nichts.

„Ja“, reagierte sie auf die stumme Frage, die ihm im Gesicht stand. „Ich wundere mich einfach nur, dass du so nett zu mir bist, jetzt, wo du keine Spickzettel mehr brauchst. Ums Abi kann es ja wohl nicht mehr gehen, das hast du in der Tasche.“

„Und wenn ich dich daten will? Was würdest du dazu sagen?“

„Sorry, fällt mir ehrlich gesagt schwer zu glauben.“

„Ist aber so. Also wann?“

„Und was ist das, was wir hier gerade machen?“

„Quatschen. Für ein Date muss man sich verabreden … wie wär's mit heute Abend? Ich hätte Zeit.“

Rebekka, in der Frust, Enttäuschung und auch Wut über Clemens' Verhalten brodelten, fühlte sich, als stünde sie neben sich. Was sprach dagegen, sich mit Marius zu verabreden? Er war sympathischer als sie vermutet hatte und abstoßend war er nun wirklich nicht. Also warum nicht? Sie war frei und unabhängig und brauchte dringend Ablenkung von ihren trüben Gedanken.

„Okay“, nickte sie. „Die Zeit nehme ich mir. Was …“

„Lass dich überraschen. Ich bin um sieben bei dir.“

Marius war pünktlich. Er fuhr mit einem Golf älteren Semesters vor. Auf der Rückbank entdeckte sie einen Korb mit Snacks und Getränken.

„Lass mich raten: Wir gehen picknicken.“

„Warm, aber noch nicht heiß. Okay, ich will mal nicht so sein und verrate dir, was ich vorhabe. Heute Abend spielt im Park eine Liveband. Die covern bekannte Songs und sind richtig gut.“

„Aha, hört sich perfekt an. Hauptsache gute Stimmung.“

„Das verspreche ich dir. Ich hab sie nämlich schon gehört.“

Auf der Wiese direkt vor der Bühne war kein Zentimeter mehr Platz, als sie dort ankamen. Marius breitete die Fleecedecke am äußersten Rand der Wiese aus und packte den Korb aus, während Rebekka sich umsah. Die Leute hatten es sich auf Decken und Klappstühlen bequem gemacht und waren in echter Partylaune.

„Gefällt es dir?“ Ohne auf ihre Schüchternheit zu achten, zog Marius sie in einer vertrauten Art neben sich, als wäre es das Normalste der Welt.

„Ja, echt cool. Auf jeden Fall besser, als alleine zu Hause abzuhängen“, nickte sie und lehnte sich sachte an ihn.

„Hab ich mir gedacht“, grinste er ein bisschen selbstgefällig, doch Rebekka sah es ihm nach. Sie war wirklich froh darüber, dass er sie auf andere Gedanken brachte.

„Gibt's hier auch was zu essen? Sie schielte auf die Weintrauben, die neben Käsewürfeln auf einem Teller lagen. Prompt steckte er ihr eine Traube in den Mund und ergötzte sich daran, dass sie errötete.

„Ich habe auch Baguette und Traubenschorle." Marius ließ sie los und holte die Flasche und einen Becher aus dem Korb. „Na? Bin ich gut vorbereitet oder nicht?"

„Perfekt", lobte Rebekka.

Als die Band zu spielen begann, saßen sie noch in angemessenem Abstand nebeneinander. Doch die Musiker verstanden es, ihr Publikum in Stimmung zu bringen. Rebekka ließ sich mitreißen, klatschte und sang lautstark mit – so wie alle anderen auch – und verlor dabei auch die letzten Berührungsängste Marius gegenüber. Als ruhigere Töne erklangen, änderten sie einvernehmlich ihre Sitzposition. Marius setzte sich hinter sie, sodass sie sich an ihn lehnen konnte, und umschlang sie mit beiden Armen. Es fühlte sich gut an, ihn so zu spüren, gestand Rebekka sich ein. Solche Berührungen nicht gewohnt, legte sich Wehmut über sie, weil sie sofort wieder an Clemens denken musste. Verdammt, sie wollte ihn aus ihrem Kopf haben. Was nützte es, in der Vergangenheit zu wühlen? Gar nichts. Und sie wollte erst recht nicht mehr weinen und unglücklich sein, das hatte sie in den letzten Tagen genug getan.

Vielleicht war Marius ja genau das richtige Mittel gegen ihren Kummer, sinnierte sie. Er würde ihr helfen, über die Abifeten-Nacht hinwegzukommen. Noch immer gab es Momente, in denen sie glaubte, Clemens riechen und schmecken zu können – so paradox das auch nach fünf Tagen klang. Und sie würde bald noch verrückt werden, wenn das nicht endlich aufhörte. Marius war nett und sehr aufmerksam. Sehr nett sogar – und wenn es Clemens nicht gäbe, würde sie sich spätestens jetzt Hals über Kopf in ihn verlieben. Wie um ihre Gedanken zu bestätigen, schmiegte sie sich enger an Marius, genoss seine Wärme und wusste, dass sie im Moment zu allem bereit war, nur um die Eindrücke, die Clemens hinterlassen hatte, aus ihrem Leben zu verbannen.

„Willst du gleich nach Hause, wenn hier Schluss ist?", flüsterte Marius ihr ins Ohr, als die Band ihren letzten Song spielte.

Rebekka sah erst auf ihr Handy und schüttelte dann den Kopf. Es war gerade mal zehn Uhr. Sie wollte noch nicht nach Hause. „Nein, nicht unbedingt. Was hast du vor?"

„Wenn du magst, können wir noch zu mir gehen. Ich hab sturmfreie Bude."

„Ja, warum nicht? Meine Mutter erwartet mich erst gegen Mitternacht. So lange hätte ich noch Zeit." Rebekka war über ihre eigene Courage überrascht, doch es gefiel ihr auch, dass sie so locker mit der Situation umgehen konnte. Noch vor wenigen Tagen hätte sie das nicht für möglich gehalten.

Marius quittierte ihre Zusage mit einem breiten Grinsen und schob sie förmlich zum Auto. Während der Fahrt sprachen sie nicht, weil er sich auf den Verkehr konzentrieren musste. Das mulmige Gefühl, das in Rebekka hochkam, versuchte sie zu ignorieren und erklärte es sich mit ihrer Unerfahrenheit. Sie dachte an Bianca, die, wie sie wusste, wie wild hinter Marius her war. Rebekka grinste nicht ganz ohne Häme. Tja, nun saß sie hier neben ihm und nicht Miss Wunderschön. Das Wissen darum beflügelte sie.

In der Wohnung angekommen, bugsierte Marius sie direkt in sein Jugendzimmer und verschloss die Tür hinter ihnen. Ehe Rebekka nach Luft schnappen konnte, hatte er sie schon auf sein Bett gezogen und begann sie wie wild zu küssen. Sie ließ es geschehen, auch wenn sie spürte, dass ihr eigentlich alles zu schnell ging. Nur der Gedanke an Clemens half ihr, nicht aufzuspringen und wegzulaufen.

„Was ist? Ich sehe doch, dass dir das gefällt."

„Ja, ich wollte dir nur sagen, dass ich die Pille nehme."

Marius starrte auf ihre harte Brustwarze, die sich deutlich unter ihrem T-Shirt abzeichnete, und strich mit dem Daumen darüber.

„Ich mach's sowieso nur mit Kondom", raunte er und wurde forscher. Rebekka küsste ihn, konnte sich aber nicht vollends auf ihn konzentrieren, denn sie musste schon wieder an Clemens denken. Entschlossen, das zu ändern, fuhr sie Marius über Brust und Bauch und tastete nach dem Knopf seiner Jeans. Ein Zeichen, das er nicht falsch verstand. In Turbogeschwindigkeit entledigte er sich seiner Kleidung und half ihr dabei, das Gleiche zu tun. Gierig fanden seine Lippen die ihren, während er fahrig ihren Körper erforschte und erleichtert aufseufzte, als er ihre Bereitschaft registrierte. Als Marius dann heftig in ihre Enge stieß, presste Rebekka die Lippen zusammen und betete, dass er schnell fertig werden würde. Ihr einziger Wunsch war es, sich aus seiner verschwitzten Nähe zu befreien. Die anfängliche Erregung war so schnell verflogen, wie ein Sturm eine flackernde Kerze auslöschte. Zurück blieb der schale Nachgeschmack von Reue.

Marius bemerkte davon nichts. Mit einem lauten Stöhnen erreichte er den Höhepunkt, erschauerte und wälzte sich schließlich von ihr.

„Hat's dir gefallen?", wollte er schnaufend wissen und drückte ihr einen Schmatzer aufs Dekolleté.

Außer einem Nicken, das er mit einem zufriedenen Grinsen registrierte, brachte Rebekka nichts zustande.

Für Männer schien Sex ja etwas ganz Tolles zu sein. Ihr hätten seine Nähe und ein bisschen Küssen und Streicheln längst gereicht, dachte sie, als sie sich im Bad frisch machte und anzog. Dabei fragte sie sich ernsthaft, warum alle Welt so ein Bohei um Sex machte. Es musste an ihr liegen. Wahrscheinlich war sie einfach nur zu nüchtern, um solche Gefühle zu erleben, befürchtete sie und mutmaßte, dass man in Romanen nur deshalb so maßlos übertrieb, um Leserinnen zum Träumen zu bringen.

Zurück in Marius' Zimmer – er hatte sich inzwischen ebenfalls angezogen – schnappte sich Rebekka ihren Rucksack und sah ihm in die Augen. Auch ohne es auszusprechen war klar, dass dieser Abend nicht der Auftakt einer echten Beziehung werden würde. Rebekka war darüber mehr als erleichtert.

„Ist es okay für dich, wenn ich jetzt gehe? Ich möchte spätestens um zwölf zu Hause sein."

„Ja, na klar", nickte Marius und erhob sich vom Bett. „Ich bringe dich nach Hause."

Vor ihrer Haustür schaltete er den Motor ab und wandte sich ihr zu. „Was hast du nach den Ferien vor? Gehst du auch zum Studieren in eine andere Stadt?"

„Ja … und du?" Rebekka war auch gegenüber Marius nicht bereit, ihre wahren Pläne preiszugeben.

„Ich habe einen Platz in Freiburg. BWL und Jura. Und du? Was studierst du?“

„Ich werde den Bachelor in Krankenpflege machen. Die Bewerbungen laufen aber ich weiß noch nicht genau, wo es mich hinzieht.“

„Aha … noch nie was von gehört. Ist das ein Medizinstudium oder so was?“

„Ja und nein. Es ist ein Studium von sieben Semestern mit einem Abschluss als Krankenpflegerin. Früher nannte man den Beruf examinierte Krankenschwester, aber in Zeiten von Gendergerechtigkeit …“

„Ah, verstehe … und ich dachte, du wirst irgendwann mal Professorin, so schlau wie du bist. Willst du denn nicht lieber richtig Medizin studieren?“

Rebekka zuckte mit den Schultern und schluckte. „Doch natürlich … eigentlich schon, aber ich habe mich schlau gemacht. Es geht leider nicht.“

„Du meinst, es geht nicht, weil du nicht so viel Geld hast“, schlussfolgerte Marius. „Den Stoff packst du doch mit links.“

„Wie auch immer … in der Pflege bist du auch ein kleiner Mediziner, das unterschätzen viele … da hast du eine Menge Verantwortung und der Verdienst ist nicht übel.“ Rebekka wollte nicht länger darüber reden und öffnete die Autotür. „Danke für den schönen Tag, Marius. Du hast mir sehr … nee, wirklich jetzt, ich hätte nicht gedacht, dass du so ein nett sein kannst“, grinste sie und war froh, dass sie es gerade noch geschafft hatte, ihm nicht ihr Geheimnis auszuplaudern.

„Echt?“

„Ja. Danke, aber jetzt muss ich los.“

„Wenn du magst, können wir uns noch mal treffen, bevor ich weggehe ..." Er verstummte, weil sie bedauernd mit dem Kopf schüttelte.

„Das ist schwierig, weil ich nicht weiß, wie lange ich noch in der Stadt bin. Ich stehe sozusagen auf Abruf."

„Ist ja auch kein Problem", nickte Marius. „Ich hab ja deine Nummer ... dann schreiben wir uns eben."

„Genau."

Rebekka beugte sich zu ihm herüber und gab ihm einen Kuss auf die Wange. „Mach's gut, Marius."

Nachdenklich stieg sie in den Fahrstuhl. Etwas Gutes hatte der One-Night-Stand mit Marius wenigstens gehabt: Clemens' nachhaltige Eindrücke begannen zu verblassen und das war alles, worauf es im Moment für sie ankam. Wegen Marius machte sich Rebekka keine Illusionen. Weder über ihre eigenen Gefühle für ihn noch umgekehrt.

Wenige Tage später besaß Rebekka eine neue Handynummer. Doch das war noch nicht alles. Ehe sie wusste wie ihr geschah, saß sie mit gepackten Koffern im Zug nach Berlin. Sie war auf dem Weg zur Charité, bei der sie nicht nur einen Termin für ein Vorstellungsgespräch bekommen hatte, sondern auch ein Angebot für ein bezahltes Praktikum. Und eine Unterbringung hatte sie ebenfalls. Nämlich ein günstiges Zimmer in einem Schwesternheim, das zur Charité gehörte. Die Ausbildungsstelle, so hatte man ihr versichert, wäre bei ihrem Zeugnis und Engagement so gut wie sicher. Rebekka konnte ihr Glück kaum fassen. Yippie! Sie würde eine Ausbildung zur Pflegefachfrau machen. In der Charité in Berlin! Wie geil war das denn?

Ihre Mutter hatte dagegen weniger erfreut auf diese Neuigkeiten reagiert. Sie ließ ihre Tochter nur schweren Herzens ziehen. Bis zum letzten Moment hatte sie versucht, Rebekka davon zu überzeugen, dass es auch in Kassel die Möglichkeit gäbe, eine Ausbildung zur examinierten Krankenschwester – ihre Worte – zu absolvieren.

Keine Chance. Rebekka wollte weg. An einen Ort, wo sie Clemens nicht mehr begegnen musste, denn der, das wusste sie, würde sicher öfter am Wochenende nach Hause kommen. So weit war Gießen nun auch wieder nicht von Kassel entfernt.

Indessen packte Clemens seinen Koffer, um mit seiner Familie nach Spanien in den Urlaub zu reisen. Er war froh, die Stadt hinter sich lassen zu können. Von der euphorischen Verliebtheit, die er anfänglich für Lara empfunden hatte, war nichts mehr übrig. Drei Wochen tagtägliches Zusammensein hatten ihn völlig entzaubert. Sie war eine verwöhnte Göre, die sofort launisch und zickig wurde, wenn sie nicht bekam, was sie wollte. Und vernünftig mit ihr reden konnte man auch nicht.

Clemens starrte auf sein Handy. Checkte zum x-ten Mal, ob nicht eine Nachricht von Rebekka dabei war. Allmählich fand er es mehr als merkwürdig, dass er so gar nichts von ihr hörte. Ehrlicherweise nagte es sogar gehörig an ihm, dass das so war. In den letzten Jahren war kaum ein Tag vergangen – auch außerhalb der Schulzeit nicht – an dem sie sich nicht wenigstens mit einem Hallo oder einem lustigen Video bemerkbar gemacht hätte. Seltsam. Und die letzte Nachricht, die er von ihr bekommen hatte, war ungewöhnlich kurz, geradezu kühl gewesen.

Clemens runzelte die Stirn und rief sich das letzte Zusammensein mit ihr in Erinnerung. Hatte er sie etwa verärgert? Aber womit denn? Nein, das konnte er sich nicht vorstellen. Sie waren Freunde, die wie Pech und Schwefel zusammenhielten. Außerdem hatte sie ihn nach der Abifete sogar noch heimgebracht. Das hätte sie sicher nicht getan, wenn sie sauer auf ihn gewesen wäre ... aber warum meldete sie sich dann nicht mehr? Ob sie vielleicht auch einen Freund hatte?

Clemens schluckte. Daran würde er sich erst mal gewöhnen müssen ... aber trotzdem – deswegen musste sie doch nicht gleich völlig abtauchen.

Kurzerhand wählte er ihre Nummer und hörte: *Diese Nummer ist nicht vergeben.*

Mitte September, Clemens war bereits auf dem Sprung, nach Gießen umzuziehen, um dort sein Studium zu beginnen, hielt er die Ungewissheit nicht mehr aus. Er fuhr zu Rebekkas Wohnung, in der sie mit ihrer Mutter lebte, um sie persönlich treffen. Vor der einen Spalt offen stehenden Haustür wollte er wie gewohnt den dritten Klingelknopf von oben drücken und stutzte, weil ein anderer Name auf dem Schild stand. Mit einem unguten Gefühl im Bauch betrat er den Hausflur und traf glücklicherweise auf eine Nachbarin, die er kannte. Es war ein Zufall, denn sie hatte einen Korb in der Hand und wollte einkaufen gehen. Eigentlich mochte er sie nicht, weil sie so eine furchtbar neugierige Person war.

„Hallo, Frau Bertram", hielt er sie auf, „ich wollte zu Rebekka und ..."

„Ach, das weißt du nicht?" Argwöhnisch beäugte sie ihn. „Na dann bist du aber lange nicht hier gewesen ... sie wohnt nicht mehr hier", erklärte die ältere Frau wichtigtuerisch. „Und ihre Mutter ist auch wegge-zogen. Vor Wochen schon ... ich weiß das auch nur des-halb, weil ein Möbelwagen vor der Tür stand. Aber wo sie hingezogen sind, musst du selbst rausfinden. Das weiß ich nicht."

Wie ein geprügelter Hund verließ Clemens das Haus und war maßlos enttäuscht. Es war ihm unbegreiflich, dass Rebekka, ohne ihm ein Wort zu sagen, weggezogen war. Einfach so! Er verstand die Welt nicht mehr.

3

Oktober 2013

Unterdessen tauchte Rebekka in das schrille und bunte Großstadtleben Berlins ein. Sie war von der Atmosphäre der Stadt begeistert und entschied sich spontan, den neuen Lebensabschnitt auch nach außen hin zu demonstrieren. Nicht nur das Krankenhausleben mit all seinen Hygienevorschriften trug dazu bei, dass sie sich entschloss, zum Friseur zu gehen. Sie hatte auch das Bedürfnis, Zeichen zu setzen. Nach dem todsicheren Insidertipp einer Kommilitonin fand sie sich schließlich in einem klitzekleinen, unscheinbaren Friseursalon wieder, in dem ein mit Tattoos übersäter Friseur, dem es genauso wenig an Piercings mangelte, sie empfing.

„Hallo, ick bin Carlo, komm rin."

Er war allein. Ein Mann, ein Stuhl, ein Spiegel, ein Waschbecken und ... eine ziemlich verunsicherte Kundin, die nicht wusste, ob sie lieber sofort wieder gehen oder bleiben sollte. Ob das hier wirklich die richtige Adresse war?

„Guten Morgen", grüßte sie eingeschüchtert zurück. „Ich ... mein Name ist Marbert, Rebekka Marbert. Ich habe einen Termin."

Ach du liebe Güte, wo war sie hier bloß gelandet? In Kassel hätte sie niemals auch nur einen Fuß über so eine Schwelle gesetzt.

Doch Carlo lächelte sie nur freundlich mit tadellosem Gebiss an. „Ja, das weiß ich", antwortete er jetzt auf Hochdeutsch. „Du wurdest mir angekündigt." Auf ihre überraschte Miene lachte er nur. „Ja, so läuft das bei mir ... nennt sich Mund-zu-Mund-Propaganda. Das sagt dir doch sicher was.“

„Klar ... natürlich.“

Rebekka ließ sich zum Frisierstuhl führen und sinnierte dabei, ob es sehr unhöflich wäre, sofort wieder zu gehen. Der *Salon* war so gar nicht das, was sie erwartet hatte. Weder gab es Fotos von schicken Frisurenmodels noch pastellfarbene Wände und auch keine Hochglanzmagazine, in denen man sich über unerschwingliche Mode und unerreichbare Schönheit informieren konnte. Lediglich ein paar schrille Gemälde und diverse Farbtafeln für Haarfarbe hingen an den Wänden.

Carlo sagte nichts, beobachtete sie nur ruhig und rückte ihr den Stuhl zurecht, bevor er zu einem Umhang griff. Ein sehr angenehmer Duft nach herber Seife ging von ihm aus und gab Rebekka ein unerwartet gutes Gefühl. Sie setzte sich zögernd. Was hatte sie außer ihren Haaren schon zu verlieren? Nichts. Und die wuchsen nach.

„Welche Frisur soll's denn sein oder möchtest du eine Beratung?“ Carlo studierte ihr Gesicht und ließ dabei seine Finger durch ihr schweres Haar gleiten.

Sie schluckte und nickte schließlich. „Eine Beratung wäre nicht schlecht.“

„Okay. Dann lass mal sehen.“ Er nahm ihr die Haare aus dem Gesicht und hielt sie im Nacken fest. Während er den Stuhl drehte, betrachtete er sie im Profil und nahm letztendlich die schweren Strähnen an den Seiten hoch, bevor er Rebekka in die Augen sah. „Bist du bereit für eine echte Veränderung?“

Sie schluckte, nickte jedoch tapfer.

„Hiermit ... untergräbst du deine Schönheit“, erklärte er und ließ die Haarsträhnen wieder fallen. „Hast du Mut und lässt mich machen?“

Wieder konnte sie nur nicken. Im Grunde war eine radikale Veränderung ja auch genau das, was sie wollte. Und so, wie er sie betrachtete, hatte es den Eindruck, als wüsste er, wovon er sprach.

Zwei Stunden später ergötzte Carlo sich an ihrer Verblüffung. Rebekka war sprachlos, denn sie erkannte sich selbst nicht wieder. Die langweilige Mähne war einer frechen Kurzhaarfrisur gewichen. Carlo hatte das längere, gewollt unordentlich geföhnte Deckhaar weizenblond eingefärbt. Der lange Pony fiel ihr bis in die Augen, was ihr besonders gefiel, weil es sie so frech aussehen ließ. Den raspelkurzen Hinterkopf hatte er genau wie den ausrasierten Nacken in ihrem Naturton belassen.

„So, und wenn du jetzt noch die Brille gegen Kontaktlinsen austauschst, nehmen sie dich in Babelsberg unter Vertrag“, grinste er zufrieden und nahm ihr den Umhang ab. „Bei den Augen ... Mannomann, das nenn ich mal ein Gesicht, das man nicht so schnell vergisst.“

Rebekka war über das Kompliment so erstaunt, dass sie nicht antworten konnte. Sie zuckte nur verlegen mit den Schultern und glaubte ihm nicht ein Drittel von dem, was er da von sich gab – doch sie gefiel sich. Ja, sehr sogar, und den Rat mit den Kontaktlinsen würde sie beherzigen. War auf der Arbeit ohnehin bequemer.

Beim Bezahlen musterte Carlo sie wohlwollend. „Darf ich dir noch einen Rat geben?“

Bevor sie reagieren konnte, redete er auch schon weiter. „Mädchen ... du musst aus den Jeans raus. Du hast die perfekte Figur für Röcke und Kleider! Aber nur schmal geschnitten", riet er und zwinkerte ihr zu. „Jeans tragen alle ... also, wir sehen uns dann spätestens in fünf Wochen, dann müssen wir nachschneiden, sonst ist die Frisur futsch."

„Danke, Carlo. Natürlich komme ich."

Nachdem auch noch der Termin ausgemacht war, reichte Rebekka ihm sichtlich gerührt die Hand. Am liebsten wäre sie ihm um den Hals gefallen. Nie im Leben hätte sie geglaubt, dass sich hinter dieser schrillen Fassade ein derart einfühlsamer Mann und ein so genialer Friseur verstecken würden. Als sie ging, wartete bereits die nächste Kundin. Darüber wunderte sich Rebekka nun nicht mehr.

Mit jedem Tag, der kam und ging, wurde sie in Berlin heimischer. Schon nach vier Wochen hatte sie nicht mehr das Gefühl, lediglich eine Praktikantin zu sein, weshalb der Ausbildungsvertrag nur noch eine Formsache war.

Im Oktober startete der erste Teil der dreieinhalbjährigen Ausbildung mit Blockunterricht. Prompt freundete Rebekka sich mit dem einzigen männlichen Kollegen in ihrer Gruppe an, der genau so war, wie sie sich immer einen großen Bruder gewünscht hatte – hilfsbereit und zuverlässig. Rebekka wunderte sich nicht darüber, dass sie einen besonderen Draht zu Jan hatte. Zwar war er mit seiner sympathischen Art auch bei allen anderen Mädels sehr beliebt, doch zu ihr zog es ihn am meisten hin. Sie schob es auf ihren unerklärlichen Hang zu platonischen Männerfreundschaften. Ob sie darüber glücklich sein sollte, wusste sie noch nicht.

Während andere Männer sie mit anerkennenden Blicken beäugten – sie hatte Carlos Kleidertipp beherzigt und sich in einem hippen Secondhandladen spottgünstig mit flippigen Kleidern und Röcken eingedeckt – verhielt sich Jan wirklich nur so, als wäre er tatsächlich ihr großer Bruder. Rebekka war das durchaus recht. Nach einer Liebesgeschichte stand ihr wahrlich nicht der Sinn. Sie wollte erst mal etwas lernen, weiterkommen und brauchte ihre ganze Energie dafür. Leider verging noch immer kein Tag, an dem sie nicht mindestens einmal an Clemens denken musste. Und manchmal, in ganz schwachen Momenten – meistens nachts, wenn sie nicht schlafen konnte und wieder einmal darüber grübelte, wie schnell sich ihr ganzes Leben verändert hatte – kramte sie tieftraurig in alten Bildern, nur um sich anschließend dafür zu verachten.

So gingen zwei weitere Monate voller neuer Eindrücke und spannender Lerninhalte ins Land. Das stetig steigende Wissen um medizinische Zusammenhänge und körperliche Reaktionen veränderte Rebekkas Bewusstsein so sehr, dass sie ihr bisheriges Essverhalten kritisch hinterfragte. Ganz von allein verzichtete sie auf all die fetten und viel zu süßen Snacks, ohne die sie früher geglaubt hatte, nicht überleben zu können. Und es machte ihr nicht einmal mehr etwas aus, zu verzichten. Hatte sie doch begriffen, wie gesundheitsschädigend diese Art von Ernährung auf Dauer war. Dabei spürte sie, wie ihr Körper sich vorteilhafter proportionierte, nicht nur, weil sie anders aß, sondern auch, weil sie fast alle Wege zu Fuß erledigte. Nun konnte sie sogar ihre Rippen deutlich spüren, beobachtete, dass Beine und Arme dünner wurden und fühlte sich insgesamt agiler und beweglicher. Nur der Bauch, der sich noch immer sanft wölbte, veränderte sich nicht.

Inzwischen war es Dezember geworden. Rebekka saß nach dem Unterricht in ihrem Zimmer und informierte sich im Internet über Zugverbindungen nach Kassel. Sie freute sich sehr auf ein Weihnachten mit ihrer Mutter. Es würde ungewohnt sein, weil sie das Fest nicht mehr allein verbringen mussten. Beate Marbert hatte nach Jahren des Alleinseins einen Lebenspartner gefunden und war damit rundum glücklich.

Ein plötzlich auftretendes, heftiges Ziehen durchfuhr Rebekkas Unterleib und holte sie aus den Gedanken. Der Schmerz war so intensiv, dass sie darüber ihr Handy fallen ließ und sich krümmte. Oh Gott, was war denn das? Eigentlich konnte es nur die Periode sein, die jeden Moment einsetzen musste. Allerdings waren ihr solche Krämpfe fremd, seitdem sie die Pille nahm. Der Schmerz verging so schnell, wie er gekommen war, weshalb Rebekka es als einmalige Angelegenheit betrachtete.

Als die Regelblutung aber auch nach einer weiteren Woche des Wartens nicht eintraf, suchte Rebekka alarmiert einen Frauenarzt auf. Mit einer seltsamen Vorahnung, die ihr nichts Gutes verhieß – sie hörte einfach zu viel über schwerwiegende Krankheiten – betrat sie die Praxis des Gynäkologen, den ihr eine Kollegin empfohlen hatte. Routinemäßig wurde Urin abgenommen, Körperdaten erfasst, abgetastet und untersucht. Dabei sprach der Mann nicht viel, doch Rebekka erkannte an seiner Mimik, dass er sich bereits ein Bild davon gemacht hatte, welche Gründe ihre Beschwerden haben könnten. Anscheinend gehörte es zum Studium der

Ärzte, gewisse Mienen aufzusetzen, wenn sie Krankheitssymptome erkannten.

Schließlich saß Rebekka nach der Untersuchung kerzengerade und mit eiskalten Händen vor dem Schreibtisch des Arztes und wartete.

„Herzlichen Glückwunsch, Frau Marbert, Sie sind schwanger!", erklärte er ihr endlich, als er sich ihr gegenübersetzte und zuversichtlich lächelte. „Sie dürften in der dreiundzwanzigsten oder vierundzwanzigsten Woche sein."

Rebekka keuchte entsetzt auf, bevor sie eine Welle der Übelkeit überrollte.

Lieber Gott, lass mich das bitte nur träumen.

Es war, als wollte ihr jemand den Boden unter den Füßen wegreißen.

„Aber ... wie geht denn das? Ich meine ... ich nehme die Pille und außerdem habe ich ... äh ... das ist doch schon so lange her. Ich hatte doch die ganze Zeit meine Periode!" Leichenblass geworden presste sie sich an die Stuhllehne, während ihr Tränen der Verzweiflung in die Augen schossen.

„Ja, das kommt häufiger vor, als man glaubt", sprach ihr der nicht mehr ganz junge Arzt in ruhigem Ton Mut zu. „Und Sie haben weder Müdigkeit noch Übelkeit verspürt?"

„Nein, nichts", schniefte Rebekka. „Was soll ich denn jetzt machen? Ich habe doch gerade erst mit der Ausbildung angefangen ... da passt kein Kind rein", schluchzte sie nun laut auf und begrub ihr Gesicht in den Händen.

„Daran lässt sich nun nichts mehr ändern", erklärte der Arzt. „Ein Schwangerschaftsabbruch ist in so einem fortgeschrittenen Stadium unmöglich ... aber ein Kind ist nun wirklich kein Grund, eine Ausbildung infrage zu stellen. Heutzutage schon gar nicht mehr. Um welchen Beruf handelt es sich denn?"

Rebekka hatte einen so dicken Kloß im Hals, dass sie nicht sofort antworten konnte.

„Krankenpflege ... in der Charité ..."

„Aber das ist doch zu schaffen", unterbrach der Arzt ihr Schluchzen. „Das erste Jahr besteht meines Wissens nach nur aus theoretischem Unterricht. Außerdem haben Sie die Schwangerschaft schon zur Hälfte überstanden. Wenn der praktische Unterricht beginnt, ist das Kind längst geboren."

Rebekka schnäuzte sich und beruhigte sich ein wenig. „Und wie soll es dann weitergehen? Die Ausbildung dauert insgesamt dreieinhalb Jahre. Ich bin hier ganz alleine, komme nicht aus Berlin und habe niemanden, der mich unterstützen kann."

„Was ist mit dem Vater des Kindes?"

Erneut schossen Rebekka die Tränen in die Augen. Diesmal, weil sie sich schämte. Verlegen betrachtete sie das Intarsienmuster ihrer Feinstrickstrumpfhose. Da saß sie vor einem Mann, der ihr Vater sein konnte und sie sollte ihm sagen, dass sie mit dem Erzeuger des Kindes auf gar keinen Fall Kontakt aufnehmen würde? Egal was käme, sie würde Clemens – eigentlich kam ja nur er als Vater infrage, denn Marius hatte ein Kondom benutzt – nicht einbeziehen. Bestimmt war er jetzt mit Lara zusammen. Nein! Sie musste es irgendwie alleine schaffen.

Mit zusammengepressten Lippen schüttelte sie nur stumm den Kopf, um nicht wieder von neuem anzufangen zu weinen. Ansehen konnte sie den gütig blickenden Arzt nicht, dafür war ihr die Situation zu peinlich.

„Ich schlage vor, Sie schlafen erst einmal eine Nacht darüber und kommen dann wieder her." Der Frauenarzt kam um seinen Schreibtisch herum und reichte ihr die Hand. „Glauben Sie mir. Sie sind nicht alleine. Es gibt für Alleinerziehende heutzutage eine Menge Unterstützung. Und wir hier in der Praxis werden Ihnen helfen, wo wir können. Zum Beispiel vermitteln wir Sie an entsprechende Stellen, die Ihnen bei der Organisation, Kind und Beruf unter einen Hut zu bringen, behilflich sind. Glauben Sie mir, Ihre Ausbildung ist durch das Baby wirklich nicht gefährdet. Nun beruhigen Sie sich erst mal, dann reden wir weiter."

Jan war am nächsten Tag der Erste, der Rebekka auf ihren offensichtlich derangierten Gemütszustand ansprach. Sie hatte vor Sorge um ihre Zukunft die ganze Nacht nicht geschlafen und saß nun übermüdet und mit roten, geschwollenen Augen im Unterrichtsraum, wo sie sich nur mit größter Mühe auf den Lernstoff konzentrieren konnte. Sie vertröstete Jan auf später. Sie wollte nichts preisgeben, bevor sie nicht mit der Dozentin gesprochen hatte.

In der Mittagspause suchte sie die Mittfünfzigerin auf und war überrascht, weil die weniger geschockt reagierte, als Rebekka erwartet hatte.

„Es ist nicht das erste Mal, dass so etwas vorkommt, Frau Marbert", meinte sie nur beschwichtigend und wählte damit ähnliche Worte wie der Frauenarzt.

Davon beruhigt, weihte Rebekka nach dem Gespräch zuerst Jan und dann notgedrungen auch alle anderen in ihrer Klasse ein. Es würde sowieso nicht mehr lange dauern, bis man sehen konnte, wie es um sie stand.

Es war Jan, der sie nach dem Unterricht bei einem Stück Kuchen am Nachmittag mit seinem Vorschlag völlig überraschte.

„Was hältst du davon, wenn wir beide eine WG gründen? Dann könnte ich dir mit dem Baby ein bisschen unter die Arme greifen. Außerdem wäre es so leichter, für die Prüfungen zu lernen."

Rebekka musste blinzeln, so perplex war sie über den Vorschlag.

„Und wenn wir uns als Paar ausgeben, das Nachwuchs erwartet, finden wir bestimmt auch schneller eine passende Wohnung", zwinkerte er.

Rebekka stutzte und betrachtete ihn wachsam. „Ich kann dir aber nicht das geben, was du vielleicht möchtest", schniefte sie zu Tränen gerührt, „ich mag dich wirklich sehr ... nur eine Beziehung kommt für mich momentan nicht infrage. Mit niemandem."

„Keine Sorge", schüttelte Jan den Kopf und wirkte auf einmal so ernst, wie sie ihn noch nie erlebt hatte. „Geht mir ähnlich. Ich dachte nur, dass es keine schlechte Idee wäre ... ich hasse es, alleine zu wohnen."

„Da hast du recht." Rebekka lächelte erstmals wieder, weil sie spürte, dass er keine Hintergedanken hatte. Außerdem nahm er ihr auch ein wenig die Zukunftsangst, die sie die ganze Nacht gequält hatte.

Kurz vor Weihnachten fuhr Rebekka mit dem Zug nach Hause und nutzte die Zeit, um zu lernen. Sie saß in einem geschlossenen Abteil mit zwei Frauen, die sich unterhielten. Obwohl sie leise sprachen, machte es das Lernen für Rebekka schwierig. Als jedoch die eine der beiden erzählte, dass sie trotz Kondom schwanger geworden sei, spitzte Rebekka die Ohren. Wie war das denn möglich?

Sofort musste sie an ihr Zusammensein mit Marius denken. Sich jetzt noch auf komplizierte medizinische Inhalte zu konzentrieren, war absolut unmöglich. Die Tatsache, dass nun auch Marius als Vater des Kindes infrage kommen konnte, nahm Rebekka die Luft zum Atmen. Von dem Gespräch der beiden Frauen bekam sie angesichts dieser Neuigkeiten nichts mehr mit. Aufgewühlt zückte sie ihr Handy und begann zu recherchieren.

Wie sicher war die Verhütung mit Kondomen? Prinzipiell sicher.

ABER ...

Was sie las, bestätigte das Gehörte.

Kondome haben eine beschränkte Haltbarkeit und können durch Druck (z.B. durch Münzgeld in der Geldbörse oder durch Reibung (Aufbewahrung in der Gesäßtasche) dünn und rissig werden.

Rebekka schnappte nach Luft und starrte vor Schreck nach draußen auf die vorbeirasende Landschaft. Marius hatte das Präservativ aus seiner Geldbörse gezogen! So, als wäre es gerade erst geschehen, hatte sie das ziemlich ramponiert aussehende Kondompäckchen buchstäblich vor Augen. Er musste es schon eine Weile mit sich herumgeschleppt haben, wenn es in diesem Zustand war. Heilige Scheiße! Dann war es gar nicht sicher, dass nur Clemens als Vater des Kindes infrage kam! Rebekka musste sich zusammenreißen, um nicht vor den beiden Frauen in Tränen auszubrechen. Jetzt war sie nicht nur ungewollt schwanger, sondern auch noch ein Flittchen, das nicht mal mehr wusste, wer es geschwängert hatte! Wie sollte sie das ihrer Mutter beibringen? Zu Weihnachten! Und vor allem, wo sie doch jetzt endlich richtig glücklich war.

Während Rebekka Block und Buch in den Rucksack packte, legte sich eine tiefe Traurigkeit über ihr Gemüt und bedeckte sie mit einem dunklen Schleier der Ohnmacht. Außerstande, sich dagegen zu wehren, übermannte sie das Gefühl der Trostlosigkeit, das sie nur zu gut aus ihrer Kindheit kannte. Es war, als würde ihr eine gehässige Stimme zuflüstern, dass sie nicht gut genug dafür sei, Teil einer glücklichen Familie zu sein. Eine, in der es nicht nur eine liebevolle, fürsorgliche Mutter gab, sondern auch einen Vater, der seine Liebe freiwillig verschenkte und sich kümmerte. Dieser Kindheitstraum, der regelmäßig während der Adventszeit wieder Gestalt annahm, zerplatzte mit einem großen Knall vor ihren Augen. Und wie sehr hatte sie sich das in den allerschönsten Farben ausgemalt. Eine eigene Familie mit mindestens zwei Kindern, einem Haus mit Garten ... und einem Hund. Rebekka liebte Tiere, hatte aber nie ein Haustier haben dürfen. Doch das Wichtigste war die Hoffnung, glückliche Menschen unterm Weihnachtsbaum zu sehen. Und jetzt? Aus der Traum!

Die unschönen Erinnerungen an ihre Kindheit kamen wieder in ihr hoch. Als kleines Mädchen hatte sie sich so sehr gewünscht, dass der Mann, der sie gezeugt hatte, sie lieben könnte. Ihre Mutter, die seinerzeit ebenfalls unfreiwillig schwanger geworden war, hatte nur auf bohrende Nachfragen hin über ihn gesprochen und dabei so verbittert und resigniert geklungen, dass Rebekka früh aufgehört hatte, nach ihm zu fragen. Auch wenn sie heute wusste, dass ihre kindlichen Vorstellungen von einer *richtigen Familie* ein wenig naiv gewesen waren, tat es doch sehr weh, sich nun endgültig davon verabschieden zu müssen.

Bravo, Rebekka, die Familienplanung hast du ja super hingekriegt. Gleich zwei Optionen auf einen Kindsvater! Nur dass keiner der beiden in dein Leben gehört!

Wie bitteschön sollte sie das irgendjemandem – schon gar nicht den potentiellen Vätern – erklären, ohne sich selbst als totale Schlampe zu outen? Unvorstellbar.

Egal von welcher Seite sie die Situation auch betrachtete, sie musste es ohne väterliche Unterstützung schaffen. Alles andere war undenkbar.

Einen Tag vor Weihnachten, in der Küche, während Rebekka mit ihrer Mutter alleine war und sie gemeinsam für die Festtage Vorbereitungen trafen, ergab sich schließlich die Gelegenheit, das Unvermeidliche anzusprechen. Rebekka hielt beim Rühren des Kuchenteigs inne und sah ihrer Mutter dabei zu, wie sie das Fleisch würzte.

„Mama, ich … ich muss dir was sagen, weiß aber ehrlich gesagt nicht wie …"

„Einfach raus damit." Beate wischte sich die Hände an der Schürze ab und deutete auf den Küchentisch, um den vier Stühle standen. „Komm, wir setzen uns und trinken einen Kaffee, dann lässt sich's leichter reden."

Rebekka, die schon die ganze Zeit mit den Tränen kämpfte, fing an zu schluchzen. „Ich bin schwanger. Im sechsten Monat … aber ich weiß das selber erst seit ein paar Tagen."

Beate, die kerzengerade auf dem Stuhl gesessen hatte, ließ sich gegen die Lehne fallen und blies die angehaltene Luft geräuschvoll aus.

„Puh! Im sechsten Monat! Aber dann …" Nachdenklich starrte sie zuerst unter die Küchendecke, zählte dann mit den Fingern ab und suchte schließlich Rebekkas Blick. „Das kann dann ja nur im Juni passiert sein … wer ist der Vater?"

Rebekka barg ihr Gesicht in den Händen und schniefte kaum verständlich: „Ich glaube Clemens, aber ich weiß es nicht genau, weil …" Ihr Kopf sank auf den Tisch, wo sie ihn in den Armen vergrub und nun bitterlich weinte.

Beate rückte ihren Stuhl näher zu ihrer Tochter heran, legte ihr den Arm um die Schulter und streichelte sie sanft. Im Zeitraffer liefen all die Jahre, die sie zu zweit verbracht hatten, vor ihrem inneren Auge ab. Rebekka war stets ein unkompliziertes Kind und eine gute und sehr selbstständige Schülerin gewesen. Beate ahnte, wie hart sie diese ungewollte Schwangerschaft traf. Und wenn jemand verstehen konnte, wie man sich in dieser Situation fühlte, dann sie.

„Ach Kind, ich wusste längst, dass du in Clemens verliebt warst.“

Ruckartig sah Rebekka auf. „Echt? Aber ich hab doch nie was ge...“

„Nicht nötig. Ich habe schließlich Augen im Kopf.“ Beate schnappte plötzlich nach Luft. „Ah, jetzt verstehe ich, weshalb du so überstürzt hier weg wolltest ... Rebekka, was ist passiert?“

Nun sprudelte alles nur so aus Rebekka heraus. Es war so verdammt erleichternd, nicht mehr allein mit all den verwirrenden Gedanken zu sein.

Beate holte zwei Tassen und goss Kaffee und Milch ein. „Tja, ohne Vaterschaftstest wirst du nicht wissen, wer der Vater ist. Willst du nicht vielleicht doch mit Clemens reden? Es passt so gar nicht zu ihm, dass er über die Sache kein Wort verloren hat. Und wenn seine Eltern davon erfahren ... sie werden nicht wollen,

dass ...“

„Nein! Ich werde weder mit Clemens noch mit seinen Eltern reden und schon gar nicht mit Marius. Das ist mir viel zu peinlich. Clemens hat geglaubt, er schläft mit Lara.“ Rebekka wich Beates skeptischem Blick aus. „Nein Mama, bitte ... lieber sterbe ich ... du hast mich auch alleine großgezogen, dann werde ich das genauso schaffen“, schüttelte sie den Kopf, wobei ihr die Tränen erneut in die Augen traten. „Kannst du es wenigstens ein bisschen verstehen, warum ich auch noch mit Marius geschlafen habe?“

„Ach meine Große, ich kann eine ganze Menge verstehen. Außerdem ist das jetzt egal. Wir müssen das Beste aus der Situation machen. Nur das zählt. Willst du deine Ausbildung nicht besser doch in Kassel fortsetzen? Dann könnte ich dich viel leichter unterstützen."

„Danke, Mama, du bist lieb, aber damit würde ich mich noch schlechter fühlen, wo du jetzt mit Holger so glücklich bist. In Berlin ist es außerdem nichts Ungewöhnliches, wenn Frauen ihre Kinder alleine großziehen. Der Frauenarzt hat gesagt, dass es für alleinerziehende Mütter gute Betreuungsmöglichkeiten gibt und meine Dozentin hat sogar was von einem Hort in der Charité erzählt."

Beate verstand. Sie spürte, dass sie ihre Tochter nicht würde umstimmen können. Rebekka war in der kurzen Zeit eine selbstständige junge Frau geworden. Deshalb nickte Beate nur und tätschelte ihre Hand.

4

Juni 2018 in Kassel

Clemens schaltete den Wecker aus, bevor er zu schrillen begann. Nicht er brauchte den Wecker, sondern Verena, die neben ihm lag – immerhin schon seit gut zwei Jahren – und noch tief und fest schlief. Sie war ein Morgenmuffel wie er im Buche stand und Clemens hatte sich anfangs nur schwer daran gewöhnen können, wo er doch genau das Gegenteil war. Wenn er wach war, dann war er wach. Nicht nur ein bisschen, sondern richtig, was bedeutete, dass er in der Lage war zu kommunizieren und nicht nur mürrische Antworten zu brummen. Aber es störte ihn nicht, dass Verena in dieser Hinsicht so anders war als er, denn ansonsten war sie all das, was er brauchte. Er liebte sie und spätestens gegen Mittag wurde sie wieder zu der Person, in die er sich verliebt hatte und die er sich an seiner Seite wünschte. Tag für Tag.

Sachte berührte er sie an der Schulter und schlug anschließend seine Decke zurück. „Schatz, du musst aufstehen, du kommst sonst zu spät."

Während er sich auf den Weg ins Bad machte, quittierte er ihr mürrisches Brummen mit einem Lachen. „Ich bin unter der Dusche."

Als Antwort brummte sie noch lauter.

Eine Stunde später verabschiedeten sie sich an der Haustür. Verena gab ihm einen Kuss. „Sorry, aber mein Schädel brummt schon seit gestern Abend und es will einfach nicht aufhören …"

„Dann wird' s Zeit, dass du zum Arzt gehst. Das ist doch nicht mehr normal, so oft, wie du Kopfschmerzen hast." Clemens zog sie noch mal in den Arm und schaute dann auf die Uhr. „Hab einen schönen Tag … und vergiss nicht, den Termin beim Arzt zu machen."

Sie nickte und winkte im Weggehen.

„Tschüss, bis heute Abend."

„Clemens, es tut mir leid, dass ich dich stören muss, aber …"

Monika, eine Kollegin aus der Geschäftsstelle, kam in den Besprechungsraum geplatzt und hielt ihm schwer atmend das Diensthandy entgegen.

„Moment bitte", rief Clemens seinen Zuhörern zu und unterbrach stirnrunzelnd seinen Vortrag, den er unter Zuhilfenahme einer PowerPoint-Präsentation im Rahmen eines Software-Updates für Sachbearbeiter hielt. Er warf einen schnellen Blick auf die Uhr – fünf nach neun – bevor er Monika entgeistert anstarrte. Das konnte doch wohl nicht wahr sein, dass sie jetzt von ihm verlangte, ans Telefon zu gehen! Seit wann wurde man wegen eines Anrufs in einer wichtigen Dienstbesprechung gestört? Normalerweise war Clemens nicht so schnell aus dem Konzept zu bringen, doch an diesem Morgen schien irgendwie alles wie verhext zu sein. Es waren drei weitere Anläufe notwendig gewesen, um Verena aus dem Bett zu bekommen – das war selbst für ihre Verhältnisse ungewöhnlich. Wegen dieser

Verzögerung hatte er sich notgedrungen durch den extrem dicht gewordenen Berufsverkehr quälen müssen. Nicht einmal mehr für einen Kaffee hatte es nach seiner Ankunft im Amt gereicht. Um zwanzig vor neun hatte er die Präsentation dann endlich beginnen können, die eigentlich für halb anberaumt gewesen war. Nun stand er unter gehörigem Zeitdruck, denn in anderthalb Stunden stand bereits die nächste Schulung für die Juristen an.

„Notier dir die Nummer. Wir machen gleich eine kurze Pause, dann rufe ich zurück", antwortete er nur knapp und wandte sich demonstrativ von seiner Kollegin ab.

„Es scheint aber wirklich dringend zu sein ..." Sie blieb unbeirrt stehen.

„Monika! Wir brauchen hier nur noch ein paar Minuten ... du siehst doch, dass ich jetzt nicht telefonieren kann."

„Natürlich sehe ich das ... aber es ist eine Frau Mertz in der Leitung. Sie ..."

Clemens riss Monika das Telefon aus der Hand, gab den Schulungsteilnehmern ein Zeichen, dass er sofort zurück wäre und lief in den Flur.

„Verena? Was gibt's denn so Dringendes? Das passt jetzt wirklich gar nicht. Ich bin in einer Schulung ..."

„Clemens", hörte er seine Schwiegermutter in spe am anderen Ende schluchzen. „Hier ist nicht Verena. Ich bin's, Britta."

Unter anderen Umständen wäre Clemens verwundert darüber gewesen, dass sie ihn im Dienst anrief – das hatte sie noch nie getan – doch er war gedanklich noch so mit seiner Schulung beschäftigt, dass er das überhaupt nicht realisierte.

„Britta!?"

Wieder hörte er sie schluchzen und plötzlich wurde ihm die Bedeutung dieses Anrufs mit brutaler Klarheit bewusst. Der kalte Schweiß brach ihm aus allen Poren und ihm wurde so schlecht, dass er sich hätte übergeben können.

„Britta! Jetzt sag doch was." Clemens krächzte, weil ihm die Stimme versagte. „Was ist mit Verena?"

Oktober 2018 in Berlin

„So und jetzt wird geschlafen!" Rebekka schlug das Kinderbuch zu und legte es auf den Nachttisch. „Morgen früh kommst du sonst wieder nicht aus dem Bett", strich sie ihrem inzwischen vierjährigen Sohn Elias versöhnlich über den blonden Haarschopf und gab ihm einen Kuss auf die Wange. Sie lebte mit ihm noch immer in einer Wohngemeinschaft mit Jan zusammen – familiär, freundschaftlich und platonisch.

„Kann Jan mir nicht noch ein bisschen vorlesen? Ich bin noch gar nicht müde", murrte der Kleine und zog eine Schnute, bevor er herzhaft gähnte.

„Nein, du kleiner Gauner. Außerdem hat Jan dir schon vorgelesen. Und denk nicht, ich würde nicht merken, wenn du uns austricksen willst. Schlaf gut, du kleine Rübe."

Rebekka schaltete die Toniebox ein, auf der eine freche rote Katze thronte. Elias liebte den kindgerecht verpackten MP3-Player, der ihm seine Lieblingsgeschichten vorlas. Während das Gerät begann, von Leo Lausemaus zu erzählen, schaltete Rebekka das Nachttischlicht aus und verließ das Zimmer, das nun lediglich von einem schwachen Schein der Straßenlaterne beleuchtet wurde, die direkt vor dem Haus stand. Auf dem Weg ins Bad, wo sie Elias' Schmutzwäsche wegräumte, dachte sie darüber nach, wie glücklich sie sich schätzen konnte, dass Jan sich so gut als Ersatzvater machte.

Es war nicht verwunderlich, dass es nach außen hin so schien, als wären sie tatsächlich eine Familie. Sicher ein Grund, warum Elias seinen leiblichen Vater nicht vermisste. Insgesamt hatte sich alles so entwickelt, wie es ihr der Frauenarzt prophezeit hatte. Oberflächlich und auf den ersten Blick betrachtet verlief ihr Leben perfekt. Sie liebte ihren Beruf und ging darin auf. Die Kinderbetreuung klappte dank der Tagesstätte und Jan, der von sich aus die entgegengesetzten Schichten übernommen hatte, reibungslos. Perfekt, ja, aber eben nur auf den ersten Blick.

Es war nicht nur Elias' bevorstehender Schulbeginn, der Rebekka dazu brachte, über ihr zukünftiges Leben nachzudenken. Vorausschauend wie sie war, hatte sie direkt nach der Examensprüfung eine berufsbegleitende Fortbildung für den OP-Dienst absolviert, die ihr dabei helfen sollte, in absehbarer Zeit in erziehungsfreundlichere Schichtdienste zu kommen. Einerseits fiel ihr der Gedanke schwer, den bequemen und sicheren Schoß der komfortablen Wohngemeinschaft mit Jan aufzugeben, andererseits spürte sie mit jedem Tag deutlicher, dass diese Art des Zusammenlebens all ihren Träumen und Sehnsüchten entgegenstand, die sie je gehabt hatte. Gerade erst heute hatte sie eine Lektion darüber bekommen, welch eintöniges Leben sie führte. Ihr fehlte offensichtlich eine gewaltige Portion Spaß, Leichtigkeit und Unbeschwertheit. Am Morgen hatte sie an einer Fortbildung teilgenommen, die besonders vom jüngeren Pflegepersonal besucht worden war. In der Pause hatte sie dann durch ein unfreiwillig belauschtes Gespräch zweier Kolleginnen mitbekommen, welche Erfahrungen die im Gegensatz zu ihr machten. Die beiden hatten unweit an einem Stehtisch gestanden und sich über den vergangenen Abend ausgetauscht.

„Oh Mann, ich brauche unbedingt noch einen starken Kaffee", hatte Lisa einer anderen Teilnehmerin zugeflüstert und dabei frivol gekichert. „Hattest du schon mal Muskelkater von zu viel, äh …"

„Glaub nicht. Wie heißt er?"

„Nico. Oh, ich bin so happy, dass er im Club war … ich dachte schon, der spricht mich nie an … dabei gehe ich seit Wochen nur seinetwegen hin."

„Aha … wo hat er dich angesprochen?

„Auf der Tanzfläche."

„Und? Denkst du, es bleibt bei der einen Nacht?"

Lisa giggelte. „Weiß nicht, aber dass es ihm gefallen hat, da bin ich mir sicher …"

„Dann triffst du ihn wieder?"

„Ja … wahrscheinlich schon heute Abend … bei mir. Oh Gott, ich werd schon ganz wuschig, wenn ich nur dran denke …"

Das war der Moment, an dem Rebekka beschlossen hatte, den Standort zu wechseln, um nicht länger zuhören zu müssen. Wenn sie da an ihre eigenen minimalistischen Erfahrungen mit Sex dachte ... meine Güte, da musste bei ihr dann ja gehörig was schiefgelaufen sein. Auch wenn sie sich wirklich nach Zärtlichkeiten sehnte ... den Beischlaf an sich hatte sie nicht sonderlich aufregend gefunden.

Rebekka starrte in den mit Zahnpastaspritzern versehenen Badezimmerspiegel und seufzte laut auf. Vielleicht sollte sie sich von Lisa mal den Namen des Clubs nennen lassen. Womöglich traf sie dann auch auf so einen Tausendsassa wie diesen *Nico.* Einen, der ihr zeigte, wie Leidenschaft funktionierte. Doch nur bei dem Gedanken, ihn mit nach Hause zu nehmen, platzte der schöne Traum mit einem lauten Knall vor ihren Augen.

„Ja, na klar!", machte sie sich laut über sich selbst lustig und lachte bitter auf. „Nichts leichter als das." Sie zog eine Grimasse. „Guten Morgen, Jan. Darf ich vorstellen, mein One-Night-Stand. Ach ja, und das ist mein Sohn Elias."

Rebekka tippte sich mit dem Zeigefinger an die Stirn und begann, energisch den Spiegel blank zu wischen. Nie war sie sich älter und langweiliger vorgekommen als in diesem Augenblick. Und wenn sie sich dann noch klarmachte, dass sie all das, worüber ihre beiden Kolleginnen sich ausgetauscht hatten – Flirten, Tanzen, Lachen und ja, auch Sex haben, in eben dieser Form selbst nur aus Filmen kannte, wollte sie am liebsten sofort sterben. Um Himmels willen ... wann, wie und wo sollte sie solche Erfahrungen machen können, wenn sich in ihrem Leben nichts änderte?

Überhaupt nicht.

Hinzu kam, dass einige ihrer Kollegen annahmen, dass sie und Jan ein Paar waren. Wem konnte man das verdenken? Wie Schuppen fiel es ihr von den Augen, dass es unter diesen Umständen unmöglich sein würde, einen Lebenspartner zu finden, ohne ellenlang erklären zu müssen, dass Jan nur so etwas wie ihr großer Bruder war.

Bereits seit ein paar Wochen regte sich in Rebekka ein Verlangen, das sie lange nicht verspürt hatte. Nämlich das Verlangen nach einem anderen, einem aufregenderen Leben. Aber auch nach mehr Nähe, Liebe und Zärtlichkeit. Sie schob das bisherige Fehlen solcher Regungen auf die aufreibenden Umstände, die Ausbildung und Vollzeitjob mit einem Kleinkind nun mal mit sich gebracht hatten. Zumeist fiel sie vor Erschöpfung nur so ins Bett und schätzte sich glücklich, die anstehenden Herausforderungen zu aller Zufriedenheit zu meistern. Doch jetzt, wo ihr Alltag allmählich in etwas ruhigeres Fahrwasser geriet, ertappte sie sich immer häufiger dabei, dass sie ihr Leben hinterfragte. Auch das Telefonat mit ihrer Mutter, das sie am Vormittag spontan geführt hatte, trug dazu bei, dass Rebekka über Veränderungen nachdachte. Diese hatte sie während der Dienstzeit spontan angerufen, um von einem verlockenden Jobangebot im Klinikum Kassel zu berichten – eine gutbezahlte Stelle im OP-Dienst.

Rebekka war noch nicht sicher, ob sie es wagen sollte, den Schritt zurück in ihre Heimatstadt zu gehen.

Doch es gab noch einen weiteren Grund, der ihre Libido aus dem Tiefschlaf geholt hatte: Er hatte den wohlklingenden Namen Jannis Papadakis, war Assistenzarzt und der Fleisch gewordene Traum der gesamten weiblichen Belegschaft. Der Neuzugang ihrer Station sah aus, als wäre Apollon geradewegs vom Olymp gestiegen. Nicht nur sie musste sich zusammenreißen, nicht zu sabbern, wenn er auftauchte. Es gab ein regelrechtes Gerangel darum, wer in seiner Schicht eingeteilt wurde. Vergebene Liebesmüh, denn er war bereits mit einer bildhübschen Griechin verheiratet. Aber Träumen war ja wohl noch erlaubt.

Rebekka schaltete das Badezimmerlicht aus, sah noch mal nach Elias, der inzwischen schlief, und ging dann in die Küche zu Jan. Er saß am Küchentisch und wartete bereits auf sie. Wenn es ihrer beider Schicht erlaubte, saßen sie gern nach der Arbeit zusammen und berichteten sich gegenseitig davon, was der Arbeitstag so mit sich gebracht hatte und was es Neues in der Klinik gab.

„Hat Elias *so* lange gebraucht, um einzuschlafen?" Jan schüttete ihr Apfelschorle in ein Glas.

„Dazu habe ich ihm keine Gelegenheit gegeben", grinste sie, „der kleine Halunke wollte uns schon wieder austricksen. Keine Chance. Ich habe ihm Leo Lausemaus angestellt und jetzt schläft er."

„Liebe Zeit, die Geschichte müsste er doch eigentlich schon mitsprechen können ... aber na gut ... wie war's bei dir heute? Du siehst ein bisschen genervt aus." Jan schob ihr das Glas hin. „Oder willst du lieber ein Bier?"

„Nee", schüttelte Rebekka den Kopf und grinste dann verschmitzt, „alles gut ... wo ich doch heute mit unserer griechischen Sahneschnitte Dienst hatte ..."

Jan stutzte, bevor sich seine Mundwinkel verächtlich verzogen. „Stehst du jetzt auch auf den Strahlemann?

Dass ihr Frauen immer wieder auf die gleichen glattge-
bügelten Typen reinfallt!"

„Hey, hey, hey!" Rebekka verschluckte sich beinahe
an der Apfelschorle. „Was ist denn mit dir los? Was hat
er dir denn getan? Der Jannis ist weder ein Strahlemann noch ist er glattgebügelt, er ist ..."

„So so ... der Jannis. Ist ja interessant. Seid ihr jetzt
schon beim Du. Das ging ja fix."

„Und dir geht's anscheinend grad nicht gut! Kannst
du mir mal sagen, was dir für eine Laus über die Leber
gelaufen ist? Was wird das hier? Eine Eifersuchts-
szene?"

„Und das wundert dich? Wer kümmert sich denn um
euch und hilft und macht und tut?", konterte Jan ungewöhnlich erregt. „Soll ich etwa zugucken, wenn da jetzt
irgend so ein Jannis daherkommt und ..."

„Wie bitte?"

Rebekka hielt es nicht mehr auf dem Stuhl. Sie sprang
auf und schloss die noch offene Küchentür. Auf keinen
Fall wollte sie riskieren, dass Elias von dem Streit wach
wurde. Die Hände in die Hüften gestemmt baute sie
sich vor Jan auf und funkelte ihn an.

„Als Erstes: Jannis ist verheiratet! Und so weit ich das
beurteilen kann glücklich. Jedenfalls klingt es so, wenn
er von seiner Frau spricht. Und zweitens sind wir beide
...", ihr Zeigefinger deutete erst auf ihn und dann auf
sich, „... kein Paar. Wir sind eine Wohngemeinschaft!"
Wieder stach sie mit dem Zeigefinger in seine Richtung.
„Und mit dir verbindet mich – das ist zumindest mein
letzter Stand – Freundschaft." Sie musste Luft holen,
weil sie so schnell gesprochen hatte. „Hast du ernsthaft
gedacht, ich will für immer so leben wie jetzt?"

„Warum? Was stimmt denn für dich nicht?"

Als Rebekka den unterschwelligen Trotz aus der Aussage heraushörte, erkannte sie, dass er nicht scherzte. Entgeistert starrte sie Jan sekundenlang an, bevor ihr Verstand wieder in der Lage war zu reagieren.

„Du willst mir doch jetzt nicht erzählen, dass du keinen Schimmer hast, was einem erwachsenen Menschen – neben einer angenehmen, menschlichen Gemeinschaft – fehlen könnte."

Als er nicht antwortete, schüttelte sie fassungslos den Kopf und murmelte: „Einfach nicht zu glauben, dass ich so ein Gespräch mit jemandem führen muss, der eine medizinische Ausbildung genossen hat."

Jan hatte ihre letzten Worte sehr wohl verstanden. Anstatt darauf einzugehen, presste er jedoch nur die Lippen zusammen und vermied es, ihr in die Augen zu sehen, was einmal mehr bewies, dass er weit davon entfernt war, Scherze zu machen. Erst jetzt wurde Rebekka bewusst, dass sie noch nie über Beziehungsthemen gesprochen hatten. In all den Jahren nicht. So, als würde sie ihn das erste Mal sehen, betrachtete sie ihn genauer. Jan war zwar nicht der Typ, der einem auf den ersten Blick auffallen würde, doch auf den zweiten schon. Er war groß, schlank und gepflegt. Nicht übermäßig muskulös, aber er konnte zupacken, wenn es darauf ankam. Das wusste sie spätestens seitdem sie hier eingezogen waren und sie gesehen hatte, welche Schränke er bewegen konnte. Sein Gesicht, das zur Hälfte von einem leicht rötlich schimmernden Vollbart bedeckt war, wirkte von Natur aus freundlich. Das lag an den blauen Augen, mit denen er meist wohlwollend in die Welt blickte. Das mittelblonde Haar hielt er stets kurzgeschnitten, genauso, wie er den Bart regelmäßig stutzte. Alles in allem war Jan ein Mann, der durchaus bei Frauen ankommen könnte, sinnierte sie weiter. Aber warum gab es dann keine in seinem Leben? Er verlor darüber nie ein Wort, genauso wenig, wie er üblicherweise keine persönlichen Fragen stellte. Das hielt auch Rebekka davon ab, solche Themen anzusprechen, schließlich wollte sie ihn nicht bedrängen. Doch eigentlich war es erstaunlich, wenn man bedachte, wie wissbegierig und genau Jan bei beruflichen Angelegenheiten nachforschte. Auch nach Elias' Vater hatte er sich noch nie erkundigt, worüber Rebekka bis heute froh war. Jan war eben ein echter Freund – zuverlässig, hilfsbereit und loyal. Das Gefühl, dass er mehr als nur Freundschaft von ihr wollte, hatte er ihr nie gegeben und den Eindruck vermittelte er ihr auch jetzt nicht. Aber warum reagierte er dann so seltsam?

Mit einem Mal wurde ihr klar, wie wenig sie tatsächlich über ihn wusste. Er stammte aus einem kleinen niedersächsischen Dorf, das hatte er jedenfalls irgendwann einmal beiläufig erwähnt. Genauso beiläufig, wie er erwähnt hatte, dass der Kontakt zu seinen Eltern abgerissen sei. Über das Warum schwieg er und Rebekka respektierte, dass er darüber nicht sprechen wollte.

Doch jetzt musste geredet werden, auch wenn Rebekka vermutete, dass ihm das missfiel. Entschlossen setzte sie sich ihm gegenüber an den Tisch und suchte seinen Blick.

„Da ich nicht glaube, dass ich dich noch über den Evolutionsprozess der menschlichen Natur aufklären muss, denke ich, dass es an der Zeit ist, über unsere …", sie malte Anführungszeichen in die Luft, „…

Freundschaft und Wohngemeinschaft zu reden. Findest du nicht?"

Jan saß kerzengerade und wirkte betroffen, bemühte sich aber um einen gelassenen Ton, bevor er ihren Blick erwiderte.

„Wenn du meinst ... aber was gibt's da noch zu reden? Für mich liegt die Sache auf der Hand – das Kinderkriegen hast du erfolgreich abgearbeitet." Er malte nun auch Gänsefüßchen in die Luft. „Rein evolutionär gesehen, meine ich. Aber wieso fällt dir erst jetzt auf, dass dir was Entscheidendes fehlt? Wäre das, was du mit dem Typ hattest, der Elias gezeugt hat, so berauschend gewesen, hättest du es dann nicht schon viel früher vermissen müssen?"

Rebekka ließ sich in den Stuhl zurückfallen und atmete laut aus. „Wie wäre es, wenn wir *es* und *das* mal beim Namen nennen würden und wenn du mir außerdem noch erklären könntest, warum du gerade so ausgerastet bist? Das verstehe ich nämlich nicht."

„Ich bin nicht ausgerastet."

„Bist du doch. Auch wenn du immer gern so tust, als würdest du über allem stehen."

„Das hab ich nie gesagt", schnappte Jan empört nach Luft, aber Rebekka ließ ihn nicht weiter zu Wort kommen.

„Stopp! Nicht so, wie du denkst. Ich kenne all deine guten Eigenschaften. Darüber reden wir nicht, auch nicht über deine schlechten. Wir reden jetzt mal davon, was du versuchst totzuschweigen. Ich weiß, dass du kein oberflächlicher und gleichgültiger Mensch bist. Das Gegenteil trifft's eher ... aber wenn es um das Thema Sex geht, tauchst du regelmäßig ab. Du kannst ja noch nicht mal im Zimmer bleiben, wenn darüber was im Fernsehen läuft. Verstehe ich nicht, vor allem, wenn ich daran denke, was wir im Grundlehrgang dazu gelernt haben. Erinnerst du dich? Wir haben das Thema zwar nur kurz gestreift, aber die Message war glasklar: Sexualität gehört zu den menschlichen Grundbedürfnissen. Nahrung, Wärme und Licht sind austauschbar, doch danach kommt auch gleich schon das Bedürfnis nach Sex."

„Du meinst körperliche Nähe ..."

„Das lässt sich nicht trennen, zumindest nicht im Fortpflanzungsalter." Sie richtete sich wieder auf. „Was ist so verwerflich daran, wenn ich sage, dass mir körperliche Nähe *und* Sex fehlen? Und das, obwohl meine bisherigen Erfahrungen zugegebenermaßen nicht besonders berauschend waren."

„Okay. Hab ich kapiert." Jan lehnte sich zurück. „Warum gerade jetzt und nicht früher? Schließlich bist du schon seit einigen Jahren im Fortpflanzungsalter."

Es war offensichtlich, dass er sich verschloss und auf die rationale Schiene ging. Das erkannte Rebekka an seiner Haltung und an der Art, wie er sie ansah, genauso wie an der Tonlage, in der er sprach.

„Das fragst ausgerechnet du?", brauste sie auf. „Du warst dabei, als ich mir die Nächte um die Ohren geschlagen habe, einen Säugling versorgen und gleichzeitig für Prüfungen lernen musste. Als hätte ich da auch nur einen einzigen Gedanken an was anderes verschwenden können!"

Wieder konnte sie ihn nur ungläubig anschauen. Wie war es möglich, dass er etwas, das so offenkundig war, nicht erkannte? Normalerweise hatte er kein Problem damit, Situationen zu durchschauen.

„Und nur weil es eine Zeit gab, in der das Thema eben keins war, heißt das noch lange nicht, dass ich deswegen für immer damit durch bin. Hallo! Ich werde im Januar fünfundzwanzig und bin gesund. Das Leben ist mir so, wie es gerade läuft, definitiv zu langweilig. Ich will endlich mal was erleben … um die Häuser ziehen und Spaß haben. Das ist doch ganz normal. Und was das Verlangen nach Sexualität betrifft, da gibt mein Körper den Takt vor … deiner nicht?"

Nun war es Jan, der aufsprang, umherlief und sich in einer Geste der Verzweiflung mit der ganzen Hand durchs Gesicht fuhr, bevor er stehen blieb und sie so mutlos ansah, wie sie es zuvor noch nie erlebt hatte.

„Mein Körper hat keinen Takt."

Rebekka starrte ihn verständnislos an. „Wie … äh … hat keinen Takt? Verstehe ich nicht."

„Ich bin asexuell. Ich hab keinen Bock auf Sex."

Betroffen schluckte sie. „Überhaupt nicht? Nicht mal ab und zu?"

„Nein."

„Auch nicht das Bedürfnis, mal mit jemandem zu kuscheln?"

„Doch … manchmal … mit dir. Aber ich dachte, ich lass das lieber, hinterher denkst du noch, dass ich …"

„… Sex will."

„Genau, aber das will ich nicht … mit niemandem."

Sie hörte an der Art, wie seine Stimme klang, dass es Jan sehr schwerfiel, darüber zu sprechen.

„Schon gut", murmelte sie. „Das war ja auch nie ein Thema zwischen uns." Sie sprach wieder lauter. „Für mich bist du wie ein Bruder – von Anfang an – und genau deswegen verstehe ich nicht, warum du gerade so … so eifersüchtig reagiert hast."

Jan setzte sich wieder und nahm einen großen Schluck Wasser aus seinem Glas. Ein tiefer Seufzer löste sich aus seiner Brust. „Es ist keine Eifersucht in dem Sinne, was man darunter versteht. Ich hab einfach Angst, dich zu verlieren. Du und Elias … ihr seid so was wie meine Familie …"

„Aber …" Rebekka schnappte nach Luft. „Wie stellst du dir das vor? Glaubst du, ich möchte nicht auch irgendwann mal ein ganz normales Leben mit einem Mann führen? Okay, ein bisschen Zeit hat das noch, es muss nicht gleich morgen sein. Vorher würde ich gerne noch was richtig Geiles erleben."

„Aha."

„Ja, aha! Was das sein soll, weiß ich selbst noch nicht so genau. Ist aber auch egal, das wird sich zeigen … nur hat es bestimmt nichts mit zu Hause rumsitzen und in die Glotze gucken zu tun." Sie holte tief Luft und sah ihn an. „So, und wie das jetzt hier läuft, kann es nicht mehr bleiben. Alle, die uns zusammen sehen, denken doch, wir hätten das Standesamt schon mindestens fünf Jahre hinter uns."

„Schwachsinn! Es gibt so viele Wohngemeinschaften, in denen Männer und Frauen zusammenleben, ohne ein Paar zu sein. Außerdem ist es so ideal für dich. Elias ist versorgt, wenn du alleine auf Strecke bist." Jan sah sie beschwörend an. „Glaub mir, ich werde dir bestimmt nicht im Weg stehen … willst du mich etwa komplett aus deinem Leben rausschmeißen?"

„Hab ich das gesagt?" Rebekka warf erregt die Arme
in die Luft. „Dass du immer so dramatisieren musst.
Seit wann kann man sich von seinen Geschwistern
trennen?" Rebekka musste über Jans entgeisterte
Miene lachen. „Ja, was denn? Du bist der Bruder, den
ich nie hatte. Nur ist es meines Wissens nach eher un-
üblich, dass man mit ihnen bis in alle Ewigkeit unter
einem Dach haust." Sie goss sich Wasser ins Glas. „A-
propos ... scheint ja heute der Tag der Offenbarungen
zu sein." Sie hob die Hand. „Nicht dass du denkst, ich
wüsste das schon länger ..."

Rebekka stand auf und holte sich einen Apfel. „Meine
Mutter hat mich heute Morgen angerufen und mir von
einer ziemlich coolen Stelle im Klinikum Kassel
erzählt ..."

Jan runzelte die Stirn, als hätte er sie nicht richtig verstanden.

„Ja, du hast richtig gehört. Ich hatte keine Ahnung,
dass sie die Stellenanzeigen liest. Sie fängt halt immer
wieder damit an, dass ich mit Elias zurück nach Kassel
kommen soll. Der Kleine fehlt ihr", erklärte Rebekka,
während sie den Apfel unter laufendem Wasser wusch.

Jan sackte auf dem Stuhl zusammen.

„Bitte sei nicht sauer. Ich habe sie wirklich nicht dazu
angestiftet ... aber ... ich kann dir das auch nicht erklären ... irgendwie zieht's mich wieder heim. Sie zuckte
mit den Achseln. „Ist einfach so ... "

„Echt jetzt?" Jan richtete sich auf und blitzte sie an.
„Zurück in die Stadt, in die du – ich zitiere – nie wieder
einen Fuß setzen wolltest? Jedenfalls nicht, solange es
sich nicht nur um einen Besuch bei deiner Mutter handelt."

„Ach Mensch, man wird ja wohl nach fünf Jahren mal seine Meinung ändern dürfen ..." Rebekka machte eine wegwerfende Handbewegung. „Ich hab sicher nicht vor, da weiterzumachen, wo ich damals aufgehört habe. Garantiert hat sich meine Truppe inzwischen in alle Himmelsrichtungen verstreut. Das muss mir auch egal sein. Es gibt nämlich – neben der Jobmöglichkeit – auch noch andere Gründe, weshalb ich den Umzug ernsthaft in Erwägung ziehe. Zum einen ist das Leben in Kassel längst nicht so teuer wie in Berlin. Schließlich muss ich für Zwei denken. Und zum anderen hat Elias dann endlich ein bisschen mehr von seiner Oma."

Jan wurde blass. „Verstehe. Hört sich ja alles ziemlich plausibel an. Trotzdem – warum so plötzlich? Und wieso hast du mir nichts von deinen Plänen gesagt?"

„Wie hätte ich das tun sollen? Ich weiß es doch selbst erst seit ein paar Stunden. Außerdem ist es für Elias besser, wenn er sich, bevor er in die Schule kommt, einlebt. Es stürmt dann nicht gleich so viel auf ihn ein. Mir gefällt der Gedanke, zurückzugehen und ihn dort in die Schule zu schicken. In Kassel ist alles überschaubarer und ländlicher ... nicht so ... so ... ach ich weiß doch auch nicht."

Jan sprang vom Stuhl auf, lief zum Fenster, starrte auf die Straße und kam zurück. Er wirkte so verzweifelt wie er klang. „Und jetzt? Was soll aus mir werden?"

Rebekka war so perplex über diese Reaktion, dass sie nicht sofort wusste, was sie sagen sollte. Er war normalerweise immer so gefasst, geradezu nüchtern. Seufzend sah sie ihn an. „Jan, wo ist das Problem? Erstens bist du kein Kind mehr und zweitens kriegst du innerhalb eines Monats jemanden, der in meine Zimmer einzieht. Du wirst also nicht alleine bleiben müssen."

Er zuckte resigniert mit den Schultern und sah aus, als würde er gleich in Tränen ausbrechen. „Weiß nicht, ob mir das gefällt. Ich habe mich so an dich gewöhnt ... Und was wäre, wenn ich mir auch einen Job in Kassel suchen würde? Ginge das in Ordnung für dich?"

Rebekka wusste nicht, was sie dazu sagen sollte. Wieso war ihr nie aufgefallen, dass er so anhänglich war? Sie zögerte, bevor sie antwortete: „Natürlich wäre das in Ordnung für mich. Ich hab dir doch gesagt, dass du ein Teil meines Lebens bist ... ein wichtiger sogar." Sie legte den Apfel zur Seite. Der Appetit war ihr vergangen. „Aber bist du dir sicher, dass du das wirklich willst? Ich dachte, du liebst das Leben in einer Großstadt. Im Vergleich zu Berlin ist Kassel tiefste Provinz."

Jan setzte sich wieder. „Das ist mir bewusst. Ich komme aus einem Dorf in Niedersachsen. Das ist ja wohl noch viel provinzieller als Kassel ... und du? Ich dachte, du wolltest ab sofort die Sau rauslassen."

„Na und? Meinst du, das geht da nicht?"

„Keine Ahnung. Ist eh nicht so mein Ding. Das, was mich interessiert, gibt's da wie hier. Soviel ich weiß, hat Kassel jede Menge Museen, ein Staatstheater und mehrere Kinos. Damit kann ich leben."

„Du hast die *Documenta* vergessen", lachte Rebekka. „Aber jetzt mal im Ernst ... eine Wohngemeinschaft kommt für mich nicht mehr infrage. Dann kann ich auch gleich hierbleiben ..."

Jans Anhänglichkeit erinnerte sie an ihre Schulzeit, als sie geglaubt hatte, ohne Clemens keinen Tag zu überstehen. Sie wusste, wohin das führte. Ein weiterer Grund, warum es Zeit wurde, sich auf eigene Füße zu stellen. Doch das wollte sie Jan nicht in der Deutlichkeit sagen. Er hatte auch so schon genug an ihrer Entscheidung zu knabbern.

„Willst du zurück, weil Elias seinen Vater kennenlernen soll?" Jans Stimme klang so deprimiert, dass Rebekka bereute, überhaupt etwas von ihren Plänen gesagt zu haben. Zumal sie noch nicht mal eine Zusage vom Klinikum hatte – geschweige denn eine Bewerbung abgegeben.

„Quatsch. Wie kommst du denn auf so einen Blödsinn? Elias vermisst ihn nicht und alles andere wird sich zeigen, wenn es so weit ist."

Nach diesem Gespräch gingen einige Tage ins Land, in denen Jan kaum mit Rebekka sprach. Sie drängte ihn nicht, obwohl sie ein schlechtes Gewissen hatte. Doch was hätte sie ihm auch sagen sollen?

Eine Woche später, kurz vor dem Schlafengehen stand Jan mit hängenden Schultern vor ihr und sah sie traurig an. „Du hattest recht. Ich denke, ich schaff das nicht, meine ganzen Kontakte hier aufzugeben, um mit dir in die Provinz zu gehen. Ist dann doch eine Nummer zu groß für mich. Ich werde mir einen neuen WG-Partner suchen und hoffe, dass wir trotzdem in Verbindung bleiben."

Rebekka nahm ihn spontan in den Arm und schniefte: „Was redest du denn da? Natürlich bleiben wir in Verbindung. Du tust ja gerade so, als würde ich den Kontinent wechseln."

Wenige Wochen später zog Rebekka in eine kleine und erschwingliche Altbauwohnung mitten in der Kasseler Innenstadt um. Ihre Mutter hatte sich darum gekümmert. Gerade rechtzeitig, um die Stelle im OP-Dienst anzutreten. Gleich am ersten Arbeitstag lieferte sie Elias im klinikeigenen Kindergarten ab. Glücklicherweise hatte er dort sofort einen Platz in der Ganztagesbetreuung bekommen.

5

Januar 2019 in Kassel

„Willst du nicht wenigstens mit uns essen?" Cornelia Lorentz hatte die Haustür ins Schloss fallen hören und kam in die geräumige Diele gelaufen, wo sie Clemens besorgt entgegensah. Sie bemühte sich um einen lockeren Ton, doch der Blick, mit dem sie ihren jüngsten Sohn betrachtete, zeigte, wie sehr sie in Sorge um ihn war.

„Danke, Mama, aber ich hab wirklich keinen Hunger. Ich war heute Mittag in der Kantine."

„Das ist aber doch bereits Stunden her und du hast gearbeitet."

„Und wenn schon ...", kam Carsten seiner Frau zu Hilfe, „... dann setzt du dich eben nur dazu und trinkst ein Gläschen zum Feierabend mit uns."

„Ja, mal sehen ... will mich erst mal umziehen." Clemens' Stimme klang so tonlos wie sein Gesichtsausdruck leblos wirkte. Er rang sich ein mattes Lächeln ab, was die tiefe Resignation, die ihm aus allen Poren kam, aber auch nicht vertuschen konnte. Vor Wochen wäre er in diesem Moment noch in Tränen ausgebrochen, doch dazu fehlte ihm inzwischen die Energie. Seine Psychologin sprach von einer vorübergehenden neurotischen Depression. Das sei eine völlig normale Reaktion in seiner Situation. Tatsächlich fühlte er sich seit

Verenas Tod vor acht Monaten, drei Tagen und sieben Stunden wie eingefroren. Sie war tot. Aus seinem Leben gerissen. Einfach so. Von jetzt auf gleich. Von einer Sekunde auf die andere. Ohne dass er auch nur den Hauch einer Chance gehabt hätte, noch ein einziges Wort mit ihr zu wechseln, sie noch mal zu umarmen, ihre Stimme zu hören … sich zu verabschieden. An einem Tag wie jedem anderen. *„Tschüss, bis heute Abend"*, waren ihre letzten Worte gewesen, bevor sie sich ins Auto gesetzt und sich auf den Weg zur Arbeit gemacht hatte. Einige Tage zuvor hatte sie über heftige Kopfschmerzen geklagt. Doch wer hatte nicht ab und an mal Kopfschmerzen? Von der Polizei musste er kurz darauf erfahren, dass ihr Wagen auf der gut ausgebauten, kerzengeraden Bundesstraße, auf der sie tagtäglich fuhr, von der Fahrbahn abgekommen war und sich überschlagen hatte. Ohne Gegenverkehr und auch ohne Einwirkungen von außen. Erst die Obduktion hatte Klarheit geschaffen. Im Polizeibericht stand *Unfallursache Kontrollverlust ohne Fremdeinwirkung.* Plötzlicher Tod durch Aneurysma.

Seit diesem Moment kam sich Clemens vor, als hätte sie ihn – wohin auch immer – mitgenommen. Er funktionierte. Mehr nicht.

Kennengelernt hatte er Verena im Studium. Zufällig. Während eines Open-Air-Konzerts, das er mit Freunden besucht hatte. Mit ihrer natürlichen und unkomplizierten Art hatte sie ihn sofort beeindruckt.

Nach ihrem Tod war er nicht mehr in der Lage gewesen, die gemeinsame Wohnung allein zu betreten. Aus allen Ecken kam Verena ihm entgegen. Jedes Einrichtungsstück erzählte von ihr und nahm ihm die Luft zum Atmen. Seine Familie hatte daraufhin die Wohnungsauflösung übernommen. Selbstredend war er dann zurück ins Elternhaus gezogen. Und nun, nach all den Monaten im Ausnahmezustand, fand er sich dank seiner Eltern und Geschwister allmählich wieder im Alltag zurecht. Aber auch sein Job – er hatte eine überaus interessante Stelle als IT-Fachmann in der Justiz, die ihn ganz und gar erfüllte – half ihm, jeden Tag aufs Neue zu überstehen.

„Bitte seid mir nicht böse. Ich verkrümele mich in der Bibliothek und höre ein bisschen Musik. War viel los heute. Bin ziemlich kaputt."

„Natürlich", kapitulierte seine Mutter resigniert. Ihre Augen glänzten, als sie hilfesuchend zu ihrem Mann aufsah. Der schüttelte jedoch kaum merklich den Kopf und gab ihr zu verstehen, dass sie ihrem Sohn die Zeit geben sollte, die er brauchte.

Clemens tauschte die Bürokleidung gegen T-Shirt und Jogginghose und verschwand im Reich seines Vaters, der Bibliothek, die gleichzeitig auch sein Musikzimmer war. Carsten Lorentz war ein großer Fan klassischer Musik und besaß eine exquisite Sammlung. In dieser harmonischen Atmosphäre fühlte Clemens sich unglaublich wohl. Ringsherum cremefarbene wandhohe Regalschränke, prall gefüllt mit Fachliteratur über Kunst, Belletristik und diversen Bildbänden, die dem Raum eine elegante und unwiderstehliche Behaglichkeit verliehen. Das Flair wurde noch durch einen zimmerhohen Ficus betont – Carstens ganzer Stolz – der dem Interieur zusätzlich einen besonderen Charme bescherte.

Clemens' Füße versanken in dicken Teppichen, während er sich den Kopfhörer überstülpte, sich lang in einem Relaxsessel ausstreckte und mit geschlossenen Augen in den melancholischen Klängen von Franz Liszts Liebesträumen abtauchte. Die Welt um ihn herum versank in Bedeutungslosigkeit. Die wunderbare Klaviermusik machte es ihm möglich, den unerträglichen Schmerz für eine Weile zu verdrängen und loszulassen. Hier fand er die innere Ruhe, nach der er sich so sehr sehnte und die ihn näher zu Verena brachte. Auch sie hatte klassische Musik geliebt.

Juli 2019

Rebekka hatte sich unterdessen nicht nur in ihrer Heimatstadt gut eingelebt, sondern auch auf ihrer neuen Station, auf der man sie als Kollegin schätzte. Um auch private Kontakte knüpfen zu können, war sie Mitglied in einem Sportverein in ihrem Stadtteil geworden, der diverse Kurse für Erwachsene und Kinder anbot. Glücklicherweise fand auch Elias Gefallen an dem Gedanken, beim Kinderjudo mitzumachen, sodass Rebekka einen Yogakurs belegen konnte, der zeitgleich für die Mütter angeboten wurde.

Jan gewöhnte sich nur schwer daran, dass sie trotz der engen Freundschaft nicht mehr tagtäglich für ihn ansprechbar war. Per Skype hielten sie mehrmals wöchentlich Kontakt und planten, sich zu treffen. Er beabsichtigte nach Kassel zu kommen. Elias war von der neuen Wohnsituation von Anfang an hellauf begeistert. Nur zu gern verbrachte er die Wochenenden, an denen Rebekka arbeiten musste, bei der Oma. Kein Wunder. Wurde er doch von seinen *Großeltern* – Beate und Holger hatten sich im Juni das Jawort gegeben – nach Strich und Faden verwöhnt. So sehr, dass Rebekka manchmal nicht umhinkam, ein Machtwort zu sprechen.

„Schatz, jetzt trödel doch nicht so, wir sind spät dran!"

Sie scheuchte Elias durch den Klinikflur und schob sich den ständig rutschenden Taschenriemen zurück auf die Schulter. Gähnend trottete er müde vor ihr her, wobei er fasziniert einen vorbeigehenden Mann anstarrte, dessen Kopf bandagiert war. Entnervt warf Rebekka einen Blick auf ihre Armbanduhr und musste selbst gähnen. Sie nahm sich jeden Morgen vor, früher aus dem Haus zu gehen, doch das blieb ein frommer Wunsch.

Die Pforte des Kindergartens kam in Sicht.

„Wir sind immer spät dran", murrte Elias, als hätte er ihre Gedanken gelesen. Doch dann, als er seine neue Freundin Tabea im Türrahmen entdeckte, die ihn offensichtlich schon sehnsüchtig erwartete, veränderte sich sein Gesichtsausdruck augenblicklich. Seine Augen strahlten und er rannte wie ein Torpedo los. Von Müdigkeit keine Spur mehr. Sie schmunzelte. Dieser kleine Stinker. Doch das blondgelockte Mädchen war genauso ungeduldig wie er. Auch ihr sah man deutlich an, wie sehr sie sich freute, als er sie lautstark begrüßte. Rebekka kam kaum hinterher, so schnell befreite Elias sich von Jacke und Schuhen. Sie fand gerade noch Gelegenheit ihm einen Kuss auf die Wange zu drücken, während er in die Hausschuhe schlüpfte, um anschließend mit Tabea im Gruppenraum zu verschwinden.

Rebekka nahm es ihm nicht übel. Vielmehr war sie froh, dass er eine Freundin gefunden hatte.

Auf der Station angekommen verlor sich die allmorgendliche Hektik sofort. Sie war gerade noch pünktlich – eigentlich schaffte sie das meistens – und bereit, es mit dem Berufsalltag aufzunehmen. Es schien, als würde sie mit Kittel und Gesundheitsschuhen in eine andere Rolle schlüpfen – Geduld und Besonnenheit inklusive. Eigenschaften, die ihr im Privatleben schon mal abhandenkommen konnten.

Der Tag schritt voran. Unspektakulär, gewöhnlich und glücklicherweise ohne größere Tragödien. Am Nachmittag, kurz vor Schichtende, während sie sich auf den Weg zum Schwesternzimmer begab und auf dem Weg dorthin noch das eine oder andere Wort mit Patienten wechselte, hörte sie, wie jemand von hinten – sehr überrascht – ihren Namen rief. Nicht nur die Tonlage ließ Rebekka abrupt herumfahren. Es war auch die Vertrautheit der Stimme. Vor ihr blieben Clemens' Eltern stehen, die sich in den letzten Jahren nur wenig verändert hatten.

„Also doch!" Cornelia konnte ihre Genugtuung kaum verbergen. „Für Stimmen hatte ich schon immer ein Ohr." Sie kam näher, nahm Rebekka in Augenschein und reichte ihr die Hand. „Ach wie schön, dass wir dich mal wieder treffen!" Ihr Blick huschte über das Namenschild auf Rebekkas Kittel. „Ich bin ganz sprachlos ... was machst du hier?" Cornelia fasste sich an die Stirn und schüttelte den Kopf. „Dumme Frage. Ich sehe ja, dass du hier arbeitest, entschuldige."

Cornelias Freude war echt, das spürte Rebekka. Unaufrichtigkeit war in dieser Familie aber grundsätzlich kein Thema. Carsten schien dagegen noch zu überlegen, wohin er die junge Frau mit den kurzen blonden Haaren stecken sollte. Kein Wunder bei den vielen Leuten, die die beiden kannten.

„Hallo ... oh das ist ja eine Überraschung!" Auch Rebekkas Freude war echt, obwohl es eine bittersüße war. „Ich bin Pflegefachkraft ... früher nannte man das Krankenschwester", erklärte sie, als sie bemerkte, wie irritiert die beiden sie ansahen. „Ich arbeite hier in der OP-Assistenz." Sie war noch immer so perplex, dass sie Mühe hatte, die richtigen Worte zu finden. Beinahe sofort kamen all die Erinnerungen in ihr hoch, die sie mit Clemens' warmherziger Familie gehabt hatte. Es hätte Bücher gefüllt, davon zu berichten. Geborgtes Familienglück.

Vergleichbar mit einem Barometer, das vor einem heftigen Gewitter rapide fiel, stürzte Rebekkas Stimmung von einer Sekunde auf die andere in den Keller. Wahrscheinlich lag es daran, dass sie in Cornelia Clemens erkannte, der viel Ähnlichkeit mit seiner Mutter hatte. Das lockige, dichte Haar, die dunklen Augen, die Art zu lächeln und nicht zuletzt die Herzlichkeit. Ohnmächtig, etwas dagegen tun zu können, wurde sie sich mit voller Wucht wieder ihrer geplatzten Träume und der unerwiderten Liebe bewusst.

„Mein Gott, hast du dich verändert." Cornelia musterte sie wohlwollend und ließ ihre Hand los. „Du siehst fabelhaft aus ... und so schmal bist du geworden. Und recht hast du, dass du dich für Kontaktlinsen entschieden hast." Sie lachte. „Ich habe mich auf meine alten

Tage auch noch dazu durchgerungen. Seitdem es sogar welche für Gleitsichtgläser gibt ...“

Augenverdrehend schmunzelte Carsten über den Redeschwall seiner Frau und Rebekka erinnerte sich, dass er sie schon früher gern liebevoll damit aufgezogen hatte, dass sie so überschwänglich sein konnte. Er reichte Rebekka nun ebenfalls die Hand und zwinkerte ihr dabei zu. Es schien, als wüsste er nun auch, wem er über den Weg gelaufen war.

„... und erst die kurzen Haare. Wie frech!“, lobte Cornelia weiter, die selbst auch einen Kurzhaarschnitt trug. „Die Frisur steht dir wirklich ganz ausgezeichnet. Jetzt sieht man erst mal, was für ein hübsches Gesicht du hast. Findest du nicht auch, Carsten?“

„Absolut.“ Er musterte Rebekkas Gesichtszüge und nickte zustimmend.

„Ich dachte schon, wir sehen dich überhaupt nicht mehr wieder ... wo hast du denn nur so lange gesteckt?“ Cornelia betrachtete sie aufmerksam.

„Ich hab ... äh ... ich bin nach Berlin gegangen, habe dort meine Ausbildung an der Charité gemacht und ...“

„Deswegen warst du wie vom Erdboden verschluckt! Krankenschwester ist ein guter Beruf, das passt perfekt zu dir.“

Cornelias forschender Blick ging Rebekka durch und durch. Sie ahnte, dass ihr plötzliches Verschwinden im Hause Lorentz nicht unkommentiert geblieben war.

„Aber ausgerechnet nach Berlin? So weit? Wäre es denn hier in Kassel nicht viel einfacher für dich gewesen?“

„Das müsstest du doch verstehen, du bist zum Studieren schließlich auch nach Berlin gegangen“, kam

Carsten Rebekka zu Hilfe. „Die Charité ist eine der besten Kliniken, die wir im ganzen Bundesgebiet haben und du weißt selbst, wie faszinierend die Stadt ist ... das sage ich nicht nur, weil ich dort aufgewachsen bin."

„Ja, Berlin ist toll. Aber ... ich hoffe, ihr wollt nur jemanden besuchen und seid nicht selbst krank?", versuchte Rebekka das Gespräch in eine andere Richtung zu lenken.

„Nein, Gott sei Dank nicht. Unsere Nachbarin ist unglücklich gestürzt, sie ist ganz allein im Haus und wir kümmern uns, aber ..." Cornelias Blick wurde eindringlicher, „... warum hast du dich denn nie gemeldet? Wir hätten uns sehr über ein Lebenszeichen gefreut. Clemens hat ..."

„Rebekka!" Eine Kollegin lief an ihr vorbei und streifte mit den Fingern ihren Arm, zwei Ärzte rannten ebenfalls hinterher. „Komm, wir brauchen jede Hand. Epileptischer Anfall in der Fünf!"

Rebekka zuckte entschuldigend mit den Schultern. „Tut mir leid, aber ich muss."

„Bitte melde dich und komm uns mal besuchen! Wir würden uns wirklich sehr freuen."

Rebekka spürte, wie Cornelias dunkle Augen sie durchdringend musterten und war mehr als dankbar für den Notfall.

„Entschuldigt mich. Ich hätte sehr gerne noch mit euch geplaudert ... aber ihr seht ja, was los ist." Eilig schüttelte sie Carsten und Cornelia die Hände, zuckte hilflos mit den Schultern und stürmte dann hinter den anderen her.

Puh, noch mal Glück gehabt!

Nun musste sie sich wenigstens keinen unangenehmen Fragen mehr stellen. Es widerstrebte ihr, diese
wunderbaren Menschen zu belügen. Sie waren immer
so freundlich zu ihr gewesen. Beinahe so, als wäre sie
ein Familienmitglied.

6

„Mama, was gibt's?" Clemens presste sich den Telefonhörer zwischen Schulter und Ohr und hielt auf dem Computerbildschirm Ausschau nach der kleinen Anzeige für die Uhrzeit. Kurz vor halb drei. „Ist was passiert?"

Er atmete schwer. Seit dem Anruf, den er wegen Verenas Unfall bekommen hatte, reagierte er phobisch auf solche Anrufe. Außerdem konnte er im Moment niemanden gebrauchen, der ihn aus seinen Überlegungen riss. Seit Stunden suchte er nun schon nach dem Fehler in der Software, der es unmöglich machte, Altakten wie gewohnt elektronisch zu archivieren. Und ausgerechnet jetzt, wo er glaubte, die Ursache gefunden zu haben, rief seine Mutter an.

„Nein, eigentlich nicht ... nur ... wir kommen gerade aus dem Krankenhaus. Frau Wichert von nebenan ist schlimm gestürzt und weil sie keinen hat, der sich kümmern kann ...“

„Und deswegen rufst du mich an? Weil Frau Wichert ins Krankenhaus musste?"

„Nein, natürlich nicht. Es geht vielmehr um ...“

„Okay, schieß los! Viel Zeit habe ich aber nicht. Ich bin an einer Sache, die mir den letzten Nerv raubt ...“

„Ja, gut … ich dachte nur, dass es dich interessiert, schließlich … also ich finde … ähm … ich denke, du solltest das wissen …“

„Was, Mama? Was sollte ich wissen? Jetzt mach's doch nicht so spannend.“

Meine Güte, was war nur mit seiner Mutter los? Seit wann rief sie ihn wegen solcher Lappalien während der Arbeitszeit an? Eigentlich nie! Zudem war sie normalerweise in der Lage, in zusammenhängenden Sätzen zu sprechen. Er registrierte, wie sie hörbar die Luft einsog und befürchtete schon, dass es doch einen Notfall gab, bis sie weitersprach: „Wir haben Rebekka getroffen. Im Krankenhaus. Sie …“

„Scheiße, nee! Das ist doch jetzt nicht dein Ernst! Warum erzählst du mir sowas? Verdammt! Das interessiert mich nicht die Bohne. Und ich dachte schon, es wäre was Schlimmes passiert!“, fauchte Clemens und zerknüllte einen Schmierzettel, bevor er ihn in den Papierkorb pfefferte. Allein Rebekkas Name brachte ihn in Wallung. Er war stinksauer auf sie – immer noch – und jetzt auch auf seine Mutter. Wenn er nur darüber nachdachte, wie lange er sich das Hirn zermartert hatte, weshalb sie so sang- und klanglos abgehauen war, ohne wenigstens noch mal Tschüss zu sagen, konnte er aus dem Stand drei Meter hochspringen. Nein, das Thema war durch. Punkt!

Cornelias Stimme wurde mitfühlend. „Entschuldige, dass ich dich damit behelligt habe. Ich wollte dich wirklich nicht stören.“

Das auch noch! Seit Verenas Tod behandelten ihn seine Eltern wie ein rohes Ei und sprachen mit ihm, als wäre er selbstmordgefährdet. Allmählich machte ihn das rasend. Okay, er war noch weit davon entfernt, eine Frohnatur zu sein, aber selbst in seinen dunkelsten Stunden hatte er nicht daran gedacht, sich etwas anzutun. Verena hätte das nicht gewollt. Hätte es sogar verurteilt. Das wusste er aus Gesprächen, die sie darüber geführt hatten. Heute war er froh, dass sie das Thema angeschnitten hatten – eher zufällig und ohne zu wissen, welche Bedeutung es für ihn bekommen würde. Vielleicht würde er nie mehr so unbeschwert werden, wie er es mal gewesen war, doch er spürte deutlich, dass er von Tag zu Tag neuen Lebensmut fasste und die Zukunft nicht mehr länger nur wie ein schwarzes Loch betrachtete. Es war vor allem sein Job, der ihn über Wasser hielt. Es befriedigte ihn ungemein, dass man sein Können schätzte und brauchte.

„Sehen wir uns zum Abendessen?"

„Kann ich noch nicht sagen. Besser, ihr wartet nicht auf mich. Ich muss das hier erst mal auf die Reihe kriegen."

Kaum dass er aufgelegt hatte, stand Laura, eine gleichaltrige Rechtsreferendarin, die einmal Staatsanwältin werden wollte, in seinem Büro.

„Ich hab dich heute Mittag in der Kantine vermisst. Warst du draußen?"

„Nein. Hatte keine Zeit für eine Pause. Macht nichts. Hab einfach zu viel um die Ohren. Rita hat mir ein Brötchen mitgebracht."

„Aha. Und? Kommst du wenigstens voran?"

„Das weiß ich noch nicht." *Wenn ich endlich mal in Ruhe weiterarbeiten könnte, dann schon.* „Es ist verzwickt. Jedes Mal, wenn ich denke, ich käme der

Lösung ein bisschen näher, hakt es an einer anderen Stelle."

„Komisch. War doch vorher alles okay."

Clemens war geneigt, mit den Augen zu rollen, verkniff es sich aber. „Logisch, *vorher* war ja auch *vor* dem Server-Upgrade." Abwartend sah er sie an, hoffte, dass sie bald auf den Punkt kam, damit er endlich weitermachen konnte. Doch Laura blieb weiter unschlüssig vor seinem Schreibtisch stehen.

„Läuft das Programm nicht, oder hat sich dein PC mal wieder aufgehängt?", versuchte er herauszubekommen, weshalb sie da war.

„Nee, alles okay ... hm, wo steckt Rita eigentlich? Ich bräuchte sie mal, damit sie mir ein paar Akten besorgt."

„Weiß nicht. Sie hat mir nicht gesagt, wo sie hin wollte. Wenn ich sie sehe, sage ich ihr, dass du sie brauchst."

„Danke ...", wieder zögerte sie. Anstatt zu gehen, kam sie näher, stellte sich neben ihn und starrte auf seinen Bildschirm. „Tja, eigentlich bin ich noch wegen einer anderen Sache hier. Dürfte ich dich um etwas bitten?"

„Sicher."

„Ich habe mir einen neuen PC gekauft und ..." Ihre Augen bekamen einen bittenden Ausdruck und in einer hilflosen Geste hob sie die Schultern. „Ehrlich gesagt, bin ich damit völlig überfordert, ihn mir so einzurichten, wie ich es brauche. Also das mit dem WLAN habe ich natürlich geschafft, aber ehe ich alles durcheinanderbringe, dachte ich, vielleicht ist es besser, wenn jemand wie du ..."

Clemens war es gewohnt, dass man ihn bei PC-Problemen um Hilfe bat, doch irgendetwas war bei Laura anders. Das dämmerte ihm, als er sah, wie sie sich eine Strähne ihres langen hellbraunen Haares hinters Ohr schob und ihn dabei ansah. Laura war eine angenehme Person, hübsch anzusehen und zudem sehr nett, aber er war noch weit davon entfernt, auch nur einen einzigen Gedanken an eine neue Liebesbeziehung zu verschwenden.

„Ich kann mir das ja mal anschauen. Bring einfach alles mit her, dann ...“, antwortete er ihr deshalb ausweichend und widmete sich demonstrativ wieder seinem Bildschirm.

Laura warf einen Blick auf ihre Uhr und ignorierte Clemens' Versuch, das Gespräch zu beenden.

„Ja, könnte ich machen, aber wäre es nicht schöner, wenn du einfach abends mal mit zu mir kommst, ich koche uns was Leckeres und du kümmerst dich um den Laptop? Mit WLAN-Anschluss macht es doch viel mehr Sinn, oder?“ Wieder sah sie auf die Uhr. „Sag, wie lange ist Rita schon weg? Was tut sie denn? Es fällt mir heute nicht das erste Mal auf, dass sie nie da ist, wenn man sie braucht.“

Clemens runzelte angesichts der überzogenen Kritik die Stirn. „Kann ich nicht behaupten. Sie sagt mir eigentlich immer, wohin sie geht.“ Mit einem leisen Seufzer sicherte er seinen PC und stand auf. Bevor Rita nicht wieder da war, würde er hier sowieso auf keinen grünen Zweig mehr kommen.

„Ich schaue mal, was da los ist. Ich bin sicher, es gibt dafür einen guten Grund. Normalerweise ist sie sehr zuverlässig. Geh du ruhig wieder in dein Büro. Ich schick sie dir vorbei, wenn ich sie finde.“

„Zu zweit können wir ...“

„Lass mal. Ich krieg das allein hin. Du hast doch sicher Wichtigeres zu tun. Es reicht, wenn einer seine Arbeit liegen lässt. Ich schicke sie dir."

Es war die Art, wie Laura ihn ansah. Sie schien enttäuscht, regelrecht gefrustet zu sein. Völlig unverhältnismäßig, dachte er und fühlte sich in seinem Verdacht bestätigt, dass das Einrichten des PCs nur ein Vorwand war, um ihm näherzukommen. Plötzlich verstand er auch andere Vorgänge, die seit längerem um ihn herum geschahen, die er aber erst jetzt wirklich einzuordnen wusste. Einige seiner gleichaltrigen Single-Kolleginnen, schienen in ihm den Mann zu sehen, der zurück auf dem Ehemarkt war. Das entsprach jedoch nicht seinem Empfinden. Er war noch meilenweit davon entfernt, sich wieder zu verlieben. Natürlich hatte es sich im Amt herumgesprochen, dass er seine Lebensgefährtin auf tragische Weise verloren hatte. Bei aller Trauer war ihm nicht verborgen geblieben, dass seine Kollegen ihm über Monate rücksichtsvoll aus dem Weg gegangen waren. Verständlich. Er hätte auch nicht gewusst, wie man mit jemandem umgehen soll, dem so etwas Unfassbares widerfahren war. Doch jetzt, ein Jahr später, schien sich das Blatt zu wenden. Laura war nicht die Einzige, die seit kurzem seine Nähe suchte, fiel es ihm wie Schuppen von den Augen, als er durch den breiten Flur des betagten, im viktorianischen Stil gebauten Behördengebäudes lief. Obwohl er seine Wirkung auf Frauen kannte – wenigstens bis zu dem Tag, als er mit Verena zusammengekommen war – flößte ihm diese Erkenntnis ein ungutes Gefühl ein. Schon bei dem Gedanken, eine andere Frau als Verena in seine Nähe zu lassen, wollte er flüchten. Auch wenn es noch so verrückt klang – es fühlte sich an, als würde er sie betrügen. Außerdem regte sich nichts in ihm. Er verspürte keinerlei Drang, sich eine Frau zu suchen, vermisste weder Zärtlichkeiten noch Sex – gerade so, als wäre seine Libido ins Koma gefallen.

Als Erstes suchte er im Kopierraum nach Rita. Ein kleiner Raum, vollgestellt mit Gesetzbüchern und Papier, in dem sie oft zugange war. Doch dort war sie nicht. Sie war im zweiten Ausbildungsjahr als Justizfachangestellte. Clemens mochte das Mädchen. Vor allem, weil sie zuhörte, schnell begriff und mitdachte. Und jetzt war sie wie vom Erdboden verschluckt. Er versuchte sich zu erinnern, wann er sie zum letzten Mal gesehen hatte. Es war am späten Vormittag gewesen, als sie mit der Post unterwegs gewesen war. Noch stiller als sonst und ungewöhnlich blass holte er sich das letzte Erinnerungsbild von ihr vor Augen. Er hatte sich nichts dabei gedacht, weil er mit dem verfluchten Programmfehler so beschäftigt gewesen war, doch jetzt machte er sich Sorgen um sie. Er fand sie weder in der Teeküche noch in der Damentoilette, in die er laut hineinrief. Das konnte doch nicht wahr sein. Einige Telefonate später war er kein Stück weiter, denn überall, wo er sie vermutete, war sie nicht. Sehr merkwürdig.

Dank der komfortablen Gleitzeitregelung befand sich Clemens am nächsten Morgen bereits um kurz nach sechs im Büro. Sozusagen gezwungenermaßen, denn normalerweise trat er seinen Dienst nicht vor acht an. Aber heute brauchte er dringend etwas Ungestörtheit, um endlich das Softwareproblem aus der Welt zu schaffen. Und mindestens genauso dringend brauchte er einen Kaffee, um richtig wach zu werden. Während er den Rechner hochfuhr, brühte er sich in der Teeküche eine Kanne Kaffee und nahm eine Tasse davon mit zum Schreibtisch, wo er sie achtlos abstellte – definitiv ein Fehler. Der volle Kaffeepott fand keinen festen Grund, kam durch die Kante eines Schreibblocks und des Mauskabels zum Kippen, ergoss sich über den Tisch und tropfte dann auf den Boden. Glücklicherweise nicht auf die Tastatur.

„Verdammter Mist!", fluchte Clemens laut.

Jetzt musste er auch noch putzen, anstatt so schnell wie möglich auf Problemsuche gehen zu können. Mit einer Rolle Küchenkrepp bewaffnet brachte er den Schaden in Ordnung und lief zurück in die Teeküche.

„Wäre ich doch nur im Bett geblieben", grummelte er vor sich hin, goss sich erneut Kaffee in die Tasse, öffnete die Kühlschranktür, um nach der Milch zu greifen – als ihm wieder einfiel, dass er den letzten Rest aus der Tüte genommen hatte. In dem Schrank, in dem eigentlich der Vorrat lagerte – dafür sorgte normalerweise eine der älteren Mitarbeiterinnen – starrte er ins Leere. Scheibenkleister, die hatte ja Urlaub. Na, der Tag fing ja Erfolg versprechend an. Nun musste er auch noch in den Keller laufen, wo man eine Art *große* Vorratskammer für Kaffee, Milch und weiß der Geier was noch alles eingerichtet hatte. Den Kaffee schwarz zu trinken, kam für Clemens nicht infrage. Eher würde er verzichten. Also machte er sich notgedrungen auf den Weg nach unten.

So wie das ganze Haus über große Räume und Flure mit hohen Decken und breiten Fenstern verfügte – vor hundert Jahren war energieeffizientes Bauen noch

kein Thema – bot auch der Keller unglaublich viel Stau-
fläche. Clemens lief an Archiven und Heizungsräumen
vorbei, streifte die Asservatenkammer und betrat
schließlich den Bereich, in dem die Vorräte für die Tee-
küchen und Getränkeautomaten gelagert wurden. Verwundert öffnete er die sonst sperrangelweit offen stehende Tür und schaltete das Licht ein. Um einen alten
Holztisch, der mit einer Wachstuchtischdecke bedeckt
war, standen vier Stühle. Die Damen vom Reinigungs-
service nutzten den Platz gerne für ihre Pausen und
hatten ihn sich mit ein paar Zimmerpflanzen ein wenig
verschönert. Grundsätzlich war das kein Problem,
denn sogar im Kellerbereich waren die Fenster groß, jedoch vergittert. Weiter hinten bildeten zwei decken-
hohe, weiß getünchte Holzregale eine Art Raumteilung,
die zusätzlich für etwas Gemütlichkeit sorgte. Die Damen hatten sich dahinter eine Art Umkleideraum geschaffen, in dem sie während der Arbeitszeit ihre persönlichen Sachen aufbewahrten.

Clemens stürmte zielstrebig auf eines der Regale zu,
in dem mehrere Kisten mit Milchtüten standen, und
wollte gerade zu einer Tüte greifen, als er ein Geräusch
wahrnahm. Ein Rascheln und Schnauben, so, als würde
jemand erwachen und sich im Bett umdrehen. Wer
hatte sich denn da verirrt? Er ließ die Milch stehen,
ging um das Regal herum und traute seinen Augen
nicht. Rita lag, bis zur Nasenspitze eingepackt, in einem
Schlafsack auf einer Luftmatratze und war offensichtlich durch ihn wach geworden.

„Rita?! Guten Morgen. Was …“

Die Hand wie ein Abwehrschild in die Höhe haltend,
richtete sie sich auf. „Bitte verraten Sie mich nicht.

Bitte! Ich ...“ Ihr Krächzen verstummte und sie sah aus, als würde sie jeden Moment in Tränen ausbrechen.

„Das hatte ich nicht vor, würde allerdings schon gern wissen, warum du hier übernachtest.“ Er holte tief Luft. „Okay. Steh erst mal auf. Ich habe Kaffee gekocht. Wann hast du das letzte Mal etwas gegessen?“

Ihr Schulterzucken reichte ihm, um zu erahnen, dass das länger her sein musste. Clemens zog seine Geldbörse aus der Hosentasche und holte einen Zehneuroschein hervor. „Hier. Den lege ich vorne auf den Tisch. Bevor du hoch ins Büro kommst, gehst du zum Bäcker nach nebenan. Für mich zwei Rosinenbrötchen. Und du holst dir so viel, dass du satt wirst, okay? Und dann reden wir, solange das noch ohne Zuhörer möglich ist.“

Während er die Treppen hinauf in den ersten Stock lief, dachte er über Rita Piosek nach. Sie war im zweiten Jahr der Ausbildung zur Justizfachangestellten und aus seiner Sicht ein sehr sympathisches Mädchen. Sie dürfte ungefähr neunzehn oder zwanzig sein, war dabei aber so ganz anders als ihre Altersgenossinnen: zurückhaltender, weniger egoistisch und in jedem Falle leiser. Kein auffälliges Make-up oder Outfit. Beinahe so, als wollte sie unbemerkt bleiben. Sie erzählte nicht viel von sich, selbst dann nicht, wenn man nachfragte. Meist gab sie nur ausweichende Antworten. Doch das war nicht der Grund dafür, dass er sie mochte. Es war ihre höfliche und hilfsbereite Art. Damit war sie ihm, im Gegensatz zu einigen ihrer Kommilitonen, angenehm aufgefallen. Die anderen waren ihm oft zu laut und affektiert. Hatte er sie überhaupt schon einmal mit einem Handy in der Hand gesehen? Nein.

Nun war er zugegebenermaßen neugierig geworden, was sie zu verbergen hatte. Er atmete schwer. Schon als Kind hatte er es nicht ertragen können, wenn jemand leiden musste – egal ob Mensch oder Tier. Unweigerlich fiel ihm dazu Rebekka ein, was ihn ärgerte. Er kam einfach nicht darüber hinweg, dass sie ihn so gnadenlos aus ihrem Leben verbannt hatte. Grundlos. Zumindest war er sich keiner Schuld bewusst und es machte ihn auch nach so langer Zeit noch immer wahnsinnig, nicht zu wissen, warum sie das getan hatte – ein Grund, weshalb er ungern daran erinnert wurde. Wie oft hatte er ihr beigestanden, wenn ein paar seiner Klassenkameraden gemeint hatten, sie bräuchten mal wieder jemanden, den sie in der Schulpause so richtig vorführen konnten. Ähnlich wie Rita war Rebekka im Lauf der Schuljahre immer ruhiger geworden, hatte sich mehr und mehr unauffällig gegeben und zurechtgemacht. Aber was wollte ihm diese Begebenheit mit Rita sagen?

Im Geiste hörte er Verena: *Du weißt doch, dass es keine Zufälle gibt, Schatz. Für das, was dir zufällt, bist du bereit, es zu erleben. Es bringt dich weiter. Sei nicht so ungeduldig. Du wirst schon noch erfahren, wofür das steht. Der Weg ist das Ziel.*

Schön und gut, im Laufe ihrer Beziehung war ihm Verenas spirituelle Ader in Fleisch und Blut übergegangen. Inzwischen konnte er dieser Art zu denken auch einiges abgewinnen, aber die Verknüpfung von Rita zu Rebekka wollte ihm dennoch nicht so recht in den Kopf.

Für ihn stand es außer Frage, zu helfen. Es war ihm ein Bedürfnis. Da konnte er einfach nicht aus seiner Haut. Das geboten ihm sein weiches Herz und sein ausgeprägter Gerechtigkeitssinn. Allerdings würde dadurch die verfluchte Fehlersuche, wegen der er extra so früh gekommen war, nun doch wieder in den Vormittag rutschen. Mist.

Es dauerte fast eine halbe Stunde, bis Rita vom Bäcker zurück war und schüchtern in Clemens' Bürotür stand. Tatsächlich hatte er die Zeit gut genutzt und den Fehler weiter eingrenzen können, sodass er jetzt zumindest wusste, wo er bei der Behebung ansetzen musste.

„Komm rein." Er deutete auf einen kleinen Beistelltisch, den er zum Frühstücken freigeräumt hatte. „Setz dich und nimm dir Kaffee. Mir kannst du auch noch einen einschütten. Ich bin gleich bei dir, will nur die Daten sichern."

Rita nickte nur, und tat wie ihr geheißen. Gierig biss sie in ihr belegtes Brötchen und sah ihn dankbar an. Clemens griff zu einem der Rosinenbrötchen und gab ihr etwas Zeit, den ersten Hunger zu stillen.

„So, dann erzähl mal. Was ist denn da bei dir los, dass du hier im Keller übernachten musst? Hast du Stress mit deinen Eltern?"

Nahezu sofort schossen Rita die Tränen in die Augen. Als wäre ihr der Appetit vergangen, legte sie das angebissene Brötchen zur Seite und presste sich die Hand vor den Mund, um nicht laut zu weinen. „Ich ... ich ... es ist nur für ein paar Tage. Äh ... aber ich weiß wirklich nicht, wohin ich ... bitte, Herr Lorentz, verraten Sie mich nicht."

„Nun mach mich nicht älter, als ich bin. Uns trennen, wenn ich mich nicht ganz täusche, ungefähr sieben Jahre, du kannst ruhig Clemens zu mir sagen. Und ich habe dir bereits gesagt, dass ich dein kleines Geheimnis für mich behalte. Aber wenn ich dir helfen soll, musst du mir schon erzählen, was los ist."

„Mir kann niemand helfen", krächzte Rita und wischte sich die Tränen aus den Augen.

„Das glaube ich erst, wenn ich weiß, um was es geht. Also, was ist los? Bist du schwanger und sitzengelassen worden?"

„Nein." Ihre Stimme klang so entgeistert, wie sie ihn ansah. „Ich habe keinen Freund."

„Was ist es dann?" Clemens seufzte hörbar. „Nun lass dir doch nicht jedes Wort aus der Nase ziehen." Er warf einen Blick auf den PC, wo die Uhrzeit in einer Endlosschleife über den Bildschirm lief. „Wir haben nicht ewig Zeit. Gleich kommen die anderen."

„Ich habe furchtbar viele Schulden ... weil meine Eltern ..." Rita schluchzte laut auf und barg ihr Gesicht in den Händen, wobei ihre Schultern bebten und sie ein regelrechter Weinkrampf schüttelte.

Clemens, der davon so überrascht war, dass er im ersten Moment gar nicht wusste, wie er sich verhalten sollte, erkannte, dass es nur eine Möglichkeit gab, um sie zu beruhigen. Kurzerhand stand er auf, zog sie vom Stuhl hoch und nahm sie in den Arm. Er ließ sie weinen. Als sie sich beruhigt hatte, setzte sich jeder wieder hin. Rita war so verlegen, dass sie es nicht wagte, ihn anzusehen. Stattdessen starrte sie nur auf den Tisch und begann stockend zu erzählen.

Was Clemens dann zu hören bekam, machte ihn im wahrsten Sinne des Wortes fassungslos. Zwar hatte er schon gehört, dass erwachsene Kinder aufgrund von krankheits- oder pflegebedingten Umständen ihrer Eltern im Zuge von Unterhaltsverpflichtungen in finanzielle Nöte geraten waren. Doch war ihm noch nie zu Ohren gekommen, dass so etwas auch durch verschwendungssüchtige Erzeuger zustande kam, die ihre gerade mal volljährig gewordenen Kinder in die Schuldenfalle lockten. Doch genau das durchlebte Rita soeben. Unter fadenscheinigen Begründungen und Ausreden war sie von ihren Eltern dazu gedrängt worden, deren Darlehensverträge fürs hochverschuldete Haus zu übernehmen. Alles unter dem Vorwand des Wohlwollens, schließlich sollte die älteste Tochter doch ohnehin irgendwann mal erben. Leider war das noch nicht das Ende der Fahnenstange gewesen, denn nachdem die fürsorglichen Erziehungsberechtigten damit einmal durchgekommen waren, hatten sie ihrer ahnungslosen Tochter ebenfalls einen teuren Handyvertrag und den Leasingvertrag fürs Auto untergejubelt.

„Und wann ist dir aufgefallen, dass sie dich so fies gelinkt haben?" Clemens saß noch immer regungslos da. Er war so geschockt, dass er nicht einmal seinen Kaffee ausgetrunken hatte.

„Als ich zur Post musste, um ein Einschreiben abzuholen ... alle anderen Briefe hatten sie vorher abgefangen. Weil ich unterschreiben musste, konnten sie es nicht länger vertuschen", schniefte Rita und schnäuzte sich die Nase. „Die Bank hat mir mitgeteilt, dass mein Konto gepfändet wurde", schluchzte sie auf. „Es gab furchtbaren Streit, weil meine Eltern versucht haben, alle Schuld auf andere zu schieben", krächzte sie und starrte auf den Boden.

„Aber das hast du ihnen nicht geglaubt, weil du durch deine Ausbildung in der Justiz schon zu viel weißt, richtig?"

„Genau", nickte Rita, „damit hatten sie nicht gerechnet." Wieder liefen ihr die Tränen über die Wangen. „Weißt du, wie schrecklich das ist, wenn du dir in der Bäckerei überlegen musst, ob du dir noch ein Brötchen leisten kannst ..." Rita versagte die Stimme.

„Ich hab sowas zwar noch nicht erlebt, aber ich kann mir vorstellen, wie furchtbar das ist."

„Verstehst du jetzt, warum ich abgehauen bin?" Ein entschlossener Ausdruck trat in ihre geröteten Augen. „Ich gehe nie mehr zurück, lieber schlafe ich auf der Straße!"

Clemens nickte und ließ die unbewusst angehaltene Luft langsam aus seinen Lungen strömen. Natürlich verstand er das. Er hätte genauso reagiert. Voller Mitgefühl blickte er Rita an.

„Nur gut, dass ich der Erste war, der dich gefunden hat", grinste er, um die Situation zu entschärfen. „Ich weiß nicht, wie dein Ausbildungsleiter reagiert hätte ... wie viele Tage geht das schon so?"

„Zwei."

„Ich bezweifle, dass das noch viel länger gutgegangen wäre. Die Hausmeister sind schon früh da und gehen regelmäßig überall durch."

Clemens rieb sich das Kinn, stand auf und ging ein paar Schritte hin und her, bevor er sich wieder zu Rita umdrehte. „Hier kannst du unmöglich bleiben. Du willst doch bestimmt nicht, dass das ganze Haus über dich redet."

„Das tun sie sowieso schon ..."

„So, worüber denn? Mir ist noch nichts zu Ohren gekommen."

„Weil ich anders bin als die anderen."

„Aha. Das sehe ich nicht unbedingt als Nachteil … egal,
du kommst mit zu mir", erklärte er kurzentschlossen
und verbesserte sich sofort, als er ihren alarmierten Gesichtsausdruck bemerkte. „Keine Sorge, ich rede von
meinem Elternhaus. Da sind wir nicht allein. Ich
wohne wieder daheim seit … wie auch immer, auf jeden
Fall ist da genug Platz, glaub mir. Du wirst sogar ein eigenes Bad haben."

„Wirklich? Oh! Aber …"

„Kein Aber." Clemens unterstrich die Aussage mit einer deutlichen Handbewegung. „Das bleibt selbstredend unter uns. Das muss klar sein."

„Ja, natürlich. Von mir erfährt niemand was."

„Gut. Wir brauchen Zeit, um uns eine Strategie auszu-
denken, wie wir gegen deine nette Familie vorgehen."
Clemens warf einen Blick auf seine Armbanduhr. Inzwischen war es kurz vor sieben. Er schnappte sich seinen Autoschlüssel und fasste Rita am Arm. „Als Erstes
räumen wir deine Sachen in meinen Kofferraum und
dann gibst du mir deine Handynummer, damit wir uns
leichter kurz-
  schließen …"

Er verstummte, als er sah, wie sie erneut in Tränen
ausbrach. „Lass mich raten, du hast kein Handy …"

„Nicht mehr", presste sie hervor, „ich musste es abgeben, weil …"

„Schon klar …" Clemens seufzte und fuhr sich mit der
Hand durchs Gesicht.

Lieber Himmel, da hatte er sich ja was vorgenommen. Aber Kneifen kam nicht infrage. Rita tat ihm aufrichtig leid. Und wenn Verenas Zufallstheorie stimmte, war es jetzt seine Aufgabe, ihr zu helfen.

„Gut", er zog das Mädchen weiter, „komm, wir müssen uns beeilen! Es dauert nicht mehr lange und wir sind hier nicht mehr alleine. Und für die Sache mit dem Handy finden wir auch noch eine Lösung. Das lass mal meine Sorge sein."

Während Rita ihrer Arbeit nachging, suchte Clemens die Frauenbeauftragte und den Personalchef auf, um sich Rückendeckung für seine Aktion zu holen. Die beiden, die wegen Ritas Fleiß und Einsatzwillens ebenfalls große Stücke auf sie hielten, waren mehr als dankbar, dass Clemens fürs Erste eine Unterkunft anbot. Für weitere Schritte wollte man sich beraten.

7

„Ach Spatz, jetzt leg doch mal das Ding zur Seite“, seufzte Rebekka und wischte sich mit der Hand über die Stirn, als könnte das dazu beitragen, dass die Kopfschmerzen verschwanden. Elias ließ sich von der genervten Aussage seiner Mutter jedoch nicht aus der Ruhe bringen. Stattdessen erforschte er mit einem quietschgrünen Kinderfernglas seelenruhig die knisternde Schaumkrone, die sich in der vollen Wanne gebildet hatte, während sie sich damit abmühte, seinen Hosenknopf zu öffnen. Seit dem Tag, an dem er das Fernglas von seiner Oma geschenkt bekommen hatte, schien es ihm an den Fingern angewachsen zu sein.

„Elias! Jetzt mach's mir doch nicht so schwer.“

„Ach menno. Das ist grad so spannend. Guck mal! Der Schaum hat ganz viele Farben ... nicht nur weiß.“

„Ja ja. Es reicht jetzt. Morgen früh kommst du wieder nicht aus dem Bett. Und so wie du aussiehst, gehörst du dringend in die Wanne ... und zwar schnell. Danach kannst du es zurückhaben.“

Zur Veranschaulichung rieselte feiner Sand aus seinen Strümpfen und verteilte sich auf den Fliesen und auf dem Frotteevorleger. Rebekka war kurz davor, in Tränen auszubrechen, riss sich Elias zuliebe aber zusammen. In solchen Momenten würde sie ein Königreich dafür geben, wenn Jan da wäre. Sie hatte einen megaanstrengenden Tag in der Klinik hinter sich. Dazu einen leeren Kühlschrank und endlose Schlangen an der Supermarktkasse. Die vollen Einkaufstaschen standen noch so, wie sie sie die Treppen hinaufgeschleppt hatte auf dem Küchentisch und warteten darauf, ausgeräumt zu werden. Juchu, das Leben konnte schön sein. Und wenn ihr kleiner Sonnenschein im Bett lag, würde sie das Bad wieder in seinen Originalzustand versetzen müssen. Alles kein Problem, wenn ihr nicht selbst bald die Augen vor Müdigkeit und Erschöpfung zufallen würden.

Das zum Thema *Ich will endlich mal was erleben, um die Häuser ziehen und Spaß haben. Haha! Achtung: Wunschdenken trifft auf Wirklichkeit!*

Mit einem Seufzer verfrachtete sie Elias in die Wanne und horchte auf, weil ihr Handy, das im Flur auf der Garderobe lag, laut mit dem Klingelton für Unbekannte schrillte. Da sie ihre Nummer aber auch der Oberschwester ihrer Station gegeben hatte, musste sie rangehen. Scheibenkleister. Genau das hatte ihr noch gefehlt.

„Du bist schon ein großer Junge und kannst dich alleine waschen. Ich habe dir einen Waschlappen hingelegt. Und bitte keine Überschwemmung, ja? Ich gehe nur mal kurz telefonieren. Bin gleich wieder da.“

Wie gut, dass der Kleine so ein unkompliziertes Kind war, beglückwünschte sie sich. Sie ließ die Badezimmertür einen Spalt offen und lief in die Diele.

„Marbert.“

„Hallo, Rebekka. Schön, dass ich dich erreiche ... weißt du, wer hier ist?“

„Tja, wenn ich ehrlich sein soll ... so im ersten Moment ...“

„Mensch Becks, jetzt enttäuscht du mich aber. Weißt du wirklich nicht, wer hier ist?“

„Franziska?“

„Bingo. Hi, dachte, ich meld mich mal, du treulose Tomate! Wo hast du nur so lange gesteckt?“, lachte ihre Schulkameradin. „Komm, lass gut sein. Ist schon okay. Ich nehm dir das nicht übel. Erzähl mal, wie geht's dir?“

„Äh ... ja gut ... aber woher hast du meine Nummer?“ Rebekka lief durch den Flur und schielte ins Badezimmer, wo Elias ganz versunken mit dem Boot spielte, das ihm Jan geschenkt hatte. Dabei brabbelte er vor sich hin und erzählte sich Geschichten. Beruhigt entfernte sie sich wieder, damit keine Geräusche ins Telefon drangen, ließ die Tür aber einen Spalt offen, um das Geschehen im Bad im Auge zu behalten.

„Ich habe deine Mutter in der Stadt getroffen“, erklärte Franziska. „Wir haben uns ein bisschen unterhalten. Sie hat mir erzählt, wie gut es ihr geht, dass sie einen besseren Job hat und so glücklich mit ihrem Mann ist ...“

Rebekka wurde siedend heiß. Was hatte ihre Mutter noch alles erzählt? Oje! Zu Beginn ihrer Schwangerschaft hatte sie Beate gebeten, niemandem davon zu erzählen. Ob sie glaubte, dass sich daran jetzt etwas geändert hatte? Oh Gott, hätte sie das doch bloß im Vorfeld geklärt. Scheiße!

„... ich hab sie nach dir gefragt. Logisch, oder? Es interessiert mich doch, wie's dir geht“, plapperte Franziska in lockerem Ton weiter. „Und weil ich ihr erzählt habe, dass wir Ende September, genauer gesagt ist es der letzte Freitag im September, ein Klassentreffen geplant haben, hat sie mir natürlich deine Nummer gegeben."

Auch das noch.

„Aha."

„Ja, wir, also Fabian, Yannik, Meike und ich ... wir dachten, nach so langer Zeit kann man sich mal wieder treffen. Wir haben den kleinen Saal im Bierkrug reserviert. Du erinnerst dich sicher, dass wir dort nach der Schule oft abgehangen haben. Und die Klassenfeten haben wir da schließlich auch immer gefeiert. Da dachten wir, dass das der beste Ort ist, um ein Treffen zu vereinbaren."

„Logisch erinnere ich mich. Werde ich wohl nie vergessen. Besonders die Fete in der Fünften nicht. Da müsste es bei dir jetzt eigentlich auch sofort klingeln."

„Hm ... ach ja, richtig, da war Robin ja noch dabei. Der konnte dich nicht leiden und hat, was dich angeht, immer rumgestänkert. Wie gut, dass seine Eltern dann weggezogen sind. Hatte der dir nicht Ketchup über den Pulli gekippt?"

„Ja ... und alle haben mich angestarrt und sich über mich lustig gemacht ..."

„Bis Clemens dir seine Jacke gegeben hat ... hach, der war ja damals schon so ein Schnuckelchen. Kein Wunder, dass alle Mädels in ihn verknallt waren ... hast du eigentlich mal wieder was von ihm gehört? Kurz nach der Abifete haben wir uns in der Stadt getroffen und da meinte er, er könnte dich nicht erreichen ..."

Rebekka stockte der Atem. *Bloß weg von dem Thema.*

„Nein ... das war bestimmt, als ich schon in Berlin war", bremste sie Franziska aus und gab sich Mühe, so

ungerührt wie möglich zu klingen. „So … der Abend soll
also im Bierkrug stattfinden … und weiter?“

„Da sind wir unter uns. Der Wirt stellt ein kaltes Buffet zurecht. Fingerfood. Das fanden wir nicht so steif.
Soll ja lustig werden. Mensch, ich freu mich. Bin gespannt, was die Leute jetzt so treiben und wohin es sie
verschlagen hat. Findest du nicht?“

„Ja, keine Frage … wird aber bestimmt nicht einfach,
alle zusammenzutrommeln. Sicher sind doch einige
gar nicht mehr in der Stadt, oder? Haben schon viele
zugesagt?“

Auch wenn sie nicht vorhatte, zu diesem Treffen zu
gehen, interessierte es sie trotzdem, wer alles kam. Ehrlicherweise würde der mutige Teil von ihr sehr gerne
hingehen und schauen, was aus ihren Klassenkameraden geworden war. Doch dort zu erfahren, dass Clemens glücklich liiert war und möglicherweise oben-
drein bereits eine eigene Familie plante oder sogar
schon gegründet hatte … das würde sie nicht überleben.
Allein Franziskas Stimme rückte die Erinnerung an die
Schulzeit bedrohlich nahe. Das Wissen, dass sie Clemens kannte, vielleicht sogar irgendwie in Kontakt mit
ihm stand und deswegen logischerweise auch wusste,
welches Leben er jetzt führte, brachte Rebekka den Tränen nahe. Quatsch, das war nur deshalb so, weil ihr
heute alles über den Kopf wuchs.

Es war verrückt, aber in diesem Moment wünschte
sie sich nichts mehr, als Clemens treffen zu können. Sie
vermisste es so sehr, seine Stimme und sein Lachen zu
hören. Doch das würde – so wie es mal gewesen war –
sowieso nie wieder geschehen. Nicht nach dem, was
vorgefallen war.

Rebekka räusperte sich, schluckte die Melancholie hinunter und besann sich auf die Gegenwart. „Hat dir meine Mutter erzählt, dass ich im Krankenhaus arbeite?"

„Ja, hat sie. Sie ist megastolz auf dich. Aber du warst ja schon immer total fleißig und ehrgeizig. Ich wundere mich, dass du nicht gleich Medizin studiert hast."

„Tja, das hätte ich auch gerne ... was soll's, man kann nicht alles haben. Ist okay so. Hängt halt viel dran an so einem Studium, finanziell, meine ich, das wollte ich meiner Mom nicht zumuten." Rebekka spürte an ihrem Puls, wie sehr sie dieses Gespräch mitnahm und beschloss, auf den Punkt zu kommen.

„Hm, so ist das ... aber noch mal wegen des Klassentreffens ... jetzt wo du weißt, wo ich arbeite, wirst du sicher verstehen, dass es schwierig für mich wird, zu kommen. Ich bin im Schichtdienst." Rebekka kreuzte Zeige- und Mittelfinger. „Da kann ich nichts versprechen. Besser, du streichst mich von deiner Liste."

Sie schielte ins Bad und atmete auf, weil Elias sie offensichtlich nicht vermisste. Er spielte immer noch ganz weltvergessen mit seinem Boot, das gerade in den Schlund des widerlichen Waschlappens zu geraten drohte. Rebekka musste sich ein Kichern verkneifen. Woher er nur diese Fantasie hatte? Von ihr jedenfalls nicht.

„Das wäre aber sehr schade", seufzte Franziska an ihrem Ohr. „Ich würde mich so freuen, wenn wir uns mal wiedersehen könnten. Deine Mutter hat erzählt, dass du die Ausbildung in der Charité in Berlin gemacht hast. Das war doch bestimmt mega cool, oder? Stelle ich mir echt irre vor, in so einer Weltstadt zu leben.

Mensch, das Klassentreffen ist erst in drei Wochen. Geht denn da wirklich gar nichts? Auch nicht mal ausnahmsweise? Komm, Rebekka, frag doch wenigstens."

„Wenn Wochenenddienste dranhängen, muss man schon ein bisschen früher anfragen. Schließlich wollen da alle mal freihaben."

„Aber du musst ja gar nicht unbedingt freihaben. Wir treffen uns an einem Freitagabend um sieben Uhr. Es würde also reichen, wenn du an dem Tag die Frühschicht übernehmen könntest. Das wird ja wohl möglich sein, wenn man es drei Wochen vorher ankündigt. Oder nicht?"

Da konnte Rebekka nur schwer widersprechen. Doch viel mehr beruhigte sie die Aussage, dass es Franziska nur um den Schichtdienst ging. Das sagte ihr, dass sie von Elias' Existenz nichts wissen konnte. Vor Erleichterung wurden ihr die Augen feucht. Das Letzte, was sie wollte, war, dass ihre ehemaligen Klassenkameraden erfuhren, dass sie bereits Mutter eines fast schulpflichtigen Kindes war, das seinen Vater nicht kannte. Um Himmels willen!

Specki-Becki hat sich einen Braten in die Röhre schieben lassen. Mit neunzehn! Ha ha, sieh mal an, die schlaue Rebekka, wer hätte gedacht, dass die so dämlich ist.

„Gut, ich kann ja mal fragen." Wieder kreuzte sie ihre Finger. Wenn sie noch lange rumdiskutierte, würde sie heute Nacht gar nicht mehr ins Bett kommen. „Habt ihr schon Zusagen? Wer kommt denn alles?"

„Ja, sieht ganz gut aus. Ich kümmere mich um die Mädchen und Fabian um die Jungs. Er meinte, dass fast alle zugesagt haben." Franziska schwieg einen

Moment. „Clemens wird wohl nicht kommen. Fabian hat sich dazu nicht richtig ausgelassen. Da muss irgendwas vorgefallen sein, was aber keiner so richtig weiß. Yannik sagt auch nichts. Geh also davon aus, dass er nicht kommt. Finde ich ziemlich schade, ehrlich gesagt. Ich mag Clemens. Der war immer so cool drauf … weißt du was Näheres? Oder hast du auch keinen Kontakt mehr zu ihm?“

„Nein, ich weiß nichts. Wir haben uns aus den Augen verloren“, erklärte Rebekka betont neutral. „Wollte er nicht in Gießen studieren? Vielleicht wohnt er ja jetzt dort und kann deshalb nicht kommen.“

„Keine Ahnung. Ehrlich gesagt weiß ich da nichts Genaues drüber.“

„Es wird ihm schon gutgehen.“ Rebekka wollte nicht länger über ihn reden. Clemens gehörte zu den Menschen, die auf der Sonnenseite des Lebens geboren waren. Warum sollte es ihm schlechtgehen?

„Okay. Wie wollen wir verbleiben? Meine Nummer hast du jetzt. Schreib mir doch bitte eine Nachricht, wenn du Näheres zu deinem Schichtplan weißt.“ Franziska holte hörbar Luft. „Rebekka, ich würde mich wirklich freuen, wenn du kämst. Ich fand es damals sehr schade, dass du auf einmal weg warst. Und soll ich dir was verraten … das ging anderen auch noch so. Außerdem musst du mir unbedingt von deiner Zeit in Berlin erzählen. Ich will schon so lange mal dahin.“

Franziskas Worte klangen aufrichtig, weshalb Rebekka ins Grübeln kam. Sollte sie vielleicht doch zum Klassentreffen gehen? Und was hatte sie schon zu verlieren, wenn Clemens nicht kam?

„Okay, ich muss sehen, was geht. Ich melde mich. Danke, Franziska, dass du an mich gedacht hast."

8

„Danke, ich weiß gar nicht, was ich ohne euch machen würde. Es ist wirklich sehr lieb, dass ihr mich mit Rita unterstützt. Sie hat mir so leidgetan, da musste ich einfach helfen." Clemens stellte sich zwischen seine Eltern, die gemeinsam in der Küche vor der Arbeitsplatte standen und Gemüse für das Abendessen schnippelten. Er legte beiden die Arme über die Schultern. Seit Carsten dank YouTube das Kochen für sich entdeckt hatte, gab es häufiger neue Gerichte im Hause Lorentz. Allerdings sah er es gern, wenn Cornelia sich seinen Ideen anschloss und ihm bei der Umsetzung half. Sie nahm es gelassen und freute sich über seine Initiative. Er sei im Unruhestand, erklärte Carsten gerne. Tatsächlich verging keine Woche, wo seine Eltern nicht im Museum aushalfen. Beide hatten bis zu ihrer Rente bei den staatlichen Museen gearbeitet und eigentlich nur bedingt aufgehört, weil sie noch immer ständig für Führungen gebucht wurden.

„Das ist doch selbstverständlich. Ich hätte genauso gehandelt."

„Jetzt weißt du wenigstens, woher du das hast", neckte Carsten. „Deine Mutter kann auch niemanden leiden sehen."

„Aber du oder was?" Cornelia lachte trocken auf und schüttelte dann den Kopf. „Meine Güte, was gibt es nur für Leute! Hätte ich diese Geschichte irgendwo gelesen, ich würde es nicht für möglich halten, dass es so was gibt. Dass Eltern so egoistisch sein können."

Clemens löste sich. „Mama, hattest du nicht noch ein altes Handy, das du loswerden wolltest? Rita hat keins und da dachte ich ..."

Cornelia schob die geschnittenen Zucchini vom Brett in eine Schüssel und wischte sich die Hände an der Schürze ab. „Hm, lass mich überlegen." Sie öffnete einen Schrank, in dem alles lag, für das es woanders keinen Platz gab, und sah sich suchend um. „Ich weiß, dass es hier drin war ... aber ich sehe es nicht."

„Hast du das nicht Cedric gegeben? Er brauchte ein Übergangshandy, weil seins den Geist aufgegeben hatte", warf Carsten ein.

Cornelia stutzte und schloss den Schrank, bevor sie Clemens bedauernd ansah. „Stimmt. Jetzt erinnere ich mich wieder. Tut mir leid, aber da kommst du zu spät."

„Okay ... verstehe. Fühlt sich an wie früher", grinste Clemens. „Cedric war immer schneller als ich."

„Er ist ja auch älter als du."

„Ja, danke, dass du mich erinnerst. Hätte ich fast vergessen ... nee, schon in Ordnung, Mama."

„Hast du denn selbst keins mehr rumliegen?" Carsten ging zum Kühlschrank, um den geriebenen Käse herauszuholen. „Ich könnte mich mal umhören, wenn du magst."

„Nein ... eigentlich nicht." Clemens Miene verschloss sich. „Danke erst mal. Ich schau jetzt mal, wie es ihr geht. Wird sich alles finden."

Während er in den Bereich der Villa ging, in dem Rita in einem Gästezimmer untergebracht war, wurde Clemens einmal mehr bewusst, wie sehr er mit seinem Elternhaus gesegnet war. Ritas Geschichte machte das besonders deutlich. Nicht dass er das nicht längst zu schätzen wüsste. Clemens war weder ignorant noch überheblich – keiner in seiner Familie war das – und wusste, in welchen Wohlstand er hineingeboren worden war. Bereits seine Vorfahren, die fast ausschließlich Akademiker gewesen waren, hatten dafür den Grundstein gelegt. Seine Eltern waren dennoch bodenständige, hilfsbereite und liebenswerte Menschen geblieben. Das wusste niemand besser als sein Vater, ein Kunstprofessor, der aus einer Handwerkerfamilie stammte. Sein Aufstieg in die feine Gesellschaft, scherzte Carsten gerne, sei vor allem seiner Frau zu verdanken, schließlich hätte die ihn zum Ehemann genommen. Aber auch Tom, der Mann von Clemens' Schwester Cathi, einer promovierten Pharmazeutin, war Schreinermeister und hatte sich ebenfalls davon überzeugen können, dass es im Hause Lorentz keinen Standesdünkel gab.

Clemens blieb stehen. Alles gut und schön, aber da wäre immer noch das Problem mit dem Handy.

Warum gibst du ihr denn nicht mein altes?, hörte er Verenas Stimme in seinem Kopf flüstern.

Verenas Smartphone lag im Schrank unter einer Decke. Genauso wie das Kästchen, in dem sie ihren Schmuck aufbewahrt hatte. Es fiel Clemens unsagbar schwer, ihre persönlichen Sachen auch nur anzusehen, ganz zu schweigen davon, sie anzufassen.

Du musst loslassen. Es ist besser so und es ist richtig so, hörte er wieder ihre eindringliche Stimme. *Ich komme nicht zurück!*

Wie in Trance begab sich Clemens in sein Zimmer, ging zum Schrank, öffnete ihn und holte das Kästchen hervor, in dem das Mobiltelefon in seiner ursprünglichen Verpackung verstaut war. Er hob den Deckel ab und nahm es in die Hand. Das erste Mal nach einer Ewigkeit. Die Schutzhülle war eine Sonderanfertigung. Ein Schnappschuss, auf dem sie beide abgebildet waren. Ihr erster gemeinsamer Urlaub in Spanien – strahlend und vor Glück strotzend. Es fühlte sich an, als wäre es in einem anderen Leben gewesen. Den Kloß, der sich in seinem Hals bildete, schluckte er hinunter, doch die Träne, die ihm über die Wange rollte, ließ sich nicht mehr aufhalten.

Es ist besser so und es ist richtig so! Lass los!

Er schälte das Smartphone aus der Schutzhülle und legte sie zum Schmuck, bevor er alles wieder unter die Decke packte und sich die Tränenspuren von der Wange wischte. Plötzlich meldete sich sein eigenes Handy, das er in der Hosentasche hatte. Im Display erkannte er den Namen seines Klassenkameraden.

„Fabian!"

„Hi Clemens, melde mich noch mal wegen des Klassentreffens. Erinnerst du dich? Wir haben darüber gesprochen."

„Ja, na klar, aber ich hab dir doch gesagt, dass ich noch nicht so weit bin."

„Ja, weiß ich. Aber ich dachte, dass es für dich vielleicht ganz gut wäre, wenn du mal wieder unter Leute kommst ... es weiß keiner von deiner Situation, es würde dich also auch niemand darauf ansprechen."

„Danke, dass du dichtgehalten hast ... aber trotzdem, ich bin immer noch nicht sicher, ob ich dir zusagen kann. Muss erst noch mal drüber nachdenken ... wer kommt denn überhaupt alles?"

„Von den Jungs haben schon viele zugesagt, bis auf die, die ziemlich weit weg wohnen. Bei den Mädels bin ich nicht so ganz auf dem Laufenden. Aber dich wird vielleicht interessieren, dass Franziska Frau Marbert in der Stadt getroffen hat. Sie hat ihr Rebekkas Nummer gegeben ..."

„Nicht wirklich ... war aber nur eine Frage der Zeit ... meine Mutter ist Rebekka im Krankenhaus über den Weg gelaufen. Wie auch immer ... mit meiner Entscheidung hat das nichts zu tun."

„Du bist sauer, weil sie sich nicht mehr bei dir gemeldet hat, oder?"

„Wärst du das nicht?"

„Hm ... ja, wahrscheinlich schon ... aber ..."

„Lass gut sein. Wann soll das Klassentreffen stattfinden?" Clemens wollte nicht länger über Rebekka reden. Das brachte ihn nur unnötig in Rage.

„Am letzten Freitag im September. Im Bierkrug, um 19 Uhr."

„Okay, ich denke drüber nach ... aber rechne lieber nicht mit mir."

Auf dem Weg zum Gästezimmer festigte sich seine Entscheidung, nicht zum Klassentreffen zu gehen. Schon gar nicht, wenn Rebekka kommen würde. Es war weniger die Wut, als vielmehr die Enttäuschung darüber, wie sie sich aus seinem Leben geschlichen hatte, die ihn davon abhielt, hinzugehen. Das Verhalten passte so gar nicht zu der Rebekka, die er kannte und er konnte verdammt noch mal nicht damit umgehen, dass er dafür keine Erklärung finden konnte.

Er klopfte an Ritas Zimmertür und fand sie zusammengekauert auf dem Bett sitzend.

„Hi, ich hab dir was mitgebracht." Er hielt ihr die Handyschachtel hin, die sie nur zögernd entgegennahm. Er räusperte sich. „Es hat sich bestimmt im Amt herumgesprochen, dass meine Freundin vor einem Jahr tödlich verunglückt ist. Es war ihr Handy. Du kannst es haben."

Ritas Augen weiteten sich erschrocken. Wie versteinert hielt sie die Schachtel in die Höhe, als wollte sie sie ihm sofort zurückgeben. „Nein. Das wusste ich nicht … bist du sicher? Und wenn was kaputtgeht?"

„Ja, bin ich. Nun pack es schon aus", grinste er und zuckte mit den Schultern. „Und wenn was kaputtgeht … dann ist das eben so. Wäre aber blöd für dich", wählte er bewusst einen lockeren Ton. „Ich wüsste nämlich nicht, wo ich so schnell noch eins auftreiben sollte."

Behutsam legte sie sich die Schachtel auf den Schoß und hob den Deckel ab. „Danke", wisperte sie und senkte beschämt den Kopf. Eine Träne tropfte auf ihre Hand. „Oh, das ist ja noch richtig neu und so eine teure Marke …" Fragend sah sie ihn an. „Ist das nicht viel zu gut für mich?"

„Nein. Ist es nicht. Es gehört dir und jetzt will ich dazu nichts mehr hören. Ich gebe es dir gerne und Verena hätte gewollt, dass du es bekommst."

Gerührt beobachtete Clemens, wie überglücklich das Mädchen das Telefon bewunderte. Geradezu ehrfürchtig und mit Freudentränen in den Augen. Ihm ging es keinen Deut besser. Seit langem empfand er mal wieder so was wie ein Glücksgefühl, weil er jemandem etwas Gutes tun konnte. Abermals sah sie fragend zu ihm auf, worauf er nickte. „Ja, es gehört wirklich dir und morgen besorgen wir dir noch eine Prepaidkarte, damit du erreichbar bist." Mit einem Lächeln wandte er sich ab. „Von meiner Mutter soll ich dir sagen, dass wir um sechs essen. Sie hat es gerne, wenn man pünktlich kommt", zwinkerte er Rita zu und griff zur Türklinke. „Meinst du, du hältst es bis morgen aus, niemanden anrufen zu können? Du willst doch sicher einer Freundin ...", er verdrehte schelmisch die Augen, „... oder deinem Freund Bescheid geben, wo du bist."

Beinahe sofort verschwand jegliche Freude aus Ritas Gesicht, woraus Clemens schloss, dass sie keine Freunde hatte.

Betroffen über diese Erkenntnis ging er wieder einen Schritt auf sie zu. „Gibt es denn gar niemanden, dem du sagen willst, wo du bist?"

„Nein."

„Ihr seid doch so viele im Lehrgang ... und da ist niemand dabei, mit dem du lernst oder ...?"

„Natürlich reden wir. Aber nur über das, was man eben so redet während der Arbeit ..."

„Und du bist in keiner Lerngruppe? Ich habe am liebsten mit einer Klassenkameradin gelernt ..."

Scheiße, jetzt musste er schon wieder an Rebekka denken.

„Die war viel besser in der Schule als ich. Wir hatten eine Menge Spaß." Er lächelte Rita aufmunternd zu. „So wie ich dich einschätze, bist du doch bestimmt auch sehr gut im Lernen. Oder irre ich mich da?"

„Geht so. Meine Noten sind ganz okay."

„Und was verstehst du unter ganz okay?"

„Meistens Zweier, aber ein paar Einser sind auch dabei."

„Wusst ich's doch", lachte er und wurde gleich wieder ernst. „Hm, wenn ich das jetzt mal als Kerl so sagen darf ... in eurer Truppe, da sind doch auch ganz coole Jungs dabei ... meinst du nicht? Wenn du keine Freundin findest, dann suchst du dir eben einen Freund."

Clemens bereute sofort, was er gesagt hatte, denn nun schossen Rita erst recht die Tränen in die Augen. Beschämt bedeckte sie ihr Gesicht. Oh Gott, was hatte er denn jetzt angerichtet? Er setzte sich neben sie aufs Bett und schlang ihr kurz tröstend einen Arm um die Schulter, bevor er sie wieder losließ und ein Stück von ihr abrückte.

„Tut mir leid, wenn ich was Falsches gesagt habe. Es fällt mir halt schwer, mir vorzustellen, dass ein so nettes und kluges Mädchen wie du keine Freunde hat."

„Die mögen mich nicht ... und ...", flüsterte sie mit tränenschwangerer Stimme.

„Und du? Magst du sie auch nicht?"

Es war die Art, wie sie herumdruckste, errötete und seinen Blicken auswich, die Clemens verriet, dass sie damit einen Kommilitonen meinte.

„Du magst einen der coolen Jungs, oder?"

„Ja, aber das darf er nicht erfahren. Niemals."

„Warum denn nicht? So still wie du bist, ahnt er das sicher nicht mal. Wie soll er dann ..."

Rita starrte ihn an, als wäre er geistig umnachtet.

„Hast du mich mal angeguckt?", ereiferte sie sich. „Meine Haare, meine Klamotten ... kein bisschen Make-up. Glaubst du etwa, jemand wie er will mit jemandem wie mir befreundet sein? Der sieht mich ja nicht mal. Wozu auch? Da sind doch genug schöne Mädchen. Ich bin nicht schön. Ich bin langweilig. Seine Freunde würden ihn auslachen, wenn er ..." Rita schüttelte den Kopf, wischte sich die Tränen aus den Augen und von den Wangen und legte das Handy auf den Nachttisch. „Nein. Da mache ich mir nichts vor", erklärte sie tonlos. „Für irgendwas muss es ja gut sein, dass ich nicht dumm bin. Bitte, versprichst du mir, dass du mich nicht verrätst?"

„Natürlich. Wie sollte ich auch, wenn ich nicht mal weiß, wen du meinst?"

Rita sah ihn ratlos an und überlegte wohl, ob sie ihr Geheimnis preisgeben sollte, doch Clemens schüttelte den Kopf.

„Nein, du musst mir nicht sagen, wer er ist. Ich gebe nur zu bedenken, dass man sich mit dieser Vermutung mächtig täuschen kann. Ich verrate dir jetzt mal ein Geheimnis: Wir Kerle schauen viel weniger nach dem, was du da eben alles aufgezählt hast. Und Make-up ist uns meistens eher lästig, obwohl wir natürlich erkennen, dass es euch aufhübscht. Willst du wissen, was wir wirklich an einem Mädchen mögen?"

„Ja." Ritas Stimme war nicht mehr als ein Hauch.

„Wir finden es cool, wenn sie freundlich sind, zuhören können und nicht zu albern sind. Dabei hilft es ungemein, wenn sie klug sind." Clemens lächelte. „Siehst du, da stehen deine Chancen doch gar nicht so schlecht."

„Danke, dass du mir das gesagt hast. Du bist sehr nett und außerdem ...", sie wich seinem Blick verschämt aus,

„... ich wette, dass du in der Schule der absolute Mädchenschwarm warst und alle deine Klassenkameradinnen in dich verliebt waren.“

„Hm ... mir ist da mal so was zu Ohren gekommen“, grinste er schief und zuckte mit den Achseln. Ein Blick auf seine Armbanduhr ließ ihn aufspringen. Er klatschte in die Hände. „So! Jetzt wird’s aber Zeit. Wenn wir keinen Ärger mit meiner Mutter haben wollen, ist es besser, wir beeilen uns. Sie hat den Tisch garantiert schon gedeckt.“

In der Nacht lag Clemens wach. Die Ereignisse des Tages beschäftigten ihn so sehr, dass er nicht in den Schlaf fand. Vor allem das Gespräch mit Rita ließ ihn nicht los. Logisch, dass er da sofort an seine Schulfreundschaft mit Rebekka denken musste und damit automatisch auch an die letzten Begegnungen, die er mit ihr gehabt hatte. Dazu ging ihm zum tausendsten Mal der Abend der Abifete – zumindest bis zu dem Moment, wo er sich an nichts mehr erinnern konnte – durchs Hirn. Längst war ihm klar, dass er mit ihr über die Absicht, sich mit Lara zu treffen, hätte sprechen müssen. Das war nicht okay gewesen. Warum hatte er es ihr nicht einfach gesagt? Sie hätte es doch sicher verstanden, so wie sie immer alles mitgemacht und verstanden hatte.

Stopp! Die Sache mit dem Mitmachen und Verstehen war der entscheidende Punkt. Wieso war das so gewesen und warum hatte sie ihm selten bis gar nicht widersprochen?

Clemens fuhr aus dem weichen Kissen hoch und richtete sich kerzengerade auf.

Und wenn Rebekka auch in ihn verliebt gewesen war? So wie einige der Mädels aus seiner Klasse und so wie Rita in ihren Kommilitonen? Dann musste sie die Sache mit Lara ganz furchtbar verletzt haben. Außerdem würde das zu den Andeutungen passen, die Fabian mehrfach gemacht und Clemens jedesmal als Schwachsinn abgetan hatte. Scheiße!

Aber immerhin wäre das eine plausible Erklärung für ihr Verhalten. Der Gedanke tröstete ihn – nein, er erleichterte ihn sogar.

Auch wenn das alles jetzt nicht mehr rückgängig zu machen war, wollte er der Sache nun doch auf den Grund gehen. Aber er würde sehr clever vorgehen müssen. Rebekka war klug und sie kannte ihn gut. Clemens schaltete das Licht an und griff zum Handy.

Hi, Fabi, hab's mir anders überlegt. Ich komme zum Klassentreffen. Du hast recht, ich muss mal wieder unter Leute. Halt dazu aber erst mal dicht. Wäre mir wichtig. Erkläre ich dir wann anders. Gruß Clemens

9

Rebekka blies sich eine Strähne ihres Ponys aus der Stirn, bevor sie das Deckhaar lässig verwuschelte und mit Spray fixierte – fertig. Sie packte den Lippenstift in die Handtasche und betrachtete sich im Spiegel. Ein Hoch auf YouTube. Das Make-up war ihr Dank der Anleitung einer Stylistin wirklich gut gelungen. Zufrieden mit dem Ergebnis hob sie den Daumen. Ohne Übertreibung – sie sah sehr selbstbewusst und großstädtisch aus. Geradezu grandios für den heutigen Abend. Das dunkelblaue, mit großen cognacfarbenen Karos versehene Etuikleid saß so perfekt, als hätte man es für sie entworfen. Klassisch geschnitten, figurbetont, aber dennoch locker sitzend, sah sie damit so lässig und chic aus, als wäre sie in der Upperclass zu Hause. Um das nicht zu sehr zu betonen, hatte Rebekkas persönliche Stilberaterin Patty, die Inhaberin des Secondhandladens in Berlin, ihr zu geschnürten Boots geraten, die den Ton des Karos wieder aufnahmen. Eine dunkelblaue Kurzjacke aus täuschend echt aussehendem Lederimitat vollendete den lässigen Chic. Wie sagte ihre Mutter immer? *Kleider machen Leute.* Wie wahr.

So, und nun musste sie den Stoff nur noch mit Selbstbewusstsein füllen, dachte Rebekka nicht ohne Selbstironie. Nur kein Pessimismus. So, wie die Dinge gerade liefen, standen die Zeichen für den Abend nicht schlecht. Erstens hatte Patty ihr einen Karton mit bestmöglicher Auswahl rechtzeitig per Paketdienst zukommen lassen und zweitens hatte sie in Kassel eine fähige Friseurin aufgetan, die in der Lage war, ihren verehrten Carlo zu ersetzen.

Damit fühlte sie sich für das Klassentreffen gerüstet. Seitdem sie die Entscheidung getroffen hatte, die Einladung anzunehmen, kreisten Rebekkas Gedanken darum, wie sie sich am besten präsentieren sollte. Es war davon auszugehen, dass ihr Wiedererkennungswert bei ihren Klassenkameraden gen Null tendierte. Doch dieser Überraschungseffekt allein reichte Rebekka nicht. Sie wollte so richtig Eindruck machen und ohne Worte demonstrieren, wer sie heute war. Eine Frau, die ihren Weg ging und keinen Cent mehr auf die Meinung von Leuten gab, die sich nur auf Kosten anderer amüsieren konnten. Ihr war bewusst, dass das nicht ihren erhabensten Gedanken entsprach, doch das war ihr schlicht egal. Sollten die, die sie so oft gehänselt und verspottet hatten, ruhig blöd glotzen. Am besten vor Neid platzen. Den Spaß würde sie sich gönnen und sie hatte ihn sich sogar etwas kosten lassen. Natürlich waren da ebenso Franziska, Meike, Fabian und Yannik, die sich ihr gegenüber stets fair verhalten hatten. Ihnen brauchte sie nicht zu beweisen, dass Specki-Becki auch anders konnte. Und da Clemens ohnehin nicht zum Klassentreffen kam – das hatte Franziska aus erster Hand von Fabian – würde sie auch keiner aus der Ruhe bringen können.

Als sie um kurz vor sieben den Flur des Wirtshauses betrat und ihr der vertraute Geruch von Bierhefe und Fritten in die Nase zog, wurde ihr trotz der guten

Vorsätze mulmig zumute. All die gemeinsam verbrachten Nachmittage nach der Schule und auch die Klassenfeiern holten sie in diesem Augenblick ein. So viele Erin-nerungen an Clemens. Und es hatte sich rein gar nichts verändert. Selbst die Macken im künstlichen Marmor, mit dem der lange Flurboden ausgelegt war, waren noch da.

Sekundenlang starrte sie auf die offen stehende Tür, die in den Schankraum führte und überlegte, ob es nicht besser wäre, wieder umzudrehen. Waren es ihre Rachegelüste wirklich wert, den erlangten Seelenfrieden zu ruinieren? Dabei hatte sie sich zu Hause vor dem Spiegel so verdammt sicher gefühlt.

Erneut ging ihr Blick zur Wirtsstubentür, aus der Stimmengewirr und Gelächter zu ihr drangen. Es war vor allem das Gelächter, das ihr bei dem Gedanken wegzulaufen wie Hohn entgegenhallte.

Nein! Specki-Becki würde dieses Mal nicht kapitulieren. Wer hatte denn in Berlin einen Kaltstart hingelegt, eine anspruchsvolle Berufsausbildung absolviert und dabei noch einen Säugling versorgt? Sie! Rebekka Marbert. Und das sollte ihr erst mal jemand nachmachen. Punkt!

Sie holte tief Luft. Es wurde Zeit, dem Spuk ein Ende zu bereiten. Sie brauchte nun mal die Genugtuung, es ihnen gezeigt zu haben, auch wenn das noch so armselig war. Basta! *Nur ein paar Stunden, Rebekka*, sprach sie sich selber Mut zu. Allerhöchstens zwei, nahm sie sich vor. Das würde reichen, um ein Zeichen zu setzen. Sicher hatten sich schon einige im Nebenraum versammelt – dem gleichen Raum, in dem sie immer gefeiert hatten.

Atmen! Rebekka. Einfach nur ganz normal atmen.

Die Toilettentüren gerieten in ihr Blickfeld. Besser, sie würde noch mal gehen ... sie hatte schon als Kind immer aufs Klo gemusst, wenn es brenzlig wurde.

Beim Händewaschen entdeckte sie ein vergessenes Schlüsselbund, das jemand auf dem Waschtisch hatte liegen lassen. Kurzerhand nahm sie es an sich und machte sich damit auf den Weg in die Wirtsstube, um vor der Theke stehen zu bleiben. Die Wirtin, die sie natürlich nicht wiedererkannte, lächelte ihr freundlich grüßend entgegen.

„Guten Abend, ich hab diesen Schlüssel hier in der Damentoilette gefunden und würde ihn gerne abgeben."

Sie reichte das Schlüsselbund weiter. Die Wirtin bedankte sich, wobei sie etwas unaufmerksam wirkte, denn sie starrte mit einem neugierigen Gesichtsausdruck an ihr vorbei. Hinter Rebekka schien sich – zumindest, so wie es sich anhörte – gerade ein Menschenauflauf zu ereignen.

„Becks?!"

Sie erstarrte, während ihr gleichzeitig ein Schauer über den Rücken lief. Niemand konnte dieses Wort so betonen wir er. Doch da schwang noch etwas mit: absolutes Staunen. Seine Stimme traf sie mitten im Solarplexus, weshalb sie reflexartig nach Luft schnappte. Das Timbre war zwar tiefer geworden, doch es war immer noch unverkennbar die Stimme von Clemens Lorentz. Flau im Magen drehte sie sich zu ihm um – und sah nur ihn. Die anderen, die gleichzeitig mit ihm den Raum betreten hatten, nahm sie bloß am Rande wahr. Hatte Franzi ihr nicht versichert, dass er nicht kommen würde? Scheiße! Hätte sie doch nur nie zugesagt herzukommen.

Kleine Sünden bestraft der liebe Gott sofort, Rebekka. War das etwa die Retourkutsche für ihre Rachegedanken?

Allein wenn sie ihn so lässig dastehen sah, wurde ihr schwer ums Herz. Vertraut und doch so fremd. Er war reifer und viel männlicher geworden. Mit dem schwarzen Hemd und der beigen Jeans sah er unverschämt attraktiv aus. Als wenn das was Neues wäre. Noch mal Scheiße! Warum musste sie ihn schon wieder so anschmachten? Die Gewissheit, dass sie noch lange nicht über ihn hinweg war, traf sie so heftig, dass sie in Tränen hätte ausbrechen können. Augenblicklich kamen die Erinnerungen der Abifetennacht in ihr hoch. Wie viel besser wäre es jetzt, nicht zu wissen, wie er sich anfühlte. Ein Schauer überlief sie, wenn sie an die festen Muskeln dachte, die sie unter ihren Händen gespürt hatte.

Verdammt! Sie wollte das nicht. Wollte lieber wütend auf ihn sein und ihn überhaupt nicht mehr leiden können. Wusste aber im gleichen Moment, dass ihr das nie gelingen würde. Sekundenlang versank sie in seinen braunen Augen, die sie mit einer Intensität ansahen, dass sie glaubte, er würde ihr bis in die Seele blicken können. Besser nicht. Clemens war kein unerfahrener Teenager mehr und würde heute Dinge durchschauen, für die ihm damals die Reife gefehlt hatte.

Die jungenhaften Züge waren kantiger geworden. Er wirkte drahtig, fast ein bisschen hager. Allerdings hatte er bereits als Jugendlicher gute Proportionen gehabt. Die dunklen Locken ließen sich anscheinend immer noch nicht bändigen. Er trug das Haar länger, als es die derzeitige Frisurenmode für Männer vorgab. Gut geschnitten fielen sie ihm in die Stirn, wellten sich im Nacken und passten perfekt zu dem Dreitagebart, den er sich hatte stehen lassen. Um Frisurenmode würde er sich wohl nie scheren müssen.

Nun nahm sie auch ihre Klassenkameraden wahr, die mit einem Mal von allen Seiten zu kommen schienen. War sie die Einzige, die sich verändert hatte? Sie erkannte alle auf Anhieb, was ihnen mit ihr augenscheinlich nicht so erging.

„Ist das Rebekka? Gibt's doch gar nicht …" Kai bekam den Mund nicht mehr zu.

„Muss ja … wenn Clemens dabei ist", grinste Meike und hob den Daumen.

„Na, dann ist unser Traumpaar ja endlich wieder vereint", feixte Sören, bei dem sich noch nicht mal das Brillengestell geändert hatte.

„Was is'n mit der passiert? War die auf 'ner Schönheitsfarm?"

War ja klar, dass das von Mario kam.

„Nee, Franzi hat gesagt, sie war lange in Berlin", erklärte Meike.

„Aha. Hat sich aber gelohnt."

Wow, ein echtes Lob von Super-Loser-Mario. Sören, Kai und Mario gehörten zu denen, die sie am meisten gepiesackt hatten.

„Hallo zusammen!" Rebekka grinste sie alle frech an – viel frecher, als ihr zumute war. „Ich freu mich auch, euch zu sehen. Übrigens … ich kann euch hören. Aber danke für die netten Worte." Entschlossen umfasste sie den Riemen ihrer Tasche fester.

„Mamma Mia, hast du dich verändert." Clemens kam einen Schritt auf sie zu. Er lächelte sie an, als wäre nie etwas zwischen ihnen vorgefallen. „Hätte ich deine Stimme nicht erkannt, ich wäre glatt an dir vorbeigegangen ..."

„Rebekka!?" Franziska bahnte sich einen Weg zu ihnen. Ihr verblüffter Gesichtsausdruck zeigte, wie überrascht auch sie über ihr Aussehen war. Clemens trat rasch einen Schritt zur Seite, um ihr Platz zu machen, und beobachtete, wie die beiden Frauen sich spontan umarmten.

„Mannomann, hast du dich verändert ... deine Mutter hat echt nicht übertrieben ... du siehst absolut hammermäßig aus", musterte Franziska sie anerkennend von Kopf bis Fuß.

„Könnte sein, dass du den Satz heute Abend noch öfter zu hören bekommst", nickte Clemens.

„Danke." Mehr wusste Rebekka nicht zu sagen. Die Tatsache, dass er neben ihr stand, reichte komplett, um sie völlig aus dem Konzept zu bringen. *Kleider machen Leute. Haha! Patty hätte gleich mal eine Tüte Selbstbewusstsein mit einpacken sollen.*

„Na, das will ich meinen", nuschelte einer der Typen, die an der Bar saßen und ging damit auf Franziskas Lob ein. Er zwinkerte Rebekka in einer Art zu, von der sie eine Gänsehaut der ganz unangenehmen Sorte bekam. Der Typ rutschte vom Hocker und starrte ihr dabei so unverblümt auf die Brüste, dass sie automatisch rückwärtsging.

Clemens, dem die Aktion nicht verborgen geblieben war, kam die Galle hoch. Sein Beschützerinstinkt meldete sich wie ein Rauchmelder, unter den man eine

brennende Zigarette hielt. Den Drang, ihr den Arm um
die Schulter zu legen und zu demonstrieren, dass sie
seinem Schutz unterstand, war sekundenlang über-
mächtig.

Gerade rechtzeitig fiel ihm ein, dass sie nicht Verena
war und er kein Recht dazu hatte, sich so zu verhalten.
Seltsam, dass es sich noch immer so anfühlte, als wäre
Rebekka sein bester Kumpel. Das war sie nicht mehr
und würde sie auch nie mehr sein. Dabei ging es nicht
nur um ihr verändertes Aussehen, was ihn daran erinnerte. Er spürte deutlich, dass sie sich distanzierte. Es
traf ihn mehr, als dass es ihn ärgerte. Auch wenn sie nie
ein *richtiges* Paar gewesen waren, hatte sie doch stets
Zugang zu seinem engeren Kreis gehabt. Somit gehörte
sie – verrückterweise bis heute – zu den Personen, denen er immer Schutz und Hilfe anbieten würde. Ein
weiterer Grund, weshalb er herausfinden würde, warum sie sich nach der Abifeier so krass zurückgezogen
hatte, zumal er wusste, dass dieses Verhalten eigentlich
nicht ihrem Wesen entsprach.

„Schön, dass du es dir doch noch anders überlegt hast.
Ich freue mich so, dass du gekommen bist", hörte er
Franziska zu Rebekka sagen.

Also doch! Seine Vermutung war absolut richtig gewesen. Sie war nur wegen seiner offiziellen Absage
hier. Nun würde ihn erst recht nichts mehr davon abhalten herauszufinden, was der Grund für dieses selt-
same Verhalten war.

Clemens bemerkte aus den Augenwinkeln, wie ein
Mann von hinten dazu trat. Er erkannte Marius und beobachtete, wie er zielstrebig auf Rebekka zumar-
schierte. Seit wann waren die beiden so dicke

miteinander? Aber als Clemens auch noch mitansehen musste, dass Marius sie wie selbstverständlich in den Arm nahm und sie auch noch besitzergreifend an sich drückte, musste er seine Gesichtszüge kontrollieren. Was ging denn da ab?

„Wow, hey Rebekka, komm her und lass dich anschauen!" Marius schob sie ein wenig von sich und betrachtete sie mit einem anerkennenden Kopfnicken. „Mann, freue ich mich, dich zu sehen. Kann es sein, dass ich mir deine Nummer nicht richtig aufgeschrieben habe? Irgendwie konnte ich dich nicht erreichen. Wo warst du nur?"

Bemüht, sich seine Verblüffung nicht zu deutlich anmerken zu lassen, verfolgte Clemens das Geschehen mit größtem Interesse. Seit wann verstanden die beiden sich so gut ... waren so vertraut? Echte Freunde waren Marius und er nie geworden. Warum konnte Clemens nicht mal genau sagen, irgendwie war er ihm nicht ganz koscher. Man kannte sich und das war's dann auch schon. Aber dass Rebekka für Marius jemals mehr als nur eine bequeme Möglichkeit gewesen sein sollte, in der Schule am Ball zu bleiben, das war ihm anscheinend entgangen.

Mal schauen, welche Überraschungen der Abend noch so mit sich brachte, dachte Clemens und hob die Hand, um Fabian zu grüßen, der in diesem Moment aus dem Nebenraum dazukam.

„Hey Leute, wenn ich die anderen auch herholen soll, müsst ihrs nur sagen!", rief er und grinste. „Allerdings gibt's da drüben was zu futtern. Kaltes Buffet ... nur für den Fall, dass das hier jemanden interessiert."

„Mich schon. Ich habe nämlich Hunger." Franziska breitete ihre Arme aus, als wollte sie eine Herde Schafe von der Weide treiben. „Los jetzt. Im Sitzen kann man genauso gut quatschen."

Bewusst als Letzter folgte Clemens den anderen quer durch den Schankraum. Er musste Rebekkas Anblick erst einmal verdauen. Er kam nicht umhin, sie ständig anzuschauen und es fiel ihm verdammt schwer, sie mit der Person in Verbindung zu bringen, mit der er so lange so ... kumpelhaft, ja beinahe geschwisterlich verbunden gewesen war. Auf der Straße hätte er sie definitiv nicht erkannt. Nein, auf keinen Fall. Da war aber auch gar nichts mehr, was an die alte Rebekka erinnerte. Und obwohl sie ihm so fremd war, war sie ihm gleichzeitig so vertraut. Verrückt. Er wusste einfach zu viel von ihr, kannte ihre Vorlieben, Stärken und Schwächen. Nicht alle, wie er jetzt vermutete, denn etwas Entscheidendes musste sie ihm verschwiegen haben. Wäre sie sonst so wortlos aus seinem Leben verschwunden? Er würde es herausfinden und wenn es das Letzte wäre, was er täte.

Und wer ihn kannte, wusste, dass das kein leeres Versprechen war. Als Jugendliche hatte es Rebekka ihren Mitmenschen nicht leicht gemacht, ihren weiblichen Kern unter der unscheinbaren, sackartigen Kleidung auszumachen. Nicht einmal er, der ihr so nahe gewesen war, hatte erkannt, welche Person sich wirklich unter dem Wust an Haaren und Stoff verborgen hatte. Sie hatte sich zu einer faszinierenden Frau entwickelt, die auch ohne wallende Mähne anmutige Weiblichkeit ausstrahlte.

Er nutzte die kurze Gelegenheit, sie unbeobachtet studieren zu können, und nahm jedes Detail ihrer Erscheinung in sich auf. Beim Anblick ihres zarten Nackens regte sich der Wunsch, ihr körperlich näherzukommen. Es war nur ein kurzer Moment und dennoch ein Gefühl, dass er, seit Verena tot war, noch bei keiner anderen Frau verspürt hatte. Sein Blick streifte die sanft gerundeten Schultern, die beeindruckend schmale Taille, die sinnlichen Rundungen ihrer Hüften und verweilten schließlich bei ihren wohlgeformten Beinen, die in einer dunklen, farblich abgestimmten, blickdichten Strumpfhose steckten. Cognacfarbene Schnürstiefeletten machten das Bild perfekt. Clemens erinnerte sich, dass Rebekka schon immer ein gutes Gespür für Farben und Formen gehabt hatte.

„Hey, wo bleibt ihr denn so lange, ich hab Hunger!“, brüllte Yannik ihnen beim Eintreten in den Nebenraum der Gaststube ungeniert entgegen.

Yannik saß an einem Ende der beiden langen Tische, die der Wirt für das Treffen vorbereitet hatte. An der Wand war ein kaltes Buffet mit einfachen Speisen aufgebaut. Clemens wunderte sich nicht, dass Bianca, Marcike und Sina sich – so wie eh und je – zu Yannik gesellt hatten. Die vier starrten ihn mit erwartungsvollen Blicken an. Nein, entschied Clemens, das passte so gar nicht in sein Vorhaben. Glasklar, dass Rebekka sich nicht in deren Dunstkreis begeben würde – zu viele negative Erinnerungen. Sein Plan, sich möglichst nahe an sie heranzumachen, ging allerdings gerade den Bach runter, denn Rebekka setzte sich an das andere Ende des Tisches zu Meike, die sie zuvor euphorisch zu sich herangewunken hatte. Okay, das ging in Ordnung.

Doch als er mitansehen musste, wie Marius den Platz gleich rechts neben ihr ergatterte, ärgerte er sich darüber, dass er nicht schneller gewesen war. Das kam davon, wenn man träumte. Shit! Na gut, noch war der Abend nicht zu Ende. Er wählte den Stuhl seitlich von Meike und saß damit in der Mitte der langen Tafel.

„Hey, alles klar bei dir? Lange nicht gesehen", rempelte Yannik ihn von links an.

„Ja doch ... alles gut, und bei dir?" Clemens hob die Hand und grüßte Sina, die auf der anderen Seite direkt neben Yannik saß, wo auch Mareike und Bianca Platz genommen hatten. Er konzentrierte sich wieder auf Yannik.

„Was machst du eigentlich? Man hört und sieht nichts mehr von dir. Weiß nur noch, dass du studieren wolltest."

„Hab ich auch. In Gießen, Informatik. Bin jetzt bei Gericht und kümmere mich um die IT. Und du?"

„Hört sich gut an. Bestimmt interessant. Mich hat es zu einem Lebensmittelriesen verschlagen. Will später mal eine Filiale übernehmen ..." Yannik sah sich im Raum um und blieb am anderen Ende des Tisches bei Franziska hängen. „Sag mal, weißt du, wer die Blonde mit den kurzen Haaren ist?"

Bevor Clemens antworten konnte, redete Yannik aber schon weiter. „Kann mich gar nicht mehr an die erinnern ... und weißt du, was mit Rebekka ist? Franzi wollte doch versuchen, sie zu erreichen."

„Genau, die kenne ich auch nicht. Gehört die überhaupt hierher?", hakte Bianca prompt ein wenig feindselig ein.

„Das *ist* Rebekka."

Einfach nur herrlich, diese verblüfften Gesichter zu sehen, dachte Clemens nicht ganz ohne Häme. Gerade Bianca und Mareike hatten Rebekka mit ihren Sticheleien das Leben in der Schule oft sehr schwer gemacht.

„Echt jetzt?" Yanniks Gesichtsausdruck veranschaulichte deutlich, wie beeindruckt er war. „Hammer! Hätte sie nicht wiedererkannt. Wahnsinn, wie die sich verändert hat. Weißt du, ob sie studiert oder arbeitet? Kann mich nicht erinnern, dass sie dazu mal was gesagt hat."

Stimmt, dachte Clemens, weil sie sowieso selten bis gar nicht von ihren Wünschen und Plänen gesprochen hatte.

„Bestimmt was mit Mode", mutmaßte Mareike und schloss sich Biancas negativem Ton an. „Sieht ziemlich überkandidelt aus."

Diese Bemerkung brachte Clemens dazu, die beiden ins Visier zu nehmen. Wirklich verändert hatten sie sich nicht – Frisur und Outfit wie vor sechs Jahren. Allein das neueste Handymodell, das besonders Bianca an den Händen angewachsen schien, ließ darauf schließen, dass die Zeit vorangeschritten war.

„Na ja, wenn man unbedingt auffallen muss", nörgelte Bianca weiter, „mir wäre das zu ... *over the top!* Wo sind wir denn hier? In Paris, oder was?"

„Also ich finde, es sieht geil aus", meldete sich Yannik wieder zu Wort.

„Wenn du meinst ...", zuckte Mareike lapidar mit den Schultern.

„Ganz meine Meinung, Yannik", nickte Clemens.

„War ja klar, dass du das sagst ..." Bianca schob ihr Handy genervt auf der Tischplatte hin und her.

Clemens verdrehte die Augen. „Darf man jetzt nicht mehr sagen, was man denkt? Das tut ihr doch auch die ganze Zeit." Sein Ton war schärfer geworden. „Warum fragt ihr sie nicht einfach? Dann erfahrt ihr, was sie beruflich macht, wieso sie jetzt andere Klamotten trägt ... und eine neue Frisur hat."

„Nee, hinterher denkt sie noch, ich wäre neidisch." Bianca zog die Mundwinkel nach unten und warf einen abschätzigen Blick zu Rebekka hinüber, die sich gerade prächtig mit Franzi und Marius unterhielt. Letzterer klebte regelrecht an ihren Lippen, was Clemens zunehmend störte, auch wenn er noch nicht herausgefunden hatte, weshalb das so war. Doch! Natürlich wusste er warum! *Er* war verdammt nochmal Becks' Kumpel und nicht Marius! Okay, bei genauerer Betrachtung war sein Verhalten ziemlich kindisch – das musste er wenigstens vor sich selbst zugeben – aber es kränkte ihn trotzdem enorm, dass sie ihn so einfach gegen Marius austauschte.

„Ja, finde ich auch", stimmte Mareike ihrer Freundin zu, „tss, das bisschen Typveränderung ... als wenn das jetzt so was Tolles wäre."

„Mann, was seid ihr denn so gehässig?" Yannik ging das Gemecker anscheinend genauso auf den Geist. „Sind wir immer noch in der achten Klasse, oder was? Jetzt entspannt euch doch mal wieder."

„Ich sag ja gar nichts", meldete sich nun Sina zu Wort. „Wann gibt's denn endlich mal was zu trinken hier?"

„Wieso sitzt Marius eigentlich bei ihr und nicht du? Ist ja interessant." Mareike hob eine Augenbraue. „Wie geht das denn? Ihr wart doch früher immer so dicke? Habt ihr euch gestritten?"

„Ich finde es cool, dass du bei uns sitzt“, zwinkerte ihm Sina zu. „Als wenn sich nie was ändern könnte.“

„Stimmt. Außerdem hat der Abend ja auch gerade erst angefangen“, wiegelte Clemens das Thema ab und erinnerte sich, dass ihm Sina in der Schule schon sehr zugetan gewesen war, dass sie ihm aber dank Rebekkas Gegenwart nie zu dicht auf die Pelle hatte rücken können.

Die Bedienungen kamen herein und nahmen die Getränkebestellungen auf. Das gab Clemens erneut die Möglichkeit, Rebekka unauffällig zu inspizieren, wobei er sich zum wiederholten Mal die Frage stellte, wo seine alte Becks abgeblieben war. Jetzt, wo sie der Kellnerin die Bestellung gab, wäre er am liebsten zu ihr gegangen und hätte sie geschüttelt. Er wollte endlich von ihr wissen, warum sie sich so abweisend verhielt. Er rief sich das Gespräch mit Rita in Erinnerung, atmete einmal tief durch und wusste, dass er nur mit Geduld etwas erreichen konnte.

Rebekka spürte anscheinend, dass er sie anschaute, denn sie sah plötzlich zu ihm hin. Clemens hielt die Luft an. Für einen Lufthauch verschmolzen ihre Blicke. Dabei schien ihr ganzes Gesicht nur aus blauen Augen zu bestehen. Sehr ausdrucksstarke Augen, die sie dezent und dennoch wirkungsvoll geschminkt hatte. Er ahnte, warum die Mädels neben ihm sie derart anfeindeten. Rebekka, die ihnen nie Konkurrenz gewesen war, stahl ihnen jetzt plötzlich die Show. Sie sah aber auch wirklich klasse aus. Ihr frecher Kurzhaarschnitt brachte ihr klassisches Profil erst so richtig zur Geltung. Das in natürlichen Blondtönen gehaltene Deckhaar fiel ihr in gewollt unordentlichem Look teilweise bis in die Augen, was sie ziemlich cool wirken ließ. Clemens beobachtete, wie sich auch seine Klassenkameraden am anderen Tisch nach ihr umdrehten und tuschelten. Der Unterschied zur alten Rebekka war einfach zu krass.

Wie hypnotisiert musste er sie immer wieder anschauen. Fasziniert ging sein Blick von ihrem schlanken Hals zum Dekolleté. Trotz des züchtigen U-Boot-Ausschnittes bekam man eine Idee, was sich darunter verbarg. Niemals wäre ihm in den Sinn gekommen, dass sie unter den übergroßen Latzhosen und den schlabbrigen Shirts einen solch hammermäßigen Körper versteckt gehalten hatte. Zugegebenermaßen hatte er sich darum auch nie Gedanken gemacht. Rebekka war für ihn jenseits jeder Versuchung gewesen. Es wäre ihm wie Inzucht vorgekommen, nur darüber nachzudenken. Jetzt lachte sie hell auf und Clemens spürte, dass sie mehr als nur eine äußerliche Wandlung durchgemacht hatte und befürchtete, keine schnellen Antworten auf seine Fragen zu bekommen.

Die Kellnerin brachte ihm das bestellte Alster. Wie viel lieber würde er jetzt mit Rebekka anstoßen, dachte er, als er das Glas an die Lippen führte und abermals nach ihr Ausschau hielt.

Ihm fiel auf, dass ihr die Aufmerksamkeit, die sie von allen Seiten bekam, nicht wirklich gefiel. Es war die Art, wie sie gelegentlich den Blick senkte, mitunter verschämt lächelte oder sogar sanft errötete, die ihn das erkennen ließ. Aus den Augenwinkeln bemerkte er, wie Bianca mit Mareike tuschelte und dabei ständig zu Rebekka hinüberstarrte. Clemens verkniff sich einen Kommentar und ärgerte sich wieder, dass er nicht schneller gewesen war. Nun saß er hier in einer

Gesellschaft – abgesehen von Yannik, der zwar ein bisschen schnoddrig, aber ansonsten ganz okay war – vor der er am liebsten fliehen würde. Selbstverständlich war er sehr froh, dass ihn niemand auf Verenas Tod ansprach. Doch außer Fabian wusste ja auch keiner von seinem Privatleben. Seiner Meinung nach waren sechs Jahre definitiv zu kurz, um nach dem Schulabgang ein solches Treffen zu veranstalten. Bei einigen stagnierte der natürliche Reifeprozess kolossal. Wie hatte Rebekka das Dreiergespann um Bianca früher immer genannt? *Unsere Klassenbesten in Schönheit.*

Als alle schließlich auf ihren Plätzen saßen – auch zwei Lehrer waren gekommen – stellten sich Franziska und Fabian in der Mitte des Raumes auf.

„Hallo Leute", ergriff Franziska das Wort, „ich freue mich wie Bolle, dass wir – Fabi und meine Wenigkeit – es geschafft haben, euch zusammenzutrommeln. Ich kann nur sagen, das war gar nicht so einfach und auch ziemlich zeitintensiv. Und weil wir das beim nächsten Klassentreffen stressfreier wollen, habe ich eine Liste rumgegeben, auf der ihr eure Telefonnummern und Adressen angeben könnt. Die Daten, die mir bekannt sind, stehen schon drauf. Vervollständigt bitte die Lücken. Danke. So und jetzt will euch Fabi noch was sagen."

„Ja, auch von mir ein herzliches Hallo, keine Angst, ich mach's kurz. Es gibt gleich was zu futtern. Nach dem Essen sammele ich dann das Geld fürs Buffet ein, die Getränke muss jeder selber zahlen. So, das wars schon. Dann los! Haut weg das Zeug."

Während die meisten sofort ihre Stühle geräuschvoll nach hinten rückten, um das Buffet zu stürmen, kam die Adressenliste, die bereits die Runde gemacht hatte, wieder bei Rebekka an. Sie war eine der Letzten, die Franziskas Eintrag vervollständigen musste. Franzi hatte nur ihre Telefonnummer eingetragen. Bevor Rebekka ihre Adresse hinzufügte, überflog sie die Reihen, um nach Clemens' Namen Ausschau zu halten und fand ihn gleich auf der ersten Seite. Erstaunt entdeckte sie, dass er offenbar noch immer bei seinen Eltern wohnte – oder wieder. Automatisch erschien vor ihrem inneren Auge die Lorentz-Villa. Seine beiden älteren Geschwister lebten bestimmt nicht mehr daheim, weshalb das Haus leer geworden sein dürfte. Auf jeden Fall Platz genug, um mit einer Freundin einzuziehen, überlegte Rebekka, worauf ihr Magen zu grummeln begann. Sie hielt es für absolut unwahrscheinlich, dass ein so attraktiver Mann wie Clemens Single war.

„Hey, willst du gar nichts essen?", kam Meike zurück an den Tisch und starrte sie verständnislos an. „Wenn du dich nicht beeilst, sind die besten Sachen weg!"

„Ach, das passt schon. So einen großen Hunger hab ich auch gar nicht ... lass es dir schmecken. Ich warte, bis der Andrang weniger geworden ist."

Marius, der wegen eines Telefonats vom Tisch aufgestanden war, um außer Hörweite zu gelangen, trat wieder näher und sah Rebekka aufmunternd an. „Komm! Ich stelle mich auch an."

„Wolltest du nicht schon eben zum Buffet?"

„Nee, musste dringend telefonieren."

„Okay, bevor ich mich nötigen lasse ...", gab Rebekka nach, erhob sich und marschierte hinter Marius auf das Schlangenende zu. Keine Sekunde später bereute sie ihre Entscheidung. In der Reihe vor ihr warteten

Bianca, Mareike und Sina. Exakt in dieser Reihenfolge. Marius, dessen Telefon schon wieder klingelte, ließ ihr den Vortritt, weshalb sie nun direkt hinter Sina stand. Mist.

„Hi!" Sina drehte sich sofort zu ihr um. „Wahnsinn, ich kann immer noch nicht glauben, dass du das bist! Man kennt dich ja kaum wieder. Wo kriegt man denn so coole Klamotten her? Bestimmt aus dem Internet, oder?"

„Ja, so ähnlich", nickte Rebekka und nahm sich einen Teller. „Gibt's heutzutage überhaupt noch was, das man nicht im Netz kaufen kann?"

Marius drängte sich hinter sie. „Sorry, musste rangehen, ging nicht anders."

„Ja, nun sag doch mal, wo ist denn jetzt der Laden? Ist das ein Geheimnis, oder was?", bohrte Sina weiter.

„Nee", lachte Rebekka, „eher ein Geheimtipp. Für mich wars das wenigstens ... tja, wenn du da einkaufen willst, musst du nach Berlin."

„Wow ... du fährst extra nach Berlin, um dir neue Klamotten zu kaufen?"

Die Kellnerin lief an ihnen vorbei und Sina streckte plötzlich den Arm nach ihr aus und erwischte sie am Arm. „Bringen Sie mir bitte noch ein Radler ...", sie deutete auf ihren Platz, „... am besten gleich ein großes."

Sie schien die verwunderten Blicke der Umstehenden zu bemerken – es war noch keine Viertelstunde her, dass die Bedienung die erste Runde gebracht hatte – und rechtfertigte sich: „Hach, ich hab heute so einen furchtbaren Durst ... weiß auch nicht warum."

Was geht mich das an, dachte Rebekka, die sich genauso wunderte und schnappte sich Besteck und

Serviette. Irritiert bemerkte sie, dass Sina scheinbar auf einmal Probleme mit der Orientierung hatte, denn sie stand vor ihr, als wüsste sie nicht mehr, wo sie war.

„Sina, du hältst den ganzen Verkehr auf. Wolltest du dir nicht was zu essen holen oder vielleicht jetzt doch nicht mehr?"

„Na klar. Aber über den Laden reden wir noch mal. Ich will unbedingt wissen, wo das ist."

„Von mir aus. Hier, du kannst meinen Teller haben. Ich hole mir einen anderen und dann nimm dir was zu essen … die zweite Runde steht gleich wieder in den Startlöchern und wir sind mit der ersten noch nicht durch."

Rebekka kam sich vor, als wäre sie Sinas große Schwester und nicht eine Klassenkameradin, die sie seit über sechs Jahren nicht gesehen hatte. Aber war das nicht in der Schule schon so gewesen? Manche Dinge schienen sich nie zu ändern.

Während des Essens plauderte Rebekka mit Meike über ihre Ausbildung, beantwortete Marius' Fragen nach dem Berliner Nachtleben – zu dem sie eigentlich nicht viel sagen konnte – und freute sich mit Franziska, die ihre Hochzeit im kommenden Sommer plante. So unauffällig wie möglich schielte sie immer mal wieder zu Clemens hinüber, der sich mit Yannik und Fabian unterhielt.

Zwei Gläser Apfelschorle später verspürte sie den Drang, ihre Blase zu entleeren. Die Handtasche geschultert stiefelte sie durch Saal und Wirtsstube und fand sich schließlich in der Toilette wieder. Alle drei Kabinen waren leer, denn die Türen standen offen. Erleichtert, mal mit niemandem über Berlin, ihr Outfit und weiß der Geier noch was reden zu müssen, wählte sie die äußerste Kabine und hörte, während sie abriegelte, dass Bianca und Mareike laut schnatternd hereinkamen. Na toll! Das hatte ihr gerade noch gefehlt.

„Oh Mann, ich mach mir gleich in die Hose! Und du musst auch noch so ein Zeug erzählen", kicherte Bianca und nahm die Kabine direkt neben Rebekka.

„Aber das ist doch auch zum Schießen!", rief Mareike. „Hast du gesehen, wie dein Super-Marius Specki-Becki anschmachtet? Der muss doch echt unter Geschmacksverirrung leiden."

„Hey, das ist Vergangenheit. Interessiert mich nicht mehr. So ein Idiot und ständig muss er telefonieren. Der denkt auch Wunder, wie wichtig er ist. Was macht der eigentlich beruflich?" Bianca urinierte geräuschvoll, wobei sie kilometerlang das Toilettenpapier abrollte.

Logisch. Rebekka erinnerte sich, dass Bianca ab der zehnten Klasse wie verrückt hinter Marius her gewesen war. So offensichtlich, dass ihm das unmöglich entgangen sein konnte. Anscheinend interessierte es ihn aber bis heute nicht. *Hihi, wenn die wüsste, dass er mit ihr sogar ein Date gewollt hatte*, grinste Rebekka nicht ganz ohne Häme. Sie richtete sich so leise wie möglich die Kleidung und zögerte, die Spülung zu betätigen.

„Keine Ahnung. Er hat studiert ... irgendwas mit BWL. Ist doch egal. Ich versteh die Kerle echt nicht. In der Schule haben sie über sie abgelästert und jetzt – alle wollen mit einem Mal neben ihr sitzen ... nur weil sie zur Schönheit geworden ist. "

„Na, jetzt übertreibst du aber ... tss ... Schönheit."

„Finde ich schon. Denk mal dran, wie sie früher ausgesehen hat. Wie'n Kartoffelsack auf Füßen ... und Clemens verrenkt sich auch dauernd den Hals nach ihr. Ich kapiere sowieso nicht, wieso er bei uns sitzt und nicht bei ihr ...“

„Weil er zu langsam war. Marius war schneller – deshalb.“

Rebekka verharrte wie eingefroren mit dem Finger am Spülknopf. Fieberhaft überlegte sie, ob sie sich zeigen oder lieber abwarten sollte, bis ihre liebreizenden Klassenkameradinnen das Feld geräumt hatten. Kalte Wut machte sich in ihr breit.

Kartoffelsack auf Füßen. Na wartet!

Nein. Sie würde sich weder verstecken noch weglaufen und sich auch nicht mehr ducken, wenn die Klassenschönsten über sie lästerten. Mit Nachdruck presste sie den Knopf für die Wasserspülung, worauf das Wasser in die Kloschüssel rauschte.

„Huch, da ist ja noch jemand“, raunte Mareike.

Zwei Toilettentüren öffneten sich gleichzeitig und kurz darauf hörte Rebekka, dass die beiden sich die Hände wuschen.

Mareike starrte mit vor Schreck geöffnetem Mund in den Spiegel, in dem sie erkannte, wer sie belauscht hatte.

Auch Bianca war blass geworden und trat sofort zur Seite, um Rebekka den Zutritt zum Waschbecken zu ermöglichen.

„Interessant, was ihr so alles zu besprechen habt, wenn ihr auf dem Klo seid. Es ist doch eine wahre Freude, euch zu treffen. Jetzt weiß ich wieder, warum ich euch nicht vermisst habe.“ Sie wusch sich in aller

Seelenruhe die Hände, während Mareike und Bianca zur Tür strebten. „Und schönen Dank auch ... Neid ist doch immer noch die ehrlichste Form der Anerkennung."

Die Tür knallte zu und Rebekka war allein. Mit beiden Händen stützte sie sich auf dem Waschbeckenrand ab und hoffte, dass nicht gleich wieder jemand hereinkäme. Nach einem tiefen Atemzug zog sie sich die Lippen nach, lächelte sich aufmunternd zu und verließ die Toilette. Am liebsten wäre sie sofort gegangen, doch den Triumph wollte sie den Lästerschwestern nicht geben. Mit geradem Rücken betrat sie den Nebenraum, ging langsam am Buffet vorbei und war im Begriff, sich zu setzen, als ihr Sinas seltsames Verhalten am Besteckkasten auffiel. Sie torkelte und wirkte, als wäre sie verwirrt, so fahrig wie sie sich bewegte. Wie lange war sie denn auf der Toilette gewesen? Doch nicht länger als zehn Minuten. Rebekka richtete sich wieder auf und lief zu Sina.

„Alles okay mit dir? Geht's dir nicht gut?"

Sie berührte Sina am Arm, um ihr Halt zu geben. Forschend sah sie ihr erst ins Gesicht und dann hinüber zu ihrem Platz. Vom großen Radler stand nur noch eine Pfütze im Glas. Trotzdem ... die Reaktion, die Sina an den Tag legte, passte nicht zu der Menge Bier mit Zitronensprudel, zumal sie auch gegessen hatte und offensichtlich immer noch nicht satt war.

„Ich ... ich will doch nur ... noch'n bisschen Käse haben ... was soll'n da nich okay sein?", lallte Sina mehr, als dass sie sprach. „Hab noch Hunger. Du isst wohl gar nix mehr, so schlank wie du geworden bist ..."

„Sina! Sieh mich mal an!"

„Hä? Was ... warum ...“

Sinas Blick kam von weit her, als sie mit glasigen Augen buchstäblich durch Rebekka hindurchstarrte. Die Schweißtröpfchen auf ihrer Stirn festigten Rebekkas Verdacht, zumal das zu den geweiteten Pupillen und den schleppenden Worten passte.

„Sina! Was hast du genommen? Schmerzmittel, Aufputschmittel oder was zum Beruhigen?“

Sie versuchte sich zu entziehen, doch Rebekka ließ ihren Unterarm nicht los.

„Äh ... was willst du überhaupt ... das geht dich überhaupt gar nichts an!“

„Ich möchte dir nur helfen, das ist alles.“

Umständlich öffnete Rebekka mit einer Hand ihre Tasche, die sie glücklicherweise noch über dem Arm hatte und zog das Handy hervor. „Ich sehe doch, dass es dir nicht gutgeht. Komm, lass dir helfen.“

„Quatsch ... du denkst auch, dass du die Schlaueste bist, he? Bist du aber nicht ... mir geht’s gut ...“

Sina schwankte bedenklich in Richtung Buffet. Rebekka stabilisierte ihre Klassenkameradin, indem sie sie näher zu sich heranzog und damit Schlimmeres verhinderte.

Marius, der die Szene beobachtet hatte, kam dazu, genauso wie Clemens, der das Geschehen ebenfalls verfolgt haben musste.

„Oje, sie hat ganz schön einen im Tee, was?“ Marius verzog missbilligend die Lippen.

„Ich ... ich bin nicht betrunken“, mokierte sich Sina, „ich ... äh ... mir geht’s gut. Lasst mich doch einfach nur alle in Ruhe ...“

Kaum dass Sina diese Worte ausgesprochen hatte, klammerte sie sich entgegen ihrer Aussage wie eine Ertrinkende an Rebekka, sodass die sich kaum noch bewegen konnte.

„Es ist nicht nur der Alkohol", erklärte Rebekka über Sinas Schulter hinweg, „sie sagt mir aber leider nicht, was sie genommen hat."

„Woher willst du das wissen?"

„Ich bin Krankenschwester und sehe, dass da Medikamente im Spiel sind. Kann mir mal einer ein Taxi rufen? Ich fahre mit ihr ins Krankenhaus ... ich befürchte, dass sie jeden Moment zusammenbricht."

Die beiden Männer setzten gleichzeitig zum Sprechen an, doch weil Marius' Telefon schon wieder klingelte und er abnahm, sprach Clemens.

„Du brauchst kein Taxi. Ich fahre. Gib mir zwei Minuten, damit ich meinen Deckel bezahlen kann ... bin gleich da."

„Muss ich doch auch noch. Erledige ich aber draußen an der Theke."

Meike kam herbeigelaufen. „Kann ich irgendwas tun? Willst du wirklich schon gehen? Ach, das ist aber schade, ich hätte mich so gerne noch ein bisschen mit dir unterhalten."

„Das holen wir nach ... versprochen. Du hast doch meine Nummer, ruf einfach an, okay?" Rebekka winkte zum Abschied. Inzwischen hatte auch der Letzte mitbekommen, was passiert war. „Euch noch einen schönen Abend."

10

Die Fahrt zum Krankenhaus – Rebekka hatte sich mit Sina auf die Rückbank gesetzt – verlief problemlos. Gesprochen wurde nicht. Nur Sina nuschelte unzusammenhängende, kaum verständliche Sätze vor sich hin, jammerte, lachte oder wollte einerseits sofort ins Bett und schlafen und andererseits zurück zur Klassenfeier. Rebekka hielt sie im Arm und versicherte ihr mit besänftigenden Worten, dass alles gut würde und es ihr gleich besser ginge.

Clemens beobachtete das Geschehen mit nachdenklicher Miene durch den Rückspiegel und steuerte den Mercedes-SUV, den er sich von seinem Vater geborgt hatte, ruhig durch die Straßen.

Unwillkürlich ließ Rebekka ihre Blicke durch das Wageninnere schweifen. Sie wusste selbst nicht, wonach sie suchte. Nach einem Kindersitz oder Kekskrümeln zwischen den Sitzen? Doch keine Spur. Aber warum fuhr Clemens dann so eine Familienkutsche? Vielleicht war seine Frau schwanger, sie bauten gerade ein Haus und wohnten deshalb in der Villa.

Seine Frau. Rebekka schluckte. Einen Ehering trug er jedenfalls nicht. Aber was hieß das schon? Wie viele werdende Eltern waren heutzutage nicht verheiratet? Unzählige.

Auf dem Parkplatz des Klinikums angekommen, bugsierte sie Sina in die Notfallambulanz und gab sich als Kollegin zu erkennen. Mit kurzen Worten schilderte sie Sinas Symptome und ihren Verdacht dazu. Glück-licherweise war die Notaufnahme wenig besucht, sodass sich gleich jemand um Sina kümmern konnte.

Clemens parkte den Wagen und schlenderte gelassen hinter den Frauen her. Unterdessen überlegte er ununterbrochen, wie er die Themen zur Sprache bringen sollte, die ihm am Herzen lagen. Glücklich, endlich die Gelegenheit dafür zu bekommen, suchte er sich einen Platz im Warteraum. Es imponierte ihm, mit welcher Professionalität Rebekka die Situation händelte. Doch wirklich verwundert war er darüber nicht. Im Nachhinein betrachtet, war sie schon während der Schulzeit viel ernster und reifer als die meisten der anderen Mädchen gewesen.

Rebekka kam zurück und setzte sich neben ihn.

„So, jetzt müssen wir warten", seufzte sie und zog den Rock glatt.

„Gibt es jemanden, den wir benachrichtigen können?"

„Schon erledigt. Ich habe ihre Oma informiert. Sina hat nach ihr gejammert und war glücklicherweise noch in der Lage, mir den Namen zu nennen. Ein Hoch auf das gute alte Telefonbuch und auf Festnetznummern, die da noch drinstehen, kann ich da nur sagen."

„Stimmt. Was ist mit ihren Eltern?"

„Die sind wohl auf Weltreise oder so was Ähnliches …"

„Aha … okay. Na denn … gut, dass wenigstens ihre Oma zu erreichen war."

„Äh, du musst aber nicht mit mir hier warten ... wenn du lieber fahren willst ...“

„Nein. Mitgefangen, mitgehangen, schon vergessen?“

„Der Vergleich hinkt. Aber danke, dass du uns hergefahren hast.“

„Ehrensache, oder?“ Er rutschte auf der Bank etwas von ihr ab und setzte sich quer, sodass er sie beim Sprechen besser ansehen konnte. „So, dann erzähl mal! Wo holst du denn nun deine schicken Klamotten?“ Er hob den Daumen. „Wundert mich nicht, dass Sina das wissen wollte. Sieht man nicht alle Tage.“

„Äh ... wie jetzt?“ Rebekkas Wangen röteten sich. Sie fing sich jedoch schnell und lachte amüsiert auf. „Männerklamotten gibt's da aber keine. Sieht für mich auch nicht so aus, als bräuchtest du da noch Beratung.“

„Findest du? Danke ...“

„Ah, verstehe“, nickte sie wissend und ihre Belustigung verschwand. „Du brauchst die Adresse für deine Liebste.“

Er zögerte, bevor er antwortete.

„Du hast meine Schwester und meine Schwägerin vergessen. Die beschweren sich ziemlich häufig über den Einheitsramsch der Modeketten und sind für den Tipp garantiert dankbar. Und da ich nun mal ein netter Mensch bin ... aber jetzt lass dich nicht länger bitten, erzähl doch mal ... das muss ja eine besondere Person sein, die dich da beraten hat. Auf jeden Fall versteht sie ihr Handwerk, das sieht man.“

Clemens beglückwünschte sich für die Eingebung mit dem belauschten Gespräch. Er musste sachte vorgehen, um Rebekkas Schutzpanzer, den sie offenbar nicht nur ihm gegenüber angelegt hatte, zu knacken. Er hatte die letzten Stunden genug Zeit gehabt, das zu durchschauen. Und dass sie Interesse an seinem Beziehungsstatus zeigte, sich aber nicht traute, ihn direkt danach zu fragen, deutete darauf hin, dass er ihr nicht so gleichgültig war wie sie vorgab.

„Sie heißt Patty und betreibt einen Secondhandladen ... sie bekommt ihre kaum getragene Ware von betuchten Damen der Berliner Upperclass. Ist also nicht grade um die Ecke. Irgendwann stand ich in ihrem Laden ... sie verkauft nicht nur Kleidung, sondern auch Accessoires. Mir war eine Handtasche in ihrem Schaufenster aufgefallen. Tja, und so haben wir uns angefreundet. Sie hat ein ausgezeichnetes Gespür für Menschen und für Mode und ich vertraue ihr, wenn sie mich berät.“

„Das kannst du. Mannomann, du hast heute Abend echt Eindruck hinterlassen ... hat sie dir auch zu der Frisur geraten?“

„Nee ... eigentlich kam der Friseur zuerst und dann die Klamotten. Carlo ist ein Geheimtipp, den ich von einer Kollegin hatte.“

Erleichtert spürte Clemens, wie Rebekka sich entspannte.

„Gut, dass sie mir vorher nicht zu viel von ihm erzählt hat, sonst hätte ich niemals auch nur einen Fuß in den Salon gesetzt. Im Nachhinein war es aber die beste Entscheidung, die ich treffen konnte.“

„Hört sich spannend an. Was ist mit diesem Carlo?“

„Er ist ein Freak. Total tätowiert und gepierct. Der Salon ist spartanisch ... das Gegenteil von komfortabel ... aber ich habe nie einen einfühlsameren Mann kennengelernt als ihn. Er schaut dich an und sieht dich ... verstehst du, was ich meine? Er sieht dich einfach. Er hat

mich gefragt, ob ich Mut hätte ... tja, und danach sah ich
so aus wie jetzt. Das ist Carlo."

Clemens schmunzelte und hob den Daumen. Interessant, was für ein Naturell zutage trat, wenn sie sich für etwas begeisterte und dabei vergaß, ihren Schutzwall aufrecht zu erhalten. Ihre wunderschönen, tiefblauen Augen strahlten von innen und er überlegte, ob ihm das früher schon mal aufgefallen war. Nein, das hätte er sich gemerkt.

„Ich wusste immer, dass du mutig bist ... dein Carlo hat recht. Unter den langen Haaren hatte man wirklich keine Chance, dich zu sehen. Das Gleiche gilt übrigens für die weiten Latzhosen, die du immer anhattest und hinter denen du dich damals regelrecht verbarrikadiert hast."

Zufrieden registrierte Clemens die Überraschung und die geröteten Wangen, die seine Aussage ausgelöst hatte. Männliche Anerkennung schien nicht alltäglich für sie zu sein. „Aber heute Abend, Rebekka ... da haben dich alle gesehen – das steht mal fest."

Sie blinzelte ihre Verlegenheit weg und konzentrierte sich auf den Riemen ihrer Handtasche. „Ja ... äh ... gut, jetzt weißt du also, dass der Laden nicht grade um die Ecke ist."

„Ich denke nicht, dass das ein Hindernis ist. Für coole Klamotten lauft ihr Mädels doch über heiße Kohlen."

„Keine Ahnung, was du für Frauen kennst ..."

„Wie wär's, wenn du mir die Möglichkeit gibst, *dich* wieder kennenzulernen? Ich würde zu gerne herausfinden, warum du damals abgehauen bist. Ohne ein Wort des Abschieds und ohne die Chance, dich zu erreichen."

Er suchte ihren Blick, doch sie wich aus, nestelte am Riemen ihrer Handtasche und starrte schließlich auf den Boden.

„Du hast niemandem auch nur den Hauch einer Möglichkeit gegeben, dich zu erreichen."

„Oh ... ihr habt darüber geredet?"

„Hallo! Geht's noch?" Clemens konnte es nun doch nicht mehr verbergen, wie sehr ihr Verhalten ihn verärgert hatte. „Wir waren seit dem vierten Schuljahr befreundet ... und dann bist du auf einmal weg! Von jetzt auf gleich. Endgültig. Es gab auch noch andere in der Klasse, die sich nach dir erkundigt haben und wissen wollten, wie's dir geht oder was du jetzt machst ... was denkst du eigentlich?"

Er erkannte, dass das Thema sie so aus der Bahn warf, dass sie am liebsten sofort aufgesprungen und weggelaufen wäre. Verflucht, war das kompliziert. So würde er gar nichts erreichen. Rita fiel ihm dazu wieder ein. Mist! Er hätte nicht so ausrasten dürfen.

„Und du? Was ist mit dir?", brach es aus Rebekka heraus. „Wieso wohnst du noch zu Hause?"

„Aha, das ist dir also aufgefallen."

„Konnte ich nicht übersehen."

„Jetzt sei wenigstens ehrlich! Es interessiert dich, was mit mir ist."

„Hab ich nie abgestritten."

„Und da wundert es dich, wenn es mir mit dir genauso geht? Okay ... lass uns einen Deal machen. Ich erzähle dir, weshalb ich wieder zu Hause wohne, wenn du mir erzählst, was damals los war."

Rebekka schwieg.

„Becks, wir haben uns das letzte Mal bei der Abifete gesehen. Aus meiner Sicht hatten wir bis dato keinen Stress miteinander ... und laut Fabian hast du mich in der Nacht sogar nach Hause gebracht. Bis zu dem Zeitpunkt muss dann ja noch alles in Ordnung gewesen sein." Er stand auf und blieb vor ihr stehen. „Was war dann, Rebekka? Sag mir doch einfach, was los ist und warum du so sauer auf mich bist."

Sie presste die Lippen aufeinander und starrte sekundenlang auf ihre Schuhspitzen, bevor sie ihn wieder ansah und mit einem leisen Seufzer antwortete. „Ich bin nicht sauer auf dich. Warum fragst du? Du warst dabei."

„Weil ich es verdammt noch mal nicht mehr weiß! Und wenn du nicht sauer auf mich bist, warum verhältst du dich dann so bescheuert?" Clemens atmete schwer, bevor er weitersprach. „Ich habe die Vermutung, dass mir jemand KO-Tropfen ins Glas getan hat. Also eigentlich hat Cedric mich darauf gebracht, dass das der Grund gewesen sein könnte. Du erinnerst dich sicher, dass mein Bruder Medizin studiert hat ..."

Clemens hielt inne, weil er sah, wie sich Rebekkas Mimik veränderte. Sie war blass geworden und starrte ihn mit riesigen Augen entsetzt an.

„Ich ... ich ... dachte, dass du ... du bist total betrunken ... und ..."

„Hast du das mal erlebt?"

„Na ja, irgendwann ist immer das erste Mal", murmelte sie.

„Aber nicht von 'nem halben Bier."

„Woher sollte ich das denn wissen?", verteidigte sie sich und ärgerte sich im selben Augenblick darüber.

„Fabian kam zu mir auf die Tanzfläche. Er … er war total aufgelöst …“, erklärte sie kurzatmig, „… ich hab erst gar nicht verstanden, was er von mir wollte. Du wärst betrunken, hat er gemeint, und er könnte dich nicht heimbringen, das sollte besser ich machen, weil ich ja schon so oft bei euch zu Hause gewesen wäre.“ Sie holte zittrig Luft und zuckte entschuldigend mit den Achseln. „Ich hab ihm geglaubt. Woher hätte ich auch wissen sollen, dass der Grund für … also, dass du … ähm … dass es kein Alkohol war, weshalb du so … so getorkelt bist? Und unter guten Freunden habe ich es als selbstverständlich angesehen, dass ich dich heimbringe.“

„Und das ist alles … du hast mich nur heimgebracht?“

„Rebekka Marbert? Sind Sie das?“

Rebekka sprang sofort auf, als sie die ältere Dame bemerkte, die direkt auf sie zusteuerte.

„Ja, die bin ich … und Sie sind Sinas Oma, richtig?“

Clemens beobachtete, wie Rebekka blitzschnell auf Pflichtprogramm umschaltete. Es war, als würde ein Ruck durch sie gehen. Ihre Stimme hatte mit jedem Wort an Klarheit gewonnen. Bestimmt lernte man das, wenn man in so einem Job arbeitete, vermutete er.

„Ja, würden Sie mich bitte zu meiner Enkelin bringen? Liebe Zeit, hört denn das nie auf, dass ich mir um das Mädchen Sorgen machen muss?“, murmelte sie kopfschüttelnd.

Rebekka ging los, drehte sich dann aber noch mal zu ihm um. „Clemens, danke, dass du uns hergefahren hast … du musst nicht hier warten. Ich komme auch alleine nach Hause …“

„Weiß ich ... ich will aber. Meine Entscheidung. Natürlich bringe ich dich heim. Schon vergessen? Das ist unter guten Freunden so.“

Er sah, wie es in ihren Augen blitzte, bevor sie sich abwandte und mit Sinas Oma zum Empfang ging. Ja, Becks war clever und begriff schnell. Sie wusste, wann man sie ausgekontert hatte. Und je mehr sie ihn loswerden wollte, desto neugieriger machte sie ihn auf das, was sie vor ihm verbergen wollte. Und dass sie etwas zu verbergen hatte, daran gab es für ihn nun keinen Zweifel mehr. Sollte sie ruhig. Sie würde schon noch merken, wie beharrlich er sein konnte, wenn *er* etwas wollte.

Oh ja. Da kann ich dir nur zustimmen, hörte er Verenas Stimme in seinem Kopf. *So hast du mich damals auch belagert, als du ein Date mit mir wolltest,* erinnerte sie ihn an ihr Kennenlernen.

Clemens presste sich die Hand vor den Mund, weil er Verena gerade in solchen Momenten, wo er sich keinen Rat mehr wusste, so sehr vermisste. Sie war immer so klar gewesen, so logisch und dabei doch so emotional.

Das war was anderes. Hier geht's nicht um ein Date, antwortete er ihr im Stillen. *Ich will wissen, warum sie sich so zurückzieht.*

Im Grunde weißt du das ... gib ihr ein bisschen Zeit und bedräng sie nicht so, sonst verlierst du ihre Freundschaft für immer.

Auf dem kurzen Weg bis zu Rebekkas Wohnung schwiegen beide. Clemens verwarf mehrere Ideen, sie noch einmal auf den Abend anzusprechen und wusste, dass er sich in Geduld üben musste.

Ohne auf ihren Protest zu hören, stieg er mit aus und brachte sie zur Haustür des Mehrfamilienhauses, in dem sie, wie er an der Klingel erkennen konnte, im dritten Stock wohnte. Aus irgendeinem Grund gefiel es ihm, dass nur ihr Name dort stand.

„Gute Nacht und danke, dass du mich hergebracht hast." Rebekka zog den Wohnungsschlüssel aus ihrer Tasche und wandte sich ab.

„Moment! Nicht so schnell ..." Clemens nahm ihr den Schlüssel ab und steckte ihn ins Schlüsselloch, bevor er sie zu sich umdrehte. „Du und ich, wir haben noch was offen, findest du nicht?"

Sie hielt seinem forschenden Blick nicht lange stand. „Clemens, ich ... ich bin müde, können wir ..."

„Halt einfach mal die Klappe, Becks, und hör auf zu denken." Ohne Vorwarnung zog er sie in die Arme und drückte sie fest an sich. Erleichtert registrierte er, dass sie die Umarmung – wenn auch verzögert – erwiderte. Unwillkürlich fragte er sich, ob er sie jemals im Arm gehalten hatte. Nein. In der Schule hatten sich höchstens die Mädchen umarmt, aber nicht die Jungs. Wieso kam ihm dann die Umarmung so seltsam vertraut vor? Eins ließ sich jedenfalls nicht von der Hand weisen: Rebekka fühlte sich verdammt gut an. Alles an ihr war fest, straff und trotzdem anschmiegsam weich – geradezu unwiderstehlich.

„So! Das musste sein." Er löste sich von ihr. „Da du dich damals nicht ordentlich von mir verabschiedet hast, wollte ich das jetzt nachholen."

„Hätte nicht gedacht, dass dir das so wichtig ist ..."

„Ich hab dir doch gesagt, du sollst aufhören zu denken und lieber mit mir reden."

„Okay ...“

„Gut, dann nur noch eins ...“ Er vergrub die Hände in den Taschen seiner Hose und sah ihr in die Augen. „Gibst du mir freiwillig deine Telefonnummer oder muss ich erst Franzi fragen?“

„Aber du hättest sie dir doch vorhin aus ihrer Liste abschreiben können ... warum hast das du das denn nicht gemacht?“ Zwischen ihren Augen bildete sich eine steile Falte. „Ich dachte ... äh ... ist das jetzt kein Abschied?“

Bei *ich dachte* verdrehte er die Augen. „Weil ich sie von dir persönlich haben möchte. Schließlich muss ich wissen, ob dir das überhaupt recht ist ... und von meiner Seite ist es kein Abschied, nein, sondern nur ein Tschüss.“

„Okay. Warum sollte mir das nicht recht sein?“

„Das wüsste ich auch zu gerne ... aber keine Sorge, das klären wir noch. Gut Nacht, Becks.“

11

Als Rebekka am nächsten Tag von der Frühschicht nach Hause kam, lagen äußerst anstrengende Arbeitsstunden hinter ihr. Allerdings lag das weniger am Arbeitsaufkommen – nur unspektakuläre Routinearbeiten – sondern vielmehr daran, dass sie die ganze Nacht kaum ein Auge zugemacht hatte. Sie war körperlich und seelisch total erschöpft. Das Zusammentreffen mit Clemens hatte ihr mehr abgefordert, als sie je vermutet hätte. Es zeigte vor allem überdeutlich, dass ihre Gefühle für ihn während der letzten Jahre lediglich tief verdrängt im Koma gelegen hatten, aber keineswegs abgestorben waren – ganz im Gegenteil. Sie empfand es als schmerzhafter denn je, niemals Teil seines Lebens werden zu können. Jedenfalls nicht so, wie sie sich das erträumt hatte. Er wollte wie eh und je ihr bester Kumpel sein und verstand natürlich überhaupt nicht, was dagegen sprach. Wie sollte er auch?

Rebekka warf einen Blick auf die Uhr. Viel Zeit blieb ihr nicht, sich zu erholen. Elias war bei ihrer Mutter und die erwartete sie am späten Nachmittag zum Essen. Mit einem Seufzer ging sie in die Küche, warf die Tasche auf einen Stuhl und wollte gerade den Kühlschrank öffnen, um sich etwas zu trinken herauszuholen, als ihr Handy klingelte. Jan. Das erkannte sie am Klingelton.

„Hi, hattest du auch Frühschicht?", begrüßte sie ihn.

„Ja, hi … und was für eine. Schrecklicher geht's kaum – Verkehrsunfall, junge Familie, drei Tote. Nur der Vater hat überlebt. Die Ärzte haben wirklich alles versucht … aber nichts zu machen. Sorry, aber das haut mich immer noch so um …"

Rebekka hörte an Jans Stimme, dass er kurz davor war zu weinen. Leider gehörten solche Erlebnisse auch dazu, wenn man im Krankenhaus arbeitete. Sie wusste, dass er sich normalerweise recht gut davon freimachen konnte.

„Alles gut. Versteh ich doch, das weißt du." Sie überlegte, wie sie ihn von dem Thema wegbekommen konnte. „Wie läuft es mit einem Nachmieter? Hast du inzwischen jemanden Nettes gefunden?"

Stille am anderen Ende. Na toll, da war sie ja voll daneben getappt.

„Weiß nicht … nee, eigentlich nicht", antwortete Jan schließlich leise. „Es waren schon einige da … ja, dass schon … aber … ihr fehlt mir so, Rebekka. Es ist so verdammt schrecklich, hier alleine zu leben. Glaubst du, ich könnte dich und Elias so einfach durch irgendjemand anderen ersetzen?", röchelte er und begann heftig zu husten.

„Nein, natürlich nicht, aber …"

„Wie stellst du dir das vor?", fuhr er ruhiger fort. „Das kann ich nicht."

Rebekka wurde das Herz schwer. Noch schwerer als es ihr ohnehin schon war. Scheiße!

„Das weiß ich doch. Und es tut mir auch wirklich leid, dass du so darunter leidest, aber kannst du denn nicht verstehen, dass es, so wie es war, nicht weitergehen konnte? Jan, ich hab dich wirklich gern, aber ich wünsche mir eine richtige Beziehung. Einen Mann an meiner Seite ... und in meinem Bett. Keine Wohngemeinschaft, sondern eine ... eine *Liebesgemeinschaft.* Den Wunsch kann ich doch nicht einfach abstellen, als wenn es ihn nicht gäbe."

Sofort musste sie wieder an Clemens denken. Noch mal Scheiße. Die ständigen Gedanken an ihn waren mindestens genauso belastend und deprimierend wie das schlechte Gewissen, dass Jan ihr ungewollt vermittelte.

„Schon gut", beschwichtigte Jan. „Lass uns damit aufhören, das bringt nichts. Sorry, ich ... wollte nicht ... ach Scheiße, ist heute einfach nicht mein Tag."

„Schon gut ..."

„Lass uns später noch mal telefonieren. Im Moment bin ich nur eine Zumutung ..."

„Quatsch! Was redest du denn dann? Du kannst mich jederzeit anrufen, verstanden? Jederzeit! Dafür sind Freunde da. Okay?"

„Ja, okay, ich melde mich wieder."

Auch zwei Stunden später hatte Rebekka sich noch nicht wieder beruhigt. Während der Busfahrt zu ihrer Mutter überschlugen sich ihre Gedanken. Da war das schlechte Gewissen Jan gegenüber, das trotz aller plausiblen Gegenargumente hartnäckig an ihr nagte. Außerdem die hoffnungslosen Gefühle für Clemens, von denen sie geglaubt hatte, dass sie überwunden seien und die nun noch intensiver als zuvor in ihr wüteten. Was für eine vertrackte Situation – alles schien so ausweglos. Und jetzt, wo sie wusste, dass er sich an nichts mehr erinnerte, konnte sie nicht mal mehr sauer auf ihn sein. Rebekka unterdrückte einen Schluchzer. Verschämt sah sie sich in dem voll besetzten Linienbus um und registrierte erleichtert, dass sich niemand für sie interessierte. Wäre sie doch nur in Berlin geblieben, haderte sie weiter mit sich, dann könnte Jan den Babysitter spielen – das wollte er ja – und sie würde endlich mal in eine Bar gehen und sich auch irgend so einen Nico oder Jannis aufreißen. Ja, genau das würde sie tun. Verdammt! Wie konnte man nur so grenzenlos dumm sein und ein so schönes Leben aufgeben, das sie in Berlin hätte haben können? Alle wären glücklich. Sie, genauso wie Jan. Und außerdem bräuchte sie sich dann nicht so bescheuert nach Clemens zu sehnen. Eine Chance, den Umzug rückgängig zu machen, gab es allerdings nicht, wenn sie nicht noch mehr Leute unglücklich machen wollte. Außerdem – weder ihre Mutter noch Elias würden ihr verzeihen, wenn sie darüber auch nur einen Piep verlauten ließ.

Der Bus hielt. Die wenigen Schritte von der Haltestelle bis zu dem kleinen Einfamilienhaus in einem Kasseler Vorort waren schnell überwunden und schon stand sie vor der Tür und klingelte.

„Meine Mama ko-hommt ... ich mache auf!", hörte Rebekka Elias durch den Flur brüllen. Vor lauter Sentimentalität bekam sie feuchte Augen. Wieso hatte sie das Gefühl, sie hätte ihr Kind seit Tagen nicht gesehen? Ganz tief in sich wusste sie, dass es noch etwas anderes war. Es war der heftige Wunsch, dass Elias Clemens Sohn war. Es war nicht das erste Mal, dass ihr dieser Gedanke durch den Kopf schwirrte, doch nachdem sie Clemens am vergangenen Abend wiedergesehen hatte, war der Wunsch stärker denn je. Auf diese Art gehörte ihr wenigstens ein Teil von ihm, den ihr niemand mehr wegnehmen konnte. Leider zeigte der Junge keine äußeren Merkmale, an denen man erkennen konnte, wer sein Vater war. Elias war Rebekka wie aus dem Gesicht geschnitten, nur die bernsteinfarbenen Augen hatte er nicht von ihr geerbt.

Der Kleine riss die Tür auf. „Mama, Mama, da bist du ja endlich! Oma und ich haben Pizza gemacht. Ich durfte alles drauflegen, was ich wollte … Salami, Pilze, Tomaten. Boah, ich hab schon so einen Hunger. Du auch?"

„Hallo, mein Schatz. Wenn das so gut riecht … na klar", lächelte sie ihren Kummer weg. „Aber fliegen kann ich noch nicht", umarmte sie ihn. „Nun lass mich erst mal reinkommen."

Im Flur nahm ihr Beate die Jacke ab. „Schön, dass du da bist. Wie war dein Tag? Du siehst sehr erschöpft aus."

„Bin ich auch … hab nicht so gut geschlafen. Die Arbeit war okay. Außerdem hat Jan angerufen … er hatte einen schrecklichen Tag und war sehr deprimiert …"

„Ja, verständlich, dass er euch vermisst", nickte Beate, „aber leider kannst du ihm dabei nicht helfen, Rebekka. Er ist ein erwachsener Mann und ihr wart kein Liebespaar. Er hätte damit rechnen müssen, dass du irgendwann gehst."

„Das habe ich ihm auch gesagt … ich hab aber trotzdem ein schlechtes Gewissen."

Während des Essens, bei dem sie kaum einen Bissen herunterbrachte, spürte Rebekka deutlich Beates und Holgers fragende Blicke auf sich. Doch mit Rücksicht auf Elias wurde nur über Allgemeines gesprochen. Erst als Mutter und Tochter allein in der Küche waren, um aufzuräumen, war es mit Beates Zurückhaltung vorbei.

„Willst du mir nicht sagen, was dir auf der Seele liegt?" Sie stoppte Rebekka, die unbeirrt den Tisch abwischte, nahm ihr den Lappen aus der Hand, warf ihn in die Spüle und drückte sie entschieden auf einen Stuhl. „Die Arbeit kann warten ... erzähl mir lieber, wie es gestern Abend gewesen ist."

Außerstande zu sprechen, barg Rebekka nur das Gesicht in den Händen und schüttelte den Kopf.

„Lass mich raten, Clemens war doch da."

Rebekka nickte und riss sich ein Tuch von der Küchenrolle ab, die auf dem Tisch stand, um sich die Augen trocken zu tupfen.

„Er war doch sicher sauer, weil du damals einfach so abgetaucht bist."

„Nein ... eigentlich nicht. Er war sogar sehr freundlich."

„Wie? Er wollte nicht wissen, warum ..."

„Doch, das schon, aber er war nicht sauer, er ..." Wieder barg Rebekka ihr Gesicht in den Händen und schluchzte nun sogar laut auf.

Beate rückte näher zu ihr heran und nahm ihre Tochter in den Arm. „Ach meine Süße, lass mich raten ... deine Gefühle für ihn haben sich nicht geändert, stimmt's?"

Rebekka konnte nur nicken.

„Hat er etwas über sein Privatleben erzählt? Gibt es eine Frau in seinem Leben?"

„Nein", schniefte Rebekka mit belegter Stimme und richtete sich auf. „Der Frage ist er ausgewichen. Also ...

ich habe ihn natürlich nicht direkt danach gefragt, das habe ich mich nicht getraut ... aber ich mache mir da nichts vor, Mama. Ein Mann wie Clemens ist nicht alleine. Du hättest ihn sehen müssen, dann würdest du mich verstehen."

„Darauf würde ich nicht wetten. Das Aussehen eines Menschen sagt noch lange nichts über seinen Beziehungsstatus aus. Wenn das so wäre, mein Schatz, dann wärst du auch kein Single mehr ..."

Rebekka verdrehte die Augen.

„Ja ja, du kannst ruhig genervt an die Decke starren ... ich habe trotzdem recht. Stell dein Licht nicht immer so unter den Scheffel. So, und jetzt erzähl mal von vorne und lass dir nicht jedes Wort aus der Nase ziehen."

Während Rebekka den vergangenen Abend noch einmal Revue passieren ließ, hörte Beate ruhig zu und unterbrach ihre Tochter nicht.

„... und jetzt hat er auch noch meine Handynummer ... aber *ich* werde ihn nicht anrufen. Es ist besser für mich, wenn ich ihn nicht wiedersehe."

„Hm hm ..." Beate rieb sich das Kinn. „Ja, das kann ich verstehen, nur ... wäre es nicht besser, wenn du ihm einfach sagen würdest, was damals passiert ist ... schließlich weißt du ja jetzt, dass er sich nicht absichtlich schlecht benommen ..."

„Nein! Das kann ich nicht." Aus Rebekkas Augenwinkeln löste sich erneut eine Träne. „Ich weiß doch gar nicht, ob er der Vater ist. Wie stehe ich denn dann da? Ich will nicht schon wieder das Gespött sein. Hast du eine Ahnung, wie sie dann über mich herziehen werden?"

„Meinst du, ich wüsste nicht, wie sich das anfühlt?", verteidigte sich Beate resigniert. „Was glaubst du, was die Leute alles hinter meinem Rücken getuschelt haben. Und damals war die Gesellschaft längst nicht so tolerant wie heute. Menschen können fies sein. Aber glaub mir, hätte es irgendeine Chance gegeben, dir einen Kontakt zu deinem Vater zu ermöglichen ... ich hätte alles in meiner Macht Stehende getan. Rebekka, was willst du Elias sagen, wenn er dich nach seinem Vater fragt? Er hat ein Recht darauf, die Wahrheit zu erfahren. Bitte bedenke das und erinnere dich, wie sehr du selbst darunter gelitten hast, dass deiner ..."

„Mama! Bis jetzt hat er nicht gefragt. Und wenn, dann werde ich ihm antworten ... aber nicht eher, bis er das alles auch richtig begreifen kann."

„Ich meine ja nur ..."

„Verstehst du das wirklich nicht? Ich kann das nicht. Ich schäme mich in Grund und Boden. Wie stehe ich denn da, wenn ich Clemens sage, dass wir ... dass ich ... er denkt doch immer noch, wir sind nur Kumpels ..."

„Schon gut ... natürlich verstehe ich dich. Besser als du dir vorstellen kannst", hob Beate beschwichtigend die Hände. „Aber jetzt mal was anderes ... ist dir denn vielleicht bei Marius und Clemens irgendetwas aufgefallen ... Gestik oder Mimik, die dir von Elias bekannt vorkommen?"

„Nein ... leider nicht. Gar nichts."

12

Seit Verenas plötzlichem Tod wusste Clemens Familienzusammenkünfte, die seine Mutter sporadisch einforderte, viel mehr zu würdigen als früher. So auch an diesem Sonntagnachmittag, einem herrlich milden Herbsttag Anfang Oktober, an dem Cornelia seine Geschwister zu einem spontanen Kaffeetrinken eingeladen hatte. Es gab selbstgebackenen Pflaumenkuchen mit Streuseln und Sahne. Ein Angebot, das noch nie seine Wirkung verfehlt hatte.

Die Türen zum Wintergarten, der direkt an Wohn- und Esszimmer angrenzte, waren weit geöffnet, weshalb man das Gefühl haben konnte, man säße direkt im Garten. Zwischen zimmerhohen Pflanzen lagen verstreut Spielsachen umher, eine alte Rennbahn war aufgebaut und ein Kindertisch mit Stühlen aufgestellt.

„Aus dir wird mal ein richtig guter Vater", lobte Cathi, die zusah, wie sich ihr jüngerer Bruder ihren dreieinhalbjährigen Sohn Christian schnappte und ihn umherwirbelte. Der Kleine krähte vor Freude und konnte gar nicht genug davon bekommen.

Clemens ließ die Aussage stehen, ohne darauf einzugehen. Was hätte er auch dazu sagen sollen? Für Kinder brauchte es eine Frau, doch allein der Gedanke an eine neue Beziehung löste Unbehagen in ihm aus. Es fühlte sich an, als würde er seine Liebe zu Verena verraten.

„In jedem Fall ist es keine schlechte Sache, dass er schon mal üben kann, bevor er selbst Verantwortung übernehmen muss", nickte Cedric, weil seine Tochter Tabea nun ebenfalls von ihrem Patenonkel umhergeschleudert werden wollte.

„Jepp." Tom, Cathis Ehemann, grinste hintergründig und strich zärtlich über den gewölbten Bauch seiner Frau. „Und wenn du eine Schulung für die Sache mit den Kackwindeln brauchst, merken wir dich selbstverständlich vor ... immer gerne."

„Ihr seid wirklich zu gut zu mir", keuchte Clemens und setzte Tabea ab, „ich sag euch Bescheid, wenns akut wird."

„Kann ich die rosafarbene Erstausstattung verkaufen oder brauchen wir sie noch mal?" Judith, Cedrics Ehefrau, die ihre einjährige Tochter Raika mit einer Banane fütterte, sah Cathi fragend an.

„Nein, bloß nicht." Cathis Augen strahlten vor Glück. „Bei der letzten Ultraschalluntersuchung hat sich gezeigt, dass es ein Mädchen ist."

„Na, da freut sich aber einer", lachte Carsten, klopfte seinem Schwiegersohn auf die Schulter und sah überrascht auf, weil Cornelia mit dem Telefon in der Hand eilig herbeigelaufen kam. Sie winkte ihren Jüngsten zu sich heran.

„Clemens! Hier ist eine Laura am Apparat, sie hat ein Problem mit ihrem PC ..."

Clemens unterdrückte einen Seufzer und nahm augenrollend den Hörer an sich, bevor er sich von den anderen entfernte und ins Wohnzimmer ging.

„Laura. Was gibt's?"

„Es tut mir so leid, Clemens, dass ich dich heute nerve, aber ... ich ... äh, mein Laptop ... nichts funktioniert so, wie es immer funktioniert hat ... und ich muss dringend ein Referat schreiben. Ach, ich werde noch verrückt!"

Ich auch.

„Was genau funktioniert denn nicht? Da müsstest du schon ein bisschen konkreter werden."

„Das ist ja das Problem, ich kann es nicht beschreiben. Du müsstest dir das vielleicht doch mal bei mir zu Hause anschauen. Ich glaube nicht, dass es was bringt, wenn du es wieder auf der Arbeit klären willst."

Ich schon.

„Okay, es muss trotzdem bis morgen warten. Meine Familie sitzt zusammen. Das kommt nicht allzu häufig vor, weshalb ich heute nichts für dich tun kann ... und wie das nächste Woche aussieht, kann ich dir jetzt noch nicht sagen. Lass uns morgen im Büro drüber sprechen, ja?"

„Probleme?", erkundigte sich Carsten, als Clemens sich zu ihm an den gedeckten Tisch setzte.

„Aus meiner Sicht nicht ..."

„Wer war denn das?" Cathi nahm sich ein Stück Kuchen und krönte ihn mit einem Löffel Sahne.

„Eine Arbeitskollegin. Sie hat sich einen Laptop gekauft und braucht Hilfe bei der Einrichtung." Clemens seufzte. „Hab ich erledigt. Sämtliche Programme liefen problemlos. War eine Fünf-Minuten-Sache in der Mittagspause. Außerdem habe ich ihr alles haarklein erklärt ... jetzt meint sie, dass sie ein dringendes Referat nicht schreiben kann. Es würde nichts funktionieren. Verstehe ich nicht."

Judith hob eine Augenbraue und flachste: „Wenn sie nicht weiß, was sie schreiben soll, kann ihr auch kein Programm helfen.“

„Bist du sicher, dass es nur um den PC geht?“ Carsten klang skeptisch.

„War auch mein Gedanke“, schmunzelte Tom.

„Ist sie nett?“ Cedric zog das Baby von Judiths Schoß, damit sie sich ein Stück Kuchen nehmen konnte und nahm es auf den Arm.

„Ja, ist sie …“, Clemens zuckte mit den Schultern, „… und ja, den Verdacht, dass es um mehr als nur den PC geht, habe ich auch.“

„Dann solltest du ihr vielleicht eine Chance geben … es wird Zeit, dass du mal wieder unter Leute kommst“, riet Cedric und alle nickten.

„Das weiß ich selber. Aber muss es deswegen jemand aus dem Amt sein? Halte ich für keine gute Idee. Was ist, wenn *das* dann in die Hose geht? Mein Job ist mir heilig und das soll auch so bleiben.“

„Nachvollziehbar“, stimmte Cathi ihrem Bruder zu und gab Tom einen Kuss. „Nicht jede Gelegenheit macht Liebe. Oje, da muss ich sofort an meinen Kollegen denken. Stefan hätte es nur zu gerne gesehen, wenn wir uns nähergekommen wären. Für mich unvorstellbar … und nett ist der auch.“

„Ach, da fällt mir ein …“, Cornelia stupste Clemens an, „… du hast überhaupt noch nichts über eurer Klassentreffen gesagt. War Rebekka auch da?“

„Die Rebekka, mit der du seit der Grundschule befreundet warst und die dann einfach abgetaucht ist?“, rief Cathi.

„Ja, genau die … und ja, sie war auch da.“

„Und weiter? Habt ihr gesprochen? Weißt du jetzt, was da bei ihr los war?" Cornelia nahm Tabea auf den Schoß und strich ihr das blonde Haar aus der Stirn. „Möchtest du ein Stückchen von Omas Kuchen, Schatz?" Die Kleine nickte, obwohl sie vom eigenen Teller noch keinen Bissen genommen hatte.

„Hast du sie wiedererkannt?" Carsten beobachtete seinen Sohn von der Seite.

„Berechtigte Frage", lachte Clemens trocken auf. „Wenn sie nicht gerade mit der Wirtin gesprochen hätte, wäre ich an ihr vorbeigelaufen." Er seufzte. „Natürlich habe ich sie angesprochen, Mama, nur eine Antwort habe ich nicht bekommen. Sie macht total dicht. Keine Ahnung, was ich da noch unternehmen soll."

„Was war denn da los? Reden wir jetzt von dem Blackout, den du mal nach einer Fete hattest?", erinnerte sich Cedric.

„Ja. Aber es war keine Fete, sondern die Jahrgangs-Abifeier der Stadt. Die findet doch jedes Jahr in den Messehallen statt. Anschließend ging es mir nicht gut und Rebekka hat mich nach Hause gebracht. Danach ist sie abgetaucht. Es gab nur noch eine oder zwei Nachrichten über WhatsApp, aber die waren von ihrer Seite sehr kurz und knapp, was für sie total ungewöhnlich war. Ich verstehe das nicht. Wir waren wirklich so gut befreundet. Tja, und danach war sie weg, ohne irgendjemandem eine Nachricht zu hinterlassen – keine Chance, sie zu erreichen."

„Hört sich sehr merkwürdig an." Tom goss sich Kaffee ein und betrachtete Clemens nachdenklich. „Ist an dem Abend irgendwas vorgefallen?"

Dankbar darüber, dass ihm seine Familie zuhörte, berichtete Clemens vom Ablauf der Abifeier. Dabei ließ er weder aus, wie sehr er damals in Lara verknallt gewesen war noch dass ihm heute bewusst war, dass er Rebekka damit nicht im Unklaren hätte lassen sollen und sie wahrscheinlich gekränkt hatte, weil er seine männlichen Freunde informiert hatte und sie nicht.

„Also, für mich hört sich das sehr nach verletzten Gefühlen an. Bist du sicher, dass Rebekka nur dein Kumpel sein wollte?" Judith schob den leeren Teller etwas nach hinten und nahm ihrem Mann das Baby wieder ab.

Zustimmendes Gemurmel und nickende Köpfe.

„Liebe Güte, wie die Zeit vergeht. Rebekka war wie unser viertes Kind", erinnerte sich Cornelia. „Sie war beinahe jeden Tag nach der Schule hier. Ihr erinnert euch sicher, dass ihre Mutter sie allein großgezogen hat. Die arme Frau hatte es wirklich nicht leicht ... hat die ganze Woche von morgens bis abends in einem Supermarkt gearbeitet. Sie war so dankbar, dass Rebekka nach der Schule mit zu uns kommen durfte. Für uns keine große Sache, weil wir sie wirklich gerne hier hatten und sie ein sehr unkompliziertes Mädchen war ... Clemens hat das nicht geschadet." Cornelias Augenbraue ging kurz in die Höhe. „Um die Hausaufgaben musste ich mir da keine Sorgen mehr machen. Sie war ehrgeizig, sehr fleißig und gewissenhaft."

„Jetzt tust du so, als hätte ich die Schule nur geschafft, weil ich mit ihr lernen konnte ... danke, Mama. So schlimm wars nun auch wieder nicht."

„Na ja, ich weiß nicht, wie es anders gewesen wäre. Alleine zu pauken war nicht so dein Ding", zwinkerte seine Mutter. „Aber das ist ja nun auch egal", lenkte Cornelia ein. „Du weißt ja, dass wir sie vor ein paar Wochen im Krankenhaus getroffen haben. Frau Wichert, unsere Nachbarin, lag wegen ihres Bruchs in der Klinik. Rebekka erzählte uns, dass sie die Ausbildung in der Charité in Berlin gemacht hat und jetzt zurückgekommen ist, weil sie hier eine Stelle antreten konnte."

„Bei uns im Klinikum?", fragte Cedric nach.

„Ja, sie ist OP-Schwester, so habe ich es wenigstens verstanden."

„Aha. Jetzt kapier ich das erst. Dann ist mir auch klar, wieso sie mit dem Personal aus der Notaufnahme so vertraut war", nickte Clemens.

„Hm ..." Cedric rieb sich das Kinn. „Dann müsste ich sie doch eigentlich kennen. Wie heißt sie? Und wie sieht sie aus?"

Clemens starrte in die Luft. „Ihr Name ist Rebekka Marbert, sie hat kurze blonde Haare ... sie trägt keine Brille mehr ... früher hatte sie eine." Er rutschte unruhig auf seinem Stuhl hin und her und atmete schwer. „Die Idee, dass sie damals vielleicht ein bisschen beleidigt war, ist mir auch schon gekommen. Vor ein paar Tagen erst. Rita hat mich drauf gebracht. Mensch ... warum hat sie denn nichts gesagt?"

„So was kann auch nur ein Mann fragen", lachte Cathi trocken auf. „Und beleidigt war sie nicht. Sie war unglücklich verliebt. Ganz klar, dass sie dir das nicht erzählt hat." Sie bedachte ihren Mann mit einem besonderen Lächeln. „*Ich* kann das jedenfalls sehr gut verstehen."

„Was soll das denn heißen?", mokierte sich Tom und wich dem liebevollen Klaps, den Cathi ihm geben wollte, aus.

„Das weißt du ganz genau. Du und Clemens, ihr wisst doch gar nicht, wie viele Herzen ihr schon gebrochen habt."

„Jetzt übertreib aber nicht", murrte Clemens. „Was können wir dafür, dass die Mädels auf uns stehen? Also mir war das immer eher lästig, kann ich nur sagen."

Tom hob den Daumen, runzelte dann aber die Stirn. „Da fällt mir was ein ... wie ist denn eigentlich die Sache mit eurer Untermieterin ausgegangen? Wie hieß sie gleich noch? Kommt sie nicht zum Kaffeetrinken dazu?"

„Du meinst Rita. Nein, sie ist unterwegs ... ach, das wisst ihr ja noch gar nicht." Clemens legte die Kuchengabel neben den Teller. „Tja, es läuft darauf hinaus, dass sie in die Privatinsolvenz muss. Anders kommt sie nicht aus der Sache raus. Leider."

„Aber es gibt auch gute Nachrichten für sie", mischte sich Cornelia ein, „ihr wisst doch, dass Frau Wichert nach dem Tod ihres Mannes ganz allein in ihrem Haus lebt und ihre Kinder am liebsten sehen würden, wenn sie es meistbietend verkauft ... sie wäre in einer Anlage für betreutes Wohnen viel besser aufgehoben ..."

„Damit sie sie noch weniger besuchen müssen", verzog Cedric missbilligend den Mund.

„Genau", nickte Carsten.

„Da haben die Herrschaften aber die Rechnung ohne den Wirt gemacht", winkte Cornelia ab. „Sie will nämlich im Haus bleiben. Vor ein paar Tagen hat sie das Mädel hier im Garten gesehen und dachte, Rita wäre

Clemens' neue Freundin. Na ja, und so gab ein Wort das andere. Frau Wichert war erschüttert, als ich ihr von Ritas Schicksal erzählt habe. So, und jetzt kommt's ... da fragt die alte Dame doch ganz spontan, warum Rita nicht bei ihr einziehen würde. Sie hätte genug Platz und sie wäre dankbar, wenn sie jemanden im Haus wüsste. Geld würde sie keins mehr brauchen, aber ein bisschen Gesellschaft und jemanden, der ihr einkauft und ihr den Müll rausbringt. Na, was sagt ihr jetzt?"

„Was für ein Glück für das Mädel." Judith hob den Daumen. „Ich liebe es, wenn sich die Dinge so schön fügen."

„Abwarten." Carsten wedelte skeptisch mit der Hand. „Rita hat noch ein gutes Stück Arbeit vor sich, bis sie die Kuh vom Eis hat."

„Na gut, dann wollen wir ihr das Beste wünschen ... können wir jetzt trotzdem wieder über Clemens und Rebekka reden?" Judith zwinkerte. „Das Thema finde ich viel spannender." Sie rührte in ihrer Kaffeetasse und sah ihren Schwager an. „Cathi hat recht ... was hätte Rebekka dir denn sagen sollen, wo ihr seit der Grundschule befreundet wart?" Judith wiegte den Kopf und verstellte die Stimme: „Ach Clemens, was ich dir schon längst mal gesagt haben wollte – ich bin total in dich verliebt. Wie findest du das?"

Die ganze Runde kicherte.

„Danke Judith, dass du mir das noch mal so klar gemacht hast", verdrehte Clemens die Augen. „Als wenn du und Cathi sonst nicht zusammenhalten würdet", murrte er und stöhnte: „*So* natürlich nicht! Mein Gott, ist das wirklich so schwer zu verstehen? Wenn ich gewusst hätte, dass sie ... dann hätte ich doch ..."

„Was hättest du, he?", fiel Cathi ihm ins Wort. „Du hättest den Kontakt zu ihr abgebrochen, weil du sie nämlich ..." sie malte Anführungsstriche in die Luft, „... als deine *richtige* Freundin nicht gewollt hättest. Und versuch jetzt nicht, mich vom Gegenteil zu überzeugen. Ich erinnere mich noch gut an Rebekka. Sie war ein sympathisches Mädchen, aber besonders hübsch war sie nicht. Ein bisschen pummelig, mit einer unvorteilhaften Frisur und einer Hornbrille. Ihr wart Kumpels. Mehr war für sie bei dir nicht zu holen und das wusste sie."

„Genau", hakte Judith ein, „und weil sie dich nicht verlieren wollte, hat sie dir ihre Gefühle verheimlicht."

„Hm, es kann aber auch noch in eine andere Richtung gehen", meldete sich Tom zu Wort. Er zögerte, bevor er sprach. „Vielleicht erinnert ihr euch daran, dass Cathi mich bei den Vorbereitungen zu Nicks Hochzeit nur schwer erreichen konnte." Er strich seiner Frau zärtlich über den Nacken. „Tut mir leid, wenn ich das erst jetzt erzähle und euch außerdem unterstelle, dass die Sache für euch nicht ganz leicht nachvollziehbar ist ..." Er unterbrach, weil Christian zu ihm auf den Schoß wollte. Tom nahm ihn hoch.

„Von was sprichst du?" Cathi sah ihn verdutzt an.

„Ich spreche von meiner Herkunft und dass mir das peinlich war ... sorry, aber manche Dinge kann man nur verstehen, wenn man selbst betroffen ist und ich kann mir nicht vorstellen, dass ihr solche Gedanken jemals hattet."

Alle Augen waren auf Tom gerichtet.

„Cathi und ich haben uns bei Nick und Babs kennengelernt ... okay, ich gebe zu, ich hatte da nicht gerade meinen allerbesten Tag“, er grinste, „sie glaubt mir das zwar leider nicht …“

„Wundert dich das? Du hattest den Charme eines Neandertalers, wie hätte ich da …“

Tom legte Cathi den Finger auf den Mund. „Ich war trotzdem ziemlich beeindruckt von ihr“, zwinkerte er. „So … aber zurück zum Thema. Ich wusste von Nick, wer Cathi ist und dachte, dass sie sicher kein Interesse an einem Handwerker hat … was ich damit sagen will, ist, dass es Rebekka vielleicht ähnlich ging. Schließlich hat sie zu Hause in einer ganz anderen Welt gelebt …“

„Interessanter Gedanke.“ Auch Carsten stellte sein Gedeck zusammen und lehnte sich im Stuhl zurück. „Ganz abwegig ist Toms Idee nicht“, stimmte er seinem Schwiegersohn zu. „Als ich damals nach Kassel kam – ihr müsst wissen, meine Eltern lebten in einer Berliner Altbauwohnung mit Toilette im Flur – hat mich die Villa anfangs auch ziemlich umgehauen.“ Er zwinkerte. „Aber man gewöhnt sich dran.“

Cedric rieb sich das Kinn. Es war offensichtlich, dass er nur am Rande zuhörte, weil er in Gedanken die Belegschaft des Klinikums durchging. „Ist sie immer noch pummelig? Und wie war das mit der Brille?“

„Nichts von beidem“, schüttelte Clemens den Kopf, „normale Proportionen und Kontaktlinsen … der Clou ist die Kurzhaarfrisur. Damit sieht sie jetzt echt klasse aus.“

„Ah, dann hab ich eine Idee, wer sie sein könnte. Sie ist ja noch nicht so lange da … blonde, kurze Haare – attraktiv … ja, das passt. Könnte die sein, die ich schon ein paarmal morgens in der Kita getroffen habe, als sie ihren Sohn gebracht hat.“

„Ihren Sohn?" Clemens, der gerade noch einen Schluck Kaffee nehmen wollte, stellte die Tasse klirrend auf der Untertasse ab und starrte seinen Bruder fassungslos an.

„Ach, ich weiß, wen du meinst", nickte auch Judith. „Dann kann es nur die Mutter von Elias sein."

„Elias ist mein aller-allerbester Freund", rief Tabea dazwischen und stopfte sich noch ein Stückchen Kuchen in den Mund.

„Wie alt ist der Junge?" Clemens löste sich aus seiner Schockstarre.

„Ein bisschen älter als Tabea. Er hat ihr erzählt, dass er nächstes Jahr in die Schule kommt." Judiths Blick wurde forschend. „Warum willst du das wissen?"

„Weil Rebekka ein Jahr jünger ist als ich – ich bin später eingeschult worden – und ich mich gerade frage, wie das gehen soll. Seid ihr sicher, dass es sich um unsere Rebekka handelt? Kann doch auch sein, dass es eine andere Frau gibt, die ähnlich aussieht."

„Ui, stimmt!" Cornelia hatte die Jahre an den Fingern abgezählt und wirkte betroffen. „Ach du liebe Zeit. Dann muss sie mit neunzehn schwanger geworden sein und mit zwanzig das Kind bekommen haben."

„Mit neunzehn!" Clemens' Stimme überschlug sich. „Das war dann ja in dem Jahr, in dem wir das Abi geschrieben haben." Er schüttelte den Kopf. „Das glaube ich nicht. Ihr müsst sie verwechseln."

„Weiß jemand, wann das Kind geboren ist?", interessierte sich Cathi, die ihrem Sohn Papier und Stift zum Kritzeln hinschob.

„Nein", schüttelte Judith den Kopf, „aber wenn der Kleine älter als Tabea ist – sie wird im Dezember fünf –

dann müsste Elias, um eingeschult zu werden, nächstes Jahr zwischen Januar und Juli sechs werden."

„Ja, wie schön. Dann hat meine Süße ja bald Geburtstag." Cornelia strich ihrer Enkelin über den Haarschopf. „Was wünscht sich denn mein Mädchen?"

Tabea stieß einen tiefen Seufzer aus. „Mami hat gesagt, dass wir nicht ins Schwimmbad können, weil das Wetter an meinem Geburtstag immer so schlecht ist. Und dabei will ich doch endlich wie ein Fisch schwimmen können." Die Kleine ruderte zur Veranschaulichung mit den Armen und Cornelia hatte Mühe, das Geschirr aus dem Weg zu räumen. „Ach menno, warum kann denn jetzt kein Sommer sein?"

„Tja, da können wir leider nichts dran ändern, mein Schatz, aber vielleicht fällt dir ja noch was Schöneres ein."

„Kannst du in Erfahrung bringen, wann der Junge geboren ist?", wandte sich Clemens an Judith.

„Das sollte möglich sein", nickte sie. „Ich kenne die Kindergärtnerin recht gut. Aber warum willst du das wissen?"

„Weil ich das Gefühl nicht loswerde, dass Rebekka mir etwas verschweigt."

„Bist du jetzt wieder bei der Abinacht?" Cathi nahm sich noch ein Stück Kuchen.

„Ja. Als ich ihr gesagt habe, dass meine Erinnerung an den zweiten Teil des Abends weg ist, war sie geschockt. Sie ist davon ausgegangen, dass ich nur zu viel getrunken hatte."

„Denkst du etwa, du könntest der Vater des Jungen sein?" Carsten schob den Kuchenteller nach hinten.

Clemens schüttelte den Kopf. „Nee, ganz sicher nicht. Außerdem ... wie auch, wenn ich das KO-Zeugs intus hatte? Das sind doch Drogen, oder?" Er machte eine wegwerfende Handbewegung. „Ach, verdammt! Eigentlich sollte es mir wirklich egal sein. Aber die Frage, weshalb sie sich so bescheuert benimmt, lässt mich einfach nicht los. Es kränkt mich nun mal, dass sie mich wie einen Fremden behandelt. Als wären wir nie befreundet gewesen."

„Was die Wirkung der KO-Tropfen betrifft, bist du auf dem Holzweg", erklärte Cedric bestimmt und behielt Tabea im Blick. „Das Zeug ist dafür ... äh ... ihr wisst schon ... kein Hinderungsgrund."

„Bei Frauen vielleicht ...", grinste Clemens.

„Bei Männern auch nicht. Eher das Gegenteil. Mit der richtigen Dosierung hat es sogar stimulierende Wirkung."

Clemens starrte seinen Bruder entgeistert an. „Willst du mir damit sagen, dass ich theoretisch als Kindsvater infrage käme, ohne etwas davon zu wissen?"

„Eher praktisch", grinste Cedric, „aber laut Fachtheorie auch ... ja."

„Scheiße! Das muss ich wissen. Aber wie? Sie blockt doch total ab."

„Clemens!", zischte Cornelia. „Wir haben Kinder am Tisch."

„Scheiße sagt man nicht", kam es prompt von Tabea und Christian spitzte ebenfalls die Ohren.

„Entschuldigung, meine Süße, du hast völlig recht. Das sagt man nicht ... kommt bestimmt nicht wieder vor."

„Vor allem solltest du nicht mit der Tür ins Haus fallen", grinste Judith ihn an. „Wie wär's … äh … wolltest du nicht mal wieder dein Patenkind vom Kindergarten abholen?"

Clemens, der nicht sofort verstand, worauf sie hinauswollte, sah sie irritiert an. „Äh ja … kann ich machen … aber … ach so!" Er tippte sich an die Stirn. „Sorry, ich stand grad auf der Leitung. Wann?"

„Lass mich erst mal ein bisschen recherchieren, ich hab da so meine Kontakte. Außerdem gibt es ja immer noch ein paar Ungewissheiten, die wir im Vorfeld klären müssen. Erst wenn ich mehr Klarheit habe, dass die Eckdaten passen und wir auch von der richtigen Rebekka sprechen, gebe ich dir grünes Licht. Okay?"

„Danke, liebste Schwägerin." Clemens legte die Hände aufeinander. „Ich werde mich revanchieren."

„Nun macht doch mal langsam!" Cathi verzog skeptisch den Mund. „Der richtige Geburtstag sagt noch gar nichts. Woher wollt ihr wissen, ob sie nicht zur gleichen Zeit mit einem anderen Mann zusammen war?"

„Typisch Naturwissenschaftlerin", meckerte Clemens, „mir ist schon klar, dass das alles nur Spekulation ist. Aber erstens hätte ich das mitgekriegt, wenn Rebekka damals in irgendeinen Typen verknallt gewesen wäre – schließlich waren wir beinahe täglich zusammen – und zweitens würde ich dich gerne mal sehen, wenn du selbst betroffen wärst."

„Na klar, das hätte sie dir ganz bestimmt erzählt … was denn sonst?", grinste Cathi ironisch. „Genau so, wie du ihr erzählt hast, dass du in diese Lara verknallt warst." Sie verdrehte die Augen. „Noch bist du nicht betroffen! Außerdem ist es der biologische Vorteil von uns

Frauen, dass wir mitkriegen, wer uns schwängert. Wir müssen unsere Eizellen nämlich nicht überall verstreuen."

„Danke für deine warmen Worte." Clemens streckte seiner Schwester die Zunge raus, worauf Cathi nur lachte und ihm einen Luftkuss schickte. „Tom, wie hältst du das nur mit ihr aus?"

„Immer wieder gerne … und lass Tom da raus." Cathi stellte ihr Gedeck zusammen. „Ich für meinen Fall werde mich jetzt mal ein bisschen bewegen und räume freiwillig den Tisch ab."

„Ich helfe mit." Judith erhob sich ebenfalls, drückte ihrem Mann das Bilderbuch in die Hand, in dem ihre jüngste Tochter zufrieden geblättert hatte, und übergab sie ihm.

„Auf jeden Fall muss es einen Grund für ihr Verhalten geben." Tom ließ Christian los, der von seinem Schoß wollte. „Ich denke, es kann nur so sein, dass das Mädel Gefühle für dich hatte und du sie in irgendeiner Weise enttäuscht hast. Sonst würde sie sich so nicht verhalten. Alles andere ergibt keinen Sinn."

„Wie hat sie sich denn beim Klassentreffen dir gegenüber verhalten?", interessierte sich Carsten.

„Zurückhaltend … freundlich ja, aber distanziert. Fest steht, dass sie erst zugesagt hat, nach dem sie wusste, dass ich nicht komme. Da hat sie sich verraten." Clemens stieß ein humorloses Lachen aus. „Ihr Pech, wenn sie mich unterschätzt. Da hab ich sie nämlich ein bisschen ausgetrickst. Und am Ende habe ich sie sogar nach Hause gefahren … und ihre Telefonnummer habe ich jetzt auch."

„Tja, dann kann ich mich Toms Meinung nur anschließen", zuckte Carsten mit den Achseln.

Am Abend, als seine Geschwister sich längst verabschiedet hatten, traf Clemens seinen Vater noch einmal in der Küche. Carsten, der sich für die Nacht mit einer Flasche Mineralwasser versorgte, blieb vor seinem Sohn stehen.

„Hast du noch einen Moment?"

„Klar."

„Setz dich einen Augenblick." Er deutete auf die Eckbank und stellte die Flasche auf dem Tisch ab, bevor er sich seinem Sohn gegenübersetzte. „Mir geht die Sache mit Rebekka nicht aus dem Kopf."

Clemens lachte trocken auf. „Frag mich mal …"

„Schon klar … was willst du jetzt tun?"

„Rausfinden, was in der Nacht wirklich passiert ist … und natürlich, ob sie mit jemand anderem zusammen war … äh … ist."

„Ist? Bedeutet das, du hast Interesse an ihr?"

„Papa, das weiß ich selber noch nicht. Ich komme einfach nicht damit klar, dass sie mich so meidet. Ich hab ihr doch nichts getan. Es verletzt mich, dass sie mir nicht mal eine Chance gibt, das was anscheinend war, geradezurücken. Meine Güte, wir waren jahrelang wirklich gut befreundet. Ist es da so abwegig, dass mich das wurmt?"

„Nein, natürlich nicht … okay, aber nur mal angenommen, der Junge ist dein Kind, was dann?"

„Dann werde ich ein Vater sein … will einer sein."

„Und Rebekka?"

„Verstehe ich jetzt nicht. Sie ist die Mutter."

„Davon rede ich nicht. Das Mädchen hatte offensichtlich tiefere Gefühle für dich ... sie hätte das sonst niemals zugelassen. Und für mich sieht es so aus, als hätte sie diese Gefühle noch nicht überwunden, sonst würde sie dir nach dieser langen Zeit nicht so konsequent aus dem Weg gehen."

„Meinst du wirklich? Kann ich mir nicht vorstellen."

„Gefühle kennen kein Verfallsdatum. Und Rebekka war nie oberflächlich." Carsten erhob sich. „Clemens, egal was du jetzt unternimmst, behalte das im Hinterkopf. Wenn du nichts für sie empfinden kannst – ich rede von Liebe – dann solltest du aufpassen, dass du ihr keine unnötigen Hoffnungen machst. Das ist alles, was ich dir mit auf den Weg geben möchte. Rebekka hatte es als Kind schon nicht leicht. Und wenn ich bedenke, dass sie mit zwanzig Mutter geworden ist, ihre Ausbildung gemacht hat und nun Vollzeit arbeitet ..."

„Ja ja, das sehe ich auch! Bin ich ein unsensibler Holzkopf, oder was denkst du? Ich muss ihr aber trotzdem auf den Zahn fühlen. Wie sonst soll ich in Erfahrung bringen, was war?"

13

Es gingen drei Wochen ins Land, bis sich endlich ein geeigneter Termin für Clemens fand, um Tabea vom Kindergarten abzuholen. Gar nicht so einfach, wenn alles passen sollte. Es war nicht das erste Mal, dass er sein Patenkind abholte, weshalb es von Seiten der Kindergartenleitung keine Probleme gab.

Das Herz schlug ihm bis zum Hals, als er sich am Nachmittag nach Dienstschluss – er hatte extra früher aufgehört – auf den Weg zum Kindergarten machte.

Du schaffst das, hörte er Verenas Stimme, die ihm ins Ohr flüsterte. *Bewahre nur die Ruhe und dräng sie nicht zu sehr. Du darfst nicht gleich zu viel erwarten.*

Du hast gut reden, antwortete er ihr imaginär. Bei meinem Talent. Denk nur an die Sache mit Laura. Das habe ich auch gründlich vermasselt.

Du übertreibst. Lass sie ein bisschen schmollen, das gibt sich schneller als du denkst. Sie ist nicht der Typ Frau, die lange trauert. Du wirst sehen, wie rasch sie sich trösten wird und dann ist alles wieder gut.

Dein Wort in Gottes Ohr.

Seine Kollegin Laura, die ihm in den letzten Monaten immer dichter auf die Pelle gerückt war, nahm es ihm ziemlich übel, dass er sich, ohne viele Worte zu machen, geweigert hatte, sie zu Hause aufzusuchen. Doch wozu hätte er das tun sollen? Sämtliche Programme

193

liefen einwandfrei und über das Berufliche hinaus hatte er kein Interesse an ihr. Seine konsequente Haltung, die er noch durch höfliches Schweigen untermauert hatte, schien ihr nicht sonderlich zu gefallen, denn seitdem herrschte Eiszeit zwischen ihnen.

Als Rebekka nach einer anstrengenden Schicht gehetzt durch die Krankenhausgänge zum Kindergarten lief, ging ihr die Einkaufsliste durch den Kopf, obwohl sie sich vielmehr nach ihrer Couch sehnte. Doch bei der gähnenden Leere, die in ihrem Kühlschrank herrschte, gab es kein Vertun. Sie musste dringend einkaufen.

Die gläserne, mit bunten Scherenschnitten bestückte Kindergartentür rückte in ihr Blickfeld. Eine Assistenzärztin öffnete die Tür gerade von innen und kam mit ihrer Tochter an der Hand heraus, weshalb Rebekka den Flur einsehen konnte. Sie entdeckte Elias, der einvernehmlich neben seiner Freundin auf der Holzbank hockte und die Schuhe wechselte. Tabea sah zu einem jungen Mann auf und sprach in einer Art mit ihm, die sehr vertraut wirkte. Der Mann, Rebekka konnte ihn bislang nur von hinten erkennen, drehte sich in diesem Moment um und zeigte sein Profil. Rebekka stockte der Atem, als sie ihn erkannte.

Was hatte Clemens in ihrem Kindergarten zu suchen? Und woher kannte er Tabea? War er etwa ihr Vater? Oh nein, bitte nicht! Und nun würde er auch Elias kennenlernen. Oh Gott ... und wie sollte sie ihm erklären, dass sie seine Mutter war? Vielleicht musste sie einfach nur einen Moment warten, bis er gegangen war. Noch hatte er sie nicht entdeckt. Völlig konfus blickte Rebekka sich um und lief schließlich blindlings in einen abgehenden Flur, bevor sie sich keuchend mit dem Rücken an eine Wand lehnte.

Ihre Gedanken rasten. Was sollte sie jetzt tun? Sich in Luft auflösen? Weglaufen? Bloß wohin? Immerhin wartete Elias auf sie. Aus dem hinteren Teil des Flures kamen ihr zwei Ärzte entgegen, was sie schlagartig zur Besinnung brachte. Was sollten die bitteschön von ihr denken? Nein, so ging das nicht. Wer war sie, dass sie sich vor irgendjemandem verstecken musste? Und schon gar nicht wegen Elias. Er war doch das Beste, was sie hatte. Verdammt! Es wurde Zeit, Farbe zu bekennen und dazu zu stehen, wer sie war. Entschlossen richtete sie sich auf, atmete tief durch, zupfte sich den Rock zurecht und machte sich erhobenen Hauptes auf den Weg. Clemens sollte inzwischen ohnehin längst gegangen sein.

Doch Clemens dachte gar nicht daran, zu gehen. Vielmehr atmete er erleichtert auf, als er sie endlich kommen sah. Allmählich wusste er nämlich nicht mehr, mit was er die Kinder noch davon abhalten sollte, zur Tür hinauszurennen. Ein Gutes hatte die Warterei jedoch gehabt. Zwar hatte Judith ihn im Vorfeld schon mit wertvollen Informationen versorgt, doch erst Elias, der in seinem kindlichen Übermut einiges ausplaudert hatte, trug dazu bei, dass Clemens gut vorbereitet in das Gespräch mit Rebekka gehen konnte. Der Kleine hatte ihm bestätigt, was er bereits von seiner Schwägerin wusste. Nämlich, dass der Junge noch nie von seinem Vater abgeholt worden war und dass Rebekka auch keine männliche Bezugsperson angegeben hatte. Judith, die mit der Erzieherin befreundet war, hatte ihr die Umstände erklärt und ihr natürlich versichert, dass sie das Gesagte diskret behandeln würde.

„Mama! Da bist du ja endlich!", posaunte Elias aufgekratzt seiner Mutter entgegen. „Wir warten schon auf dich."

Clemens, der mit dem Rücken zur Tür stand, drehte sich um und bemühte sich, ein überraschtes Gesicht zu machen.

„Hallo! Hast du dich verirrt? Oder ist das ... äh ... bist du ...", stammelte sie.

Es war offensichtlich, dass Rebekkas Kurzatmigkeit nicht vom schnellen Laufen kam. Er konnte es sinnbildlich mit den Händen greifen, dass ihr seine Anwesenheit mehr als unangenehm war.

Na dann erst recht.

„Ich bin der Onkel. Tabea ist mein Patenkind und ich bin hier, um sie abzuholen. Und du?"

„Ich bin nicht der Onkel, das hast du ja grade gehört."

„Clemens, bist du mit Opas Auto da?"

„Ja, meine Süße. Hast du jetzt alles, was du mitnehmen musst?"

„Hast du auch kein Auto?", interessierte sich Elias und maulte weiter: „Wir müssen immer mit dem Bus fahren ... das ist doof."

„Dann bringe ich euch heim", erklärte Clemens sofort, „ist doch klar. Und nein – im Moment hab ich kein Auto. Macht aber nichts. Ich fahre sowieso meistens mit dem Fahrrad."

„Das brauchst du nicht ... wir müssen noch einkaufen", protestierte Rebekka. *Danke Elias.*

„Will ich aber. Kein Problem, dann halten wir eben am Supermarkt an. Ist doch sicher einer in der Nähe, oder?" Er sah ihr in die Augen und nutzte die Sprachlosigkeit, in die er sie versetzt hatte. „Also dann los. Wir stehen eh schon viel zu lange hier rum."

Bevor Rebekka widersprechen konnte, nahm Clemens die Kinder bei der Hand und marschierte los. Mit einem Blick nach hinten zwinkerte er ihr zu. „Nun komm schon. So ist es doch viel bequemer für dich. Ich trag dir auch die Einkaufstüten."

„Hast du nichts Besseres zu tun, als uns nach Hause zu bringen?"

„Nö. Du darfst dich auch gern bei uns mit einem Kakao revanchieren. Ich mein ja nur, damit du dich besser fühlen kannst, weil ich dich jetzt schon das zweite Mal nach Hause fahre."

Sie streckte ihm spontan die Zunge raus, worauf er nur noch breiter grinste. Wie schnell Vertrautheit wiederkehrte, wenn man sie jahrelang gelebt hatte.

„Au ja!", begeisterte sich Elias, „dann kann ich Tabea mein Fernglas zeigen ... und meine Ritterburg!"

„Hast du gar keine Puppen? Ich hab ganz viele."

„Nee, nur einen Teddy ... aber der hat Mädchensachen an."

Clemens lachte auf und registrierte erleichtert, dass Rebekka, die das Geplapper der Kinder genauso belustigte, sich offensichtlich ebenfalls entspannte.

Der Einkauf war schnell erledigt. Rebekka bekreuzigte sich, dass sie sich im Vorfeld genug Gedanken darüber gemacht hatte und nicht auf einen Einkaufszettel angewiesen war.

Zu Hause, im schmalen Hausflur des alten Mehrfamilienhauses angekommen, stürmte Elias die Treppen nach oben in den dritten Stock – Tabea hinterher.

Clemens ging ihnen nach und drehte sich um, weil Rebekka nicht gleich hinter ihm war. Sie nahm die Post aus dem Briefkasten und folgte ihm schließlich. Er sah ihr die Erschöpfung an, als sie die mantelartige Strickjacke vor der Brust zusammenzog, die Tasche erneut schulterte und seinen Blicken auswich. Der kurze Moment der Unbeschwertheit schien vergangen, denn es war offensichtlich, dass sie sich unwohl fühlte.

Kaum dass sie die Wohnungstür aufgeschlossen hatte, stürmte Elias in den Flur, kickte sich die Schuhe von den Füßen und warf die Jacke auf den Boden.

„Komm Tabea! Ich zeige dir mein Zimmer."

„Hey, hey, hey! Seit wann hast du die Erlaubnis, deine Sachen so auf den Boden zu pfeffern?"

Maulend hob er die Jacke auf, hing sie an die Garderobe und stellte seine Schuhe ordentlich ins Regal. Mit erzwungener Geduld wartete er, bis auch Tabea Rebekka Anorak und Straßenschuhe abgegeben hatte.

„Geht doch." Sie wuschelte ihrem Sohn durch das dichte, dunkelblonde Haar. „So und jetzt Abmarsch ... ich bringe euch gleich den Kakao."

Sie nahm Clemens die Jacke ab, schlüpfte aus den schwarzen Springerstiefeln und tapste dann in Strümpfen voraus zur Küche. Clemens, der ihr folgte, hatte so die Gelegenheit, ihre reizvolle Kehrseite zu betrachten. In dem knallroten Jeansträgerrock, unter dem sie einen schwarzen Rolli mit passender Strumpfhose anhatte, wirkte sie frech und sehr jung. Kaum zu glauben, dass sie bereits einen fünfjährigen Sohn hatte. Clemens besann sich auf das, weswegen er hier war. Neben der Tatsache, dass er Licht ins Dunkel der Abi-Nacht bringen wollte, wünschte er sich seine Jugendfreundin zurück. Auch wenn sie ihm gegenüber unnatürlich reserviert war, spürte er doch, wie viel ihn mit ihr verband und wie unkompliziert es mit ihr sein konnte.

Während Rebekka noch mal ins Kinderzimmer ging, sah er sich in der kleinen Wohnküche um. Auch wenn kein Möbelstück zum andern passte und jeder Zentimeter Abstellfläche genutzt war, fühlte man sich hier sofort wohl. An einem Regal über dem Esstisch hingen bunte Tassen neben Elias' selbstgemalten Bildern und einem selbstgebastelten Hampelmann. Alles wirkte so herrlich unperfekt, leicht chaotisch und fröhlich. Oje, wenn ihm jetzt Frau Brandl, seine ehemalige Deutschlehrerin, beim Denken zuhören könnte. Unperfekt? Clemens! Was soll das denn für eine Wortkreation sein? Ihren strafenden Blick, den sie so gekonnt über den Brillenrand hatte einsetzen können, den würde er wohl nie vergessen.

Seine Aufmerksamkeit richtete sich auf einen Wandkalender, auf dem Weisheiten für jeden Tag geschrieben standen – lebensbejahende und konstruktive Sprüche. Das würde Verena gefallen, erinnerte er sich an ihren Hang zum Bunten und Schrillen. Wie gern würde er sie jetzt um Rat fragen. Wie sollte er vorgehen, um Rebekkas Vertrauen zurückzuerlangen?

„Warum setzt du dich nicht?", unterbrach Rebekka seine Gedanken. Sie schloss die Küchentür hinter sich und deutete auf einen der Küchenstühle. „Oder musst du gleich wieder los? Es ist nur so, dass Tabea sich gerade dazu entschlossen hat, das Burgfräulein zu sein und Elias ihr Ritter ..."

„Nein ... ich hab Zeit." Clemens zog einen Stuhl vor und setzte sich. „Sind die zwei nicht süß? Sie erinnern mich ein bisschen an uns beide ..."

„Möchtest du Tee oder lieber Kaffee?", überging sie die Andeutung, blieb vor dem pastellfarbenen Sechziger Jahre-Küchenschrank stehen und sah ihn abwartend an.

„Kaffee. Schön hast du's hier. Wo kriegt man solche Schränke?"

„Nur mit Beziehungen", lachte sie trocken auf, stellte den Wasserkocher an und befüllte eine Filtertüte mit Kaffeepulver, „ich hab ihn von meinem Stiefvater. Also eigentlich von seiner Mutter. Er stand bei ihr im Keller und sollte auf den Sperrmüll."

„Glück gehabt. Er hat Charme ... so wie alles in deiner Küche ..."

Rebekka ging nicht darauf ein, sondern konzentrierte sich auf das kochende Wasser, das sie in den Filter goss. Nach sekundenlangem Schweigen servierte sie den Kaffee, holte Milch aus dem Kühlschrank und setzte sich zu ihm.

„Clemens, was willst du von mir?"

„Wissen, warum du mir aus dem Weg gehst."

„Herrgott nochmal, wir sind nicht mehr in der Schule ... was soll das bringen?"

„Einiges ... zum Beispiel dich kennenzulernen."

„Du kennst mich."

„Den Eindruck habe ich nicht. Eher das Gefühl, dass ich gar nichts mehr von dir weiß. Aber das hab ich dir schon gesagt, als wir mit Sina im Krankenhaus waren."

„Ja ... hast du und ich dachte, das wäre geklärt."

„Ernsthaft? Aus meiner Sicht bist du mir ausgewichen, wo du nur konntest. Oder willst du das abstreiten?“

„Warum sollte ich?“

„Wenn ich das wüsste, könnten wir uns über andere Dinge unterhalten. Zum Beispiel darüber, wie es dazu gekommen ist, dass du so früh Mutter geworden bist und hier alleine mit deinem Sohn wohnst. Was ist mit seinem Vater?“

„Möchtest du Milch oder vielleicht ein paar Kekse?“

„Ja … nein, verdammt Becks … du weichst schon wieder aus.“ Clemens bemerkte sehr wohl, wie unangenehm ihr seine Fragen waren. Und gerade weil sie so reagierte, würde er nicht lockerlassen.

„Ich … ich … woher willst du wissen, dass ich alleine bin und warum interessiert dich das?“

„Bist du?“

„Das kann dir doch egal sein … und die Becks, die du mal gekannt hast, die gibt’s nicht mehr!“ Rebekka sprang auf, rannte zum Küchenschrank, riss eine Tür auf und zerrte eine Tüte Kekse hervor. Sie fasste sich an die Stirn und holte die Milch vom Tisch. „Du bringst mich total durcheinander. Ich wollte den Kindern doch Kakao machen.“

„Das soll das Problem nicht sein.“ Er nahm zwei Tassen von den Haken. „Setz dich hin, trink deinen Kaffee und iss um Himmels willen was. Du bist viel zu nervös. Wo steht der Kakao? Ich kümmere mich um die Kinder.“

So, als wäre er bei ihr zu Hause, öffnete er Schubladen und Schränke und trug schließlich die fertigen

Getränke ins Kinderzimmer. Rebekka saß derweil am Tisch und starrte auf eines von Elias' Bildern.

Nachdenklich setzte Clemens sich ihr gegenüber und betrachtete sie, bevor er seine Frage mit betont ruhiger Stimme formulierte: „Rebekka, was ist mit meiner Becks passiert, dass sie nicht mehr meine Freundin sein will?"

Rebekka schluckte und presste die Lippen zusammen. Es war unübersehbar, wie nahe ihr seine Frage ging, so emotional, wie sie reagierte. Er nahm einen Schluck Kaffee und sah sie über den Rand der Tasse hinweg eindringlich an. „Was glaubst du wohl, warum ich dich nicht in Ruhe lasse?"

Außerstande zu antworten, zuckte Rebekka lediglich mit den Achseln.

„Weil du mir verdammt noch mal nicht egal bist." Er stellte die Tasse ab und beugte sich nach vorne. „Rebekka, wie würdest du dich fühlen, wenn ich das mit dir gemacht hätte?"

Sie umklammerte ihre Tasse und wich seinen Blicken aus.

„Glaubst du mir, wenn ich dir sage, dass mir die Sache mit Lara leidtut? Ich hätte dir erzählen müssen, dass ich in sie verknallt war. Das war nicht fair von mir."

„Wozu?", krächzte Rebekka. „Wir waren befreundet, nicht verheiratet."

„Aber es hat dich offensichtlich verletzt. Du warst verärgert. Wäre ich übrigens umgekehrt auch gewesen ... schließlich waren wir ..."

„Was du alles weißt! Wieso sollte es das? Nö, hat es nicht ... glaubst du, ich hätte dich sonst auch noch nach Hause gebracht?"

Clemens spürte, dass er so nicht weitermachen konnte und dass es nur noch ein schmaler Grat war, bis sie komplett dichtmachen würde. Er änderte seine Strategie.

„Okay. Mir ist es einfach wichtig, dass du das weißt. Aber jetzt mal was anderes … wer ist Elias' Vater? Was ist denn da los?"

Fassungslos starrte sie ihn kurz an und durchbohrte schließlich ihre Tasse mit Blicken, bevor sie nach sekundenlangem Schweigen flüsterte: „Ich weiß es nicht."

„Wie?"

„Ja, was?", blaffte sie ihn an. „Hast du noch nie einen Fehler gemacht? Nein", schüttelte sie heftig den Kopf und atmete schwer, „ich muss mich korrigieren. Elias ist kein Fehler! Okay, wenn du es unbedingt wissen musst …", funkelte sie ihn durch die langen Ponyfransen an, „… du gibst ja vorher doch keine Ruhe."

Gehetzt sprang sie erneut auf und lief erregt hin und her. „Glaubst du, nur ihr Jungs wollt wissen, wie es ist, Sex zu haben? Mädchen wollen das auch", hämmerte sie ihm um die Ohren. Worte wie Geschosse. „Bianca und Mareike haben ständig mit ihren Freunden rumgeprahlt … genauso wie Sina. Natürlich nur Typen, die nicht in unsere Klasse gingen. Heute bin ich mir nicht mehr so sicher, ob das, was sie alles erzählt haben nicht nur erstunken und erlogen war."

Clemens runzelte automatisch die Stirn, weil er davon nie etwas mitbekommen hatte.

„Ja, was denkst du denn? Dass sie das in Gegenwart anderer erzählt haben? Natürlich nicht. Nur so, dass ich es hören sollte. Ich glaube inzwischen, dass es nur

Wunschträume waren, aber damals war ich so naiv und hab den Quatsch geglaubt … ach Scheiße … ist ja jetzt auch egal." Sie holte tief Luft und pustete sich eine Strähne aus den Augen. „Also gut … ich habe kurz hintereinander mit zwei verschiedenen Männern geschlafen. So, jetzt weißt du's. Ich war schon ein paar Monate in Berlin … hatte gerade mit der Ausbildung angefangen, als mir mein Frauenarzt verkündet hat, dass ich im sechsten Monat schwanger bin." Sie ging auf Clemens zu und hob den Zeigefinger. „Und nur dass das klar ist: natürlich habe ich die Pille genommen … so, jetzt kannst mich verurteilen."

„Im sechsten Monat?" Clemens erhob sich, stellte sich vor sie und berührte sie behutsam am Arm. „Und du hast vorher gar nichts bemerkt?"

„Nein. Was glaubst du, wie ich mich gefühlt habe! Wie eine absolute Idiotin! Aber genau so war's."

Obwohl Clemens nicht glaubte, dass sie ihn belog, sagte ihm sein Bauchgefühl, dass sie ihm noch nicht die ganze Wahrheit erzählt hatte. Zwei verschiedene Männer … im gleichen Zeitraum wie die Abifete. Nach Judiths Aussage hatte der Junge im März Geburtstag. Es war theoretisch sogar noch möglich, dass er einer der beiden Männer war, auch wenn es für ihn im Moment nicht den Anschein hatte. Wie dem auch sei. Es war klüger, sie jetzt nicht zu überfordern, weshalb er beschloss, das Thema ruhen zu lassen.

„Das ist ja echt der Wahnsinn … aber wie kommst du darauf, dass ich dich verurteilen würde? Sehe ich aus, als käme ich aus dem vorigen Jahrhundert? Außerdem müsstest du wissen, dass ich Menschen nicht so schnell verurteile. Alles was ich will, ist verstehen …"

„Clemens, können wir mit Elias ins Schwimmbad gehen?" Tabea kam hinter ihrem Freund zur Tür hereingestürmt und schnappte sich seine Hand. „Bitte!"

„Jetzt gleich?" Er sah zwischen den beiden hin und her.

„Doch nicht heute", rollte Tabea drollig mit den Augen. „Das ist ein Schwimmkurs. Da kann man doch nicht hingehen, wann man will. Elias lernt da schwimmen."

„Hey, nun mal langsam. So einfach geht das nicht. Zuerst müssen wir mit deiner Mama reden. Wann findet denn der Kurs statt?", wandte er sich an Rebekka.

„Samstagnachmittags um drei im Auebad."

„Das sollte für mich in Ordnung gehen, aber ..."

„Juchu, ich freue mich so!", kreischte Tabea. „Du musst Mama gleich anrufen ... bitte, bitte!"

Clemens seufzte und zog sein Handy aus der Hosentasche. „Na gut, du kleines Hexchen. So was kannst du auch nur mit mir machen", fletschte er im Spaß die Zähne und wählte die Nummer seiner Schwägerin.

Nach dem Telefonat verabschiedete sich Clemens mit Tabea, ohne noch mal auf das brisante Thema einzugehen.

Judith empfing ihn kurz darauf mit Raika auf dem Arm in der Haustür.

„Komm rein. Ich will doch wissen, wie es gelaufen ist. Tabea, du ziehst dir die Schuhe aus und wäscht dir die Hände. Wir essen gleich."

Clemens folgte ihr in die Küche, wo sie Raika in den Kinderstuhl setzte. „Nun sag schon! Was habt ihr denn besprochen?"

„... tja, ich bin mir nicht mehr so sicher, ob es so ist, wie wir vermutet haben", schloss Clemens seinen Bericht, „es kann gut sein, dass sie sich nur deswegen so zurückgezogen hat, weil sie sich für die ungewollte Schwangerschaft geschämt hat. Andererseits ..."

„Andererseits hat sie erst im sechsten Monat von der Schwangerschaft erfahren. Deine Theorie hinkt also. Wieso hat sie dann gleich nach der Abifete die Telefonnummer gewechselt und warum versucht sie selbst jetzt noch, dir aus dem Weg zu gehen? Nein Clemens, da passt was nicht. Aus weiblicher Sicht kann ich natürlich verstehen, dass sie dir gegenüber ihr Innerstes nicht nach außen kehrt. Trotzdem, ich bleibe bei meiner Meinung. Denn eigentlich bestätigt mich das, was ich gerade gehört habe, nur noch", nickte Judith und sah ihn forschend an. „Bist du sicher, dass du mit Tabea zum Schwimmen gehen willst? Ich kann das auch übernehmen."

„Nee, das passt schon. Es ist ganz gut, wenn ich mal wieder ein paar Bahnen schwimme."

14

„Was meinst du ... lieber den Bikini oder doch besser den Tankini?" Rebekka stand zwischen aufgerissenen Plastiktüten im Flur vor dem Wandspiegel und betrachtete darin ihren Sohn, der sie von Kopf bis Fuß skeptisch musterte. Sie trug einen knappen Triangelbikini, der wie angegossen saß. Marine-weiß-gepunktetes Höschen und pink-weiß-gepunktetes Oberteil mit jeweiliger Kontrastborde. Sie gefiel sich. Nach einem biederen Badeanzug in Rot und einem langweiligen Tankini in Türkis war der Bikini von Anfang an ihr Favorit gewesen. Doch sie war sich so unsicher, dass sie kurz davor war, ihrer Mutter ein Foto zu schicken, um sich bei ihr Rat einzuholen. Was ihre Figur betraf, ließ der Bikini wirklich keine Fragen mehr offen. Ob das nicht doch ein bisschen zu aufreizend war? Allerdings trugen alle Frauen ihres Alters solche knappen Bikinis. Warum dann nicht auch sie? Verdammt! Wann war sie das letzte Mal mit Clemens im Schwimmbad gewesen? Es musste während der Schulzeit gewesen sein. Nur hatte sie sich nie dafür ausgezogen, hatte sich ihm und auch den anderen nie im Badeanzug präsentiert. Entweder hatte sie ihre Periode vorgeschoben oder war erst gar nicht mitgegangen. Und jetzt fühlte sie sich wieder genau so wie damals. Einerseits wollte sie ständig in seiner Nähe sein und andererseits wollte sie vor ihm weglaufen. Lieber Gott, war sie denn in den sechs Jahren kein bisschen reifer geworden? Himmelherrgott nochmal! Gar nichts war mehr so wie damals. Weder ihr Körper noch die Umstände … warum wollte ihr das denn nicht in den Schädel? Und am frustrierendsten von allem war, dass es ihn garantiert nicht im Geringsten interessierte, wie sie aussah. Hatte er ihr nicht erst vor wenigen Tagen gesagt, dass er seine Becks zurück wollte? Geschlechtslos und unkompliziert? Verflucht. Wäre sie doch nur nie nach Kassel zurückgegangen. Ihr graute vor dem Moment, wenn er ihr von seiner Freundin erzählen würde. Rebekka war nicht so blauäugig, dass sie glaubte, er wäre noch Single, auch wenn er sein Liebesleben mit keiner Silbe erwähnte. Nur der Gedanke an die Frau, die zu ihm gehörte, versetzte sie in eine solche Trostlosigkeit, dass sie am liebsten weinen wollte. Nein, es nützte alles nichts – für die nächsten Stunden würde sie sich eben zusammenreißen und sich vor allem auf die Kinder konzentrieren. Und zukünftig musste sie es vermeiden, Clemens zu begegnen.

„Der Bikini sieht cool aus, Mama. Den würde ich nehmen", urteilte Elias trocken und schlenkerte dabei ungeduldig mit den Armen hin und her. „Wie lange dauert es denn noch, bis Tabea und Clemens kommen? Soll ich mich jetzt auch umziehen?"

„Nein, das ist noch zu früh. Keine Angst, du verpasst nichts. Geh noch ein bisschen spielen."

„Kannst du mich bitte kurz am Supermarkt rauslassen? Ich will nur schnell ein Päckchen zurückgeben."

Rebekka deutete auf den Randstreifen des vollbesetzten Parkplatzes. „Ich beeile mich auch."

„Kein Problem. Dank der beiden Quälgeister, die es kaum erwarten können, ins Wasser zu kommen, liegen wir gut in der Zeit." Clemens parkte den schweren SUV und schaltete den Motor aus. Nachdenklich blickte er hinter Rebekka her, die hastig davoneilte. Mit der geschwungenen Hornbrille, die sie heute anstatt der Kontaktlinsen trug, wirkte sie ernst, geradezu unnahbar – aber er spürte, dass der Eindruck nicht nur dem Tragen der Brille geschuldet war. Wie schon beim Klassentreffen hatte sie sich wieder in ihr Schneckenhaus verzogen, war höflich, aber distanziert – und wich ständig seinen Blicken aus.

„Alles okay bei euch daheim?", wandte er sich mehr an Elias als an seine Nichte.

„Geht so", zuckte Elias mit den Achseln und seufzte theatralisch. „Mama ist heute total komisch. Sie hat den ganzen Morgen Badeanzüge anprobiert und an jedem rumgemeckert. Verstehe ich nicht."

Clemens konnte sich nur mit Mühe ein Grinsen verkneifen. „Konntest du ihr denn wenigstens bei der Auswahl helfen?"

„Musste ich ja, sonst wären wir nie fertig geworden. Aber sie hat auf mich gehört und sich für den Bikini entschieden."

„Ich finde Bikinis doof", erklärte Tabea mir voller Überzeugung. „Badeanzüge sind viel schöner."

Rebekka kam zurückgerannt. „So, wir können weiter ... Elias hast du Tabea erzählt, dass sie heute sogar schon eine Krone bekommt?" Während Clemens losfuhr, schnallte sie sich an und blickte über die Schulter nach hinten.

„Nee, noch nicht ...“

„Ui, wie eine Prinzessin?“

„Nein, eher wie eine Froschkönigin. Zwei Termine und zwei Krönchen. Beim ersten Mal gibt es eine silberne und beim zweiten Mal eine goldene Krone“, erklärte Rebekka weiter.

„Dann spendiere ich nach dem Schwimmen noch was Leckeres zu essen“, klinkte sich Clemens ins Gespräch ein. „Ihr dürft euch aussuchen, was ...“

„Aber nur was Gesundes ... ein bisschen wenigstens“, grinste Rebekka, als Elias protestieren wollte.

„Spielverderber“, flüsterte Clemens und zwinkerte ihr versöhnlich zu.

„Warts ab, bis du selber welche hast“, raunte sie und zwinkerte ironisch zurück, bevor sie abrupt den Blick abwandte und aus dem Fenster starrte.

„Du wirst die Erste sein, der ich das dann erzähle. Verlass dich drauf.“

„Kann ich mir nicht vorstellen“, hörte er sie gegen die Fensterscheibe murmeln und ahnte, dass der Satz nicht für seine Ohren bestimmt war.

In der Schwimmhalle kam ihnen ein drahtiger Mittdreißiger entgegen, der Rebekka, die ein riesiges Handtuch um sich gewickelt hatte, in einer Art begrüßte, als würden sie sich schon länger kennen. Für Clemens war sofort klar, dass Axel, so hatte sich der Kerl mit Namen vorgestellt, mehr als nur ein freundschaftliches Interesse an Rebekka hatte. Er konnte sich selbst nicht erklären, warum es ihn beruhigte, dass sie nicht entsprechend reagierte. Es schien, als hätte sie Axels Avancen noch nicht einmal bemerkt. Allein die Art, mit der der Schwimmlehrer ihn als Rebekkas Begleitung begrüßte, verriet Clemens alles.

Sich umsehend entdeckte er nur Mütter, die mit ihren Kindern hier waren. Das hatte Judith also gemeint, als sie ihn gefragt hatte, ob er sich das wirklich antun wolle. Er ließ die Musterung der Frauen geduldig über sich ergehen.

„So, hier geht's lang", deutete Axel auf den Becken-rand. „Setzt euch erst mal. Die Kinder kommen zu mir ins Wasser. Ach, nicht dass ihr euch wundert ... wir du-zen uns hier." Axel kam auf Clemens zu. „Ist das deine Tochter?"

„Mein Patenkind."

„Auch gut ... du kannst dich entspannen. Ich gebe den Kurs nicht zum ersten Mal."

„Äh ... wie? Ich bin entspannt."

„Sieht irgendwie nicht so aus."

Clemens war über dieses offensichtliche Balzgehabe so perplex, dass er automatisch Rebekkas Blick suchte. Doch die bekam von dem Gespräch gar nichts mit, weil sie sich mit dem Rücken zu ihnen stehend aus dem rie-sigen Handtuch schälte. Während sie es zusammen-legte und auf einer steinernen Bank ablegte, richtete sie ihr Augenmerk auf das Nichtschwimmerbecken, wo Elias und Tabea gerade über die gefliese Treppe ins Wasser tapsten. Sie ging zum Becken, hockte sich auf den Rand und ließ die Unterschenkel baumeln. Cle-mens, der sie dabei beobachtete, vergaß augenblick-lich, was er noch hatte sagen wollen. Auch Axel starrte wie gebannt zu ihr hin.

Blitzartig durchforschte Clemens sein Hirn nach vergleichbaren Momenten. Vergeblich. Da war keine einzige Erinnerung an einen Schwimmbadaufenthalt mit ihr, bei dem er sie in Badekleidung gesehen hätte. Er war sich absolut sicher, dass ihm das in Erinnerung geblieben wäre. Seine Blicke wanderten wie von selbst über ihren Körper. Da war nichts Kantiges oder Hageres, sondern nur bezaubernd weiche Linien. Sie besaß eine erstaunlich schmale Taille und herrlich volle Brüste. Unwillkürlich fielen ihm die Pin-up-Kalender der Fünfziger ein. Rebekkas Figur entsprach zweifellos genau diesem Schönheitsideal. Für ihn unbegreiflich, dass Frauen heutzutage so nicht mehr aussehen wollten, obwohl ihm kein einziger Heteromann bekannt war, der bei solchen Kurven nicht zu sabbern anfing. Allein die Vorstellung, sie zu berühren, jagte ihm einen Schauer über den Rücken. Er erschrak. Es war das erste Mal seit Verenas Tod, dass er sich bei dem Gedanken an Sex ertappte, erkannte er, und wurde sich gleich darauf bewusst, wo er sich befand.

Die nächsten zwei Stunden verbrachten alle Teilnehmer im Nichtschwimmerbecken. Auch wenn er Axel nicht sonderlich mochte, musste er ihm doch zugestehen, dass er es hervorragend verstand, den Kindern die Angst vor dem Wasser zu nehmen und ihnen Schwimmbewegungen beizubringen. Er band die Erwachsenen so effektiv ein, dass die Zeit wie im Fluge verging. Wie Rebekka angekündigt hatte, bekamen alle Kinder gegen Ende des ersten Kurses eine silberne Krone. Elias und Tabea waren darüber genauso begeistert wie über die Tatsache, dass sie es geschafft hatten, wenige Meter ohne fremde Hilfe zu schwimmen. Bei so guten Ergebnissen hatte Rebekka kein Veto, als es darum ging, eine Stippvisite bei McDonalds einzulegen. Gesundes Essen hin oder her. Zumal das Schnellrestaurant buchstäblich auf dem Heimweg lag. Clemens registrierte, dass sie sich zwar rührend um die Kinder kümmerte, jedoch ihm gegenüber – trotz aller Freundlichkeit – immer verschlossener wurde. Wohl fiel ihm auf, dass sie ihn, wenn sie glaubte, er würde es nicht bemerken, eingehend musterte, aber sich, sowie sie sich gegenüberstanden, einigelte.

Sie fanden einen freien Tisch an der Wand im hinteren Bereich des Schnellrestaurants. Clemens entledigte sich seiner Jacke und trabte sofort los, während Rebekkas Versuch, den Platz neben ihrem Sohn zu besetzen, scheiterte.

„Nein, da soll Tabea sitzen", mokierte Elias sich lautstark, worauf seine Freundin ihm strahlend zustimmte.

Verräter.

„Ja, ist ja schon gut, deshalb musst du nicht gleich so schreien."

Rebekka sah sich durch ihre Ponyfransen um und atmete auf, weil es offensichtlich niemanden interessierte, worüber sie sich unterhielten. Sie wählte den Stuhl an der Wand, von wo aus sie freien Blick in den Raum hatte. So konnte sie Clemens beobachten, der auf dem Weg zum Verkaufstresen war und bereits im Auto darauf bestanden hatte, dass er sich ums Essen kümmerte. Aber immerhin hatte sie durchgesetzt, dass Cola von der Wunschliste gestrichen worden war.

Rebekka schluckte. Sie war den Tränen nahe und wusste nicht, wie sie der unendlichen Traurigkeit Herr werden sollte, die sie wie aus heiterem Himmel überfallen hatte. Bislang galt ihre komplette Aufmerksamkeit – mit wenigen Ausnahmen, in denen sie Clemens wie hypnotisiert angestarrt hatte, wenn er mit anderen Dingen abgelenkt war – den Kindern. Doch spätestens nachdem sie den letzten Beweis dafür gefunden hatte, dass er definitiv gebunden war, kam sie nicht mehr gegen die Trostlosigkeit an, die eigentlich schon seit dem Moment ihres Wiedersehens unterschwellig in ihr tobte. Sie hasste sich dafür und konnte doch nichts dagegen tun. Mit jeder Sekunde, die sie länger in seiner Nähe war, wurde ihr bewusster, dass sie wahrscheinlich nie über ihn hinwegkommen würde. Dabei ging es nicht nur darum, dass er ein Mann war, nach dem sich die Frauen umdrehten – die Blicke der anderen Mütter waren ihr nicht entgangen – sondern auch darum, welche Art Mensch er war. Clemens hatte sich in den letzten sechs Jahren nicht verändert. Er war noch immer der, der er schon in der Schule gewesen war: hilfsbereit, charmant und ... einfach jemand, den man gernhaben musste. Natürlich war er reifer geworden, was ihn nur noch attraktiver machte. Ach Mist, warum konnte sie nicht einfach aufhören, ihn zu lieben? Er gehörte verdammt noch mal einer anderen!

Sie nahm den Kindern die Jacken ab, hängte sie genauso über die Stuhllehnen wie die eigene und sorgte für Servietten und Strohhalme.

„Bestimmt wollen deine Mama und dein Papa auch gerne sehen, wie toll du jetzt schon schwimmen kannst", versuchte sie Tabea davon zu überzeugen, das nächste Mal doch lieber mit ihren Eltern zu kommen. Die Kleine nickte jedoch nur und verrenkte sich dabei den Hals, um ihrem Onkel entgegenzufiebern, der gerade mit einem vollen Tablett den Tisch ansteuerte.

Netter Versuch, dachte Rebekka ironisch und setzte sich, während sie dabei zusah, wie Clemens vor jedem der Kinder eine Juniortüte abstellte.

„Bist du sicher, dass ich dir nicht noch etwas anderes holen soll?" Er stellte den Salat mit Hähnchenbrust vor ihr ab und zog eine Augenbraue hoch.

Sie schüttelte nur den Kopf, unfähig zu sprechen.

„Na ich weiß nicht." Er legte eine große Tüte Kartoffelecken in die Mitte. „Hier. Falls du deine Meinung ändern solltest. Ich kann auch noch mal Nachschub holen."

„Nein wirklich, der Salat reicht", krächzte sie.

„Bist du sicher? Wann hast du das letzte Mal etwas gegessen?"

„Lieber Himmel", seufzte sie, „du bist schlimmer als meine Mutter! Beruhigt es dich, wenn ich dir sage, dass das heute Mittag war?"

Sie konnte ihm schlecht erzählen, dass sie seinetwegen seit Tagen unter massiver Appetitlosigkeit litt und deswegen noch nicht einmal richtig gefrühstückt hatte.

„Okay. Ich akzeptiere das nur, wenn du wirklich keinen Hunger hast", hob er gespielt ernst den Zeigefinger. „Du hast dich seit der Schulzeit beinahe halbiert."

Er setzte sich an dem engen Tisch neben sie und berührte mit seinem Oberschenkel ihren.

Als hätte sie einen Stromschlag bekommen, rückte sie unauffällig von ihm ab. „Du übertreibst ..."

„Und wenn schon. Übertreibung veranschaulicht."

„Klugscheißer."

„Vorsicht, wir haben Kinder am Tisch."

„Ja, okay." Sie richtete das Wort an Tabea und Elias, die begierig Pommes frites in sich hineinstopften und Spielzeuge auspackten. „Hört ihr? Ich entschuldige mich. So ein Wort sagt man nicht."

„Schon gut, Mama", mampfte Elias, „kann ja mal passieren."

„Ich sag das auch manchmal", solidarisierte sich Tabea und zuckte mit den Achseln.

„Zufrieden?" Rebekka senkte den Kopf, hob den Deckel vom Salat und verteilte die Soße darauf.

Clemens hob den Daumen und kaute zu Ende. „Du hast ja niemandem die Möglichkeit gegeben, zu entdecken, was sich unter den viel zu weiten Klamotten verborgen hat."

Überrascht sah sie auf und wusste im ersten Moment gar nicht, was sie sagen sollte, weil er das nun schon das zweite Mal erwähnte.

„Kann ja nicht jeder mit deinem Selbstbewusstsein auf die Welt kommen."

„Interessante Sichtweise. Gut, dass wir drüber reden. Ich denke nicht darüber nach, wie ich rüberkomme, sondern bin einfach, wie ich bin." Er nahm einen Schluck von der Apfelschorle, die er für alle mitgebracht hatte. „Ich bin übrigens der Meinung, dass du absolut keinen Grund hast, das für dich selbst anders zu sehen. Und verstecken musst du dich nun wirklich nicht." Er grinste frech. „Den Bademeister ... äh, ich meine natürlich den Schwimmtrainer, den hast du auf jeden Fall ordentlich beeindruckt. Für einen Moment dachte ich, der will mir an die Kehle, als er gemerkt hat, dass wir zusammen unterwegs sind ... äh, wie lange kennst du den eigentlich?"

„Ein paar Wochen." Rebekka starrte auf ihren Salat, in dem sie stocherte. „Elias geht in den Judokurs, den er leitet. Wir haben uns im Sportverein angemeldet, da ist er sehr engagiert. Ich gehe zum Yoga, wenn es meine Zeit erlaubt, aber ..."

„Den Yogakurs ... gibt er den auch?"

„Nein, das macht eine Frau ... er kümmert sich vor allem rührend um die Kinder. Ich denke, das hängt mit seinem Sohn zusammen. Der ist aber älter als Elias und ..."

„Nur eine Frau hat er nicht ... willst du mir wirklich erzählen, du hättest noch nicht mitgekriegt, dass er ...", Clemens räusperte sich, als er die wachsamen Blicke der Kinder auf sich spürte, „... du weißt, was ich sagen will ..."

„Natürlich weiß ich das. Ich frage mich nur, was dich das kümmert ... und was sagt eigentlich *deine* Freundin dazu, dass *du* mit uns zum Schwimmen gehst?"

Rebekkas Augen hefteten sich für einen kurzen Moment an den Kettenanhänger, einen Skorpion, der gut sichtbar über dem Ausschnitt seines roten T-Shirts hing, bevor sie ihm provokant in die Augen sah.

Er hielt dem Blick stand, schien aber nicht gleich zu verstehen, worauf sie hinauswollte. Clemens' Geburtstag war Anfang Februar, weshalb sein Sternzeichen der Wassermann war.

Ein wachsamer Ausdruck schlich sich in seine Augen, was Rebekka dazu veranlasste, sich prompt über ihre Aussage zu ärgern. Mist! Nun würde er denken, dass sie eifersüchtig war.

Bin ich ja auch.

„Entschuldige bitte, das geht mich nichts an …"

„Verena ist im Himmel. Weißt du das nicht?", antwortete Tabea so geduldig, als würde ein Erwachsener zu einem Kind sprechen. „Mama hat mir gesagt, sie sitzt auf einer Wolke und passt auf, dass Clemens nicht mehr so traurig sein muss. Ich finde, Verena macht das gut. Er war heute schon viel lustiger als sonst."

Geschockt schlug Rebekka sich die Hand vor den Mund. „Oh Gott … das tut mir leid. Bitte … ich …"

Clemens legte ihr beschwichtigend die Hand auf den Arm. „Lass gut sein … nur so viel: Es würde Verena gefallen, uns hier so zu sehen … und sie würde dich mögen, Rebekka."

Eine tiefe Traurigkeit klang in seiner Stimme mit, weshalb Rebekka nicht wusste, was sie sagen sollte.

„Wir reden ein anderes Mal darüber … okay?" Sein Blick streifte die Kinder und Rebekka verstand.

Nun war ihr auch klar, warum er wieder zu Hause wohnte. Und dass er kein eigenes Auto fuhr, schien ebenfalls etwas damit zu tun zu haben.

„Hey, da ist ja meine Krönchenschwimmerin." Judith beugte sich herab und umarmte ihre Älteste, während sie Raika fest umklammert auf der Hüfte hielt.

Tabea schwenkte freudestrahlend ihre silberne Krone und gab ihrer Mutter einen Kuss. „Du musst aber das nächste Mal mitkommen!" Die Trophäe weiterhin fest im Griff, zerrte sie ungeduldig am Reißverschluss ihrer Jacke und zwängte sich aus den Ärmeln, bevor sie sie Clemens hinhielt.

„Zu Diensten, Prinzessin ... darf ich auch reinkommen, oder wollen wir hier in der Tür stehen bleiben?“

Judith lachte. „Rein mit euch. Cedric hat angerufen und gesagt, dass es noch dauern kann. Es hat einen Notfall gegeben. Habt ihr Hunger?“

„Nee, wir waren doch bei McDonalds ... hihi, das war cool.“

„Glück gehabt Fräulein, dass ich nicht dabei war ... Clemens, gib mir die nassen Sachen und nimm mir mal unseren Wonneproppen ab. Du kannst sie auf die Decke zu ihren Spielsachen setzen. Ich bringe die Badesachen nur schnell in den Keller zur Waschmaschine. Tabea, zieh deine Schuhe aus, ich bin gleich wieder da.“

Clemens marschierte mit Raika ins Wohnzimmer, platzierte sie wie geheißen auf einer gepolsterten Decke, auf der ihre Spielsachen lagen und setzte sich auf einen Sessel daneben. Während Raika munter vor sich hin brabbelte und Tabea im Flur mit den Schuhen polterte, sah er sich um. Er kannte den Raum wie seine Westentasche und doch war es, als würde er die heimelige Stimmung zum ersten Mal erleben. Familienleben. Sein Bruder mit seinem stressigen Job bekam davon nicht viel mit. Von einem Acht-Stunden-Tag konnte er nur träumen. Es war bewundernswert, wie gelassen Judith damit umging. Wahrscheinlich, weil sie den Krankenhausalltag nur zu gut kannte. Schließlich hatten sich die beiden im Klinikum kennen und lieben gelernt. Er dachte an seine Eltern, die trotz der drei Kinder weiter ihrer Berufstätigkeit nachgegangen waren und sich immer gegenseitig unterstützt hatten. Er wusste, dass auch Judith nicht ewig nur Hausfrau bleiben wollte.

„Darf ich noch ein bisschen fernsehen?" Tabea wartete seine Antwort nicht ab, sondern schnappte sich blitzschnell die Fernbedienung und warf sich in den gemütlichen Fernsehsessel.

„Stopp. Das habe ich nicht zu entscheiden. Deine Mama kommt gleich hoch und ..."

„Was ist mit der Mama?"

„Mami, bitte ich möchte noch ein bisschen fernsehen, darf ich?"

„Na gut, meinetwegen. Aber nur den Kinderkanal." Judith schnappte sich Raika und gab Clemens einen Wink. „Komm. Wir verkrümeln uns in der Küche, da können wir in Ruhe reden."

Dort angekommen schloss sie die Tür, setzte Raika in den Kinderstuhl und schob ihr ein Brettchen mit belegten Brotstückchen zu, das sie vorbereitet hatte. „Du trinkst doch noch was mit mir, oder?"

„Ja, gib mir ein Wasser."

Judith stellte Flasche und Gläser auf den Tisch und nahm den Stuhl ihm gegenüber. „Erzähl! Wie war's?"

„Weißt du doch schon. Tabea macht sich beim Schwimmen richtig gut. Sie hat überhaupt keine Angst und ist stolz wie Bolle, dass sie dafür eine ..."

„Clemens! Du weißt ganz genau, dass ich mich darüber zwar sehr freue und mir das nächste Woche auch anschaue, aber jetzt will ich was anderes von dir wissen. Nun tu nicht so, als wenn du das nicht wüsstest."

„Was willst du denn wissen? Dass der Schwimmtrainer total auf Rebekka abfährt und mich am liebsten auf den Mond gewünscht hätte, weil ich mit ihr da war?"

„Tatsächlich? Und will sie ihn auch?"

„Sah für mich nicht so aus, aber es ist nicht ganz leicht, hinter ihre Fassade zu blicken. Sie ist eine tolle Mutter und kann gut mit Kindern ... Tabea hat ihr übrigens von Verena erzählt.“

„Oh, wie kam das denn?“

„Ich muss zugeben, dass ich sie ein bisschen mit diesem Axel – das ist der Schwimmtrainer – aufgezogen habe.“ Clemens verdrehte die Augen. „Der ist mir mit seinem Machogehabe aber auch so was von auf den Zeiger gegangen. Na ja, und weil ich ja immer noch Verenas Skorpion an der Kette habe, wollte sie wissen, was denn meine Freundin dazu sagen würde, wenn ich mit ihr zum Schwimmunterricht ginge.“

„Aha!“ Judith zog eine Augenbraue hoch. „Also doch. Sie hat noch Gefühle für dich, sonst hätte sie das so nicht gefragt. Kann ich gut nachvollziehen. Als ich mich in Cedric verliebt hatte, dachte ich auch, einer wie er müsste eine Freundin haben und habe mich anfangs zurückgezogen ... den Rest kennst du.“ Judiths Blick wurde schwärmerisch bei dem Gedanken an früher. „Entschuldige, ich werde sentimental.“ Sie berührte Clemens kurz am Arm. „Was ich aber unbedingt noch loswerden will ... ich bin dir unendlich dankbar dafür, dass du heute mit Tabea zum Schwimmtraining gegangen bist. Sie will schon so lange richtig schwimmen können und es hat mit unserer kleinen Maus hier bis jetzt einfach noch nicht geklappt, das zu verwirklichen. Nächste Woche muss Cedric entweder auch mitgehen oder ich werde mir eine Oma organisieren. Aber ganz sicher will ich Zeit für Tabea haben und sie mit dieser Krone sehen. Wenn du willst, hast du nächsten Samstag dienstfrei“, lachte Judith.

„Okay. Mal sehen. Hat mir Spaß gemacht, heute. Außerdem hatte ich nichts Besseres vor."

„Du hast dir ja noch gar nichts eingeschüttet. Liebe Zeit, was bin ich denn für eine ..."

„Jetzt hör aber auf. Du tust gerade, als wäre ich irgendein Gast. Ich kann mir auch selbst einschütten."

„Ja, so ist das mit den Hausfrauen ... man wird komisch, wenn man sich den ganzen Tag nur um andere kümmert", lachte sie, „nein, schon gut. Ich mache das sehr gerne und es kommt ja auch wieder eine andere Zeit." Judith zögerte. „Weißt du, was mir wirklich gefällt, Clemens? Seit ein paar Tagen wirkst du so viel ausgeglichener und optimistischer auf mich, nicht mehr so entsetzlich traurig." Sie griff nach seiner Hand, die auf dem Tisch lag. „Du hast keine Ahnung, wie sehr wir uns alle darüber freuen. Kann es sein, dass Rebekka damit etwas zu tun hat?"

„Puh, du kannst Fragen stellen. Typisch Frau. Verena konnte mich auch ziemlich gut auf den Punkt nageln", seufzte er.

„Ach, jetzt sei nicht so", zwinkerte Judith und lachte frech, „und gönn mir ein klein wenig Aufregung. Was kriege ich denn schon außer Babybrei, Wäsche waschen, Saubermachen und Müll rausbringen mit? Hab ein bisschen Nachsicht mit deiner neugierigen Schwägerin. Mit Cedric kann ich über solche Themen nicht oft reden. Erstens hat er dafür keinen Nerv und zweitens ist er viel zu nüchtern", verdrehte sie die Augen, „und Cathi hat auch keine Zeit. Sie bereitet sich auf ihre Professur vor."

„Also gut. Aber nur, weil du meine Lieblingsschwägerin bist."

„Frechheit. Als wenn du noch eine hättest.“

Clemens wurde ernst und blickte Judith in die Augen. „Um ehrlich zu sein ... ich weiß noch nicht, welchen Anteil Rebekka dabei hat.“ Er rieb sich den Dreitagebart und starrte unter die Decke. „Okay, ich gebe zu, es erleichtert mich ziemlich, dass ich jetzt eine Ahnung habe, warum sie mich damals so ... so abserviert hat. Ich bin selber noch auf der Suche danach, welche Rolle sie in meinem Leben spielt. Irgendwie gehört sie dazu und ich merke, dass ich nicht sonderlich gut damit umgehen kann, wenn sie völlig raus ist und ich gar keinen Kontakt mehr zu ihr habe. Ich weiß, das klingt verrückt, aber es ist die Wahrheit.“ Clemens holte tief Luft. „Ich war wirklich verdammt sauer auf sie und hätte mir Rita – ohne es zu wissen – nicht klar gemacht, was höchstwahrscheinlich der Grund für ihr komplettes Abtauchen gewesen ist, wäre ich das immer noch.“

„Rita?“

„Ja, hab ich doch erzählt ... die Auszubildende bei mir aus dem Amt. Das ist die, die so übel von ihren Eltern abgezockt wurde.“

„Ach so, ja richtig ... ich erinnere mich. Hm ... du denkst also jetzt auch, dass Rebekka damals in dich verliebt gewesen sein muss.“

„Ja, zumindest wird es immer logischer, weil sie sich mir gegenüber nicht richtig entspannen kann und versucht, ihre Unsicherheit mit Frechheit zu übertünchen. Klappt nicht, dafür kenne ich sie zu gut.“

„Und weiter?“

„Weiß ich selbst noch nicht ...“

„Hm ... wie fühlst du dich denn mit ihr? Bist du gerne mit ihr zusammen?“

„Ja … doch. Auf jeden Fall, vor allem, wenn ich sie aus der Reserve locken kann“, grinste er schief, „aber wir konnten schon immer gut miteinander. Logisch, sonst wären wir nicht seit der vierten Klasse befreundet gewesen. Nur jetzt igelt sie sich verdammt schnell ein.“ Clemens lachte trocken auf. „Ich muss zu meiner Schande gestehen, dass es mir ziemlich gut gefallen hat, als dieser Holzfäller von Bademeister heute so eifersüchtig auf mich reagiert hat. Rebekka hat davon gar nichts mitgekriegt, weil sie sich um die Kinder gekümmert hat.“

Judiths Augen begannen zu funkeln. „Aha! Hört sich für mich so an, als könntest du dir auch noch ganz andere Sachen mit ihr vorstellen … oder täusche ich mich da?“

„Junge Junge, du willst ja Sachen von mir wissen“, stöhnte Clemens. „Kannst du Gedanken lesen? Ich denke da heute selber das erste Mal drüber nach.“

„Lass mich raten … die Gedanken sind dir gekommen, als du sie im Badeanzug gesehen hast, stimmt's?“

Clemens grinste frech. „Ich weiß jetzt, warum Cedric keine Chance hatte, dir zu entkommen.“ Er wurde wieder ernst. „Okay, wenn das so spannend für dich ist – sei froh, dass ich weder prüde noch schüchtern bin. Ja, du hast recht. Ich habe heute das erste Mal seit … lass mich überlegen“, er starrte an die Decke und schüttelte dann den Kopf, „äh … einer gefühlten Ewigkeit wieder an Sex gedacht.“

„Als du Rebekka im Badeanzug gesehen hast?“

„Im Bikini. Heiliger Bimbam. Ich war ziemlich geschockt – natürlich nur über mich selbst – und verdammt froh, dass die Kinder da waren.“

„Ein Jahr ist eine lange Zeit …“, wackelte Judith mit den Augenbrauen, „hast du sie noch nie im Bikini gesehen?“

„Nee, im Vergleich zu heute ist sie früher in Vollverschleierung rumgelaufen und abgesehen davon war sie für mich wie meine Schwester.“ Ein Schatten legte sich über Clemens’ Gesicht, als er seine Schwägerin ansah. „Ich weiß, es wird dir nicht gefallen, was ich jetzt sage, aber ich kann nichts daran ändern, dass ich so fühle.“ Er nahm einen tiefen Atemzug, bevor er weitersprach: „Nur der Gedanke, mit einer anderen Frau etwas anzufangen, gibt mir das Gefühl, Verena zu betrügen. Bei Rebekka ist das irgendwie anders, nicht so ausgeprägt wie bei den Frauen, die ich neu kennenlerne, also kennenlernen würde, ich bin ja nicht auf der Suche, aber …“

„Clemens, lass dir Zeit. Die meisten Beziehungen fangen nicht damit an, dass man sofort übereinander herfällt.“ Judith zuckte mit den Achseln und hielt Raika die Trinktasse hin. „Ist jedenfalls mein Eindruck. Man sollte sich da nicht von Romanen und Filmen fehlleiten lassen.“

„Sehe ich genauso. Aus dem Nähkästchen geplaudert kann ich dazu nur sagen, dass so ein Start keine hohe Erfolgsquote für eine Beziehung hat. Das ist zumindest meine Erfahrung. Außerdem fand ich’s ehrlich gesagt immer spannender, wenn Frauen etwas reservierter sind. Es macht so viel mehr Spaß, sie vom Gegenteil zu überzeugen“, grinste er schief.

„Das beruht auf Gegenseitigkeit. Wir lieben es nämlich, uns von euch überzeugen zu lassen.“

15

Am Donnerstagnachmittag wurde Rebekka von ihrer Kollegin ins Schwesternzimmer gerufen.

„Da ist ein Anruf für dich. Eine Frau Lorentz will dich sprechen."

Rebekka lief eilig durch die Station und fragte sich, was geschehen sein konnte, dass Clemens' Mutter sie während der Arbeitszeit anrief.

„Marbert."

„Hallo, Rebekka", meldete sich eine unbekannte Stimme, „hier ist Judith Lorentz, die Mutter von Tabea."

Rebekka ging ein Licht auf. Judith war die Frau von Clemens' älterem Bruder Cedric, einem der jüngsten Chefärzte am Klinikum. Sie schüttelte über sich selbst den Kopf, weil sie völlig verdrängt hatte, aus welch illustrer Familie Clemens stammte.

„Oh, hallo ..."

„Entschuldige, dass ich dich während der Dienstzeit störe. Ich hoffe, es ist okay für dich, dass ich dich so einfach duze, aber ich dachte, weil du eine Freundin von Clemens bist ..."

„Schon in Ordnung."

„Ich rufe wegen Samstagnachmittag an. Clemens kann leider nicht mit zum Schwimmunterricht kommen, weil er arbeiten muss. Er sagt, dass ein wichtiges Update ansteht, das nur am Wochenende aufgespielt werden kann. Und da ich sowieso vorhatte diesmal mitzugehen, dachte ich mir, es wäre doch für alle das Beste, wenn ich euch abhole. Ist das okay für dich?"

„Ja klar ... auf jeden Fall. Danke. So ist es natürlich viel bequemer für uns. Wir müssten sonst den Bus nehmen. Weißt du, wo ich wohne?"

„Ja. Hat mir Clemens schon gesagt. Deine Wohnung ist in der Nähe vom Klinikum. Da kenne ich mich aus ... wir sind übrigens Kolleginnen, aber darüber können wir ja dann am Samstag reden. Ich bin so gegen halb drei da. Tschü-hüss!"

Nette Person, dachte Rebekka mit einem Blick auf ihre Uhr und erschrak. Oh Gott, jetzt musste sie sich aber beeilen. In wenigen Minuten war Übergabe für die Spätschicht.

Nach Dienstschluss hetzte sie mit schlechtem Gewissen durch die langen Gänge, weil sie zu spät zum Kindergarten kommen würde. Dabei ging ihr das Gespräch mit Judith nicht aus dem Sinn. Für eine Chefarztgattin war sie erstaunlich volksnah und sympathisch, resümierte Rebekka. Das kannte sie definitiv auch anders.

„Hallo, Rebekka! Warte doch mal bitte."

Oh Mann, was war das denn nur wieder für ein furchtbar hektischer Tag? Sie drehte sich um und erkannte Sina, die plötzlich im Freizeitanzug vor ihr stand. Na klar. Ihr Weg führte schließlich durch die Psychiatrische. Dort wurden üblicherweise auch Suchtkrankheiten behandelt.

„Sina! Hallo! Ich wusste gar nicht, dass man dich stationär aufgenommen hat. Wie geht's dir?"

„Das war leider nötig ... danke, jetzt wieder ganz gut ... aber der Entzug ist schon heftig", seufzte sie und machte eine schuldbewusste Miene. „Rebekka, ich muss mich bei dir bedanken ... es war absolut richtig, dass du mich hergebracht hast."

„Das höre ich gerne und es freut mich, wenn du das so sehen kannst ..." Rebekkas Blick ging erneut zur Uhr. „Entschuldige, aber ich bin total in Eile. Wie lange bist du denn noch hier? Ich würde morgen mal vorbeikommen wollen ... auf einen Kaffee. Vielleicht so gegen Mittag? Dann können wir reden. Jetzt ist es wirklich ganz schlecht."

„Ach, das würde mich freuen ... ich bin noch mindestens eine Woche hier. Danach soll ich in die Reha."

„Gut. Dann bis morgen."

„Also den Schwimmtrainer kann man ja wirklich nur weiterempfehlen." Judith packte das Handy in die Badetasche, nachdem sie ein paar Fotos von den Kindern geschossen hatte. „Ich dachte, Tabea hätte übertrieben, als sie uns erzählt hat, dass sie es schon ganz alleine schafft, über Wasser zu bleiben ... nun sieh dir das an, wie die alle schwimmen können."

„Ja, und das ohne irgendwelche Hilfsmittel. Und ich wollte die Schwimmflügel einpacken", lachte Rebekka, „oje, da hättest du Axel mal hören sollen, der wäre mir fast an die Gurgel gegangen, so empört war er darüber. Letzten Samstag mussten alle Erwachsenen mit ins Wasser und den Kindern dabei helfen, die ersten Meter zu schwimmen. Von Anfang an aus eigener Kraft. Er hat ihnen vorher die Bewegungen gezeigt und wir mussten nur da sein, durften aber nicht eingreifen. Nur im Notfall. Ich hätte nicht geglaubt, dass man so schnell Erfolge sehen kann."

„Ich kann dir gar nicht genug danken, dass du Tabea davon erzählt hast ...“

„Das war ich nicht. Elias hat sich mit ihr darüber unterhalten. Er kennt Axel vom Kinderjudo und ist davon genauso begeistert.“

„Und dieser Axel, der scheint von dir ziemlich begeistert zu sein, so oft, wie er zu dir herüberschaut ... entschuldige, dass ich so offen bin, aber man kann es gar nicht übersehen.“

„Ja, leider. Okay, er ist nett und kann gut mit Kindern, aber ...“ Rebekka zuckte hilflos mit den Achseln.

„Mir wäre er an deiner Stelle zu alt“, grinste Judith, „sorry, das geht mich nichts an, es ist nur so offensichtlich.“

„Schon gut“, atmete Rebekka schwer. „Mir ist das ziemlich unangenehm, wenn er mich so auffällig anbaggert. Aber das merkt er ja nicht mal. Besonders hier, vor den vielen Frauen ... einfach nur peinlich. Letzte Woche, als Clemens dabei war, hat er sich so nicht verhalten.“

„Anscheinend doch“, grinste Judith und sah Rebekka durchdringend an, „er hat in ihm wohl einen Rivalen gesehen.“

„Wirklich? Oh nein!“

„Ja, Clemens hat so was erwähnt.“ Judith holte eine Flasche Wasser aus der Tasche und nahm einen Schluck. „Für die Kinder habe ich frisch ausgepressten Orangensaft und ein paar gesalzene Erdnüsse dabei.“

„Der Saft ist okay, aber auf die Erdnüsse muss Elias verzichten. Er reagiert allergisch darauf. Wir hatten da mal ein sehr unschönes Erlebnis bei einem Kindergeburtstag. Für uns hat der Tag in der Notaufnahme geendet. Nach einem Test hat sich meine Vermutung dann bestätigt. Es waren die Erdnüsse."

„Oh, gut zu wissen. Tabea möchte Elias nämlich auf ihren Geburtstag einladen. Sie hat Anfang Dezember. Genaueres schreibe ich dir dann noch. Wenn das okay für dich ist, könnt ihr euch das schon mal vormerken."

„Gerne. Da wird sich Elias aber freuen. Er ist total vernarrt in Tabea."

„Und sie in ihn ..."

„Ähm ... was genau muss Clemens denn heute arbeiten? Ehrlich gesagt weiß ich nicht, was er studiert hat, weil er das nach der Schule noch nicht konkret sagen konnte. Irgendwie haben wir es versäumt, darüber zu sprechen."

„Wenn ich ihm richtig zugehört habe, habt ihr euch ja auch lange nicht gesehen."

„Ja, stimmt ... hat sich nicht ergeben."

Rebekka wich Judiths eindringlichen Blicken aus und starrte stattdessen zum Schwimmbecken hinüber, wo die Kinder inzwischen immer längere Strecken am Stück schwammen.

„Clemens hat den Master in Verwaltungsinformatik und ist seit gut einem Jahr bei der Justiz. Normalerweise arbeitet er nicht am Wochenende, aber wenn wichtige Updates anstehen, kann das schon mal vorkommen."

„Ah, verstehe. Dann ist er verbeamtet?"

„Nein, Angestellter. Aber man sieht ihm gar nicht an, dass er bei einer Behörde arbeitet, oder?", lachte Judith und Rebekka stimmte mit ein.

***

„Mama, jetzt komm! Die warten doch alle schon auf mich." Elias starrte seine Mutter aus aufgemalt blutunterlaufenen Augen vorwurfsvoll an. Das gruselige Antlitz hatte er von den Erzieherinnen am Vormittag bekommen. Es war Halloween. Und nun konnte er es kaum mehr abwarten, sich so seinen Judokameraden zu präsentieren, die ihn ausdrücklich zu einer kleinen Feier im Vereinsheim eingeladen hatten.

„Schatz, die wissen, dass du kommst. Nur nicht genau, wann. Da sind noch mehr Kinder, die jetzt erst dazukommen. Es reicht also, wenn wir ganz normal gehen. Wir müssen nicht rennen."

„Ach Menno, warum dauert das denn so lange?"

„Jetzt zappel nicht so rum. Du bringst nur deine Verkleidung durcheinander. Wir sind ja gleich da."

Tatsächlich war es von Rebekkas Wohnung bis zum Vereinsheim keine Viertelstunde zu gehen, doch Elias war in einer solchen Vorfreude, dass sie ihn kaum bändigen konnte. Er glaubte, dass es bei Halloween dunkel sein müsste, alles andere – also das, was am Vormittag im Kindergarten stattgefunden hatte – sei kein richtiges Geistertreiben.

Rebekka verstand das zwar, wollte ihm das aber nicht zu deutlich zeigen, um seinen Übermut ein wenig zu bremsen.

Kaum dass sie das Vereinsheim betreten hatten, löste sich Axel aus einem Pulk von Leuten und kam ihnen freudestrahlend entgegen. Rebekka musste sich zusammenreißen, um nicht laut aufzustöhnen. Prompt fielen ihr Judiths und Clemens' Bemerkungen ein. Na toll! Was die beiden beobachtet hatten, würde man hier genauso erkennen können. Mist, das wollte sie nicht. Schön und gut, Axel war wirklich in Ordnung. Sie schätzte ihn als Mensch und natürlich auch als sehr empathischen Trainer ihres Sohnes. Doch darüber hinaus hatte sie absolut kein Interesse an ihm. Nicht nur dass er mindestens zehn Jahre älter war als sie – zudem war er ihr zu euphorisch, zu überschwänglich, zu laut und ja, auch zu aufdringlich – einfach zu viel von allem. Axel war ein durchaus ansehnlicher Mann, ja, aber in ihr brachte er nichts zum Klingen. Gar nichts. Beinahe augenblicklich musste sie an Clemens denken, der absolut alles in ihr zum Klingen brachte. Bedauerlicherweise, denn diese Erkenntnis nützte ihr genauso wenig wie die andere.

„Hallo, da seid ihr ja endlich", begrüßte Axel sie und nahm sie so besitzergreifend in den Arm, als hätte er ein Recht dazu. Elias zeigte sich darüber nicht verwundert. Er hatte nur seine Judofreunde im Sinn, zu denen er sofort hinrannte.

„Hallo, hier ist ja was los. Sind noch andere Mütter da?" Rebekka befreite sich aus der Umarmung und starrte Elias hinterher, um Axel nicht anschauen zu müssen. Ihn schien das nicht im Geringsten zu stören. Vielmehr spürte sie seine bewundernden Blicke auf sich und wusste, dass es an der Zeit war, Farbe zu bekennen.

„Ja … doch, sie sitzen dort hinten. Aber ich wollte sowieso mit dir allein reden. Ähm … hättest du Lust, mich am Samstag zu besuchen? Natürlich mit Elias. Die Jungs können sich ja einen Film zusammen anschauen oder so. Ich wollte uns was kochen."

Ach du Scheiße!

Sicher hatte ihm irgendwann mal jemand erzählt, eine Frau zu bekochen, sei ein todsicherer Tipp, ihr Herz zu erobern. Beim richtigen Mann bestimmt keine schlechte Sache, doch Axel konnte so viel kochen, wie er wollte ...

„Hm, weißt du, ich ...“

„Elias hat mir erzählt, dass es keinen Mann in deinem Leben gibt, da dachte ich ...“

„Du hast Elias über mein Liebesleben ausgefragt?“ Rebekkas Stimme übersprang eine Oktave.

„Ja, warum denn nicht? Du gefällst mir und ...“

Rebekka holte tief Luft und versuchte sich darauf zu besinnen, dass Elias in diesem Verein nicht nur nette Freunde gefunden hatte, sondern auch großen Gefallen an Judo.

„Axel ... das schmeichelt mir, danke, aber ... hör mir bitte zu! Ich mag dich, du bist ein wunderbarer Mann und Vater. Und ich finde es toll, wie du mit den Kindern umgehst. Wirklich. Aber das mit uns beiden kann nichts werden. Ja, es stimmt, ich bin solo, doch bereit für was Neues bin ich deswegen noch lange nicht. Ich muss meine Gefühle erst mal sortieren ... tut mir leid.“

„Aber ich kann warten, weißt du, ich ...“

Axel schwieg, als er sah, wie entschieden sie mit dem Kopf schüttelte.

„Ich halte das für keine gute Idee und es wäre dir gegenüber auch nicht fair, weil ich ...“

Ein grimmiger Zug hatte sich um Axels Mund entwickelt. „Kann es sein, dass dein Nein etwas mit dem dunkelhaarigen Typen zu tun hat, der letztens mit beim Schwimmkurs war?“, fuhr er ihr ins Wort.

„Absolut nicht", log sie. Aber das ging ihn verdammt noch mal gar nichts an. „Wie kommst du denn darauf? Wir sind nur alte Schulfreunde."

„Bist du dir da sicher?", funkelte Axel sie an. „Sah für mich nicht nach rein platonischem Interesse aus, so wie der dir auf den Arsch geglotzt hat." Er machte eine wegwerfende Handbewegung. „Okay ... hab verstanden, Rebekka. Vergiss einfach, dass ich was gesagt hab, ja?" Ehe sie Luft zum Antworten holen konnte, stapfte er schon davon. *Auch gut.*

Später, nachdem Elias endlich im Bett lag und aufgehört hatte zu plappern, weil er total erschöpft Leo Lausemaus zuhörte, rief Rebekka ein zweites Mal an diesem Tag bei Jan an. Am Nachmittag hatte Elias ihm natürlich sein Halloweenkostüm per Skype präsentieren müssen.

„Hey, das ist ja eine Überraschung", meldete der sich.

„Ja, ich wollte dir noch was Interessantes berichten, wäre aber im Beisein von Elias nicht so ganz passend gewesen, weshalb ich mich erst jetzt noch mal melde. Die kleine Rübe liegt pappsatt und ziemlich aufgewühlt im Bett und gibt endlich Ruhe. Es war ein aufregender Tag für ihn."

„Kann ich mir vorstellen, Süßes und Saures in Massen ... dann leg mal los, du hast mich neugierig gemacht."

„Halb so wild. Ich hab mich nur mal ein bisschen kundig gemacht. Und weil ich weiß, dass du kein großer Freund der sozialen Netzwerke bist, habe ich mich da mal für dich umgeschaut. Und siehe da, mein lieber Jan, es gibt bei Facebook zig Gruppen asexueller Leute aus verschiedenen Städten, die genauso wenig wie du alleine bleiben möchten, einen Lebenspartner suchen und ..."

„Das hast du gemacht?"

„Ja, sag ich doch. Es wird dir wohl nichts anderes übrigbleiben, als dich mit Facebook anzufreunden und so einer oder mehrerer Gruppen beizutreten. Was sagst du jetzt?"

„Ich weiß nicht", reagierte Jan zögerlich, wobei man heraushören konnte, dass er davon nichts hielt. „Ich kann mir nun mal nicht vorstellen, dass man auf diesem Wege echte Freundschaften schließen kann."

Für einen Moment herrschte Stille in der Leitung. Rebekka musste sich beherrschen, um nicht wütend zu werden. Jan konnte furchtbar stur sein. „Denk wenigstens mal drüber nach und lass dich mal auf was Neues ein. Ich verspreche dir, wenn du es ausprobiert hast, wirst du dich ärgern, weil du es nicht schon viel eher gemacht hast." Sie spürte, wie sehr sie dieses Gespräch anstrengte und atmete schwer.

„Jetzt sei doch nicht gleich genervt. Man wird ja wohl noch mal zweifeln dürfen."

„Jan, du heißt mit zweitem Vornamen Zweifel. Wie wär's, wenn du mal über deinen Schatten springen würdest und dich was traust?" Sie gähnte. „Sorry, aber ich bin jetzt wirklich reif für die Koje. Wir reden ein andermal weiter. Gute Nacht und versprich mir, dass du ernsthaft darüber nachdenkst."

***

Es war ein diesiger Freitagnachmittag, als Clemens seine Eltern im Wintergarten vorfand. Üblicherweise konnte er freitags etwas früher Feierabend machen. Überrascht erkannte er, dass Martin und Britta Mertz, Verenas Eltern, zu Besuch waren. Der Kontakt zu ihnen war auch nach dem Tod ihrer Tochter nie ganz abgerissen, jedoch in den letzten Monaten sporadischer geworden.

„Hallo, das ist ja eine Überraschung. Habt ihr Weihnachtsgeschenke für eure Enkel besorgt?"

Verenas älterer Bruder hatte Familie mit kleinen Kindern.

„Ja und nein", begrüßte ihn Martin und schüttelte ihm die Hand. „Wir sind auch deinetwegen hier. Uns liegt da noch etwas auf dem Herzen, das wir schon längst erledigt haben wollten."

„Ja", nickte Britta, „wir konnten bisher nur noch nicht drüber sprechen, weil wir zuerst Fakten schaffen mussten."

Clemens' Blick umwölkte sich. Verständnislos sah er seine ehemaligen Schwiegereltern in spe an und setzte sich neben seine Mutter. Wie jedes Mal, wenn er ihnen begegnete, übermannte ihn die Trauer wieder mit voller Wucht. Sichtlich blass geworden, spürte er kaum, wie Cornelia ihm tröstend über den Arm strich.

„Tut mir leid, aber ich verstehe nicht, von was ihr redet."

„Kannst du auch nicht." Martin nahm seiner Frau den Briefumschlag aus der Hand, den sie ihm entgegenhielt. „Wir haben was gutzumachen und wollen dir außerdem etwas sagen, was du noch nicht weißt."

„Was ich noch nicht weiß?"

„Ja", übernahm Britta das Wort. „Es ist ja nichts Neues für dich, dass Verena sehr spirituell war. Wir denken heute, dass sie geahnt haben musste, was auf sie zukam." Sie hob hilflos die Schultern. „Wir wissen das natürlich auch nicht und können nur vermuten." Sie räusperte sich. „Wenige Wochen vor ihrem Unfall, sie kam spontan zu Besuch, hat sie uns das Versprechen abgenommen, dir Folgendes zu sagen, falls du …"

„Aber warum hat sie denn nicht mit mir darüber geredet?" Clemens hielt es nicht mehr auf seinem Stuhl und ging zum Fenster, um in den Garten zu schauen.

„Wahrscheinlich weil sie geahnt hat, dass du das, worüber sie nachgedacht hat, nicht hättest hören wollen. Sicher hat sie nur vermieden, eure Beziehung zu belasten. Sie wusste ja um unsere besonderen Umstände."

Clemens' Miene verfinsterte sich noch mehr, während er sich wieder umwandte. „Welche Umstände?"

„Es gibt Themen, über die man nicht gerne spricht, schon gar nicht in geselliger Runde …", antwortete Britta, „… leider sind in unserer Familie krankhafte Arterienerweiterungen keine Seltenheit. Verena wusste das." Sie sah Clemens mitfühlend an. „Ich denke, ihr habt sicher irgendwann auch über eure Zukunft gesprochen, über Kinder und … jedenfalls kam Verena von ihrer Frauenärztin und …"

„Ja, haben wir. Mehrfach." Clemens Stimme war kaum mehr als ein Flüstern.

Martin umfasste die Hand seiner Frau, die ebenfalls mit den Tränen kämpfte und redete für sie weiter: „Lange Rede kurzer Sinn: Es gab eine klare medizinische Warnung, unter allen Umständen eine Schwangerschaft zu vermeiden."

Clemens riss den Kopf hoch. „Was hat sie gedacht … dass ich sie deshalb verlasse?" Fassungslos schüttelte er den Kopf und starrte erneut in den trüben, wolkenverhangenen Himmel.

„Nein, das glaube ich nicht", antwortete Britta, die sich wieder gefasst hatte, „sie wusste, dass du sie dafür viel zu sehr liebst."

„Warum erzählt ihr mir das?", wollte er aufgebracht wissen. „Sie ist tot und bleibt es. Das ist doch verdammt nochmal jetzt auch egal."

Martin stand auf, stellte sich neben Clemens und legte ihm den Arm um die Schulter. „Bitte … Verena hat uns eindringlich darum gebeten, dir das zu sagen, falls du … also … wenn du nach so langer Zeit … immerhin ist sie jetzt schon über ein Jahr tot, noch immer alleine bist."

„Was? Ich bin nicht alleine! Das seht ihr doch." Er konnte Martins Berührung nicht länger ertragen und löste sich.

„Clemens, wir reden von einer neuen Partnerin und nicht von der Familie."

„Ja und? Hat sie geglaubt, dass ich nach vier Wochen zur Tagesordnung übergehe?"

„Nein, das nicht, aber …"

„Was Martin dir sagen will", schritt Britta ein, „ist … Verena muss geahnt haben, dass es dir sehr schwerfallen würde, dir wieder jemand Neues zu suchen und sie loszulassen. Deswegen hat sie uns ausdrücklich gebeten, dass wir dir das sagen. Es war ihr innigster Wunsch, dass du wieder glücklich wirst und nicht alleine bleibst."

„Außerdem war es dein Auto, das sie gefahren hat“, ergriff Martin wieder das Wort und reichte Clemens den Umschlag, den er die ganze Zeit in der Hand gehalten hatte. „Und es ist das Mindeste, was wir tun können, es dir zu ersetzen. Bitte nimm das Geld. Es stammt aus Verenas Altersversorgung, die wir ausgezahlt bekommen haben.“ Martin strich ihm tröstend über die Schulter.

Genau in diesem Moment stahl sich ein einzelner Sonnenstrahl durch die Wolken und traf Clemens direkt in die Augen. Ein Schauer jagte ihm das Rückgrat hinunter. Es fühlte sich an, als stünde Verena neben ihm. Er hörte ihre Stimme, die ihm zuflüsterte: *Bitte lass los und werde wieder froh. Damit machst du meine Seele überglücklich. Hör einfach nur auf dein Herz, dann weißt du alles, was du wissen musst.*

16

„Komm schnell! Wir haben einen Notfall reinbekommen. OP 4. Es sind alle im Einsatz. Keine Chance auf Feierabend.“

Rebekka, die sich nach Schichtende noch einen Kaffee gönnen wollte, sah erschrocken auf und stellte die Thermoskanne abrupt wieder ab.

„Okay. Um was geht's?“ Sie rannte ihrer Kollegin hinterher.

„Eine werdende Mutter – Notkaiserschnitt – Abriss der Plazenta durch Treppensturz.“

„Wievielter Monat?“

„Ende acht.“

„Gott sei Dank, da besteht ja noch Hoffnung ... gib mir zwei Minuten, muss nur schnell in der Kita Bescheid geben.“

„Ja, okay. Das denke ich auch ... nach dem, was ich gehört habe. Es soll dramatischer aussehen als es ist.“

Rebekka erledigte das Telefonat und betrat hinter ihrer Kollegin den Operationsbereich, wo man sie bereits erwartete. Überrascht erkannte sie Dr. Lorentz, Clemens' Bruder, der beruhigend auf einen Mann einredete, dem der Schock sichtlich im Gesicht stand. Der werdende Vater. Rebekka wechselte die Kleidung, wusch und desinfizierte sich routinemäßig die Hände und wartete auf weitere Anweisungen. Bei einem Blick auf die Schwangere, die man bereits sediert hatte, erkannte sie Clemens' Schwester Cathi. Die Ähnlichkeit war nicht zu übersehen.

Zwei Stunden später – nach einer geglückten Schnittentbindung – wartete Cathis Ehemann im Aufwachraum auf seine Frau. Rebekka hatte sich gerade umgezogen und war auf dem Weg zurück zur Station, der dort vorbeiführte. Sie brachte es nicht fertig, weiterzugehen, ohne stehen zu bleiben. Gerührt betrachtete sie, wie Cathis Ehemann seine Tochter mit feuchten Augen das erste Mal in den Arm nahm, nachdem er bei der Geburt nicht hatte dabei sein können. Augenblicklich musste sie an Elias' Geburt denken, bei der sie nur von Fremden umgeben gewesen war – außer Jan, der sie wenigstens am Wochenbett besucht hatte. Wehmut kam in ihr auf. Es blieb abzuwarten, ob sie noch mal ein Kind bekommen würde.

Ruckartig wandte sie sich von dem Anblick der glücklichen Eltern ab und wollte weitergehen, als sie hörte, wie jemand ihren Namen rief.

„Frau Marbert! Rebekka!"

Verwundert, so angesprochen zu werden, blieb sie stehen und drehte sich um. Cedric Lorentz kam mit eiligen Schritten auf sie zu.

„Ich wollte mich nur für den Sondereinsatz bedanken", schnaufte er, wobei seine bernsteinfarbenen Augen sie warm anlächelten. Er blieb vor ihr stehen.

„Dafür nicht. Es freut mich, dass Mutter und Kind wohlauf sind. Wie ist denn das passiert? Ich habe nur gehört, dass Cathi die Treppe hinuntergestürzt ist."

„Ja, viel mehr weiß ich auch nicht. Tom, ihr Mann, hat sie glücklicherweise sofort gefunden. Er war in der

Werkstatt und hat das laute Rumpeln gehört. Es ist eine ziemlich steile Treppe. Cathi hat wohl schon die letzten Tage über leichte Schwindelanfälle geklagt."

„Hat sie Stress?"

„Nur den, den sie sich selbst gemacht hat." Cedric zog eine Grimasse.

Rebekka konnte förmlich sehen, was er dachte: *typisch Frau.*

„Sie arbeitet an ihrer Professur, versorgt ihre Familie, sie hat ja auch noch einen Dreieinhalbjährigen in der Trotzphase, managt eine größere Renovierung – sie beziehen demnächst im Haus von Toms Großeltern eine neue Wohnung – und ist zufällig auch noch schwanger", erklärte er. „Noch Fragen?"

„Nein. Gott sei Dank ist alles so glimpflich ausgegangen. Bestellen Sie bitte herzliche Glückwünsche von mir. Ich weiß allerdings nicht, ob sie sich überhaupt noch an mich erinnert."

„Ganz sicher tut sie das ... und bitte nicht so förmlich." Er reichte ihr die Hand. „Cedric, für Freunde des Clans." Er lächelte sie so gewinnend an, dass sie grinsen musste. In dieser Familie hatten die Männer einen Charme, der seinesgleichen suchte.

„Rebekka."

„Schön, Rebekka ... wie ich hörte, sehen wir uns morgen auf Tabeas Geburtstag. Ich freue mich."

Auf dem Heimweg gingen Rebekka Cedrics Worte noch mal durch den Sinn. Eigentlich war es mehr die Art gewesen, wie er sie angesehen hatte. So wissend. Man hatte also über sie gesprochen. Vermutlich als der ganze Clan anwesend war. Das würde erklären, warum er angedeutet hatte, dass Cathi *ganz sicher* von ihr wusste.

Natürlich! Sie schnappte nach Luft. Jetzt löste sich das Rätsel, warum Clemens so urplötzlich im Kindergarten aufgetaucht war, um Tabea abzuholen. Er hatte seiner Familie vom Klassentreffen erzählt! Und weil Tabea meist zu den gleichen Zeiten wie Elias gebracht oder geholt wurde, wussten Cedric und Judith natürlich, wer Rebekka war. Lange bevor sie umgekehrt die gleiche Möglichkeit hatte. Logisch!

Rebekkas Handy vibrierte und sie zog es aus der Manteltasche. Wenn man vom Teufel sprach. Ihr Herzschlag wurde sofort unregelmäßiger, als sie Clemens' Nachricht las.

Hi Becks, sorry, wollte mich längst schon gemeldet haben, war viel los die letzten Tage. Wie geht's euch? Was machen die Schwimmfortschritte? Tabea brennt darauf, wieder mit deinem Sohn ins Schwimmbad zu gehen. Biete mich freiwillig als Chauffeur an. (Zwinkersmiley)

Es war inzwischen Anfang Dezember geworden und bereits vier Wochen her, seitdem sie sich das letzte Mal gesehen hatten. Rebekka wollte sich verflixt noch mal nicht über seine Nachricht freuen und tat es trotzdem. Es verging sowieso kein Tag, an dem sie nicht an ihn dachte. Aber was sollte es ihr bringen, sich mit ihm zu treffen? Nur noch mehr Frust. Es tat ihr weh, ihn zu sehen und ihm doch nicht so nahe sein zu können, wie sie es sich insgeheim wünschte. Außerdem befürchtete sie, dass er ihrem Geheimnis auf die Spur kommen könnte. Und sie war noch immer mehr als froh

darüber, dass er ihr die Geschichte mit Elias' Zeugung
abgenommen hatte.

Sie antwortet ihm:

*Hi Clecks, kein Problem, bei mir war auch viel los.
Herzlichen Glückwunsch zur Tante! (Zwinkersmiley)
War dabei, als deine Nichte geboren wurde. Elias ist
morgen auf Tabeas Geburtstag eingeladen. Da können
die beiden sich darüber einigen, wann sie das nächste
Mal ins Schwimmbad wollen. Ich kann das aber auch
allein übernehmen. Busfahren kann ein ziemliches
Abenteuer sein ... (Smiley)*

*Hey pass mal auf du! (Smiley mit Lachtränen) Tante!!
Das war ziemlich frech!
Wie kommt Elias zu Tabeas Geburtstag? Könnte ihn
dir abends heimbringen.*

*Danke, nicht nötig.
Mittags nimmt Judith ihn vom Kindergarten mit und
abends hole ich ihn ab.*

Okay, dann freue ich mich, euch zu sehen.

Am nächsten Abend nahm Rebekka den Bus in die
Vorstadt und stieg an der Haltestelle aus, die Judith ihr
genannt hatte. Mit jedem Schritt, den sie durch die
Straßen auf das schmucke Einfamilienhaus zuging,
wurde ihr schwerer ums Herz. Wohin man sah, fami-
liengerechte Neubauten mit Gärten – beleuchteter
Weihnachtsschmuck inklusive. Hier, wie überall im
ganzen Land, wurde man mit fröhlicher Heile Welt-
Weihnachtsstimmung buchstäblich übergossen. Völlig
normal, nur war Rebekka so gar noch nicht danach

zumute. Ihre Mutter plante schon das Festtagsmenü –
verständlich, drei Wochen vor Heiligabend – und natürlich hatte auch Beate sämtliche Geschenke bereits
gekauft. Es war schwer, sie in ihrer Euphorie zu bremsen. Rebekka hatte lediglich den ferngesteuerten Jeep,
den Elias sich so sehr wünschte, besorgt. Leicht, ihn damit glücklich zu machen, wohingegen sie noch keinen
Schimmer hatte, mit was sie ihre Mutter und deren
Mann beschenken sollte. Es würde wohl wieder ein
Gutschein werden. Aber für was?

Leise seufzend betrat sie den gepflasterten Weg zum
Haus, der durch ein Stück des Vorgartens ging und von
der heimeligen Weihnachtsbeleuchtung wunderschön
angestrahlt wurde. So perfekt wie in einer schnulzigen
Fernsehserie oder im Werbefernsehen.

Sei nicht so zynisch.

Es war unfair, so zu denken, nur weil man selbst so
ein Leben nicht führen konnte. Es ärgerte Rebekka,
dass sie überhaupt darüber nachdachte und die Situation nicht einfach nur wertfrei hinnahm. Ja, sie benei-
dete die Menschen, die hier wohnten, aber dabei ging
es ihr nicht um das Materielle, sondern um all das, wofür diese Vorstadtsiedlung stand – für ein intaktes Familienleben.

Nicht nur zwei Hansels beim Frühstück oder Abendbrot – ein Erwachsener und ein Kind. Nein, drei Leute
– mindestens. Vor allem ein Partner, dem man nicht
nur sein Herz ausschütten, sondern an den man sich
auch ankuscheln konnte, wenn man Nähe und Zärtlichkeit brauchte.

Wütend wischte sich Rebekka eine Träne von der
Wange, die sie nicht zurückhalten hatte können,

marschierte auf den hell erleuchteten Eingang zu und nahm einen tiefen Atemzug. Was sie fühlte, ging niemanden etwas an. Wie sollten die, die in solchen Häusern wohnten, verstehen, wie sie empfand? Von Judith wusste sie nicht viel, aber über Clemens und seine Angehörigen schon. Sie kannten nichts anderes als ein Haus voller Blutsverwandter, denen der Begriff Familie auch etwas wert war.

„Hey, da bist du ja … wie schön, komm rein!" Judith musste im Flur gestanden haben, denn sie öffnete ihr die Haustür, bevor Rebekka klingeln konnte. Wahrscheinlich hätte das bei dem Lärm auch niemand gehört, überlegte sie, als sie den Mantel ablegte.

„Ui, bei euch ist ja was los."

„Das kann man sagen. Die Erwachsenen haben sich in die Küche verkrümelt, weil die Horden das Wohnzimmer beschlagnahmt haben", lachte sie und deutete geradeaus. „Immer dem Essensgeruch nach."

Judith lief voraus, weshalb Rebekka die Möglichkeit hatte, sich ein wenig umzusehen. Von einem geräumigen Flur ging eine Treppe nach oben. Vor der vollbehangenen Garderobe standen kreuz und quer Kinderschuhe. Die Kinderjacken, Mützen und Schals, für die kein Haken mehr übrig geblieben war, lagen gestapelt daneben. Die Tür zu einem riesigen Wohn- und Esszimmer stand weit offen, sodass man nicht nur dort einen Blick hineinwerfen konnte, sondern auch noch bis in den Wintergarten dahinter schauen konnte, in dem eine kindgerechte Essenstheke aufgebaut war. Doch das Essen schien die kleinen Geburtstagsgäste nicht allzu sehr zu beeindrucken. Schon gar nicht bei dem Programm, das hier geboten wurde. Zwei

Teenagermädchen betreuten Tabeas Freunde beim Basteln und Malen, die wie gebannt ihren Anleitungen folgten und dabei mucksmäuschenstill um den großen Esstisch hockten und sich von nichts stören ließen. Vier Jungs, zu denen auch Elias gehörte, ging es ähnlich. Sie lagen auf dem Teppich vor dem Kamin und beschäftigten sich völlig selbstvergessen mit einer in die Jahre gekommenen Holzeisenbahn, diversen Autos und selbstgebauten Barrieren und Schranken. Oje, das würde ein Theater geben, wenn sie ihn da weglotsen wollte, befürchtete Rebekka.

Judith betrat die geräumige Wohnküche, in der vor allem eine große Kochinsel mit integrierter Arbeitsfläche beeindruckte. Modern und dennoch gemütlich. Um den Esstisch, an dem locker eine halbe Fußballmannschaft Platz hatte, saßen Carsten und Cornelia auf einer langen Bank. Auf der gegenüberliegenden saß ein Ehepaar im gleichen Alter – Rebekka vermutete, dass das Judiths Eltern waren. Cedric lehnte an der Kochinsel. Nur Clemens konnte sie nirgends entdecken.

„Seht mal, wen ich euch mitgebracht habe. Jetzt müsst ihr zusammenrücken.“

„Guten Abend“, grüßte Rebekka und hob die Hand. „Nein, um Himmels willen, das ist nicht nötig, ich kann stehen bleiben.“ Es war ihr etwas unangenehm, so in den Mittelpunkt zu geraten, denn alle Augen waren auf sie gerichtet. „Es ist ja nur für den Moment“, erklärte sie weiter. „Ich schnappe mir jetzt meinen Sohn und dann …“

„Kommt überhaupt nicht infrage“, protestierte Judith, „für wen habe ich denn so viel Essen vorbereitet? In der Planung bist du mit drin, Rebekka. Cedric, kümmere du dich bitte darum, dass unser Gast etwas zu trinken bekommt."

„Zu Befehl", salutierte er, lachte aber dabei. Er zwinkerte Rebekka zu und reichte ihr die Hand. „Hallo, was darf's denn sein?"

Sie war so perplex über die überraschende Einladung, dass sie diese simple Frage überforderte. „Äh ... ein Wasser bitte."

„Ach was", mischte sich Cornelia ein, „Wasser kannst du zu Hause trinken. Komm, setz dich zu mir. Wir stoßen jetzt erst mal darauf an, dass wir uns nach so langer Zeit wiedersehen. Das ist ja wohl ein Gläschen Sekt wert."

„Danke, Mama", nickte Cedric, „wir haben den Keller voll mit Wein und Sekt und alle verlangen nur nach Wasser!"

„Ich nehme auch einen." Judith kam dazu und setzte sich an den Rand der Bank neben Rebekka.

„Na geht doch!" Cedric köpfte zwei Flaschen und schenkte allen ein.

„So, und du warst dabei, als unser jüngstes Schätzchen geboren wurde?" Cornelia wandte sich Rebekka zu und stieß mit ihr an.

„Ja, das war Zufall."

„Stimmt", nickte Cedric, „sie musste leider ihren Feierabend opfern, weil Gefahr in Verzug war und das komplette Personal im Einsatz war."

„Ich soll dir ein ganz herzliches Dankeschön von Cathi und Tom ausrichten", lächelte Cornelia, der man ansah, wie glücklich sie über den jüngsten Familienzuwachs war. „Sie ist noch ein bisschen blass um die Nase, aber es geht ihr schon wieder ganz gut. Dem Kind Gott sei Dank auch. Sie fragt, ob die Pralinen euren Geschmack getroffen hätten.“

„Oh ja, absolut.“ Rebekka hob den Daumen. „Lange überlebt hat die Schachtel jedenfalls nicht. Im Moment ist es ziemlich stressig, da sind wir für Nervennahrung immer sehr dankbar.“

„Das nennt man Berufsrisiko“, meldete sich Carsten zu Wort und wunderte sich über die fragenden Gesichter. „Nein, nicht die Pralinen. Ich rede von Notfällen und Überstunden. Schließlich hat sie auch noch ein Kind zu betreuen.“ Er sah Rebekka in die Augen. „Wie löst du das Problem in solchen Fällen?“

„Mit einem Anruf in der Kita. Glücklicherweise sind die sehr flexibel und so was gewohnt.“

„Das ist wirklich ein Segen“, mischte sich Judith ins Gespräch. „Vor allem, dass sie jetzt auch jüngere Kinder aufnehmen. Das war anfangs nicht so. Wie ich gehört habe, plant der Vorstand jetzt sogar noch eine Erweiterung für die Betreuung nach der Schule.“

„Echt?“ Rebekka klang so begeistert, wie sie war. „Ach, das wäre ja wirklich toll!“

„Aber nicht nur für euch Frauen ...“ Cedric wurde unterbrochen, weil sein Bruder zur Tür reinkam.

„Hi“, Clemens steuerte den Tisch an und entdeckte die zwei leeren Sektflaschen auf dem Tisch. „Was muss ich denn hier sehen? So gut möchte ich das auch mal haben.“ Er schälte sich aus seiner marinefarbenen Cabanjacke, die ihm, wie Rebekka fand, fantastisch stand, und sah sich suchend nach einer Sitzgelegenheit um.

„Noch einer mit Berufsrisiko“, merkte Carsten trocken an, „nur dass bei ihm kein Blut fließt.“

„Welcher Server ist denn heute wieder ausgefallen?“ Cedric klappte einen Stuhl auseinander, der an der Wand gestanden hatte, und nahm Clemens die Jacke ab.

„Keiner. Ich musste warten, bis das Update durch war und checken, dass alles wieder läuft.“ Er setzte sich an die Stirnseite des Tisches und wandte sich Rebekka zu.

„Hi Becks, hab gerade deinen Sohn im Flur getroffen und soll dir sagen, dass er’s hier total cool findet und noch lange nicht heim will. Er meinte, er würde am liebsten hier einziehen.“ Clemens stoppte seine Rede, als er sah, was auch alle anderen ringsherum bemerkten. Rebekka wirkte so betroffen, als hätte er ihr erzählt, dass ihr Sohn in einen Verkehrsunfall geraten wäre.

„Ach, so sind Kinder“, winkte Cornelia ab und lachte. „Sie denken, so wie es heute hier zugeht, ginge es jeden Tag zu. Das kenne ich nur zur Genüge von früher. Bei drei Kindern ist einem gar nichts mehr fremd.“

Rebekka warf einen Blick auf ihre Armbanduhr, schob ihr Glas nach hinten und erhob sich. „Ja, das stimmt. Trotzdem müssen wir jetzt gehen. Der letzte Bus fährt in zwanzig Minuten und bis ich Elias hier losgeeist habe ...“

„Blödsinn!“ Judith schüttelte energisch den Kopf. „Hier sind genug Leute, die dich heimbringen können. Du brauchst keinen Bus.“

Clemens zuckte mit den Achseln „Nicht dass ich das nicht schon gesagt hätte. Ich kanns aber auch noch mal sagen ... würde vorher bloß gerne noch was essen. Wie lange dauert das eigentlich, bis man hier was zu beißen kriegt?“

Rebekka hatte das Gefühl, sich rechtfertigen zu müssen. „Du hast doch gar kein Auto. Wie willst du uns da fahren?"

„Weil er meins nimmt", erklärte Cornelia. „Selbstverständlich fährt er dich. Das finde ich sowieso viel angebrachter, als wenn du in der Dunkelheit alleine mit einem Kind durch die Welt rennst. Und nun entspann dich und genieß das gute Essen. Judith hat sich so viel Mühe gegeben."

Gegen halb acht löste sich die Geburtstagsparty auf. Die Kinder wurden von ihren Eltern abgeholt und auch Elias trollte sich, seine Jacke zu holen – ohne zu murren. Er bedankte sich artig für den schönen Tag und tappte sichtlich müde und erschöpft hinter Clemens im Gänsemarsch zum Auto, Rebekka mit einer Tupperschüssel Kartoffelauflauf hinterher. Judith hatte aber auch wirklich eine Wahnsinnsmenge vorbereitet. Im Licht der Außenlampen und der Weihnachtsbeleuchtung bekam Rebekka so die Gelegenheit, die Bewegungsabläufe beider beim Laufen zu beobachten und erschrak. Bildete sie sich das nur ein oder hatten sie tatsächlich den gleichen Gang? Sicher spielte ihr da der Wunsch, dass Clemens Elias' Erzeuger wäre, einen Streich. Rein theoretisch war die Möglichkeit, dass er es war, wesentlich wahrscheinlicher als die von Marius. Letzterer hatte immerhin ein Kondom benutzt. Aber eben weil sie das nicht hundertprozentig wusste, konnte sie es auch nicht behaupten und thematisieren würde sie es schon gar nicht. Sie wollte lieber gar nicht erst wissen, wie die Leute, mit denen sie noch eben so nett zusammengesessen hatte, über sie denken würden, wenn sie davon wüssten.

Während Clemens den Wagen durch die Stadt fuhr, verebbte Elias' aufgeregtes Plappern, mit dem er den Tag reflektierte.

„Ich bin dir noch eine Erklärung schuldig. Erinnerst du dich?" Clemens sah kurz zu ihr herüber.

„Mir? Nein, bist du nicht."

„Doch. Wir hatten eine Abmachung. Wenn du mir sagst, was in der Abi-Nacht passiert ist, erzähle ich dir, warum ich wieder bei meinen Eltern wohne."

„Nicht mehr nötig. Das liegt auf der Hand. Nachvollziehbar und auch richtig so. Besser, man ist unter solchen Umständen nicht alleine."

„Ja ... es war einfach unerträglich, ohne Verena in dieser Wohnung zu sein."

Das Mehrfamilienhaus, in dem Rebekka wohnte, kam in Sichtweite und Clemens parkte das Auto am Straßenrand.

Sie drehte sich zur Rückbank um und lächelte. „Oh, da ist aber einer groggy. Aufwachen, Schatz! Wir sind da. Du kannst gleich im Bett weiterschlafen."

Clemens stieg aus, klappte den Sitz nach vorne und streckte die Arme aus. „Komm her, kleiner Mann. Ich trage dich nach oben. Drei Stockwerke sind einfach nur fies, wenn man so müde ist."

Rebekka blinzelte vor Rührung. „Danke, das ist wirklich total nett von dir."

Clemens schnappte sich den Jungen und ging hinter Rebekka her, die mit Elias' Sachen auf dem Arm vorausging und die Tür aufschloss.

„Als wenn ich nicht schon immer nett zu dir gewesen wäre", murmelte er vor sich hin und Rebekka musste ihm insgeheim Recht geben. Wie sollte er auch ahnen, dass ihr *nett* zu wenig war.

Nach einer kurzen Stippvisite im Bad hüpfte Elias schließlich im Eilverfahren ins Bett. Doch er war trotz der heftigen Müdigkeit noch immer so aufgekratzt, dass Rebekka ihm seinen *Tonie* mit einem seiner Lieblingshörspiele anstellte.

Clemens, der ihm ein „Gute Nacht" zugerufen hatte, wartete unterdessen in der Küche auf sie, weil sie noch im Bad hantierte. Es lag ihm am Herzen, das im Auto begonnene Gespräch fortzusetzen, zumal er auch noch an ihrer überzogenen Reaktion knabberte. Was war bitteschön schlimm daran, dass der Junge Gefallen an Familienfesten im Hause Lorentz fand?

„Judith ist aber wirklich eine Liebe ..." Rebekka kam herein, schnappte sich die Tupperdose mit Kartoffelauflauf, verstaute sie im Kühlschrank und vermied es, ihn anzusehen. „Es ist doch immer das Gleiche, dass man an solchen Tagen viel zu viel Essen vorbereitet und es dann anschließend an die Gäste verteilen muss." Sie ging zur Spüle und wischte mit dem Lappen über den sauberen Edelstahl. „Kenne ich irgendwie nur so. Für mich ist das gut, da brauche ich morgen wenigstens nichts zu kochen."

„Unsere ganze Familie ist eine Ansammlung von netten Menschen, findest du nicht?"

Clemens trat zu ihr, stoppte sie in der Bewegung und zwang sie damit, ihn anzusehen.

„Doch, natürlich ... auf jeden Fall, wieso ...“ Sie blinzelte und ließ den Lappen fallen. Ihr Atem wurde flacher, als er noch einen Schritt auf sie zumachte.

Interessante Reaktion.

„Weil du vorhin ziemlich merkwürdig reagiert hast, als ich erzählt habe, dass dein Sohn nicht nach Hause möchte und am liebsten bei Tabea einziehen würde.“

„Ach, das hast du nur in den falschen Hals gekriegt.“ Rebekka drehte den Hahn auf und hielt ihre Hand kurz unter fließendes Wasser, bevor sie zu einem Tuch griff, um sich abzutrocknen.

„Denke ich nicht. Die anderen waren genauso irritiert.“

„Woher willst du das wissen? Habt ihr darüber auch gesprochen?“ Rebekka nutzte den Moment, in dem er über ihre Frage nachdachte und ging an ihm vorbei zum Tisch.

„Auch?“ Er ging ihr nach. „Nein, haben wir nicht. Ich weiß, wie die ticken ... im Gegensatz zu dir. Das scheinst du verdrängt zu haben. Darf ich mich setzen oder schmeißt du mich gleich raus?“

„Was? Bist du verrückt? Wie kommst du denn darauf?“

„Gute Frage. Auf die Antwort warte ich schon länger.“ Er zog sich die Jacke aus und hängte sie über die Stuhllehne, bevor er sich setzte.

„Rebekka, weißt du, was ich neben meiner Familie jetzt am meisten brauche?“

Sie zuckte mit den Achseln und stellte zwei Gläser auf den Tisch.

„Ich brauche Freunde ... echte Freunde.“

„Was ist mit Fabian?“

„Was ist mit dir?"

Um nicht antworten zu müssen, ging sie zum Kühlschrank und nahm eine Flasche Wasser heraus. Dabei vermied sie es erneut, ihn anzusehen. Er bemerkte dennoch, wie fahrig sie durch seine Frage geworden war und registrierte ebenfalls, als sie sich ihm gegenübersetzte, dass ihre Augen verdächtig glänzten.

„Was ... was soll schon mit mir sein? Ich verstehe dich nicht."

„Rebekka! Ich kann mich nicht erinnern, dass du jemals schwer von Begriff gewesen wärst. Was ist also los mit dir? Gibt es irgendetwas, was ich wissen sollte oder warum bist du mir gegenüber so anders ... so distanziert? So kenne ich dich von früher nicht. Und ich muss dir nicht erklären, wann das angefangen hat. Ich frage dich also noch mal ..."

„Mami, ich kann nicht schlafen. Mein Flecki ist nicht da. Ich finde ihn nicht. Weißt du vielleicht, wo der ist?"

„Oh nein, auch das noch!" Rebekka sprang auf. „Wo hattest du ihn denn zuletzt?"

„Weiß nicht, ich glaube, in meiner Jacke."

„Wie sieht er denn aus, dein Flecki?" Clemens war auch aufgestanden.

„Das ist sein Lieblingsstofftier, ein gefleckter Hund, der so klein ist, dass er sogar in die Jackentasche passt. Lieber Himmel, der kann jetzt überall sein", seufzte sie. „Herzlichen Glückwunsch. Das hat mir heut grad noch gefehlt."

„Na, dann schauen wir doch mal in der Jacke nach", versuchte Clemens Ruhe in die Situation zu bringen und ging in den Flur zur Garderobe.

„Nein, leider nichts." Er kam mit der Jacke zurück. „Die Taschen sind leer."

Elias' Augen füllten sich prompt mit Tränen.

Rebekka sah sich den Anorak genauer an. „Aber das ist ja auch gar nicht deine Jacke, Schatz! Sie hat nur dieselbe Farbe." Sie ließ sich auf den Stuhl fallen und blies sich eine lange Strähne aus der Stirn.

„Ich rufe Judith an." Clemens zog das Handy aus der Hosentasche und hielt es sich ans Ohr. „Hi, liebste Schwägerin. Ich bin's. Kann es sein, dass ihr noch eine fremde Jacke dahabt? Blau-türkis? Elias hat die falsche mitgenommen. Er vermisst sein Stofftier."

Während er Judiths Geräusche dabei verfolgte, wie sie die Garderobe durchsuchte und ihrem Gemurmel zuhörte, beobachtete er, wie Elias sich an Rebekka kuschelte und sich von ihr trösten ließ.

„Na, das hört sich doch gut an … und der kleine Hund ist auch drin? Super! Ach, da wird sich jetzt aber einer freuen." Er lauschte wieder Judiths Worten. „Ja okay, gebe ich so weiter. Danke, trinkt noch ein Glas Sekt auf uns. Ja, so wird's gemacht. Gute Nacht."

***

Judith, die Elias' Jacke in den Händen hielt, ließ die Worte ihres Schwagers auf sich wirken. *Trinkt noch ein Glas Sekt auf uns.* Ob Clemens klar war, wie diese Aussage rüberkam? Wahrscheinlich nicht. Aber da war noch etwas, was bei ihr angekommen war. Ganz offensichtlich, lag ihm mehr an Rebekka, als ihm selbst bewusst war.

Sie ging ins Wohnzimmer, wo ihr Mann für Ordnung sorgte, und wollte hören, ob er ihre Vermutung teilte. Die Kinder lagen glücklicherweise im Bett und gaben endlich Ruhe.

„Ist dir an deinem Bruder heute was aufgefallen?" Judith forschte in Cedrics Gesicht und schwenkte dabei die Jacke in den Händen.

„Außer dass er ziemlich gut drauf war ... nee, mehr nicht."

„Okay, da sind wir schon mal einer Meinung. Findest du das nicht sehr bemerkenswert, vor allem, wo er erst vor wenigen Tagen die Nachricht von Verena bekommen hat?"

„Ja, stimmt ..." Cedric erhob sich vom Teppich und warf die aufgesammelten Legosteine in eine Kiste. „Hm, so hab ich das noch gar nicht gesehen. Hatte die Sache ehrlich gesagt schon wieder verdrängt." Er kratzte sich am Kopf und machte plötzlich große Augen. „Jetzt, wo du das sagst, fällt mir noch was ein ... wollte ich sowieso erzählen. Vorhin, als die drei zum Auto gegangen sind, ich meine Clemens, Rebekka und ihr Sohn, da dachte ich, dass der Kleine denselben Schlendergang hat wie er."

„Interessant", Judith rieb sich das Kinn, „es ist ja immer noch nicht raus, was in dieser ominösen Abi-Nacht passiert ist. Und über den Vater des Jungen schweigt Rebekka sich konsequent aus. Angeblich, so hat Clemens erzählt, weiß sie selbst nicht, wer der Vater ist, weil sie kurz hintereinander mit zwei Männern geschlafen hat und trotz Pille schwanger geworden ist. Sie war wohl schon im sechsten Monat als die Schwangerschaft festgestellt wurde."

„Soll vorkommen", nickte Cedric. „Man müsste mehr Wissen haben. Zum Beispiel über Erbkrankheiten …", murmelte er vor sich hin, „… Unverträglichkeiten oder so."

„Gibt's denn so was in eurer Familie? Ihr strotzt doch alle nur so vor Gesundheit."

„Ja, im Grunde hast du recht … na ja … warte mal, ganz so ist es nicht." Cedric wiegte den Kopf hin und her und starrte dabei an die Wand.

„Mein Vater hat Unverträglichkeiten", erklärte er nach einem Moment des Überlegens. „Er kann keine Nüsse vertragen … Erdnüsse, um genau zu sein. Als ich noch Kind war, musste er deswegen mal in die Notaufnahme."

„Nein! Das gibt's ja nicht!" Judith ließ sich in einen Sessel plumpsen. „Genau das hat Rebekka von Elias erzählt, als wir im Schwimmbad waren!"

Sie sprang so schnell wieder auf, wie sie sich hatte fallen lassen und hielt Elias' Jacke ins grelle Deckenlicht, das Cedric angeschaltet hatte, um alle auf dem Boden liegenden Gegenstände ausfindig zu machen.

„Ich hab's!", rief sie und starrte auf das Innenleben der Jacke, wo am Vlies und auch am Klettverschluss Haare des Jungen hingen.

„Cedric, mein Schatz, kann ich dich vielleicht zu einer klitzekleinen Straftat anstiften? Es ist auch für einen guten Zweck."

„Ich glaube, es ist besser, wenn du keinen Schluck Sekt mehr kriegst." Er sah sie argwöhnisch an. „Wie genau definierst du *klitzeklein*?"

„Ich bin stocknüchtern und wild entschlossen, eine gute Tat zu vollbringen."

„Oje, bloß nicht! Das letzte Mal, als du *gute Tat* und *Cedric mein Schatz* in einem Satz erwähnt hast, war ... lass mich überlegen ..." Er deutete mit dem Finger nach oben zur Decke, wo die Kinderzimmer im Obergeschoss untergebracht waren.

Judith machte eine unschuldige Miene. „Keine Ahnung, wovon du redest."

„Oh doch, das weißt du ganz genau, meine Herzallerliebste! Ich helfe dir auch gerne auf die Sprünge, falls du gerade unter dem Verdrängungssyndrom leiden solltest. Es geht um das *wunderschöne* Aquarium, das in Tabeas Zimmer steht. Du hast mich so lange mit deinen brillanten Argumenten eingelullt, bis du mich dazu überredet hattest, es anzuschaffen." Er verstellte die Stimme. „Schatz, die Fische haben so eine wunderbar beruhigende Wirkung, wenn sie so langsam im Becken umherschwimmen ... und es macht auch fast überhaupt keine Arbeit." Er baute sich vor ihr auf. „Von wegen! Und wer macht das Ding immer sauber, he?" Er rückte noch einen Schritt näher. „Steht vor dir!"

„Ja okay, ich bekenne mich schuldig. Können wir trotzdem noch mal über die Sache mit dem guten Zweck reden? Tatsächlich ist das jetzt eine ganz andere Situation und ich verspreche dir, dass es für dich wirklich keinen großen Einsatz bedeutet. Du sollst nur deine Beziehungen ein bisschen spielen lassen. Das ist alles." Judith legte ihm einen Arm um den Hals und gab ihm einen zärtlichen Kuss. „Bitte!"

„Zuerst will ich hören, um was es geht ... auch wenn mir da schon was schwant."

Judith musste grinsen. „Wusst ich's doch. Du tust nur immer so."

„Jetzt hör auf, so um den heißen Brei herumzureden."

„Ja also ... mir kam da grad so eine Idee. Ich habe doch hier die Jacke von dem Kleinen. Da hängen ein paar Haare von ihm dran – mit Wurzel – und wenn wir nun auch noch ein paar Haare von Clemens organisieren würden, könntest du es ins Labor geben. Deine Mutter spielt da garantiert mit. Das weiß ich."

„Und wo ist da der gute Zweck?"

Judith zählte bis drei und atmete hörbar aus. „Cedric! Hast du nicht bemerkt, welche Wirkung Rebekka auf Clemens hat?"

„Nee. Die kennen sich doch schon ewig."

„Ach Schatz. Nur gut, dass du Chirurg geworden bist und kein Psychologe." Sie gab ihm noch einen Kuss und ließ ihn los. „Seit Clemens bei diesem Klassentreffen war und er Rebekka wiedergetroffen hat, ist er wie ausgewechselt. Sie gibt ihm Rätsel auf und er reagiert als Mann auf sie. Das hat er mir übrigens selbst gesagt."

„Was?" Cedric starrte seine Frau entgeistert an. „Das hat er dir erzählt? Freiwillig?"

„Hat er ...", sie zog eine Grimasse, „ja okay ... weil ich nachgefragt habe. Was ist denn schon dabei? Deiner Mutter ist die Veränderung auch aufgefallen. Du ahnst nicht, wie glücklich sie darüber ist. Hilfst du mir jetzt?"

„Na gut, du gibst ja doch nicht eher Ruhe, bis du deinen Willen hast."

***

„Cedric bringt den Anorak morgen mit in den Kindergarten", berichtete Clemens, nachdem er das Gespräch mit Judith beendet hatte. „Dann könnt ihr tauschen.

Dein Flecki schläft heute bei Tabea", wandte er sich an Elias. „Denkst du, das geht mal für eine Nacht? Ich bin sicher, sie passt sehr gut auf ihn auf."

„Hm … ja, das geht … aber nur weil es Tabea ist. Dann brauche ich aber deinen Teddy, Mami. Alleine schlafen ist doof."

Clemens musste grinsen. Wie weise Kinder sein konnten. Er nahm seine Jacke und verabschiedete sich von Elias, während Rebekka ihm zur Tür folgte.

„Danke, dass du uns hergebracht hast." Ihre Stimme war kaum mehr als ein Hauch.

„Keine Ursache." Clemens trat einen Schritt auf sie zu. Erneut bemerkte er, wie sich ihre Atmung veränderte. Aus irgendeinem Grund reizte es ihn, diese Reaktionen herauszufordern, weshalb er ihr noch näher auf die Pelle rückte. Mit gesenktem Kopf sah er ihr tief in die Augen. Sehnsucht lag in der Luft. Sein Herz stolperte und er fühlte sich so lebendig wie schon lange nicht mehr.

„Du musst aber nicht denken", raunte er, „dass, nur weil ich jetzt gehe, unser Gespräch von vorhin beendet ist." Er zog sie in eine kurze, aber feste Umarmung. „Gute Nacht, Rebekka."

17

Cornelia ließ sich von Judith nicht zweimal bitten, Clemens' Haarbürste zu *reinigen*. Nur zu gerne besorgte sie das notwendige Genmaterial, damit der Vaterschaftstest durchgeführt werden konnte.

Nach dieser Aktion hielt Judith gespannt den Briefkasten im Auge und war schließlich die Erste, die das Testergebnis zu Gesicht bekam.

„Du hattest recht", begrüßte sie später am Abend ihren Mann mit einem Kuss. Die Kinder lagen bereits im Bett.

Cedric hing die Jacke an die Garderobe. „Womit?"

„Das Testergebnis ist da. Clemens ist mit einer Übereinstimmung von nahezu hundert Prozent Elias' Vater."

„Ehrlich gesagt hatte ich das erwartet." Cedric ging in die Küche, wo Judith ihm etwas zu essen bereitgestellt hatte. „Die Erdnussallergie und die ähnlichen Bewegungsabläufe sind schon bezeichnend."

„Und er sieht dir ähnlich", platzte es aus Judith heraus.

„Mir?"

„Ja, dir. Ich habe mir Kinderbilder von dir angeschaut. Es kommt nämlich öfter vor, dass die eigenen Kinder aussehen, als würden sie von Schwester oder Bruder abstammen. Ist bei uns in der Familie genauso. Und bei euch ist es so, dass Elias in deine Richtung, also eigentlich in die Richtung deines Vaters schlägt.“

„Stimmt. Fällt mir jetzt auch auf“, nickte Cedric und stach mit der Gabel in eine Kartoffel. Das würde auch die Erdnussallergie noch mal bestätigen.“

„Und wie bringen wir ihm das jetzt bei?“, überlegte Judith laut, als sie mit ihrer Schwiegermutter einen Tag später allein beim Kaffee saß. Cornelia kam meistens an einem Nachmittag in der Woche, um ihre Enkelinnen zu sehen.

„Das weiß ich auch noch nicht. Aber wir fangen mal damit an, dass ihr am Samstag zum Mittagessen kommt. Ich koche uns was Schönes. Das entlastet dich und gemeinsam finden wir sicher einen Weg.“

***

„Mama, wo bleibst du denn nur?“, murmelte Rebekka vor sich hin und starrte zum x-ten Mal auf die Uhr. Ihre Mutter wollte längst da sein und Elias abholen. Es war Freitagabend und Rebekka war mit Meike und Franziska auf dem Weihnachtsmarkt verabredet. Entschlossen griff sie zu ihrem Handy. Es half nichts. Der nächste Bus fuhr erst wieder in einer halben Stunde. Es war besser, Franziska gleich zu sagen, dass sie etwas später kommen würde. Bestimmt steckte Beate im Feierabendverkehr und sah es nicht als notwendig an, wegen einer Viertelstunde Verspätung extra eine Nachricht zu schicken. Rebekka wählte Franziskas Nummer und hörte gleich darauf, wie die Mailbox ansprang. Missmutig verzog sie den Mund. Na gut, dann eben so.

„Franzi, hallo, ich werde mich ein bisschen verspäten. Nur dass ihr nicht denkt, ich hätte unser Treffen vergessen. Bis später. Tschüssie."

Im gleichen Moment hörte Rebekka, wie es an der Tür klingelte. Na Gott sei Dank, dann war ihre Mutter ja doch noch rechtzeitig da.

„Meine Oma kommt!", schrie Elias, der das Gleiche dachte. Er erwartete Beate bereits sehnsüchtig und kam sofort aus seinem Zimmer geschossen. Wie ein Torpedo rannte er an die Tür und riss sie auf.

Rebekka, die noch in der Küche war, runzelte die Stirn, weil sie plötzlich nichts mehr hörte. Normalerweise ging die Begrüßung der beiden nicht so leise vonstatten.

„Mamaaa, komm mal schnell, hier ist eine Frau, die will zu dir."

Oh nein. Wer wollte denn jetzt noch was von ihr? Die Zeugen Jehovas? Tatsächlich wären die Rebekka lieber gewesen, als sie sah, dass Meike in der Tür stand, mit der sie sich später auf dem Weihnachtsmarkt treffen wollte.

„Meike?"

„Hallo, Rebekka. Ich ... äh ..."

Na toll. Eigentlich hatte sie ihren Klassenkameradinnen auf dem Weihnachtsmarkt von Elias erzählen wollen.

„Hallo, Meike. Komm doch rein. Aber ... hab ich da was falsch verstanden? Ich dachte, wir treffen uns auf dem Königsplatz vor der Almhütte?"

„Nein, hast du nicht." Meike trat ein und schloss die Tür hinter sich. „Ich habe mich nur daran erinnert, dass du kein Auto hast und da dachte ich, es wäre doch bequemer für dich, wenn ich dich abhole. Du lagst quasi auf meinem Weg." Ihr Blick blieb an Elias hängen. „Du hast gar nicht erzählt, dass du einen Sohn hast."

„Das wollte ich heute Abend machen. Passte auf dem Klassentreffen nicht so gut rein. Ich warte auf meine Mutter. Sie muss jeden Moment hier sein. Elias geht zu ihr und bleibt übers Wochenende da, weil ich morgen arbeiten muss." Rebekka deutete Meike an, in die Küche zu gehen und wandte sich ihrem Sohn zu. „Elias, du kannst dir schon mal die Schuhe anziehen und deine Tasche holen. Die Oma kann jeden Moment hier sein."

Beschallt von lauter Weihnachtsmusik bahnten sich Rebekka und Meike wenig später einen Weg durch das Gedränge des Weihnachtsmarktes und steuerten auf den Glühweinstand zu, an dem sie mit Franziska verabredet waren.

„Ich bin hier!", rief Franziska und winkte ihnen zu.

„Hi", grüßte Rebekka und umarmte Franziska freundschaftlich. „Puh, ist das voll. Sorry, dass es ein bisschen später geworden ist."

„Ich habe Rebekka daheim abgeholt, weil es für mich auf dem Weg lag", erklärte Meike und zwinkerte Franziska verschwörerisch zu. „Du wirst gleich Bauklötze staunen, wenn du hörst, was Rebekka für ein süßes Geheimnis hat."

„Was? Bist du schwanger?"

„Nein, das nicht ... ist schon ein Weilchen her", grinste Rebekka. Mein Sohn ist fünf."

Meike hob den Daumen. „Er heißt Elias und ist so ein hübsches Kerlchen."

„Heilige Scheiße!", stöhnte Franziska theatralisch und wischte sich den imaginären Schweiß von der Stirn. „Was tust du meinen schwachen Nerven an?", lachte sie und knuffte Rebekka auf den Arm. „Und ich dachte, dass ich hier die coolsten Neuigkeiten hätte."

Demonstrativ hielt sie ihre Hand hin, an deren Ringfinger ein kleiner – offensichtlich neuer – Brillantring glitzerte. Rebekka erinnerte sich, dass sie schon beim Klassentreffen davon gesprochen hatte, dass sie bald heiraten wollte.

„Dann mal raus mit der Sprache", rief Franziska. Ich will Details hören. Aber vorher brauche ich was zu trinken. Ich gebe auf meine Verlobung einen aus ... ist doch klar. Also ich finde, da geht nur Sekt. Oder besteht ihr auf Glühwein?"

„Ich bin auch für Sekt. Mir kommt der Glühwein bald aus den Ohren", lachte Meike.

„Sag ich doch", hob Franziska den Daumen. „Geht mir nach drei Weihnachtsfeiern ganz genauso."

Während sie anstießen, spürte Rebekka zwei Augenpaare erwartungsvoll auf sich gerichtet und begann schnörkellos zu schildern, wie sie von der Schwangerschaft erfahren und die Ausbildung gemeistert hatte. Sie berichtete von ihrer platonischen Freundschaft zu Jan, genauso wie von der Wohngemeinschaft mit ihm. Außerdem erklärte sie, dass sie zu Elias' Vater keinen Kontakt mehr hätte. „... tja, so war das", schloss sie den Bericht, trank einen Schluck Sekt und nahm Meike ins Visier. „Und was gibt's bei dir zu feiern? Du strahlst ja genauso wie Franzi."

„Oh, hast du Zeit?", lachte Meike glücklich, wurde jedoch von Franziska unterbrochen.

„Moment, Moment. Nicht so schnell – da muss ich noch mal nachhaken. Äh … du hast wirklich nicht gemerkt, dass du schwanger warst? Das kann ich mir beim besten Willen nicht vorstellen."

„War aber so. Ich bin zum Arzt gegangen, als meine Periode ausblieb und war plötzlich im sechsten Monat schwanger."

„Wahnsinn. Ich glaube, bei der Diagnose wäre ich garantiert tot umgefallen." Franziska bekräftigte die Aussage mit einem Kopfschütteln.

„Zum Lachen fand ich das auch nicht, das kannst du glauben." Rebekkas wurde ernst. „Doch wie ihr seht, geht's mir jetzt wieder gut und ein Leben ohne Elias kann ich mir nicht mehr vorstellen." Sie sah Meike an. „So, jetzt aber genug von mir, ich will endlich wissen, was bei dir los ist."

„Bei mir? Ich kann nicht klagen. Es läuft grad richtig gut." Meike erkannte, dass die Gläser leer waren und sammelte sie ein. „Und weil das so ist, bestelle ich uns jetzt noch mal Schampus. Ich bin nämlich megamäßig verliebt, hab die Möglichkeit, mich beruflich zu verbessern und bin mit der Renovierung meiner Wohnung fertig geworden. Das muss einfach gefeiert werden."

„Hört sich ziemlich perfekt an." Franziska hob eine Augenbraue. Sie schien über das, was Meike erzählte, überrascht zu sein.

Die nächste Runde kam und wieder klirrten die Gläser.

„Auf euch, ihr Glückspilze! Ich freue mich für euch", gratulierte Rebekka. „Wann wird gefeiert, Franzi?"

„Im Sommer." Franziska zog eine Grimasse. „Glaubt ihr, ich will frieren müssen? Nee, und außerdem ist es mein Plan, vor dreißig unter der Haube zu sein und Kinder zu haben. Da bin ich altmodisch. Mein Liebster will das auch und jetzt tüten wir das ein." Sie verdrehte glücklich die Augen und nippte an ihrem Glas, bevor sie ihre Aufmerksamkeit auf Meike richtete. „Los, raus mit der Sprache! Kenne ich ihn? Und warum weiß ich davon noch nichts?"

Auch wenn Rebekka sich wirklich für ihre Klassenkameradinnen freute, ihnen jedes Glück gönnte, verspürte sie wegen deren Liebesglück doch einen Anflug von Neid in sich aufkommen.

„Ihr kennt ihn beide. Er kommt auch gleich", strahlte Meike, „aber bevor er hier ist, muss ich euch noch was erzählen. Manchmal gibt es echt komische Zufälle, kann ich nur sagen."

„Aha." Franziska trank ihr Glas aus. „Aber ich will nicht, dass du uns die Laune verdirbst."

„Nein. Okay, ich gebe zu, es ist eine traurige Geschichte. Aber immerhin geht es um eine große Liebe."

„Na gut, dann her damit!"

Meike sah Rebekka forschend an. „Möglich, dass du das schon weißt ... aber ich muss trotzdem ein bisschen ausholen." Sie holte tief Luft: „Wir haben Verwandte in der Nähe von Gießen, die waren auf der Beerdigung, sonst wüsste ich das gar nicht."

„Hattest du nicht gerade gesagt, es ginge um Liebe?", hakte Franziska kritisch ein.

„Ja, geht es ja doch auch. Und um Clemens. Er war nämlich auf dieser Beerdigung, weil er seine Freundin durch einen Autounfall verloren hat. Sie war sofort tot, wurde erzählt. Und – so wie gemunkelt wird – auch schwanger. Auf jeden Fall hat es ihm den Boden unter den Füßen weggezogen. Die beiden wollten wohl heiraten und es heißt, dass er sie sehr geliebt hat. Er wohnt jetzt wieder bei seinen Eltern, weil er ihren Tod nicht verkraften kann."

Betretenes Schweigen.

Rebekka fühlte sich, als würde sich ihr der Magen umdrehen. Die extreme Hoffnungslosigkeit, unter der sie seinetwegen ohnehin schon seit Tagen litt, verstärkte sich ins Unermessliche.

„Ich weiß wirklich nicht, Meike, warum du uns das ausgerechnet heute Abend erzählen musst." Franziska verzog ungehalten die Mundwinkel. „Wir sind hier, weil wir ein bisschen feiern wollten und nicht …", sie bedachte Rebekka mit einem mitfühlenden Blick. „Du wusstest es, oder?"

„Ja. Aber ich glaube, er wollte nicht, dass man darüber redet oder ihn darauf anspricht."

„Davon gehe ich aus", nickte Franziska, „sonst hätte er es selbst erzählt."

„Ich … es tut mir leid", verteidigte sich Meike, „die Geschichte hat mich so beschäftigt, dass ich mit jemandem drüber reden musste. Und weil ihr ihn auch kennt …"

„Schön, das haben wir ja nun." Franziska starrte auf das leere Glas in Meikes Hand. „Ich wünsche Clemens wirklich alles Gute für die Zukunft, aber ich würde jetzt gerne über was Schöneres reden. Und ihr?"

„Ja, sorry, du hast natürlich recht", gab Meike zu. „Ich mach's wieder gut und schmeiße zur Abwechslung eine Runde Brezeln. Wenn ich nämlich noch einen Sekt trinke …", sie blies sich eine Strähne aus der Stirn, … äh … das möchte ich euch lieber ersparen", grinste sie und wackelte mit den Augenbrauen. Seid ihr dabei, Mädels?"

Für Rebekka war der Abend gelaufen. Während Franziska von ihrem Hochzeitskleid schwärmte, kaute sie lustlos an ihrer Brezel und bemühte sich, ihre Weltuntergangsstimmung zu verbergen. Und als Marius sich wenig später, als Meikes neuer Freund vorstellte, wurde die Situation noch unerträglicher. Nicht dass Rebekka sich daran störte – ganz sicher nicht. Doch nach Meikes *Wahre-Liebe-Story* erinnerte er sie nur noch mehr an all das, was sie am liebsten für immer vergessen hätte.

***

Clemens kam gerade die Treppe herunter, als er durch die Scheiben der Haustür erkannte, dass sein Bruder mit seiner Familie vorfuhr. Merkwürdig, seine Mutter hatte gar nicht erzählt, dass sie zu Besuch kamen. An einem Samstagmittag. Das kam höchstens alle hundert Jahre mal vor. Er warf einen Blick auf seine Uhr, um das Datum zu checken. Nein, ein Geburtstag stand nicht an.

„Hallo, Lieblingsschwägerin." Er öffnete Judith die Tür, die mit Raika auf dem Arm als Erste hereinkam. „Hab ich irgendwas Wichtiges verpasst?"

„Nee, deine Mutter hat uns zum Essen eingeladen. Es gibt Cedrics Leib- und Magenspeise, reicht dir das als Erklärung?"

„Absolut. Dann gibt's grünen Kuchen", lachte Clemens und hob den Daumen. „Da sage ich auch nicht nein. Ah, und jetzt verstehe ich auch, warum sie schon den ganzen Morgen in der Küche steht und schnippelt ... Papa genauso."

Wenig später versammelten sich alle um den Tisch im Esszimmer. Cornelia servierte einen würzigen Blechkuchen. Ein Rezept, das seit Generationen in der Familie weitergegeben wurde und das alle liebten. Der Boden, ein Brotteig aus Sauerteig, wurde mit einem herzhaften Belag aus Frühlingszwiebeln und anderem Grünzeug, wie Carsten zu sagen pflegte, belegt. Schmackhaft verfeinert, gewürzt und zu guter Letzt mit Semmelbröseln und Schinken bedeckt, wurde der deftige Kuchen im Ofen gebacken und heiß serviert.

„Liebe Zeit, bin ich satt", stöhnte Cedric, „dabei hatte ich mir vorgenommen, nicht wieder so viel wie beim letzten Mal zu essen."

„Das nimmst du dir jedes Mal vor und hat noch nie was genützt", grinste Cornelia. „Aber ich finde, du kannst es vertragen, mal über die Stränge zu schlagen, so schmal wie du geworden bist."

„Das muss dich nicht wundern", hakte Judith ein. „Er nimmt sich ja nie Zeit zum Essen." Sie erhob sich, holte Raika aus ihrem Stuhl und setzte sie auf den Boden, wo eine Spieldecke mit ein paar Spielsachen parat lag. „Tabea, Schatz, willst du nicht ein bisschen in den Wintergarten zum Spielen gehen? Da ist es doch viel schöner als hier, hm?" Judith zwinkerte ihrer Schwiegermutter zu.

Es war die Art, wie Cornelia nickend zustimmte, die Clemens stutzig machte. Er zog eine Augenbraue hoch. Das sah doch ganz danach aus, als wenn dieses *Wohltätigkeitsessen* noch einen anderen Zweck erfüllte. Er blickte zwischen seinem Bruder, der seinen Teller weit von sich schob, und seinem Vater, der Tabea hinterher sah, wie sie in den Wintergarten lief, hin und her. Die beiden verhielten sich wie immer. Clemens verwarf den Gedanken und überlegte, warum seine Schwester und ihr Mann, die normalerweise bei solchen Treffen auch eingeladen wurden, nicht dabei waren.

„Konnten Cathi und Tom nicht kommen oder wieso sind sie nicht hier?"

„Nein", antwortete Cornelia. „Es war ihnen zu viel Aufwand. Sie lässt aber schön grüßen. Dein Vater bringt nachher eine Portion rüber, damit wenigsten Tom was vom Kuchen abbekommt. Cathi darf so etwas Blähendes nicht essen, solange sie stillt."

Wieder ging Cornelias Blick zu Judith, die nervös eine Serviette faltete und irgendwie – was absolut ungewöhnlich für sie war – unsicher wirkte. Sie tastete nach Cedrics Hand, der sie ihr aber unwirsch entzog und kaum merklich mit dem Kopf schüttelte. Ein leiser Seufzer kam aus ihrer Kehle, als sie zu ihrer riesigen Handtasche griff und einen Umschlag hervorholte. Mit schuldbewusster Miene schob sie den Briefumschlag zu Clemens hin, der ihr gegenübersaß.

„Clemens ...", räusperte sie sich, „ich muss dir was beichten. Ich habe da was angezettelt. Zugegebenermaßen nicht ganz legal. Es ist alles auf meinem Mist gewachsen. Cedric hat mir nur geholfen." Sie atmete, als wäre sie einen Berg hochgerannt und blinzelte nervös, bevor sie weitersprach. „Es betrifft dich. Bitte ... sei nicht böse."

„Liebe Zeit, das hört sich ja dramatisch an." Er schnappte sich den Umschlag, hielt ihn in der Hand, als stünde darin seine Todesstunde und zögerte, ihn zu öffnen.

„Könntest du mal ein bisschen konkreter werden? Ich versteh nur Bahnhof."

„Nicht nötig. Du brauchst nur zu lesen, was in dem Brief steht, dann verstehst du alles."

Ungeduldig riss Clemens den Umschlag auf und spürte förmlich, wie um ihn herum der Atem angehalten wurde.

Er las:

Vaterschaftsgutachten

*Teilnehmende Personen: Clemens Friedrich Lorentz
Elias Martens*

Das Gutachten wurde anhand einer Haaranalyse beider beteiligter Personen erstellt.

Befund:
Herr Clemens Friedrich Lorentz besitzt in allen untersuchten DNA-Systemen die für den Vater des Kindes Elias Martens zu fordernden Erbmerkmale. Er kommt somit als Vater infrage. Die biostatistische Auswertung der PCR-Systeme erfolgte nach Essen-Möller.

Zusammenfassung:
Es ergab sich eine Vaterschaftswahrscheinlichkeit von > 99.9999 Prozent.

Aufgrund der vorliegenden Untersuchungsbefunde und der biostatistischen Auswertung ist es praktisch erwiesen, dass Herr Clemens Friedrich Lorentz der biologische Vater von Elias Martens ist.

Sichtlich bewegt legte Clemens das Schreiben auf den Tisch, lehnte sich im Stuhl zurück, schloss die Augen und atmete hörbar aus. Er spürte vier Augenpaare auf sich, die gespannt auf seine Reaktion warteten. Zögernd richtete er sich wieder auf und ächzte leise.

„Ziemlich schwere Kost für ein Dessert, oder? Das muss ich erst mal verdauen." Er sah seine Schwägerin an. „Wie bist du auf die Idee gekommen, dass ich Elias' Vater sein könnte?"

Judith erzählte, was Cedric beobachtet hatte, erwähnte die Erdnussallergie und welchen Eindruck Rebekka bei ihr hinterlassen hatte. Zu guter Letzt berichtete sie noch von dem Geistesblitz wegen Elias' Anorak.

„Klingt alles ziemlich logisch. Das muss dann ja auf der Abifete passiert sein. Verdammt! Warum rückt sie dann nicht mit der Sprache raus?" Clemens schüttelt fassungslos den Kopf. „Habt ihr überhaupt eine Ahnung, wie oft ich sie auf diesen Abend angesprochen habe? Keine Chance. Totale Blockade." Er schob den Stuhl zurück und stand auf. „Puh", er blies den angehaltenen Atem aus, „ihr versteht sicher, dass ich etwas Zeit brauche, um das zu sortieren. Dafür muss ich alleine sein." Er ging zu seiner Schwägerin und berührte sie an der Schulter. „Und Judith ... ich bin dir nicht böse. Du kannst dich also wieder entspannen."

Warum verdammt nochmal hatte Rebekka ihm nicht gesagt, dass er einer dieser beiden Männer war, mit denen sie geschlafen hatte? Es hätte in den letzten Wochen wirklich mehr als eine Gelegenheit dafür gegeben. Clemens wühlten die Neuigkeiten so sehr auf, dass er dringend Bewegung brauchte. Trotz vollem Bauch saß er kurz darauf auf seinem Rennrad und strampelte sich an diesem feuchtkalten Dezembertag die Seele aus dem Leibe, um wieder einen klaren Kopf zu bekommen. Absolut notwendig, um bei dem Gespräch, was ihm bevorstand, besonnen zu bleiben.

Doch bevor er zu Rebekka fuhr, wählte er Fabians Nummer. Nun wollte er hören, was der ihm schon längst über Rebekka hatte sagen wollen.

„Ich hab vor dem Abi schon geahnt, dass sie in dich verliebt war. Allerdings dachte ich, du würdest es irgendwann selbst merken. Mein Gott, ihr wart seit einer Ewigkeit befreundet. Da wollte ich natürlich nicht derjenige sein, der Sand ins Getriebe streut. Und da ich keine hundertprozentige Gewissheit hatte, hab ich die Klappe gehalten. Auf meine Andeutungen hast du ja leider nicht reagiert."

„Ja, stimmt. Aber nur deshalb, weil ich mir das nicht vorstellen konnte. Wir waren ja beinahe so was wie Geschwister", entschuldigte sich Clemens.

„Schon gut. Halt mich auf dem Laufenden. Es interessiert mich doch, ob ich bei euch noch mal auf die Hochzeit eingeladen werde."

„Nun mal langsam", bremste Clemens, „ich weiß grad gar nichts, aber ich lasse dich natürlich nicht unwissend sterben. Wie läuft's eigentlich mit dir und ..."

„Chantal. Sehr gut. Wir suchen gerade eine Wohnung und denken über mehr nach.“

„Oh, wie schön für euch“, Clemens sah auf die Uhr. „So, ich muss dann mal los. Wir hören uns.“

Auf dem Weg in die Stadt sinnierte Clemens über die Möglichkeit, wenn er früher über Fabians Vermutung Bescheid gewusst hätte und kam zu dem Entschluss, dass das die Situation auch nicht geändert hätte, weil Rebekka ganz sicher auch damals nicht mit der Sprache rausgerückt wäre.

***

Rebekka konnte nach Dienstschluss pünktlich gehen und passierte gerade die Pforte des Krankenhauses, als sie Marius im Eingangsbereich entdeckte. „Hallo! Was machst du denn hier? Bist du krank?“

Marius, der merkwürdig angespannt wirkte, erwiderte ihr Lächeln nicht.

„Wir müssen reden. Das liegt ja wohl auf der Hand“, blaffte er sie statt einer Begrüßung an.

Sich vorsichtig umschauend ging Rebekka weiter. Das fehlte noch, dass sie sich zum Gespött der Leute machen lassen würde. Marius folgte ihr nach draußen.

„Hey, bleib stehen. Ich hab dir doch gesagt, dass ich mit dir reden muss“, hetzte er hinter ihr her und hielt sie am Arm fest, sodass sie notgedrungen anhielt.

„Musst du? Ich wüsste nicht worüber. Und wenn, dann nicht in diesem Ton!“

„Ach komm, jetzt tu doch nicht so, du weißt ganz genau warum. Meike hat mir alles erzählt. Meinst du, ich warte, bis du mir ein Kind anhängst und mir meine

Zukunft mit ihr versaust? Hältst du mich wirklich für so blöd?"

„Sag mal, hast du sie nicht mehr alle?", funkelte Rebekka ihn an. „Wer will denn hier mit wem reden? Ich habe eine anstrengende Schicht hinter mir, da steht mir wirklich nicht der Sinn nach solchen abstrusen Diskussionen." Rebekka schob den Riemen ihrer Handtasche zurück auf die Schulter und machte Anstalten, ihren Weg über das Krankenhausgelände fortzusetzen.

„Bleib gefälligst stehen! Ich will das jetzt wissen. Denkst du etwa, dass ich deine Masche nicht durchschaue? Erst kommst du von Berlin wieder hierher, dann freundest du dich mit Meike an und dann willst du Alimente. So läuft das doch. Aber nicht mit mir! Ich verlange einen Vaterschaftstest, nur damit du das weißt."

Rebekka sah sich um und registrierte erleichtert, dass niemand vom Personal in der Nähe war. Marius' Stimme dröhnte so laut, dass sie befürchtete, jemand könnte hören, wovon er sprach. Genau das, was sie nicht brauchte. Gerüchte über ihr Privatleben.

„Wie kommst du eigentlich darauf, dass du der Vater meines Sohnes sein könntest?", zischte sie, wobei sich ihre Augen kalt in seine bohrten. Sie hasste es, sich zu rechtfertigen, befürchtete aber, dass er ansonsten keine Ruhe geben würde. „Es sieht so aus, als müsste ich dir gedanklich ein bisschen auf die Sprünge helfen – ist ja nicht das erste Mal, wie wir beide wissen." Er kniff pikiert die Augen zusammen, weil er genau wusste, dass sie jetzt auf seine schulischen Leistungen anspielte. „Soweit ich mich erinnern kann, hast du ein Kondom benutzt."

„Die können platzen, das weiß doch jeder."

„Als Mann sollte man sich dessen bewusst sein", stimmte sie ihm gönnerhaft zu und konnte sich ein überhebliches Grinsen nicht verkneifen. „Da ich aber auch die Pille genommen habe, hätten dann gleich zwei Verhütungsmethoden versagen müssen. Und ich bin mir sicher, dass ich die Sache mit der Pille erwähnt habe. Abgesehen davon ... glaubst du ernsthaft, ich würde dich erst nach fast sechs Jahre darüber informieren, dass du ein Kind hast?" Sie lachte ironisch auf, worauf er sie mit zusammengepressten Lippen schweigend anstarrte. „Tut mir leid, dich so enttäuschen zu müssen, aber die Opferrolle, die du von mir in der Schule gewohnt warst, habe ich schon vor Jahren abgelegt." Sie machte einen Schritt zurück und musterte ihn von oben herab. „Keine Ahnung, mit wem du alles Kinder gemacht hast ... mit mir jedenfalls nicht. So, ich hoffe, ich konnte deinen Seelenfrieden wiederherstellen." Entschlossen wandte sie sich zum Gehen ab. Über die Schulter rief sie ihm zu: „Und danke, dass du mir so eine anschauliche Vorstellung deines wahren Charakters gegeben hast."

Man konnte Meike nur wünschen, dass sie ihn, bevor es zu spät war, von der richtigen Seite kennenlernte.

***

Am späten Nachmittag stand Clemens frisch geduscht und innerlich wesentlich aufgeräumter als am Mittag vor Rebekkas Tür und drückte die Klingel. Auch wenn ihn die ganze Angelegenheit furchtbar aufregte, Groll hegte er keinen gegen sie. Trotzdem. Jetzt wollte

er Antworten und würde verdammt noch mal nicht
eher gehen, bis er die bekommen hatte. Punkt!

„Clemens!?“

„Gehst du immer so an die Tür? Da könnte der Paket-
bote aber ganz schnell auf dumme Gedanken kommen.“

Wenn die Situation nicht so verdammt ernst wäre,
würde er jetzt schmunzeln. Sie stand in einem kurzen
marineblauen Sweatkleid mit Kapuze vor ihm, das ihre
nackten Beine gerade Mal bis zu den Oberschenkeln
bedeckte. Total baff, ungeschminkt und verstrubbelt.
Gut so. Die Hornbrille, die sie bereits im Schwimmbad
getragen hatte, saß ihr zu weit vorne auf der Nase. In
einer für sie so typischen Bewegung schob sie sie wieder nach oben. Wie immer, wenn sie nervös war.

Die Brille stand ihr gut, fand er. Genauso wie das
Kleid, das sich an ihre Kurven schmiegte und deutlich
zeigte, was für eine begehrenswerte Frau sie geworden
war. Aber der Clou waren die riesig wirkenden Plüsch-
pantoffeln mit Katzengesicht. Auch wenn er sich über
seine eigenen Gedanken wundern musste – sie sah verdammt sexy aus.

„Woher weißt du, dass ich ein Päckchen erwarte?“

„Reine Vermutung, aber ich denke, Paketboten sind
Schlimmeres gewöhnt. Oder wartest du vielleicht doch
auf deinen Liebhaber?“

Sie stutzte einen Moment. „Danke für die Blumen! Ich
warte auf niemanden. Am allerwenigsten auf dich. Seit
wann interessiert dich mein Liebesleben? Und warum
schickst du mir nicht einfach eine Nachricht?“

„Damit du kneifen kannst? Wohl kaum. Was weißt du schon, für was ich mich interessiere. Wie wär's, wenn du's rausfindest?"

Rebekka trat von einem Bein aufs andere und wusste offensichtlich nicht, was sie darauf antworten sollte.

„Was ist jetzt? Soll ich Hausfriedensbruch begehen oder lässt du mich freiwillig rein?"

„Ja ... äh, nein ... es ist aber nicht aufgeräumt ..."

„So einen Blödsinn können echt nur Frauen daherreden", schüttelte er mit dem Kopf und hing seine Jacke an die Garderobe. „Glaubst du, ich will kontrollieren, ob du die Spülmaschine ausgeräumt hast?"

„Nein, aber ..."

„Wo ist Elias?"

„Bei meiner Mutter, ich habe heute Morgen gearbeitet."

Er kam hinter ihr her und sah sich in der Küche um. „Wahrscheinlich besser so. Das nennst du unordentlich?"

„Wie meinst du das?"

„Glaub mir, du erfährst alles. Aber ich auch. Eher gehe ich hier nicht weg, das verspreche ich dir."

„Muss ich das verstehen?"

„Das wirst du, nur Geduld."

„Magst du was trinken?"

„Ja, am liebsten Kaffee."

Rebekka drückte den Knopf am Wasserkocher, füllte Kaffeepulver in den Filter und rückte die Kanne zurecht.

„Warum setzt du dich nicht?" Sie stellte zwei Tassen auf den Tisch.

„Mir ist grad nicht danach, Rebekka, ich würde gerne unser Gespräch von vor ein paar Tagen fortsetzen. Erinnerst du dich?“

„Ja, ich bin ja nicht senil.“

„Das hatte ich gehofft. Wo waren wir stehengeblieben?“ Er machte einen Schritt auf sie zu. „Ach ja, ich wollte von dir wissen, warum du nicht mehr meine Freundin ... meine Becks sein willst.“

„Meine Güte! Sind wir noch in der Schule, oder was? Ich hab dir doch schon mal gesagt, dass es die Becks, die du mal kanntest, schon lange nicht mehr gibt!“

„Das ist offensichtlich, rein äußerlich, meine ich. Dachtest du, ich bin blind? Keine Sorge, dem ist nicht so. Aber ich habe dich auch gefragt, ob es etwas gibt, was ich wissen sollte.“

„Ja ... kann sein“, seufzte sie. „Was willst du denn noch? Du weißt doch schon alles.“

„Sicher?“ Er machte eine bedeutungsvolle Pause. „Und wieso werde ich dann das Gefühl nicht los, dass das nicht stimmt?“

Der Wasserkocher schaltete sich ab und Rebekka brühte den Kaffee auf. An ihren Bewegungen erkannte er, dass sie Zeit schinden wollte. Entschlossen nahm er ihr die volle Kanne ab, setzte sie auf dem Tisch ab und stellte sich vor sie.

„Becks, jetzt mal raus mit der Sprache! Was ist in der Nacht wirklich passiert? Und erzähl mir bloß nicht, dass du nicht weißt, von welcher Nacht ich rede.“

Sie schluckte und schwieg, stand da, als würde man sie jeden Moment zum Scharfrichter führen. Clemens wurde mulmig zumute und er befürchtete, Details zu erfahren, die ihm nicht gefallen würden.

„Rebekka! Ich gehe nicht hier weg, bis du mir nicht endlich die Wahrheit gesagt hast." Er umfasste ihre Oberarme. „Soll ich dir sagen, was mir mein Bruder über die Wirkung von KO-Tropfen erzählt hat?"

Ruckartig machte sie sich los. „Das brauchst du nicht. Als Krankenschwester weiß ich, was das Zeug bewirken kann."

Er suchte ihren Blick. „Habe ich mich schlecht benommen, Rebekka?"

Sie presste die Lippen zusammen und wandte sich ab. So, als müsste sie sich schützen, verschränkte sie die Arme vor der Brust und schüttelte zeitlupenartig den Kopf, dabei kullerte eine Träne am unteren Brillenrand hervor.

Clemens fiel ein Stein vom Herzen. „Warum hast du mich nicht aufgehalten und dich dagegen ... gewehrt?"

Nun kehrte sie ihm den Rücken zu. Doch er sah auch so, wie ihre Schultern bebten und ihr Atem zittrig wurde.

Fabians Verdacht schien sich zu bestätigen. Aber Clemens wollte, musste es von ihr selbst hören.

Sanft drehte er sie zu sich um, zog sie in seine Arme und strich ihr über den Rücken. Sie fühlte sich so unglaublich gut an. Mit einem Mal war ihm klar, warum ihm das so vertraut vorkam.

„Hab ich dir wehgetan?"

Kopfschütteln. „Nein ...", schniefte sie, „... na ja, ein bisschen vielleicht ... körperlich, meine ich." Sie zögerte erneut. „Viel schlimmer war, dass du ... du hast mich Lara genannt!"

Clemens zog entsetzt die Luft ein. Das erklärte einiges. „Oje ... das tut mir leid. Wirklich!"

Rebekka löste sich von ihm, legte die Brille ab und wischte sich über die Augen. „Muss es nicht. Ich hätte mich wehren können."

„Du hast mich falsch verstanden. Es tut mir leid, dass ich dich mit ihrem Namen angesprochen habe, nicht, dass wir …"

„Auch gut", sie atmete schwer und ging zur Spüle, wo sie sich mit beiden Armen am Rand abstützte und auf die Kacheln starrte. „So, nun weißt du ja, was an dem Abend passiert ist … entschuldige, aber ich glaube, ich wäre jetzt gerne alleine."

Keine Chance Becks, das Wichtigste haben wir noch nicht besprochen.

Er stellte sich neben sie. „Warum hast du es zugelassen?"

„Jetzt willst du aber, dass ich mich völlig zum Affen mache, was?" Ruckartig drehte sie den Kopf und blitzte ihn unter Tränen an. „Warum fragst du, wenn du die Antwort längst weißt?"

„Ich weiß gar nichts. Ich kann höchstens vermuten."

„Okay. Dann vermutest du eben richtig. Bist du jetzt zufrieden?"

„Nicht in der Art, wie du zu glauben scheinst."

„Ist ja auch egal, was ich weiß und glaube …"

Mit todernster Miene blickte sie ihm in die Augen. „Ich möchte nicht, dass du dich zu irgendetwas verpflichtet fühlst."

„Moment! Nicht so voreilig. So einfach ist es nämlich nicht." Clemens zog eine Kopie des Vaterschaftsgutachtens aus der Hosentasche und reichte ihr das Papier. „Vielleicht ändert das hier deine Meinung?"

Er schob sie zum Küchenstuhl, drückte sie in den Sitz und goss Kaffee ein, bevor er sich ihr gegenübersetzte.

Rebekka starrte sekundenlang auf den Text, bis sie realisierte, was dort geschrieben stand. Mit zitternden Händen las sie den Inhalt und als sie aufsah, schwammen ihre Augen in Tränen.

„Wie ... äh, woher ... ich versteh das nicht ...", schniefte sie. „Glaubst du etwa, ich hätte dich angelogen? Ich wusste wirklich nicht, wer ..."

„Hab ich das gesagt? Ich wäre auch nicht auf den Gedanken gekommen, einen Test zu machen. Es war Judiths Idee. Eingefädelt hat sie das nach Tabeas Geburtstag. Du erinnerst dich, sie hatte die Jacke und wusste von dir, dass Elias diese Erdnussallergie hat ... na ja und ein paar andere Anhaltspunkte gab es natürlich auch noch."

„Welche Anhaltspunkte?" Sie schnappte nach Luft. „Ach so! Dann hast du ihnen von der Abi-Nacht erzählt. – Erinnerst du dich jetzt etwa doch?"

„An was? – Nein! Natürlich nicht. Hast du ernsthaft geglaubt, ich hätte mit dir geschlafen und dann so getan, als wenn nichts gewesen wäre? Ohne mit dir darüber zu reden?" Er fuhr sich in einer verzweifelten Geste durchs Gesicht. „Hältst du mich wirklich für so ein Arschloch?"

„Was sollte ich denn sonst denken? Ich dachte doch, dass du nur ein bisschen angetrunken bist?" Sie wischte sich die Tränenspuren von der Wange. „Ich bin davon ausgegangen, dass du mit mir geschlafen hast, weil du es wolltest!"

„Mannomann, was ist das nur für eine Scheiße!" Clemens sprang auf und lief in der kleinen Küche hin und her. „Ich könnte den Typ umbringen, der mir das Zeug ins Bier gekippt hat, darauf kannst du wetten."

Rebekka saß regungslos da. So wütend hatte sie ihn noch nie erlebt. Natürlich verstand sie, dass er aufgebracht war, aber bei ihr kam auch an, für was diese Empörung noch stand. Es war, als würde ihr jemand ein Messer ins Herz stoßen. Und dass er jetzt mit dem Rücken zu ihr am Fenster ausharrte und mit finsterer Miene unverwandt nach draußen starrte, unterstrich das Unausgesprochene zusätzlich. Es gab Wahrheiten, die brauchten keine Worte.

„Du bist kein Arschloch", versuchte sie ihn mit leiser Stimme zu besänftigen. „Das warst du nie. Hör zu. Es ist alles meine Schuld. Wenn ich nicht so … so … na ja … eben so naiv gewesen wäre … dann … wir können doch einfach alles so lassen, wie es ist. Ich komme schon klar."

Er drehte sich um. „Oh Mann, jetzt wird mir auch restlos klar, warum du dich nicht mehr gemeldet hast." Clemens schien ihre Worte gar nicht gehört zu haben. „Blöderweise hab ich erst viel zu spät kapiert, dass irgendwas nicht stimmte. Als wir aus Spanien zurückgekommen sind und ich dich immer noch nicht erreichen konnte, bin ich zu dir nach Hause gefahren. Ich wollte endlich wissen, was los ist. Ich dachte doch, dass du wegen Lara sauer bist." Clemens setzte sich wieder zu ihr an den Tisch und trank den inzwischen kalt gewordenen Kaffee in einem Zug aus. „Eure Nachbarin hat mir dann erzählt, dass ihr weggezogen seid."

„Ich musste weg! Ich hätte es nicht ertragen, noch irgendjemandem von der Klasse zu begegnen. Wenn ich geahnt hätte, dass du dieses Zeug intus hattest ... es tut mir leid, Clemens."

„Meinst du mir nicht?", seufzte er, „aber das ganze *Hätte* und *Könnte* bringt uns jetzt auch nicht weiter. Das Leben macht doch sowieso, was es will. Denkst du, nur du hättest dich verändert? Ich bin auch nicht mehr der Clemens, den du von der Schule her kennst."

Rebekka betrachtete ihn, ohne etwas zu sagen.

Er berührte kurz ihre Hand, die auf dem Tisch lag. „Lass uns gemeinsam einen Weg finden. Das, was geschehen ist, lässt sich nicht ändern, da können wir noch so lange in der Vergangenheit wühlen, wie wir wollen." Er zögerte, bevor er weitersprach. „Eine Frage hätte ich trotzdem noch. Du musst sie mir aber nicht beantworten. Kenne ich den anderen Mann, mit dem du ...".

Rebekka schluckte und ließ sich in den Stuhl zurückfallen. Lieber Gott, was war das heute nur für ein Tag. Erst Marius und jetzt Clemens. Der eine wollte einen Vaterschaftstest und der andere hatte einen. Wie wahrscheinlich war es, dass Marius Stillschweigen über ihren One-Night-Stand bewahrte? Vor allem jetzt, wo sie ihn so abgekanzelt hatte. Nein, entschied sie, es war besser, Clemens gleich reinen Wein einzuschenken, bevor er es von anderen erfuhr. Das würde er ihr nicht verzeihen.

Clemens, der ihr Zögern falsch deutete, machte eine wegwerfende Geste. „Lass gut sein, es geht mich ja auch wirklich nichts ...".

„Du kennst ihn. Ich ... es war ein Fehler, eine Kurzschlussreaktion, ich war ... es war ... es hatte keine

Bedeutung." Rebekka hielt es nicht länger aus, dass er sie so durchdringend ansah und wollte aufspringen.

„Rebekka, bleib sitzen, das ist nun wirklich nichts, was dir peinlich sein muss. Völlig normal, dass man ... " Ein wachsamer Ausdruck trat plötzlich in seine Augen. „Ah ... jetzt kapier ich das!" Clemens fasste sich an die Stirn. „Wir reden von Marius, hab ich recht? Na logo! Es hat mich gleich stutzig gemacht, wie vertraut ihr beim Klassentreffen miteinander wart."

Sie nickte. „Du magst ihn nicht besonders, oder?"

„Nein."

„Ich jetzt auch nicht mehr. Er hat mich heute am Krankenhaus abgefangen und mir unterstellt, ich wollte ihm ein Kind anhängen. Meike hat ihm davon erzählt. Sie ist Elias in die Arme gelaufen, als sie mich zum Weihnachtsmarkt abgeholt hat."

„Idiot."

„Ich war schrecklich dumm und ...“

„Lass gut sein. Es spielt absolut keine Rolle mehr." Clemens rieb sich die Augen und wirkte mit einem Mal sehr erschöpft. „Lass und lieber über das reden, was jetzt wichtig ist, das halte ich für sinnvoller."

„Für mich ändert sich ja nichts. Du musst sagen, wie es für dich weitergehen soll."

„Ich möchte meinen Sohn kennenlernen, ist doch klar."

Schon am nächsten Abend fuhr er mit Rebekka zu ihrer Mutter, um Elias abzuholen, las ihm eine Gutenachtgeschichte vor und erkundigte sich unauffällig nach seinen Weihnachtswünschen. Wenn Rebekka gedacht hatte, sein Interesse würde schnell nachlassen, hatte sie sich getäuscht. Clemens kam jeden Tag nach Feierabend. Zum Basteln, Haferkekse backen oder auch, um einfach nur mit seinem Sohn Abendbrot zu essen und das Sandmännchen zu schauen. Abgesehen von dem Chaos, das er beim Kochen verursachte, war er sehr häuslich und hilfsbereit. Er bot an, einzukaufen und brachte sogar ohne Aufforderung den Müll runter.

In Rebekka löste das die widersprüchlichsten Gefühle aus. Einerseits genoss sie seine Anwesenheit und andererseits spürte sie, dass nicht mehr viel fehlte, bis sie wahnsinnig würde. All die Sehnsüchte, die sie so lange in Schach gehalten hatte, brodelten stärker denn je in ihr auf. Clemens war so anziehend, freundlich und auf eine unterschwellige Art erotisch, dass es sie nahezu übermenschliche Kräfte kostete, sich ihm nicht an den Hals zu werfen.

„Wer ist Jan?"

Rebekka, die, während er Elias eine Geschichte vorgelesen hatte, dabei war, die Spülmaschine auszuräumen, hielt mitten in der Bewegung inne. „Was?"

„Elias hat mich gerade gefragt, ob ich jetzt auch bei euch wohnen würde, so wie Jan." Clemens nahm ihr die Tasse aus der Hand und stellte sie in den Schrank. „Warum hast du nicht erzählt, dass eine Trennung der Grund war, weshalb du zurück nach Kassel gekommen bist?"

„Weil das so nicht stimmt." Sie reichte ihm ein Geschirrtuch. „Was hat er noch alles erzählt?"

„Gleich. Erst will ich wissen, was mit diesem Jan ist."

„Jan und ich haben zur gleichen Zeit mit der Ausbildung begonnen." Sie zog eine Grimasse. „Es muss an meiner Schwäche für platonische Männerfreundschaften liegen, dass wir sehr schnell gute Freunde wurden. Nachdem ich von der Schwangerschaft erfahren hatte – wir waren zu dem Zeitpunkt im ersten Drittel der Ausbildung – hat er mir buchstäblich das Leben gerettet. Er bot sofort an, mit mir in eine WG zu ziehen und gemeinsam für Elias da zu sein, damit ich das Studium meistern konnte."

„Platonisch ... aha. Und das ist so geblieben?"

„Ja natürlich."

„Dann hatte er eine Freundin oder ist er schwul?"

„Weder noch ... Jan ist asexuell. Sex war aber auch so kein Thema zwischen uns.

„Aus deiner Sicht gesehen?"

„Ich denke auch aus seiner nicht. Jan ist für mich wie ein Bruder, den ich immer gerne gehabt hätte." Sie seufzte. „Ihm wäre es am liebsten gewesen, wenn sich an unserer WG nichts verändert hätte."

Clemens zog eine Augenbraue hoch. „Aber das wolltest du nicht?"

„Nein."

Er stockte. „Hm, dann denkt Elias bestimmt, dass Jan sein Vater ist, oder?"

„Ehrlich gesagt glaube ich das nicht. Jan hat ihm irgendwann mal erklärt, dass er es nicht ist. Es gab da mal eine Diskussion im Kindergarten." Rebekka klappte die Maschine zu. „Was genau Elias denkt, weiß ich nicht. Wir haben nie ausdrücklich über das Thema gesprochen und er hat nicht nachgefragt. Darüber war ich ehrlicherweise ziemlich froh. Vielleicht hat es ihn nicht sonderlich interessiert, weil Jan immer für ihn da war und er nichts vermissen musste." Sie holte tief Luft. „Für Jan ist die Trennung immer noch hart. Wir sind für ihn so was wie Familie. Er tut sich schwer, einen neuen Mitbewohner zu nehmen, obwohl ich mir sicher bin, dass es genug Anfragen gibt." Rebekka hob die Achseln. „Ich versuche gerade, ihn davon zu überzeugen, sich über Facebook Gleichgesinnte zu suchen, aber er ist kein großer Fan von den sozialen Medien."

„Nachvollziehbar", gähnte Clemens und streckte sich, so dass sich sein T-Shirt über dem ansehnlichen Brustkorb spannte und ein Stück flache Bauchmuskulatur freilegte.

Rebekka überlief ein Schauer, weil sie daran denken musste, wie es sich angefühlt hatte, diese feste Muskulatur unter den Händen zu spüren.

„Ich kann mittlerweile auch sehr gut ohne den Quatsch leben." Er kam näher, nahm ihr das Geschirrtuch aus der Hand, hängte es an den Haken und sah sie an. „Ich habe es Elias noch nicht gesagt ... wusste einfach nicht, wie ich anfangen soll", bekannte er leise.

Hilfe! „Geht mir ganz genauso", nickte Rebekka verständnisvoll, wich jedoch zurück, weil sie es kaum noch aushielt, ihn nicht zu berühren. „Außerdem finde ich es besser", atmete sie hörbar, „wenn du es ihm selbst sagst. Ich hab da ehrlich gesagt ein bisschen Bammel vor. Er wird bestimmt sauer sein."

Clemens setzte sich an den Küchentisch, füllte die Gläser mit Wasser, während Rebekka ihm gegenüber Platz nahm. Er lehnte sich im Stuhl zurück und schien über das nachzudenken, was sie gesagt hatte. Dabei betrachtete er sie eingehend, verriet jedoch mit keiner Miene, was in ihm vorging. Plötzlich beugte er sich mit Schwung über den Tisch zu ihr hin, so dass er ihr erneut sehr nahekam.

„Elias hat mir außerdem erzählt, dass Jan ihm versprochen hätte, mit ihm ins *Tropical Island* zu fahren, wenn er schwimmen könnte. Und er könnte ja jetzt schwimmen." Clemens grinste. „Solche Versprechungen vergessen die kleinen Gauner nie."

Rebekka lachte und versuchte damit zu vertuschen, welche Nöte sie gerade ausstand. Heilige Scheiße, warum konnte sie nicht genauso gelassen bleiben wie er? „Ja ja, ich weiß, damit hängt er mir schon länger in den Ohren und wird sich gedulden müssen, bis wir mal wieder nach Berlin fahren. Kennst du das *Tropical Island?*"

„Ja, hab im Fernsehen einen Bericht darüber gesehen. Würde ich mir gern mal ansehen. Lohnt sich von hier aus aber nur mit Übernachtung. Wie wär's, wenn ich meinen Bruder und seine Family anstachele, mitzufahren? Freitagnachmittag hin und Sonntag zurück? Das wäre doch eine Mordsgaudi für alle. Nicht nur für die Kinder."

„Bist du verrückt? So kurz vor Weihnachten, wo alle total im Stress sind. Wie stellst du dir das vor?"

„Ganz einfach. Tasche packen und losfahren. Musst du am Wochenende arbeiten?"

„Äh ... nein. Ich hab ja letztes erst ..."

„Hervorragend! Lass mich mal machen. Du fährst doch mit, oder?"

„Wenn du mich dabei haben willst ..."

„Würde ich sonst fragen?"

18

Spätestens als sie am Freitagnachmittag in Carstens SUV Richtung Berlin unterwegs waren, erinnerte sich Rebekka daran, wie beharrlich Clemens sein konnte, wenn er sich mal etwas in den Kopf gesetzt hatte. Er hatte nicht nur sie davon überzeugen können, dass es eine gute Idee war, dem Weihnachtsrummel zu entfliehen und stattdessen im Badeparadies zu entspannen, sondern auch Cedric und Judith. Die Kinder waren selbstredend hellauf begeistert.

Mit staunenden Augen tapsten Tabea und Elias noch am gleichen Abend mit nackten Füßen durch täuschend echt angelegte Strandlandschaften und bewiesen eindrücklich, dass sie nicht nur ausgelassen planschen, sondern auch schon sehr gut alleine schwimmen konnten. Nach einem gemütlichen gemeinsamen Abendessen verabschiedeten sich Cedric und Judith mit den Kindern, während Clemens mit Rebekka und Elias die Suite aufsuchte, die er gebucht hatte. Nachdem der Kleine wenig später binnen Sekunden eingeschlafen war, ließ sich Rebekka in die weichen Kissen der Couch fallen.

„Boah, bin ich platt. Das Rumplanschen im Wasser macht echt müde."

Clemens setzte sich neben sie und öffnete eine Flasche Weißwein. „Das war nicht nur das Planschen, das war der ganze Tag. Schließlich warst du schon in aller Herrgottsfrühe auf den Beinen." Er hielt die Flasche hoch. „Kann ich dich trotzdem noch zu einem Glas überreden? Nur noch ein bisschen Quatschen, bis wir ins Bett gehen?"

Rebekka richtete sich leise stöhnend auf. „Okay. Selber schuld, wenn du mich dann genauso ins Bett bringen musst wie Elias … ich weiß nicht, wie lange ich durchhalte." Sie nahm ihm eins der Gläser ab, die er befüllt hatte.

„Soll das Problem nicht sein", grinste er hintergründig.

Rebekka, der erst in diesem Moment bewusst wurde, was sie da von sich gegeben hatte, räusperte sich. „Sorry, aber wenn ich die ganze Woche um fünf raus muss, bin ich freitagabends immer so früh platt."

„Schon okay. Morgen kannst du ausschlafen … also von mir aus jedenfalls", lachte er. „Für Elias würde ich allerdings keine Hand ins Feuer legen … könnte mir vorstellen, dass er sofort wieder ins Wasser will, wenn er die Augen aufgeschlagen hat." Er reichte ihr das Glas und zwinkerte ihr zu, während er mit ihr anstieß. „A-propos ins Bett bringen: Elias hat eben was von einer Überraschung erzählt, die Jan für ihn hätte. Das wäre ein gaaanz großes Geheimnis. Weißt du was davon?"

„Nee, aber das ist mal wieder so typisch Jan. Garantiert haben die zwei das gestern Abend bequatscht, als ich die Küche aufgeräumt habe. Wir haben geskypt und ich bin dann aus dem Zimmer gegangen, weil ich fertig werden wollte." Rebekka verzog verärgert das Gesicht und stellte das Glas ab. „Mann! Ich weiß nicht, wie oft ich noch sagen soll, dass er das lassen soll! Ich bin doch diejenige, die dann die Fragerei ausbaden muss. Als wenn morgen schon Heiligabend wäre.“

„Na ja, jetzt bist du damit ja nicht mehr alleine“, grinste Clemens. „Ich bin schließlich auch noch da.“

„Danke, das ist wirklich toll. Die kleine Rübe kann nämlich eine ziemliche Nervensäge sein, das wirst du erleben.“ Rebekka nahm einen winzigen Schluck und stellte das Glas auf dem niedrigen Tisch ab. Sie spürte, wie Clemens’ sie immer noch unverwandt ansah und wurde verlegen. In diesem Moment realisierte sie, wie wenig Erfahrung sie eigentlich mit Männern hatte. Und Jan zählte nicht. Ergebnis: *gar keine.*

Smalltalk war sicher das beste Mittel, um die Unsicherheit zu verbergen.

„Hab ich dir schon erzählt, dass ich Sina im Krankenhaus getroffen habe?“

„Nein.“ Unbeirrt ließ Clemens seinen Blick auf ihrem Gesicht ruhen.

Angesichts dieser – aus ihrer Sicht – eingehenden Musterung überlegte Rebekka, ob ihre Kleidung möglicherweise nicht korrekt war und sah an sich herunter, fand jedoch keine Schwachstellen. Wie so oft trug sie in der Freizeit nur Leggins und eins ihrer heißgeliebten Kapuzenkleider.

„Sie macht einen Tablettenentzug und geht anschließend in die Reha. Außerdem hat sie mir erzählt, dass sie Altenpflegerin werden will.“

„Aha … und was hat sie bisher gemacht?“

„Dies und das, aber wohl nichts Richtiges. Sie lebt in Scheidung und will nach der Kur ein neues Leben anfangen.“

„Oh, dann hat die Ehe aber nicht lange gehalten. Da kann man ihr nur das Beste wünschen. Und sonst? Du hast vorhin kurz erwähnt, dass du dich mit Meike und Franziska getroffen hast."

„Ja, das war ganz spontan. Wir waren auf dem Weihnachtsmarkt. War ganz lustig. Franzi ist total happy, weil sie kommenden Sommer heiratet und Meike ist mit Marius zusammen."

„Na da kannst du dir dann ja ausrechnen, warum er dir den Besuch abgestattet hat."

„Nicht wirklich. Ich stehe den beiden doch nicht Wege. Von mir hat er nichts zu befürchten. Gar nichts."

„Das weiß er aber nicht."

„Sorry, aber das ist Männerdenke. Das verstehe ich nämlich nicht."

„Kannst du auch nicht. Ist tatsächlich eher ein Männerding." Rebekka musste plötzlich daran denken, was Meike über die Beerdigung erzählt hatte und bevor sie sich auf die Zunge beißen konnte, plapperte sie auch schon los: „Stimmt es eigentlich, dass ...."

Oh Gott, was rede ich denn da?

„Ach, ich rede Blödsinn ... das ist jetzt unwichtig ..." Sie wischte ihre Worte mit einer Handbewegung weg, richtete sich abrupt auf und sah sich demonstrativ um. „Ein wirklich schönes Appartement ist das, findest du nicht? So gemütlich ... da kann man sich sogar Anregungen für zu Hause holen."

„Rebekka! Was wolltest du sagen?" Clemens rückte näher und berührte kurz ihren Oberschenkel.

„Gefällt dir die Einrichtung?"

„Jetzt hör auf, mich für dumm zu verkaufen. Erzähl mir lieber, über was ihr euch unterhalten habt."

Rebekka, der die unschuldige Berührung durch und durch ging, wagte es kaum, ihn anzusehen. Sie befürchtete, dass ihr die Gefühle aus dem Gesicht springen könnten.

„Glaub mir bitte, dass es besser ist, wenn wir nicht darüber sprechen", murmelte sie mit gesenktem Kopf, „es wird dir nur die Stimmung verderben. Das möchte ich nicht."

„Ah, kapiere ..." Clemens lehnte sich zurück. „Es geht um Verena, stimmt's?"

Rebekka nickte und starrte auf ihre gefalteten Hände.

„Es ist okay, wenn wir über sie reden. Also, schieß los. Was soll stimmen?"

„Na gut, du lässt ja doch nicht locker, bevor ich's dir nicht gesagt habe."

„Ich sehe, du kennst mich ... aber wenn dir das lieber ist, können wir natürlich auch gerne über dein Liebesleben sprechen? Bin ich sogar sehr dafür. Wäre doch mal ein spannendes Thema."

„Eher nicht. Sterbenslangweilig."

„Nicht für mich."

„Na gut ... Meike hat von dem Unfall erfahren. Jemand, den sie kennt, war wohl auf der Beerdigung und hat erzählt, Verena sei schwanger gewesen und du ... du würdest ihren Tod nicht verwinden können, weil du sie so ... so sehr geliebt hast."

Clemens atmete hörbar aus und richtete sich auf. „Natürlich hab ich sie geliebt! Wäre ich sonst mir ihr zusammen gewesen? Aber schwanger war sie nicht. Nein, glaub mir, das ist frei erfunden."

„Die Tratscherei der Leute ist einfach nur schrecklich", sie hob die Hände, „es tut mir leid, ich wollte nicht, dass du ..."

Rebekka schnürte es die Luft ab, mit ihm über seine große Liebe zu reden.

Spontan umfasste Clemens ihre Hände und sah ihr in die Augen.

„Rebekka, hör mir zu! Verena ist seit über einem Jahr tot. Ja, ich bin durch die Hölle gegangen und ich werde sie ganz sicher nie vergessen, weil sie immer einen Platz in meinem Herzen haben wird. Das ist so und lässt sich auch nicht ändern, egal, welche Frau nach ihr kommt." Er ließ sie los und lehnte sich wieder zurück. „Aber ich ... ich bin noch am Leben und ich habe nicht vor, deswegen für immer alleine zu bleiben. Dafür bin ich nicht geschaffen."

Rebekka schluckte und nickte tapfer. Es war also nur noch eine Frage der Zeit, bis er jemanden fand, der ihm Verena ersetzen konnte. Wie sie das dann irgendwann ertragen sollte, wenn er mit einer neuen Frau vor ihr stand und seinen Sohn abholen wollte, wusste sie noch nicht. Ruckartig richtete sie sich auf. In einem Schluck trank sie das Glas leer und erhob sich.

„Bist du mir böse, wenn ich mich jetzt hinlege? Ich bin echt müde."

„Nein, natürlich nicht", reagierte Clemens überrascht. „Schlaf gut."

Am nächsten Vormittag, während die Frauen mit den Kindern im Wasser planschten und nachdem sie alle zusammen eine Runde durch die Anlage gelaufen waren, organisierten Clemens und sein Bruder einen Platz an der Strandpromenade.

„Ich bin echt froh, dass ihr so spontan mitgekommen seid." Clemens schob eine Liege zurecht und reichte seinem Bruder eins der Handtücher, die er aus dem Korb holte, um es auszubreiten. Das Badeparadies war an diesem Vorweihnachtswochenende nur mäßig besucht, weshalb es keine Platzprobleme gab.

„Das hast du Judith zu verdanken."

„Du wärst nicht mitgefahren?"

„Wie du siehst, bin ich hier. Allerdings fand ich den Zeitpunkt, so kurz vor Weihnachten, nicht ganz so glücklich gewählt. Aber da ich auf meine Gattin höre, die meinte, es gäbe überzeugende Gründe, herzufahren, habe ich mich breitschlagen lassen." Cedric grinste hintergründig. „Das schafft sie meistens. Sie hat eben einen anderen Blick auf die Dinge."

„Hör auf, in Rätseln zu reden. Was sind denn das für überzeugende Gründe?"

„Wenn du solche Fragen stellst, bin ich mir nicht mehr so sicher, ob sie sich nicht vielleicht doch geirrt hat."

„Du nervst, Mann."

„Reg dich ab. Meine liebe Frau ist der Meinung, dass Rebekka dir guttut …", er malte Gänsefüßchen in die Luft und zwinkerte, „… und außerdem in der Lage wäre, deine Lebensgeister zu wecken." Cedric streckte sich auf der Liege aus, verschränkte die Arme hinter dem Kopf und sah seinen Bruder forschend an. „Ist das so?"

Clemens lachte. „Hast du keine Augen im Kopf? Stell dir ganz kurz vor, Judith wäre nicht da … würde Becks deine wecken können?"

Cedric gab vor, zu überlegen und sah hinüber zum Wasser, wo sich die Frauen mit den Kindern aufhielten. „Nee nee, lass mich da raus. Ich sage dir nur, wenn sie das nicht schafft, dann brauchst du dringend einen Termin beim Arzt deines Vertrauens. Hast du gesehen, wie der Kellner sie heute Morgen beim Frühstück angestarrt hat?“

„Immerhin ist dir das aufgefallen.“

„Vorsicht! Nur weil ich nicht alles rausposaune, bin ich noch lange nicht blind. Also, was ist jetzt mit deinen Lebensgeistern?“

„Denen geht's gut. Ich brauche keinen Arzt. Trotzdem ist es nicht ganz einfach mit ihr. Meine Vermutung ist, sie ahnt nicht mal, welche Ausstrahlung sie hat. Weder auf mich noch auf die anderen Kerle.“

Clemens erzählte seinem Bruder von dem Gespräch, das er am vorigen Abend mit Rebekka geführt hatte.

„Hm, wenn sie sich so für deine Vergangenheit mit Verena interessiert, besteht meiner Meinung nach Hoffnung“, überlegte Cedric laut. „Vielleicht glaubt sie, dass sie keine Chancen bei dir hat, weil ihr euch schon so lange kennt und über die Jahre immer nur befreundet wart. Wie soll sie wissen, dass du in ihr auf einmal mehr als nur den besten Kumpel siehst?“

„Also ich finde, du machst dich echt gut als Beziehungsratgeber. Den gleichen Gedanken hatte ich nämlich auch schon.“

„Ist nicht von mir. Ist von Judith.“

„Hätte mich auch gewundert, dass du solche Gehirnwindungen hast.“ Clemens legte sich hin und verschränkte ebenfalls die Arme hinter dem Kopf. Seine Augen fanden Rebekka, die sich gerade zu Elias hinunterbeugte. Bei dem Anblick ihrer knackigen Pobacken, die durch den knappen Stoff des Bikinihöschens kaum verhüllt wurden, stockte ihm der Atem. Die letzte Nacht war schon hart gewesen. Sie nebenan zu wissen und ihr nicht nahe sein zu können, hatte ihn stärker mitgenommen, als er je vermutet hätte. Der Wunsch mit ihr zu schlafen, wurde immer heftiger. Er wollte wissen, wie es sich anfühlte, bewusst und mit allen Sinnen in ihr zu sein. Er spürte, dass er mit Rebekka als Partnerin wieder glücklich werden könnte. Sie hatten sich immer gut verstanden, nahezu wortlos. Bloß hätte er sich nie träumen lassen, dass er sie jemals auch körperlich begehren könnte.

„Du kannst nur froh sein, dass du Judith abgekriegt hast. Mann, kriegst du überhaupt was mit?"

„Das bin ich. Nur kein Neid." Cedric, der ziemlich zufrieden klang, ließ sich von seinem Bruder nicht aus der Reserve locken. „Sehr sogar. Und dass wir an dem Punkt sind, wo wir sind, ist nur ihr zu verdanken. *Sie* hat nämlich mich flachgelegt ... nicht umgekehrt", grinste er und zog eine Augenbraue hoch, während er Clemens ansah. „Nicht jeder hat so viel Glück wie ich. Sieht so aus, als müsstest du ein bisschen Schweiß investieren. Mehr sag ich aber jetzt nicht."

„Ach komm! Sei kein Mädchen. Grad wo es spannend wird. Ich hab das ja damals nicht mitgekriegt, weil ich schon in Gießen war. Wie war das denn nun? Habt ihr vor eurem ersten Mal nicht angebandelt?"

„Na ja, wir kannten uns und wir waren uns natürlich auch sympathisch. Wie das eben so ist, wenn man zusammen arbeitet. Viel geredet – also privat – haben wir davor nicht. Nur über Dienstliches. Hinterher umso mehr. Geknallt hat's bei einer Weihnachtsfeier. Ich hab sie heimgebracht und sie hat mich auf einen Kaffee eingeladen, den wir nicht getrunken haben. Seitdem passt es bei uns. Gott sei Dank, sonst wäre ich wahrscheinlich heute noch Single."

„Quatsch! Hab gehört, junge Chefärzte sollen sehr begehrt sein."

„Junge Informatiker aber auch. Guck mal nach rechts!"

Clemens folgte dem Hinweis und sah zwei hübsche junge Frauen, die interessiert zu ihnen herüberschauten.

Am Nachmittag waren die Kinder von den vielen Rutschen, die der Park zu bieten hatte, nicht mehr wegzubekommen.

„Nur noch einmal und dann machen wir erst mal eine kleine Pause. Deine Haut ist schon ganz schrumpelig." Rebekka stellte sich mit Elias neben Clemens und Tabea in einer Reihe an. Sie hielten sich an einer Rutsche auf, bei der man mit mehreren gleichzeitig herunterrutschen konnte. Cedric und Judith waren mit Raika am Strand geblieben und buddelten im Sand.

Als die Ampel Grün zeigte, stürzten sich alle mit lautem Gekreische in das glitschige Vergnügen. Elias kam dicht hinter Rebekka prustend im Auffangbecken an. Er war so euphorisch, dass er sie vor lauter Freude umarmte.

„Oh Mami, das ist so toll hier, können wir ganz bald wieder herfahren?" Er schlang ungestüm die Arme um sie und verhedderte sich dabei unglücklicherweise im Bikiniband, das unterhalb der Brust im Rücken gebunden war. Um loszukommen, riss und zerrte er, sodass die Schleife sich löste.

„Elias, Vorsicht! Was machst du denn?"

Doch der Kleine sah sich bereits nach seiner Freundin um und bemerkte nicht mal, was er angerichtet hatte. Rebekka, die sofort spürte, dass sie gleich oben ohne dastehen würde, setzte sich auf den gefliesten Grund des Beckens und versuchte, das Oberteil zu fixieren. Eine schwierige Angelegenheit, denn durch das extrem unruhige Wasser war es ihr unmöglich, gleichzeitig die Dreiecke an Ort und Stelle zu halten und die Bänder im Rücken zu binden. Sie rief Elias hinterher, der ihr dabei helfen sollte, doch ihre Worte wurden von dem Stimmengewirr ringsherum verschluckt. Er sah sich nicht mal mehr nach ihr um, sondern bewegte sich zielstrebig auf Tabea zu, die gemeinsam mit ihrem Patenonkel zum Ausgang strebte. Es war so schön zu beobachten, wie viel Clemens an Elias lag. Er lachte, als er ihn auf sich zukommen sah. Die drei klatschten sich ab und Rebekka befürchtete schon, dass sie ohne sie davongehen würden. Ein Stein fiel ihr vom Herzen, als Clemens den Kopf hob und nach ihr Ausschau hielt. Verwundert darüber, dass sie nur noch mit Kopf und Schultern aus dem Wasser schauend, am Rand des Beckens saß, zog er die Augenbrauen hoch und schickte die Kinder an, zurück zu den anderen zu gehen.

Er kniete sich neben sie.

„Hey, was ist los? So schön ist es hier nun auch nicht, dass du gleich dableiben willst."

„Manchmal bist du schlimmer als drei Kinder zusammen, weißt du das?" Sie bemühte sich um einen heiteren Ton, obwohl ihr heiß und kalt wurde, weil er ihr so nahekam. „Elias hat es geschafft, mir die Schleife vom Oberteil zu lösen. Er hat versehentlich dran gerissen. Ich krieg das alleine nicht hin. Könntest du vielleicht …"

„Ach, das Leben kann so schön sein", grinste er sie frech an, wobei seine Augen glitzerten. „Bikinioberteile zumachen war schon immer eine meiner liebsten Aufgaben." Sein Blick wanderte über ihren Mund zum Hals und versank dann im Wasser, wo er ihr Oberteil ausmachte.

„Es wird besser sein, wenn wir uns hinstellen."

„Tolle Idee! Ich wollte schon immer mal die Attraktion an der Familienrutsche sein."

„Ich denke, die Gefahr ist größer, dass wir wegen unsittlicher Handlungen rausgeschmissen werden. Deshalb sollst du dich ja vor mich stellen. Sieht sonst ein bisschen merkwürdig aus, wenn wir unter Wasser weitermachen. Außerdem lassen sich dann auch die Schnüre besser binden. Keine Sorge. Niemand wird was sehen. Komm näher. Ganz dicht. Das schaffst du doch, oder?"

„Was bleibt mir anderes übrig?"

„Ein bisschen dankbarer könntest du ruhig sein."

Clemens zog sie in einer schnellen Bewegung mit hoch, umfasste ihre Taille und presste seinen Oberkörper gegen ihren. Automatisch legte sie ihm die Arme um den Hals, während er nach den Bändern, die lose an der Seite hingen, tastete. Jede seiner zufälligen Berührungen löste Schauer aus, die Rebekka den Rücken hinunterrieselten. Das war so unwiderstehlich schön, dass sie die Luft anhalten musste, um nicht vor Wonne zu seufzen. Ihr ganzer Körper war in Aufruhr.

Unwillkürlich schmiegte sie sich tiefer in die Umarmung und genoss den gestohlenen Moment in vollen Zügen.

Clemens band die Schleife doppelt und zupfte zum Abschluss noch einmal daran, um zu überprüfen, ob sie auch wirklich fest saß.

„Hab ich dir eigentlich schon mal gesagt, dass du dich verdammt gut anfühlst?“, raunte er ihr ins Ohr und strich ihr dabei wie zufällig über die Rippenbögen, sodass sie erneut erschauerte. Es war, als würden sämtliche Geräusche um sie herum verstummen und sie plötzlich alleine im Raum sein.

Rebekkas Lider flatterten an seiner Wange. „Hast du“, flüsterte sie an seinem Ohr, „und anschließend hast du mich Lara genannt.“

„Das zählt nicht. Ich war betäubt.“

„Aber nicht nur von den KO-Tropfen ... auch von Lara.“

„Nach zwei Wochen hatte ich genug von ihr. Sie war eine ziemliche Nervensäge und ...“, er strich ihr sinnlich über den Rücken, „... sie hat sich nicht halb so gut angefühlt wie du. Zufrieden?“

Rebekka versuchte, sich von ihm lösen. „Danke fürs Helfen.“

Clemens tat, als würde er den Befreiungsversuch nicht bemerken und hielt sie weiter fest.

„Alleine hätte ich das nicht so schnell geschafft. Das Wasser ist zu unruhig hier.“

„War mir ein größeres Vergnügen als du dir vorstellen kannst.“

„Kann es sein, dass du gerade nur Äpfel mit Birnen verwechselst? Ich verstehe ja, dass du dich darüber

freust, Vater zu sein. Es kommt dir ja aus allen Poren."
Rebekka holte tief Luft. „Und ich bin dir auch sehr
dankbar dafür, dass du mir nicht böse bist. Für Elias
bist du das Beste, was ihm passieren konnte, wirklich!
Aber nur weil ich seine Mutter bin, brauchst du nicht
…" Sie räusperte sich. „Tut mir leid, aber ich hab gelernt,
mir nichts mehr vorzumachen." Sie rückte entschieden
von ihm ab.

Clemens, der sie am liebsten noch länger festgehalten
hätte, musste ihre Worte erst mal verdauen. Ein Jahr
ohne Zärtlichkeiten hatte bei ihm ein ziemliches Defi-
zit hinterlassen. Einzig der Blick auf ihre heftig pulsie-
rende Halsschlagader machte ihm Mut und strafte zudem ihre Worte Lügen. Sie war bis unter die Haarspit-
zen erregt, wollte aber nicht, dass er sie begehrte. Warum mussten Frauen immer das Gegenteil von dem sagen, was sie meinten?

Er unterdrückte einen Seufzer. Zwei Jahre Beziehung
hatten ihn gelehrt, nicht jedes Wort auf die Goldwaage
zu legen und mehr auf Körpersignale zu achten. Und
die waren eindeutig gewesen.

„Wenn du meinst …" Er nahm ihre Hand und lief mit
ihr hinter den Kindern her, die den Platz, wo die Handtücher lagen, bereits erreicht hatten.

Clemens besann sich auf dem Weg dorthin konsequent auf seine Umgebung und war froh, dass seine
Bermudabadeshorts so locker saßen. Weiß der Geier,
weshalb sie nicht wahrhaben wollte, dass er verrückt
nach ihr war.

Seine frivolen Gedanken fanden ein abruptes Ende,
als sie bei den anderen ankamen. So viel unschuldige
Familienidylle vertrug sich nicht mit der Lüsternheit,

die in ihm schwelte. Klein Raika spielte zufrieden im Sand, während Elias und Tabea, die auf einem Handtuch saßen und Apfelschnitze mampften, sich hörbar unterhielten.

„Soll ich dir verraten, was ich mir vom Weihnachtsmann gewünscht habe?" Tabeas Stimme hatte einen verschwörerischen Ton angenommen. Sie beugte sich zu Elias, um zu flüstern, doch Clemens stand so dicht bei den beiden, dass er jedes Wort verstehen konnte.

„Ein richtig großes Fahrrad! Manchmal darf ich mit meinem Papa auf seinem mitfahren. Hinten drauf. Und dann saust er mit mir den Berg runter. Macht deiner das auch?"

„Ich hab keinen Papa." Elias zuckte mit den Schultern, als wäre das das Normalste der Welt.

Tabea war offensichtlich anderer Meinung, denn sie starrte ihren Freund völlig ungläubig an.

Clemens ließ Rebekka los und kniete sich neben die Kinder. „Doch, du hast auch einen Papa, Elias. Jedes Kind hat einen." Er hockte sich neben seinen Sohn und strich ihm über den Kopf. „Ich bin dein Papa. Und wenn du möchtest, können wir auch mit dem Fahrrad den Berg runtersausen. Vielleicht sollten wir damit nur bis zum Frühjahr warten, dann macht das mehr Spaß."

Rebekka, die erschrocken aufhorchte, beobachtete das Geschehen mit angehaltenem Atem. Wie würde Elias auf diese Neuigkeit reagieren?

Der Kleine zeigte keinerlei Reaktion, blickte nur sichtlich überrumpelt zwischen seinen Eltern hin und her und schien zu überlegen. Kritisch begutachtete er seinen Vater und suchte schließlich Rebekkas Blick. „Stimmt das?"

„Ja."

Ein verschmitztes Lächeln huschte nun über das Gesicht des Jungen. „Cool ... oh ... dann muss ich dem Weihnachtsmann noch ein Bild malen, damit er versteht, dass ich mir jetzt auch so ein richtig großes Fahrrad wünsche. Den Jeep kann er einem anderen Kind schenken."

„Keine schlechte Idee", gluckste Rebekka und bekam feuchte Augen. „Vielleicht hast du ja Glück und er ist dieses Jahr besonders großzügig ... also nur, wenn du nicht immer deine Jacke im Flur auf den Boden pfefferst."

„Ja ja, ich weiß, das hat Oma auch schon gesagt." Er stockte und ließ wieder seinen Blick zwischen ihr und Clemens hin und her wandern, bevor er dann Judith und Cedric ins Visier nahm, die dicht beieinander auf der Liege saßen. Cedric hatte einen Arm zärtlich um seine Frau gelegt. Man sah förmlich, wie die Gedankenrädchen hinter Elias' Stirn arbeiteten.

„Tabea sagt, dass ihre Mama und ihr Papa sich ständig knutschen ... warum macht ihr das nie?"

Cedric und Judith brachen spontan in Gelächter aus und auch Tabea kicherte. Raika, die bislang still vor sich hin gespielt hatte, blickte angesichts der geräuschvollen Erheiterung erschrocken auf.

Wie war das mit den Gelegenheiten?

Clemens, der wieder aufgestanden war, fackelte nicht lange. Kurzentschlossen nahm er Rebekkas Hand, zog sie in einem Ruck zu sich heran und nutzte ihren Schockmoment, um sie spontan zu küssen. Fest, zärtlich und mit Nachdruck.

„Was die können, können wir auch!" Cedric gab seiner Frau ebenfalls einen Schmatzer. „Na, war das ein Knutscher?"

Clemens hob den Daumen und zwinkerte seinem Bruder zu. Er hielt Rebekka länger als üblich in der lockeren Umarmung und ergötzte sich am Anblick ihrer geröteten Wangen und der heftig klopfenden Halsschlagader. Aber noch etwas machte ihm Hoffnung auf die Nacht. Trotz der Wärme der Halle zeichneten sich ihre Brustwarzen sichtbar unter dem dünnen Stoff ab. Von wegen, ich freue mich ja so über deine Vatergefühle …

Warts ab, Becks.

19

Rebekka durchlebte in den nächsten Stunden ein Wechselbad der Gefühle. Clemens war immer freundlich zu ihr gewesen – freundlich im Sinne von freundschaftlich – doch heute vermittelte er ihr das Gefühl, als Mann zu ihr zu gehören. Ein sehr verführerischer Gedanke, doch Rebekka wagte es nicht, dem, was Clemens ihr durch versteckte, unschuldige Berührungen und Gesten andeutete, Glauben zu schenken. Sie kam einfach nicht dahinter, ob er tatsächlich in sie verliebt war – oh Gott wäre das schön – oder ob er sich schlicht nur sehr *vertraut* gab. Ihr törichtes Herz wünschte sich sehnsüchtig, dass Ersteres stimmte, doch ihr Verstand riet dringend, sein Verhalten nicht überzubewerten. Schließlich trat nur der dümmste Esel zweimal ins selbe Loch.

„Wollen wir noch ein Glas Wein zusammen trinken?" Clemens schloss die Tür der Suite hinter sich und sah Rebekka zuversichtlich an. „Ich lese Elias nur noch eine kleine Geschichte vor. Hab ich ihm versprochen."

„Du bist gut", gähnte Rebekka. „Ein Glas Wein – ich hatte übrigens schon eins beim Abendessen – hat bei mir eine ähnliche Wirkung wie eine Vollnarkose", zuckte sie mit den Schultern. „Sorry, aber ich vertrage einfach nichts."

„Hey! Wehe, du schläfst ein. Ich wollte noch was mit dir besprechen. Es muss ja nicht unbedingt Wein sein. Dann trinkst du halt was anderes. Wie wär's mit Apfelschorle? Haben wir zufällig noch im Kühlschrank. Ich stelle schon mal alles auf den Tisch, während Elias sich die Zähne putzt.“

„Clemens ... äh Papa, komm maaal ...“

Rebekka hielt sich die Ohren zu und grinste. „Ha! Kurze Geschichte – warten wir's ab. Darf ich es mir solange gemütlich machen?“

„Du darfst alles, Hauptsache, du wartest auf mich.“ Clemens verdrehte drollig die Augen und deutete mit dem Kinn in Richtung Bad, wo Elias schon wieder nach ihm rief. „So viel zu den Getränken ... übernimmst du das?“ Er wandte sich zum Gehen. „Und jetzt mach's dir bequem. Wir sind hier ein bisschen wie zu Hause“, er malte Gänsefüßchen in die Luft, „sozusagen. Elias wird bestimmt schnell einschlafen. Es war ja ein ziemlich aufregender Tag für ihn“, rief er und verschwand im Bad.

Nicht nur für ihn! Rebekka stellte Gläser auf den Tisch, holte die Apfelschorle und begab sich dann ebenfalls ins Bad, nachdem die zwei im Schlafzimmer verschwunden waren.

„So, ich denke, jetzt wird es Zeit, dass du ein bisschen schläfst.“ Clemens schlug das Kinderbuch zu und tastete nach dem Lichtschalter.

„Nein, nicht das Licht ausmachen. Wann kommt Mama?“ Elias warf einen demonstrativen Blick auf das andere Bett, in dem Rebekka schlief.

„Na gut, wir lassen es an … die Mama kommt später
zu dir. Aber wir sind ja nebenan. Da brauchst du keine
Angst zu haben."

„Ich hab doch gar keine Angst. Ich bin nur noch nicht
müde."

Clemens erhob sich und unterdrückte einen Seufzer.
Lieber Himmel, was war nur auf einmal los? Vorhin am
Abendbrottisch hatte Elias sich den Kopf vor lauter
Müdigkeit festhalten müssen und nun war er putz-
munter.

„Es ist trotzdem besser, wenn du jetzt schläfst."

„Papa … wann ziehst du bei uns ein? Ich finde das so
schön, wenn du da bist."

Heiliger Bimbam! Clemens verharrte in der Bewegung und überlegte fieberhaft, was er auf diese Frage
antworten sollte. Am besten gar nichts, zumal er über
dieses Thema noch kein Wort mit Rebekka gewechselt
hatte und ehrlicherweise selbst noch nicht darüber
nachgedacht hatte. Außerdem suchte er seit Stunden
nach den richtigen Worten, wie er das Thema an-
schneiden sollte. Abgesehen davon war er viel zu … oh
Gott, er wollte so dringend mit ihr schlafen, dass ihm
nur bei dem Gedanken daran schon heiß und kalt
wurde. Reden war wirklich nicht das, was ganz oben
auf seiner Agenda stand, auch wenn ihm der gesunde
Menschenverstand riet, nicht den zweiten vor dem ersten Schritt zu machen.

„Hör zu, kleiner Mann, am besten wir besprechen das
gemeinsam mit deiner Mama, hm?"

„Ja, okay, aber …" Elias richtete sich putzmunter auf,
„… Papa, krieg ich jetzt auch noch eine Oma? Tabea hat
mir gesagt, dass sie zwei hat!"

„Ja, kriegst du. Und die freut sich auch schon sehr, dich kennenzulernen", lächelte Clemens und drückte den Kleinen wieder sanft in die Kissen.

„Ist Tabea jetzt meine Schwester?" Elias richtete sich erneut auf.

„Nein, ist sie nicht. Sie ist deine Cousine." Wieder drückte Clemens seinen Sohn in die Kissen und hob den Zeigefinger. „So, und jetzt ist Schluss für heute, verstanden? Gute Nacht. Schlaf gut. Denk an den Weihnachtsmann! Du willst doch nicht, dass er sich die Sache mit dem Fahrrad noch mal anders überlegt, oder?"

Als er ins Wohnzimmer kam, lief leise der Fernseher und eine kleine Lampe neben der Couch spendete sanftes Licht. Auf dem Tisch stand ein halbvolles Glas Apfelschorle, an dem Rebekka höchstens genippt haben konnte. Sie schlief, lag auf dem Bauch und war spärlich mit einem Badehandtuch zugedeckt, das jedoch nur ihren Oberkörper bedeckte. So wie es aussah, hatte sie sich schon für die Nacht umgezogen, denn sie trug ein roséfarbenes Sleepshirt. Das Shirt, das ihr vom Po auf die Hüfte gerutscht war, entblößte ihren straffen Hintern, der in einem gleichfarbigen Slip steckte. Clemens hielt die Luft an und zog ihr eilig das verrutschte Badetuch über den Po. *Herr steh mir bei!*

Der Anblick, wie sie schlafend dalag, war für seine Gemütsverfassung ohnehin schon kaum mehr auszuhalten.

Er brauchte dringend ein bisschen kaltes Wasser. Auf dem Weg ins Bad stellte er den Fernseher ab. Verdammt, er musste mit ihr reden. Schleunigst! Sonst würde er noch auf der Stelle verrückt werden.

Als er wieder aus dem Bad kam, lag sie nicht mehr auf dem Sofa, sondern stand mit nackten Füßen und verwuschelten Haaren vor dem Kühlschrank und trank Wasser.

„Clemens ... da bist du ja. Entschuldige." Sie wandte sich um und nuschelte mit der Flasche am Mund: „Ich bin wohl eingeschlafen ... war ziemlich platt. Äh, du wolltest red..." Das Wort blieb ihr im Hals stecken, als sie bemerkte, mit welcher Intensität er sie ansah.

„Du machst mich fertig! Weißt du das eigentlich?" Eine Hand landete neben ihrem Kopf an der Kühlschranktür.

Clemens' Körper strahlte eine Hitze ab, die in Rebekka ein Beben aller Nervenzellen auslöste.

„Was ... warum?"

„Warum?" Er rückte noch näher. „Die Frage meinst du doch nicht ernst, Becks. Ich Mann, du Frau. Was glaubst du, was mir durch den Kopf geht, wenn du den ganzen Tag in diesem Nichts von Bikini vor mir rumtanzt?"

Von einer Sekunde auf die andere lud sich die Luft zwischen ihnen elektrisch auf und Clemens registrierte zufrieden die Veränderung, die seine Worte bei ihr bewirkt hatten. Ihre Atmung war unregelmäßig geworden und unter dem Shirt zeichneten sich deutlich ihre hinreißenden Brüste ab, bei denen die Brustwarzen deutlich hervortraten. Entschlossen nahm er ihr die Flasche aus der Hand und stellte sie auf der Arbeitsfläche ab.

„Rebekka!", raunte er an ihrem Ohr. „Sag mir, dass es dir genauso geht." Er zog sie in seine Arme.

„Das kann ich nicht ... du trägst keine Bikinis“, hauchte sie kaum hörbar, wobei sie ihn mit einem Blick durch die Ponyfransen ansah, der von ganz weit herzukommen schien. Ihre Augen bestanden nur noch aus Pupillen, als sie sich an ihn schmiegte. „Aber ... so viel hattest du jetzt auch nicht an“, flüsterte sie gegen seine Wange, bevor sie ihm die Arme um den Hals legte.

„Ganz normal im Schwimmbad, oder?“

„Hm ... siehst du“, seufzte sie in einem langgezogenen Ton.

Ein träges Grinsen umspielte seine Lippen, bevor er ihren Mund mit zärtlicher Gründlichkeit verschloss und sich nahm, was sie ihm anbot. Endlich!

War sie je so geküsst worden? Nein, definitiv nicht. Der letzte Mann, dem sie so nahegekommen war, war Marius gewesen und sie würde sich ganz bestimmt daran erinnern, wenn sie das vom Hocker gehauen hätte.

Clemens eroberte nicht nur ihre Lippen, er übersäte ihr ganzes Gesicht, den Hals und ihr Dekolleté mit einer Lawine von hauchzarten Küssen, um schließlich ihren Mund vollends in Beschlag zu nehmen. Wie eine Verdurstende, die nach frischem Wasser lechzte, gierte sie nach seinen Liebkosungen und ließ sich bereitwillig von ihm erobern. Sie kam ihm entgegen.

Er holte Luft, hielt inne und sah ihr tief in die Augen.

„Ist dir eigentlich klar, dass ich seit Tagen an nichts anderes mehr denken kann ... du machst mich total verrückt!“

Als Antwort hielt Rebekka ihm ihre Lippen hin und schmiegte sich tiefer in seine Umarmung. Sie war so berauscht, dass ihr Hirn keine zusammenhängenden Sätze formulieren konnte. Sie wollte fühlen, nicht reden, und hoffte inständig, dass das, was sie gerade wie in einem Taumel erlebte, nicht nur ein Traum war.

Clemens' Mund wanderte über ihre Wangen zum Hals, hauchte zarte Küsse darauf und jagte ihr einen köstlichen Schauer nach dem anderen über die Haut, bis er zurück zu ihren Lippen fand. Rebekka war selig, dass er sie so leidenschaftlich und so begierig küsste. Dagegen war der Kuss vom Nachmittag brüderlich gewesen, obwohl auch der ihr schon durch Mark und Bein gegangen war.

Schwer atmend löste er sich von ihr und nahm ihre Arme von seinem Hals. „Dreh dich um."

Die Knie wurden ihr weich, als sein warmer Atem auf ihren Nacken traf. Die feste Brustmuskulatur an ihren Rücken geschmiegt stahlen sich seine Hände unter ihr Shirt. Mit federleichten Berührungen, die ihr den Atem raubten, wanderten seine Finger über den Bauch an den Seiten entlang nach oben und umfassten ihre Brüste, um sie in den Händen zu wiegen. Rebekkas Atem ging stoßweise, als er ihren Nacken mit zarten Bissen traktierte und sie damit in einen Erregungszustand versetzte, den sie so noch nie erlebt hatte.

„Du bist so schön", raunte er. „Seitdem ich dir das Oberteil zubinden musste, will ich das schon machen", flüsterte er ihr ins Ohr und begann ihre Brüste sanft zu massieren. „Die sind so göttlich."

Seine Worte befeuerten die schwelende Lust in ihr bis ins Unerträgliche. Reflexartig presste sie ihren Hintern gegen seine Hüften und erschauerte, als sie die Härte seiner Erektion spürte.

„Sag mir, dass ich aufhören soll!" Seine Worte Lügen strafend, presste er seine verräterischen Lenden lüstern gegen ihren Po und fuhr mit den Daumen über ihre Brustwarzen. Rebekka konnte das heisere Stöhnen nicht unterdrücken. Die Gefühle waren einfach zu schön, zu intensiv – einfach unwiderstehlich.

„Das ... das kann ich nicht.“

„Warum nicht?“

Seine zu Anfang vorsichtigen, eher zurückhaltenden Berührungen wurden zunehmend forscher und drängender. Eine Hand strich ihr in träger Langsamkeit am Bauch entlang, fand den Bauchnabel, um schließlich unter dem Bund ihres Höschens zu verschwinden und sie mit federleichten Streicheleinheiten zu traktieren. Die andere hörte nicht auf, ihre Brust zu verwöhnen. Rebekkas Nervenenden erbebten und sie glaubte, jeden Moment in Ohnmacht zu fallen, so erregt war sie.

„Das weißt du ganz genau“, keuchte sie und erbebte erneut, als er ihr wie versehentlich über den Venushügel strich und dabei ihre Perle streifte, „ich ... ich ... kann nicht mehr. Bitte Clemens ...“

„Doch, du kannst noch ... nur nicht hier.“

Ehe sie sich versah, drängte er sie zielstrebig in sein Zimmer, schaltete das Nachttischlämpchen ein und landete mit ihr lang auf der Matratze.

Im Gegensatz zu ihrem Schlafzimmer standen die Betten nicht separat, sondern so, wie es sich für ein Ehebett gehörte – zusammen. Grandiose Erfindung, denn sie lagen quer darüber. Für weitere Gedanken ließ Clemens ihr jedoch keine Zeit. Sein Mund setzte seinen Eroberungszug fort, während seine Hände erneut die Weichheit ihrer Brüste erforschten und sie wehrlos machten. Rebekka bäumte sich auf und presste sich seinen forschenden Berührungen entgegen.

Clemens wusste, dass es an ihm war, das Tempo zu zügeln, denn er wollte keine schnelle Nummer mit ihr, auch wenn es ihn noch so drängte. Er zog ihr das Shirt über den Kopf und betrachtete ihre Brüste, bevor er sie andächtig streichelte.

„Clemens ... bitte ...“

„Lass mich. Ich träume hiervon, seitdem ich weiß, dass wir ... dass Elias mein Sohn ist. Gib dich hin und lass dich fallen“, hauchte er an ihrem Mund, während er ihr auch noch das Höschen abstreifte. Mit geröteten Wangen und mit vor Verlangen glänzenden Augen lag sie, hilflos ihren Gefühlen ausgesetzt, da und sah zu ihm auf.

„Ich wusste nicht, dass es so schön sein kann“, flüsterte sie.

„Das dachte ich mir ... und genau deshalb lassen wir uns Zeit.“

„Woher ...“

„Schsch ...“, er verschloss ihr den Mund mit einem Kuss, „... männliche Intuition.“

Er ließ seine Hände über ihre Schultern zu ihren Brüsten wandern, bevor seine Lippen diesem Pfad folgten und die Knospen eroberten. Als seine Finger ihre feuchte Hitze lediglich streiften, war es um Rebekka geschehen. Sie wand sich unter seinen Händen und sank mit einem hohen Seufzer in sich zusammen.

„Jetzt machst du mich aber fertig“, hechelte sie und übersäte sein Gesicht mit Küssen.

„Mit dem größten Vergnügen, meine Süße, nur fertig sind wir noch lange nicht“, knabberte er an ihrer Halsbeuge und hielt sie eng umfangen.

Das Rot ihrer ohnehin rosigen Wangen verstärkte sich und ihre wunderschönen blauen Augen verschleierten sich, was ihm zeigte, dass sie mehr wollte. Auch er hielt es nicht länger aus, so zurückhaltend zu sein. Von ihren Blicken beobachtet, griff er eilig zum Nachtschrank, in dem er die Kondome aufbewahrte, die er wohlweislich am Nachmittag besorgt hatte, und zog sich mit angehaltenem Atem eines über. Rebekkas Blick flackerte erregt auf, als er entschlossen ihre Schenkel spreizte, sich über sie schob und sie endgültig eroberte. Es war die Art, wie er ihre Hingabe einforderte, die ihr erneut den Atem raubte. Sie genoss jeden Stoß, mit dem er tiefer in sie stieß. Noch nie hatte sie sich so lebendig und gut gefühlt. So unglaublich begehrt und so weiblich. Ihr leises Seufzen vermischte sich mit seinem zufriedenen Stöhnen. Gab es etwas Schöneres, als jemandem, den man liebte, so nahe zu sein? Hätte sie noch einen Beweis für ihre Liebe zu ihm gebraucht – da war er.

Clemens brachte Rebekka ein weiteres Mal um den Verstand und sank schließlich zutiefst befriedigt auf sie, bevor er sie in eine innige Umarmung zog.

„Mhm, das war so unglaublich gut … können wir das noch mal machen?", raunte Rebekka ihm ins Ohr.

„Wenn du mir ein bisschen Zeit gibst … na klar."

Am nächsten Morgen schlich Rebekka sehr glücklich und angenehm erschöpft zu Elias ins Zimmer, der von ihrem nächtlichen Ausflug nichts bemerkt hatte.

***

„So, jetzt musst du dich von Tabea verabschieden. Ihr seht euch ja morgen im Kindergarten wieder." Rebekka nahm Elias den Schal ab, den er wie eine Fahne hin- und herwedelte und deutete auf die offene Mercedestür. Es war bereits früher Sonntagnachmittag und alle hatten sich auf dem lückenhaft besetzten und gut überschaubaren Parkplatz vor dem Badeparadies zur Abfahrt nach Hause versammelt.

„Och Menno, ich will aber viel lieber mit Tabea nach Hause fahren ..." Elias, der umherhampelte, als hätte man ihn mit einer Feder aufgezogen, drehte sich einmal im Kreis, blieb abrupt stehen und schrie: *„Jan! Da bist du ja! Wir sind hie-hier!"*

Rebekka stand wie vom Blitz getroffen da, als Jan gehetzt und mit düsterer Miene auf sie zugelaufen kam. Woher um alles in der Welt wusste er, dass sie hier waren?

Eine Ahnung stieg in ihr auf und sie musste daran denken, dass die beiden ja am Donnerstagabend allein miteinander gesprochen hatten, als sie in der Küche gewesen war. Prompt bekam sie die Bestätigung dafür von ihrem Sohn, der von einem Bein aufs andere hüpfte und in einem Singsang trötete:

„Hi hi, das war mein Geheimnis und keiner hat's erraten ... la-la-la-la!" Ausgelassen vor Freude lief er auf Jan zu, umarmte ihn und zog ihn an der Hand hinter sich her zu Clemens, der die Szenerie, genau wie der Rest des Lorentz-Clans, interessiert verfolgte.

„Jan, ich hab jetzt einen Papa", erklärte der Kleine stolz, bevor Rebekka auch nur Hallo sagen konnte, „und eine Cousine und noch eine Oma auch und ..."

„Es ist gut jetzt, Elias, lass die anderen auch mal zu Wort kommen, du kleiner Stinker, du hast jetzt mal Sendepause!", rief Rebekka dazwischen und ging auf Jan zu. „Warum hast du mir denn nicht gesagt, dass du kommen willst? Dann hätte ich mir doch was einfallen lassen."

„Wirklich?", blitzte Jan sie an. „Und warum hast du mir nicht gesagt, dass ihr herkommt?"

„Weil ich das nicht konnte. Ich hab ja selbst erst am Donnerstagnachmittag davon erfahren. Außerdem musste ich Freitagvormittag noch arbeiten …"

„Aber dass Elias' Vater jetzt ein Thema ist, das hättest du mir schon erzählen können."

„Wann denn? Ich weiß es doch selbst erst seit ein paar Tagen und bin immer noch dabei es zu verdauen."

Jan stutzte angesichts dieser – für ihn – merkwürdigen Aussage. Rebekka war klar, dass er das nicht verstehen konnte, schließlich hatten sie nie darüber geredet. Gott sei Dank begriff er, dass das kein Thema war, was man vor Kindern erörterte.

„Eigentlich wollte ich schon früher hier sein", erklärte er, „musste aber für einen Kollegen einspringen, der krank geworden ist. Ich hatte Elias versprochen, dass ich ihm wenigstens mal Hallo sage."

„Es tut mir leid …" Rebekka brach irritiert ab, weil sie aus den Augenwinkeln bemerkte, wie Judith zu Clemens ging und ihm etwas ins Ohr flüsterte.

„Ist ja auch egal", winkte Jan ab, der Rebekkas Verhalten als Desinteresse interpretierte. „Ich will hier nicht länger stören … gute Heimfahrt."

„Bitte Jan! Nun lauf doch nicht gleich weg. Du verstehst das völlig falsch. Ich wollte dich nicht übergehen."

Clemens berührte Rebekka am Arm und ging dann auf Jan zu. „Hallo, ich bin Clemens. Rebekka trifft wirklich keine Schuld. Es war meine Idee, dass wir so holterdiepolter hergefahren sind. Ich habe alle damit überrumpelt. Wie wär's, wenn wir uns nächste Woche zum Skypen verabreden? Dann können wir noch mal in Ruhe über alles sprechen. Außerdem würde ich gerne den Mann kennenlernen, der geholfen hat, dass Elias so ein klasse Junge geworden ist. Er schwärmt nur in den höchsten Tönen von dir."

Erleichtert darüber, dass Jan nach Clemens' Worten versöhnlicher gestimmt war, machten sie sich auf den Heimweg. Die Fahrt verlief weitestgehend schweigend. Rebekka war genauso in Gedanken versunken wie Clemens. Nur das verhaltene Gähnen der beiden erinnerte noch an die vergangene Nacht.

Auch Elias, der am Morgen noch einmal mit Tabea sämtliche Rutschen des Freizeitparks unsicher gemacht hatte, war still geworden. Er hörte sich seine Lieblingsgeschichten per Kopfhörer an und schien mit seiner Welt im Einklang zu sein.

Es war bereits dunkel, als Clemens den Mercedes vor Rebekkas Wohnung parkte. Er stieg aus und half ihr, die Taschen nach oben zu bringen.

„Bleibst du nicht bei uns?" Elias zog eine Schnute, als Clemens sich zur Tür wandte.

„Leider nein", wuschelte er seinem Sohn zärtlich über den Kopf, „ich muss das Auto zurückbringen, mein Großer, das passt heute nicht."

„Das ist ja doof … aber du kommst wieder?"

„Na du kannst Fragen stellen. Na klar! Jetzt hilf deiner Mama, die Sachen wegzuräumen, okay? Wir sind alle ein bisschen müde."

Von Rebekka verabschiedete er sich mit einer innigen Umarmung und einem ebensolchen Kuss, ohne jedoch ein Wort darüber zu verlieren, wann er sich wieder blicken lassen wollte. Als die Tür hinter ihm ins Schloss fiel, fröstelte es sie. Dabei hätte sie nicht zu sagen vermocht, ob das dem kühlen Lufthauch, der vom Flur hereinwehte, geschuldet war, ihrer Erschöpfung oder weil er fort war. Sie vermisste ihn, obwohl er gerade erst zur Tür raus war.

Clemens fuhr in dem Bewusstsein nach Hause, dass Rebekka mehr von ihm hatte hören wollen als *Was für eine Frage* und *Na klar.* Es war offensichtlich gewesen, dass sie genauso unsicher war wie er. Hier, zurück in der Heimat, und mit dem Ausblick auf den Alltag, sah die Welt gleich anders aus. Nicht schlechter und nicht besser – eben anders. Er hatte einen Sohn und er hatte in gewisser Hinsicht eine Frau – schließlich hatte *er* sie bedrängt, mit ihm zu schlafen, nicht umgekehrt. Clemens war bewusst, dass Rebekka diesen Schritt von sich aus nicht gegangen wäre, obschon er ahnte, dass sie sich genauso danach gesehnt hatte wie er. Er bereute nichts, doch irgendwie fühlte sich alles so unrund an. Die letzte Frau, mit der er geschlafen hatte, war Verena gewesen. Wieso, verdammt nochmal, wurde er das Gefühl nicht los, etwas falsch gemacht zu haben? Und das, obwohl ihm sein Verstand sagte, dass das Quatsch war? Er hatte die intimen Stunden mit Rebekka sehr genossen. Es hatte sich genauso angefühlt, wie es sich zwischen zwei Menschen anfühlen sollte, die sich liebten. Doch liebte er Rebekka wirklich? Sie war ihm so vertraut. Mit ihr war alles so leicht und unbeschwert. Sie verstanden sich buchstäblich ohne Worte. Und ganz sicher wollte er sie in seinem Leben nicht mehr missen. Doch bedeutete das auch, dass er sie so lieben könnte, wie sie es verdiente, von einem Mann geliebt zu werden?

Cedric hatte beim Frühstück sofort erkannt, was in der Nacht zwischen Clemens und Rebekka geschehen war. Sein ansonsten so zurückhaltender und eher sachbetont veranlagter Bruder hatte ihm das auf den Kopf zugesagt – natürlich als sie einen Moment alleine waren – und ihn gefragt, wie es nun weitergehen solle. Zudem hatte er ihm mit an Sicherheit grenzender Wahrscheinlichkeit prophezeit – O-Ton Cedric – dass Rebekka ihn liebte. Sonst hätte sie sich nicht dazu hinreißen lassen, mit ihm zu schlafen – erst recht nicht in dieser Situation. Als wenn er nicht selbst auch schon zu dieser Erkenntnis gekommen wäre! Außerdem passte es zu der Aussage, dass sie sich sinngemäß keine Illusionen mehr machen würde.

So, da war er, der entscheidende Hinweis, den sie ihm auf ihre Gefühle gegeben hatte. Aber wie empfand er für sie?

In seinem Alter kannte man den Unterschied zwischen Liebe und Sex, doch wenn er sich vorstellen sollte – unabhängig von Elias – dass Rebekka wieder im

Nirwana abtauchen würde, überfiel ihn Panik. Ähnlich der Trauer, die er wegen Verenas Tod empfunden hatte. Dabei fiel ihm auf, dass es inzwischen ganze Tage gab, an denen er nicht mehr an Verena denken musste. Rebekkas Gegenwart und seine neue Rolle als Vater nahmen so viel Raum ein, dass für Trauer kaum noch welcher übrig blieb. War das in Ordnung so? Dass er die Frau, die er so geliebt hatte, nach einem Jahr immer mehr vergaß? Clemens seufzte. Er wusste sich einfach keinen Rat. Beim Einfahren in die Garage fiel ihm der Nachmittag wieder ein, als Verenas Eltern ihn aufgesucht hatten, um ihm den Scheck von der Versicherung zu überreichen. Es war das letzte Mal gewesen, als er Verenas Stimme so überdeutlich in seinem Kopf gehört hatte.

Bitte lass los und werde wieder froh. Damit machst du meine Seele überglücklich.

„Alles okay mit dir?" Sein Vater empfing ihn in der Diele. Es war Zufall, denn er kam gerade aus der Bibliothek und wollte in die Küche. „Sieht nach einer anstrengenden Heimfahrt aus oder habt ihr die Nächte durchgemacht?"

„Seh ich so schlimm aus?" Clemens deutete ein müdes Lächeln an. „Nee, alles halb so wild. Den Schlaf hole ich heute Nacht nach."

„Hast du Hunger?" Cornelia kam aus dem Wohnzimmer dazu.

„Nein, wir haben unterwegs an einer Raststätte haltgemacht. Ich bin satt."

Carsten betrachtete seinen Sohn genauer. „Magst du uns ein bisschen von Elias erzählen? Weiß er jetzt, dass du sein Vater bist?“

Cornelia ging vor ins Wohnzimmer. „Komm wir setzen uns noch einen Moment zusammen. Wie wär's mit einem Glas Wein?“ Sie öffnete die Schranktür und sah die Männer fragend an.

„Für mich lieber ein Bier.“ Carsten setzte sich in seinen Lieblingssessel.

„Und für mich Wasser ... danke Mama. Ja, er weiß es und ich bin froh, dass es raus ist.“ Ein erleichtertes Lächeln huschte über Clemens' Gesicht. „Ich denke, er ist ziemlich glücklich darüber, dass er einen Vater hat. Er hat doch tatsächlich angenommen, dass er keinen hat.“

„Hat er denn nie danach gefragt?“, wunderte sich Cornelia.

„Nein. Das liegt daran ...“ Clemens erzählte seinen Eltern von Rebekkas Wohngemeinschaft und von ihrem Leben in Berlin, ließ die Begegnung mit Jan aber erst mal unerwähnt.

„Aha, dann hat der Kleine ja wenigstens keinen Kummer haben müssen“, nickte sie beruhigt.

„Und wie seid ihr beide zurechtgekommen – du und Rebekka?“ Carsten sah seinen Sohn forschend an.

Clemens, der sich ertappt fühlte, konnte nur ratlos mit den Schultern zucken, worauf sein Vater eine Augenbraue hob.

„Ich weiß es selbst nicht. Ehrlich gesagt bin ich ziemlich verwirrt. Ich hab Rebekka wirklich gerne und möchte sie auch auf keinen Fall verlieren, aber ...“ Clemens stieß einen Seufzer aus. „Elias wäre es am liebsten, wenn ich gleich bei ihnen einziehen würde.“

„Und du? Was wäre dir am liebsten?" Cornelia, die aus der Küche zurückkam, stellte Flaschen und Gläser auf den Tisch.

„Sie liebt dich noch, stimmt's?" Carsten schenkte dem Bier keine Beachtung und ließ Clemens nicht aus den Augen.

Cornelia, die sich auf das Sofa gesetzt hatte, wunderte sich über ihren Mann, der entgegen seiner sonstigen Zurückhaltung bei Privatangelegenheiten derart beharrlich nachfragte. Sie bemerkte die Anspannung, die auf einmal zwischen Vater und Sohn herrschte, und begann zu begreifen.

„Habt ihr ... zusammen gewohnt?" Cornelia reichte ihrem Mann den Öffner.

„Wir hatten eine Suite, ja, es war so am günstigsten", nickte Clemens.

„Hm hm, am günstigsten ..." Carsten harrte mit der Flasche und dem Öffner in der Hand aus, „... nur finanziell oder gab's noch andere Gründe?"

„Ach Mann! Ich hab das doch nicht geplant. Obwohl ich ... herrje, warum versteht mich denn keiner? Ich war mir so sicher, es war alles so klar und jetzt, nachdem ... also, ach verdammt! Ich fühle mich auf einmal so schrecklich, weil ich ... ich muss ständig an Verena denken. Sie ... sie ..."

„Sie ist tot, Clemens, und Rebekka lebt. Ich bin mir sicher, dass Verena nicht gewollt hätte, dass du ihr über ihren Tod hinaus treu bleibst." Carsten schüttete sich Bier ins Glas und warf seiner Frau einen fragenden Blick zu, weil sie sichtlich angespannt auf dem Sofa saß.

„Das sehe ich genauso", nickte Cornelia. „Verena wollte, dass du wieder glücklich wirst, aber ..." Sie zögerte. „Clemens! Rebekka ist nicht der Typ Frau, mit der man eine ..."

„Das weiß ich selber, Mama, und das will ich doch auch gar nicht, nur ..." Clemens zog hörbar die Luft ein und schüttelte resigniert den Kopf. „Ihr versteht das nicht. Meine Güte, wenn ich gewusst hätte, dass wir heute Abend noch solche Grundsatzdiskussionen führen ..." Er sprang auf und lief unruhig hin und her. „Ihr könnt euch ja vielleicht vorstellen, dass sie die Erste ist, die ... äh, mit der ich ..."

„Wir verstehen mehr, als du ahnst, glaub mir." Cornelia warf ihrem Mann einen hilflosen Blick zu.

„Die Sache ist doch ganz einfach, Clemens." Carsten fixierte seinen Sohn. „Kannst du dir vorstellen, mit Rebekka eine richtige Beziehung einzugehen? Ja oder nein? Mehr musst du nicht wissen."

„Ja, kann ich. Wir verstehen uns gut ... sehr gut sogar."

„Wo ist dann das Problem?"

Clemens barg den Kopf in Händen, rieb sich die Augen und sah dann wieder auf. „Mein Problem ist, dass ich nicht weiß, was ich für sie fühle. Ist das jetzt noch Freundschaft oder ist das schon so was wie ... Liebe?"

„Wäre es so schlimm, wenn es beides wäre?", lächelte Cornelia erleichtert und lehnte sich zurück.

„Liebe hat viele Gesichter und wahre Freundschaft ist nur eins davon", schmunzelte nun auch Carsten. „Am besten, du schläfst eine Nacht drüber und schaust, wie du dich morgen früh fühlst."

In seinem Zimmer warf Clemens die Tasche auf den Boden und steckte das Diensthandy zum Aufladen in die Steckdose. Der Raum kam ihm plötzlich so kalt und leer vor. Viel Zeit, darüber nachzudenken, hatte er jedoch nicht, denn das Gerät gab Signale ab, kaum dass es Strom hatte. Unzählige Sprachnachrichten und verpasste Anrufe.

Liebe Zeit, was war denn da los? Und das an einem Sonntag!

„Hallo, Clemens Lorentz hier, was gibt's?", meldete er sich bei einem Frankfurter Kollegen aus der Datenzentrale zurück. „Ich komme gerade von einem Wochenendtrip aus Berlin. Das Diensthandy hatte ich da natürlich nicht dabei."

Er erfuhr schockierende Neuigkeiten. Es hatte am frühen Sonntagmorgen einen unbefugten Zugriff auf das Datennetz der Justiz gegeben und nun suchte man fieberhaft nach der Schwachstelle im System. Der Verdacht lag auf einem Rechner in Clemens' Dienststelle und da er momentan allein zuständig war – sein Kollege war im Urlaub – hatte man versucht, ihn zu erreichen. Ausgerechnet an dem Wochenende, wo er ausnahmsweise mal nicht da war. Den Gedanken an eine ruhige Nacht konnte er sich damit getrost aus dem Kopf schlagen.

„Okay. Bin schon unterwegs. Melde mich, sowie ich an meinem Rechner bin. Wir hören uns."

Just in dem Moment, nachdem er aufgelegt hatte, gab sein Privathandy Signal. Eine WhatsApp von Fabian.

Hallo Clemens, habe interessante Neuigkeiten! Stichwort: KO-Tropfen und Abifete. Melde dich, wenn du Zeit hast.

So spannend das auch war, aber Fabian würde warten müssen, entschied Clemens und legte das Handy achtlos zur Seite, um sich einen Pulli überzuziehen. Schade. Sein Plan, Rebekka noch gute Nacht zu sagen, war nun nicht mehr zu verwirklichen. Gerne hätte er ihre Stimme vor dem Zubettgehen noch mal gehört. Aber nicht in Hetze, sondern in Ruhe. Gut, dann musste es eben eine Nachricht tun. Sie würde Verständnis dafür haben, dass er jetzt keine langen Telefonate mehr führen konnte. Das wusste er und schnappte sich Geldbörse und Handy, bevor er noch einen Blick auf die Uhr warf. Mit fliegenden Fingern tippte er die Nachricht.

Hi, wollte eigentlich anrufen, geht aber leider nicht. Notfall auf der Arbeit. Scheint sehr ernst zu sein. Weiß nicht, wie lange das dauert. Melde mich! Schlaf gut. (Trauriges Smiley)

Im Amt erwartete ihn nur der Hausmeister, den man genauso herausgetrommelt hatte wie ihn.

„Soll ich uns einen Kaffee machen?", fragte ihn der nette Mann.

„Sehr gerne", nickte Clemens und fuhr den Rechner hoch. „Am besten gleich eine ganze Kanne."

Gegen Morgen konnte Clemens den Bösewicht zumindest schon mal in einem bestimmten Computer ausmachen. Der Rechner war einem Auszubildenden zugeordnet, der anscheinend mit einem Stick ein kostenloses Spiel auf seinen Dienstrechner gezogen hatte. Na der konnte sich warm anziehen, wenn dem so war. Denn nur mit der Lokalisierung der Schadsoftware war das Problem noch lange nicht aus der Welt. Es blieb abzuwarten, wie viel Schaden der Eindringling in den vergangenen Stunden bereits angerichtet hatte. Um das herauszufinden, brauchte Clemens Hilfe. In einem Telefonat mit der Landesdatenzentrale klärte er die Lage, benachrichtigte seinen Kollegen, der glücklicherweise sofort seinen Urlaub unterbrach – Gott sei Dank war er daheimgeblieben – und fuhr nach Hause, um wenigstens ein paar Stunden Schlaf zu finden.

Rebekka verstaute am nächsten Tag schwer atmend ihre Dienstkleidung im Spind und war froh, dass sie ihre Schicht hinter sich hatte. Montags ging es meist besonders hektisch zu. Erwartungsfroh zerrte sie ihre Handtasche aus dem schmalen Schrank und kramte ungeduldig das Handy hervor. Ob Clemens sich wohl in der Zwischenzeit gemeldet hatte? Nein, hatte er nicht. Niedergeschlagen starrte sie auf das Display, wobei sich ihr Brustkorb vor Enttäuschung schmerzhaft zusammenzog. Mit einem dicken Tränenkloß im Hals rang sie mit ihrem Stolz. Nein, sie würde ihm nicht schreiben! War er nicht schon auf der Heimfahrt so seltsam einsilbig gewesen? Natürlich wie immer vorbildlich und wohlerzogen freundlich, aber dennoch irgendwie distanziert und ungewöhnlich in sich gekehrt. Eigentlich das ganze Gegenteil von dem, wie er sich die Tage davor verhalten hatte. Aber was hatte sich denn um Himmels willen so plötzlich verändert? Was hatte sie falsch gemacht?

Anfangs hatte sie seine Zurückhaltung noch mit der enormen Müdigkeit begründet, mit der sie beide nach der aufregenden Nacht hatten kämpfen müssen. Als sie beim besten Willen kein Argument mehr zu seiner Verteidigung finden konnte, mischten sich Wut und

Trauer unter die Enttäuschung. Sicher bedauerte Clemens längst, dass sie miteinander geschlafen hatten und wusste jetzt nur nicht, wie er ihr das schonend beibringen sollte.

Am Nachmittag traf sie im Kindergarten auf Judith.

„Hallo, Rebekka, oh …“, Clemens’ sympathische Schwägerin musterte sie mitfühlend, „… geht’s dir nicht gut? Hattest sicher einen anstrengenden Tag, was? Siehst ein bisschen müde aus. Soll ich Elias mitnehmen, dann kannst du dich etwas ausruhen?“

Judiths Empathie war echt, das spürte Rebekka, doch offenbaren wollte sie sich ihr nicht. Was hätte sie auch sagen sollen? Und bemitleidet zu werden machte die Situation nur noch unerträglicher. Besonders von Menschen, denen alles zu gelingen schien.

„Danke für das Angebot. War ziemlich hektisch heute Morgen. Aber es sieht schlimmer aus als es ist. Ich muss nur was essen, brauche ein bisschen Ruhe und dann geht’s mir auch gleich wieder besser. Elias kann leider nicht mitkommen. Am Nachmittag geht er zum Kinderjudo und danach wichtelt die Gruppe. Er freut sich schon. Es ist das letzte Mal vor den Ferien, dass sie sich treffen.“

„Na, das geht natürlich vor. Aber da ist noch was.“ Judith verschloss Tabeas Anorak und richtete sich auf. „Ich soll dich von Cornelia fragen, ob es dir recht ist, wenn sie Elias morgen Nachmittag bei dir abholt? Sie lädt alle ihre Enkel zu sich ein. Das macht sie jedes Jahr im Advent.“ Judith verdrehte die Augen und lachte. „Natürlich nicht nur dann. Die Rasselbande liebt es. Sie erzählt Weihnachtsgeschichten, sie singen und malen zusammen und essen Unmengen an Plätzchen."

Rebekka schluckte und nickte. „Logisch, dass ihnen das gefällt. Okay. Sehr gerne. Wann will sie vorbeikommen?"

„So gegen drei."

Unterdessen arbeiteten Clemens und seine Kollegen mit Hochdruck daran, den Feind zu stellen. Per Videokonferenz waren neben der Landesdatenzentrale inzwischen auch andere anhängende Behörden eingeschaltet, da alle betroffen waren. Um beträchtlichen Schaden abzuwenden, hatte man das System stillgelegt, was bedeutete, dass die Bediensteten ihrer Arbeit nicht nachgehen konnten. Bei diesem immensen Druck war jeglicher Gedanke an Privates unmöglich, weshalb Clemens lediglich zum Duschen und Schlafen nach Hause fuhr und keine zwei Minuten zum Einschlafen brauchte.

Am Dienstagnachmittag kam Cornelia mit Tabea, um Elias abzuholen. Für Rebekka war es mehr als frustrierend, dass sie Clemens mit keiner Silbe erwähnte, und sie wagte es auch nicht, nach ihm zu fragen. Wenn das nicht all ihre Befürchtungen bestätigte.

Als Carsten am Abend seinen neu gewonnenen Enkel zurückbrachte und außer netten Floskeln wiederum kein Wort über seinen Sohn und dessen Befinden verlor, verstärkte sich Rebekkas ungutes Gefühl noch. Kein Gruß, keine Nachricht. Nichts!

Als er gegangen war, konnte Rebekka ihre Neugier kaum mehr zügeln. Unumwunden löcherte sie Elias, ob er seinen Vater getroffen hätte. Erst nach ellenlangen euphorischen Schilderungen über einen wunderschönen Tag mit seinem Cousin und den Cousinen, erfuhr sie, dass Clemens nicht zu Hause gewesen war.

Es war ein eher zweifelhaftes Vergnügen, dass Elias für die nächsten Stunden ohne Ende von dem ereignisreichen Zusammentreffen mit seiner neuen Familie plapperte. Er veranschaulichte ihr damit nur zu deutlich, was ihr zukünftig blühte. Solange der Kleine wach war, hatte sie wenigstens noch etwas Ablenkung. Doch kaum dass er im Bett lag, begann sich in Rebekkas Kopf das nervtötende Gedankenkarussell erst richtig zu drehen. In der Stille ihres Schlafzimmers nahm es dann eine Geschwindigkeit auf, die so unerträglich wurde, dass sie Magenschmerzen bekam.

Weder schafften es die mitreißende Familiensaga, die sie gerade las und die sie sonst so gut aus dem Alltag reißen konnte, noch das Nachtprogramm im Fernsehen, sie von der erdrückenden Wahrheit abzulenken, dass Clemens sie ganz offensichtlich nicht mehr um sich haben wollte. Kurzentschlossen sprang sie aus dem Bett, krempelte im übertragenen Sinne die Ärmel hoch und besann sich auf all die Arbeiten, die noch zu erledigen waren. Sie musste etwas tun, sonst würde sie auf der Stelle durchdrehen.

Am nächsten Morgen war die Küche so blitzblank, dass man vom Boden hätte essen können. Die Bügelwäsche lag ausstellungsreif im Schrank und durch die Wohnung zog ein Duft von italienischen Kräutern, denn sie hatte sogar noch Zeit gefunden, die Nudelsoße für den Abend vorzukochen. Nur geschlafen hatte sie nicht. Keine Sekunde. Als Rebekka dann unter der

Dusche stand, wollte sie nur noch zur Arbeit gehen, um endlich jeden Gedanken an ihr bedauernswertes Privatleben in die hinterste Ecke ihres Bewusstseins verbannen zu können.

Wegen des enormen Schlafmangels – es war schließlich nicht die erste Nacht, in der sie nicht sonderlich gut geschlafen hatte – kam sie am Abend völlig erschöpft wieder in ihrer Wohnung an, in der es noch immer herrlich nach würzigen Kräutern roch. Auch kein Mittel gegen blankliegende Nerven. Um weitere Stressoren im Keim zu ersticken, überließ sie Elias dem Kinderkanal und kümmerte sich um das Abendessen. Sie setzte Nudelwasser auf und deckte den Tisch. Als die Türglocke plötzlich kurz darauf schrillte, fiel ihr vor Schreck beinahe der Teller aus der Hand.

Nein, auf ein Paket wartete sie heute definitiv nicht, überlegte sie, während sie zur Tür ging. Sie blickte an sich herunter. Na gut, für die Nachbarin, die garantiert wieder irgendeine Frage wegen ihrer Gesundheit auf dem Herzen hatte, war die mit Tomatensoße bekleckerte Jogginghose okay. Es war Rebekka besonders heute schlichtweg egal, was die Hypochonderin von ihr dachte. Mit dem Geschirrhandtuch auf der Schulter des ebenfalls nicht mehr ganz sauberen T-Shirts – sie war nach der Arbeit nur schnell in die Sachen geschlüpft, die noch auf dem Badewannenrand gelegen hatten – öffnete sie die Tür und blieb wie vom Donner gerührt stehen.

„Hi Becks, hmm, bei dir riecht's ja gut! Wie beim Italiener. Darf ich mich selbst einladen?"

„Hi." Rebekka stand stocksteif da, als Clemens sich zu ihr herabbeugte, um sie zu küssen.

„Alles okay bei dir?", wich er irritiert zurück.

„Doch, na klar …" Sie verzog keine Miene. „Was soll schon sein?"

Ohne ihn anzusehen, drehte sie sich um und wollte zurück zur Küche. „Du bist sicher hier, weil du deinen Sohn sehen willst. Er ist im Wohnzimmer … guckt Fernsehen."

Clemens, der über den frostigen Empfang sichtlich befremdet war, schnappte sich ihren Arm und hielt sie davon ab, weiterzugehen.

„Stopp! Was soll das hier werden? Kannst du mir mal erklären, was mit dir los ist? Was redest du denn da?"

Rebekka entzog ihm den Arm. Sie war mit den Nerven so am Ende, dass sie befürchtete, in Tränen auszubrechen, wenn er sie nur anfasste. Mit vor der Brust verschränkten Armen starrte sie an ihm vorbei auf die Flurgarderobe.

„Nichts rede ich da. Jedenfalls nichts von Bedeutung. Ich hab's kapiert, Clemens! Nur hör bitte auf, mich wie eine Vollidiotin zu behandeln, die man heute mitnimmt und morgen in die Ecke stellt, bis man sie wieder rausholt, weil es grad mal so passt."

„Sag mal, spinnst du? Was glaubst du, wo ich jetzt herkomme? Ich habe von Sonntagabend bis eben durchgearbeitet. Das hab ich dir aber auch geschrieben. Wir hatten einen Notfall und ich kann nur froh sein, dass ich jetzt überhaupt schon hier sein kann. Übrigens bin ich noch nicht mal zu Hause gewesen, sondern gleich zu euch durchgefahren."

„Geschrieben?" Rebekka starrte ihn entgeistert an und stemmte die Fäuste in die Taille. „Wann? Das hätte ich gesehen, glaub mir!" Sie marschierte vor ihm her in die Küche, wo ihr Handy auf dem Tisch lag. „Okay. Das lässt sich ja problemlos überprüfen."

Da das Nudelwasser jedoch so heftig brodelte, dass es bereits über den Topfrand schwappte, legte sie das Telefon wieder zur Seite und stellte zuerst die Herdplatte ab.

„Hier!" Sie hielt ihm das Smartphone wie eine Lanze entgegen. „Die letzte Nachricht von dir ist von vor einer Woche, also bevor wir nach Berlin gefahren sind."

Clemens runzelte die Stirn und warf ein Blick auf das Display. „Versteh ich nicht", murmelte er, „ich weiß ganz genau, dass ich dir geschrieben habe." Er zog sein Handy hervor und zuckte zusammen, weil es im gleichen Moment anfing zu klingeln.

„Fabi, was gibt's? Hm ... ist jetzt ein bisschen ungünstig. Können wir ..."

Während Clemens Fabian zuhörte, stellte Rebekka die Herdplatte wieder an, schüttete die Nudeln in das kochende Wasser und wärmte die Soße. Hinter ihrer Schläfe klopfte ihr Puls so arg, dass sie befürchtete, ihr Kopf würde jeden Moment zerplatzen. Es war einfach zum Verrücktwerden. Obwohl sie wirklich sauer auf Clemens war, wollte ihr dummes Herz nicht, dass er wieder ging.

„... oje, jetzt kapier ich das ... das war aber nicht für dich bestimmt. Danke, dass du angerufen hast. Ich melde mich die Tage noch mal. Dann können wir uns auch über ein Treffen unterhalten. Heute hab ich dafür echt keinen Kopf mehr. Ich kann dir gar nicht sagen, wann ich das letzte Mal richtig geschlafen habe."

Clemens legte das Handy zur Seite, zog sich die Jacke aus, brachte sie zur Garderobe und kam zurück, um neben Rebekka am Herd stehen zu bleiben.

„Es tut mir leid. Die Nachricht an dich ist dummerweise an Fabian gegangen, weil er mich kurz zuvor angeschrieben hatte. Ich habe es wirklich nicht gemerkt und gedacht, dass sie an dich raus ist. Willst du lesen, was drinstand?"

„Nee, lass mal. Wenn du's sagst, wird's schon stimmen." Rebekka fühlte sich nicht in der Lage, locker auf seine Entschuldigung zu reagieren. Eine Nachricht an die falsche Person zu senden – kein Ding. Wem war das noch nicht passiert? Natürlich sollte sie besser cool bleiben und ihm sagen, dass alles gut wäre und sie nur überreagiert hatte. Aber das konnte sie nicht. Verflixt! Sie fühlte sich so neben der Spur, dass sie sich am liebsten in Luft aufgelöst hätte.

Das Abendessen, auf das Elias wartete, drängte sich zurück in ihr Bewusstsein. Entschieden kehrte sie Clemens den Rücken zu, starrte wie hypnotisiert in die Töpfe, in denen sie geschäftig rührte, und bemühte sich um einen lockeren Ton.

„Du findest Teller und Besteck im Schrank."

„Verdammt, Becks, jetzt hör mit dieser Alles-ist-in-Ordnung-Nummer auf. Sag mir lieber, warum du mir gegenüber so wahnsinnig misstrauisch bist? Hab ich dir dafür je einen Grund gegeben?"

„Ich bin nicht misstrauisch", erklärte sie beherrscht, konnte jedoch die Resignation, die in ihrer Stimme mitschwang, nicht gänzlich unterdrücken. „Ich weiß, dass du für Elias alles tun würdest.“

„Und für dich nicht?“

Sie zögerte. „Doch ... schon ... wir sind ja Freunde.“

„Aha!“ Clemens nahm ihr den Löffel aus der Hand, stellte den Herd ab und drehte sie zu sich herum. „Aber darum geht’s grad nicht, oder?“

Rebekkas Blick blieb an seiner breiten Brust hängen. Er trug einen feingestrickten marineblauen Pulli, unter dessen rundem Ausschnitt die Kragenspitzen seines hellblauen Hemdes hervorlugten. Dass die Hose nicht nur farblich dazu passte, sondern wie angegossen an seinem Vorzeigekörper saß und die braunen Lederschuhe das Bild eines erfolgreichen Mannes nur noch abrundeten, war keiner Erwähnung wert. Seine *Arbeitskleidung* machte einmal mehr deutlich, aus welchem *Stall* er kam.

„Weiß nicht. Sag du’s mir.“ Sie wich seinem Blick aus.

„Nee nee, so läuft das nicht. Ich hab mich dafür entschuldigt, dass Fabian die Nachricht bekommen hat, die für dich bestimmt war. Und nur falls es dich interessiert ... wir hatten die Kleinigkeit von einem Trojaner im Netz.“

„Oh!“

„Ja, oh! Das war kein Spaß, das kann ich dir sagen, aber das ist jetzt Nebensache.“ Er zog sie näher zu sich heran. „Ich werde den Verdacht nicht los, dass wir noch mal ein bisschen in der Vergangenheit wühlen müssen, um unser Problem zu lösen.“

„Welches Problem?“ Rebekka schielte nach den Nudeln, die eigentlich dringend aus dem Wasser mussten, wenn sie nicht zu Brei verkochen sollten.

„Es geht darum, die Basis zu klären, bevor wir nach vorne gehen können."

„Versteh ich nicht. Wovon redest du?" Sie machte sich frei und holte ein Sieb aus dem Schrank, um es ins Spülbecken zu stellen. Mit dick gepolsterten Topfhandschuhen bewaffnet, nahm sie die Nudeln vom Herd und schüttete sie ab, sodass die Dunstschwaden ihre Brille beschlugen.

„Rebekka, du machst mich noch wahnsinnig! Du weißt genau, wovon ich rede. Nämlich von der Abi-Nacht und von unserer Freundschaft. Warum hast du zugelassen, dass ich mit dir geschlafen habe?"

„Die Frage hab ich dir beantwortet."

„Hast du nicht. Du bist mir ausgewichen und hast dann behauptet, dass ich mit meiner Vermutung recht hätte. Nur hab ich dir gar nicht gesagt, welche Vermutung ich habe."

Rebekka verdrehte die Augen. „Wieso klebst du so an den alten Geschichten? Das ist Schnee von gestern."

„Solange der aber noch in der Ausfahrt liegt, können wir nicht losfahren. Also, warum hast du damals mit mir geschlafen, wo wir davor noch nicht mal rumgeknutscht hatten?"

Von seinen Blicken verfolgt, entfernte Rebekka mit dem Geschirrhandtuch den Schwaden von der Brille und mühte sich, ihre Atmung flach zu halten. Dabei kämpften in ihrem inneren Gefühl und Vernunft wie zwei erbitterte Feinde miteinander. Was sollte sie ihm sagen? Die Wahrheit? Sie wusste, dass er sich wie ein Gentleman benehmen würde. Aber wollte sie das? Nein. Immerhin würden sie die nächsten Jahre über

Elias miteinander verbunden sein und sie hasste es, bemitleidet zu werden.

„Gelegenheit macht Sex!“, konterte sie flapsig, bevor sie die Nudeln in eine Schüssel gab.

„Na klar. Und ich werde Papst, obwohl ich Protestant bin. Du willst mir also allen Ernstes weismachen, dass du deine Unschuld beim Gelegenheitssex verloren hast? Dass ich nicht lache!“

Scheiße. Warum hatte sie das bloß preisgegeben?

„Hab ich nicht behauptet.“

Clemens nahm ihr die Schüssel aus der Hand und stellte sie mit einem Knall auf den Tisch. Kurzerhand setzte er sich auf den Stuhl und zog sie in einer blitzschnellen Bewegung auf seinen Schoß.

„Du redest dich um Kopf und Kragen, Becks!“

„Und du musst dich nicht für etwas verantwortlich fühlen, für das du nicht verantwortlich bist, ich ...“

„Was?“

„Ja, ich weiß halt nicht, warum du das so genau wissen willst. Es ist doch alles klar.“

„Ernsthaft? Wenn ich dir sage, dass *das* für mich so ist – klar, meine ich – weißt du dann im Umkehrschluss, *was* ich konkret damit meine?“

„Denke schon.“

„Interessant. Dann erzähl mal.“

„Na ja, wir hatten in Berlin eine wirklich sehr schöne Nacht und ich ... äh, also ... ich kann mir eben nicht vorstellen, dass du mich ...“, stammelte Rebekka.

Ihr war die Situation so peinlich, dass sie am liebsten im Erdboden versinken wollte. Sie spürte, wie sich seine Bauchmuskeln anspannten und er heftig die Luft einsog.

„Dass ich was? Ausgerechnet mit dir einen One-Night-Stand praktiziere?" Er umfasste ihr Kinn, damit sie ihn ansehen musste. „Das ist doch jetzt nicht dein Ernst! Hältst du mich wirklich für so bescheuert?"

„Nein, natürlich nicht, aber das kann doch mal passieren …"

„Nee, kann es nicht! Ich glaube, du hast den Sinn und Zweck von One-Night-Stands noch nicht verstanden. Sich regelmäßig über den Weg zu laufen, ist da eher kontraproduktiv, findest du nicht? Oder brauchst du dafür noch eine Erklärung?"

„Nee … schon klar, könnte ziemlich peinlich werden …"

„Bingo. Abgesehen davon habe ich die Phase seit einer gefühlten Ewigkeit hinter mir gelassen. Genauer gesagt, seitdem ich mit Verena zusammengekommen bin. Und nach ihr gab es keine Frau mehr." Er ließ Rebekka los. „Mir war einfach nicht danach."

Der Blick, mit dem er ihr in die Augen sah, war so intensiv, dass sich ihr Herzschlag verdreifachte. Sie strich ihm sanft über den Arm und wisperte: „Du hast sie sehr geliebt … da ist das verständlich."

„Ja, habe ich … aber sie ist tot." Er umfasste ihre Hand. „Rebekka, du lebst … und ich will dich!"

Ihre Augen wurden feucht und sie schluckte. Die Tränen wegblinzelnd linste sie zur Küchentür, wobei sie zittrig Luft holte.

„O… okay, du willst mich … und so, wie du das sagst, meinst du, du willst mich sexuell. Aber für wie lange wird dir das reichen?" Sie starrte auf ihre Hände. „Was ist, wenn du mich nicht mehr so sexy findest? Kann es vielleicht sein, dass du dich nur deswegen plötzlich so zu mir hingezogen fühlst, weil ...", noch ein zittriger Atemzug, „... weil es Elias gibt?"

Clemens stieß hörbar den Atem aus und fuhr sich über die Bartstoppeln am Kinn. „Mannomann, was denkst du dir nur? Glaubst du, ich weiß nicht, was ich fühle? Ich sage dir so was doch nicht einfach nur so!" Er schüttelte den Kopf. „Lieber Himmel, ich würde wirklich zu gern wissen, was du für ein Bild von mir abgespeichert hast und außerdem hast du mir meine Frage noch nicht beantwortet."

Rebekka strich ihm um Verständnis bittend über den Arm. „Natürlich weiß ich, dass ich dir als Mensch wichtig bin, aber ich kann mir nun mal nicht vorstellen, dass du mich jemals genauso wie ..." Sie brach mit einem herzerweichenden Seufzer ab und barg ihr Gesicht in den Händen.

„Wenn das nicht typisch Frau ist, dann weiß ich's echt nicht", schüttelte Clemens den Kopf und strich sich eine Locke aus der Stirn. „Welchen Schlag Frau soll ich denn deiner Meinung nach bevorzugen, he? Willst du ein Bild von Verena sehen? Vielleicht hilft dir das ja, deine merkwürdigen Vorstellungen geradezurücken."

Clemens holte sein Portmonee hervor, zog eine Fotografie heraus und hielt es ihr hin. „Und? Geht das so oder passt da was nicht?"

Rebekka nahm das Foto an sich und betrachtete die fröhlich wirkende Frau, die mit einem Hund spielte. Sie hatte brünette lange Haare, eine normale Figur, war nahezu ungeschminkt und trug Jeans und T-Shirt. Sie wirkte absolut sympathisch und sehr natürlich und war so gar nicht das, was Rebekka erwartet hatte. Doch welchen Typ Frau hatte sie denn erwartet? Sie wusste es selbst nicht.

„Es ist nur ... weil du so auf Lara abgefahren bist ...“

„Jetzt mach aber mal ‘nen Punkt. Ich war zwanzig und spätpubertär. Traust du mir zu, dass ich da steckengeblieben bin?“

„Nein, natürlich nicht, das sehe ich ja. Nur wenn es um Geschmack geht ...“

„Logisch, dass mir eine Frau gefallen muss. Darüber brauchen wir nicht reden“, räumte Clemens ein, „dabei geht’s aber doch um mehr als Haarfarbe und Körbchengröße.“

„Aber vielleicht ein bisschen um die Kleidergröße?“

„Du willst dich jetzt aber nicht bei mir über deine Figur ausweinen, oder? Das wäre nämlich genau so, als würde ein Juwelier sich darüber beklagen, dass seine Diamanten zu sehr funkeln.“

Rebekkas Gesichtsausdruck sprach Bände. Kleinlaut zupfte sie sich den Stoff ihres Shirts vom Busen weg, der sich darunter abmalte.

„Apropos ... ich hätte gerne ein Foto von dir.“ Clemens fuhr ihr mit den Fingerspitzen über den nackten Arm, worauf sie prompt eine Gänsehaut bekam. Seine Augen blitzten und seine Lippen verzogen sich zu einem Schmunzeln, als er die Reaktion bemerkte.

„Ich glaube nicht, dass ich was Brauchbares habe.“ Rebekkas Mundwinkel gingen nach unten. „Ich lass mich nicht gern fotografieren. Es gibt fotogenere Menschen als mich.“

„Aha. Und das bestimmst du, oder was?“ Eine von Clemens’ Augenbrauen wanderte nach oben. „Was ich darüber denke, ist egal?“

„Nein, aber …“

„Soll ich dir mal was verraten? Es soll Männer geben – weise Männer übrigens – die kluge und starke Frauen an ihrer Seite haben wollen. Was nicht heißen muss, dass sie deswegen unattraktiv sind. Warte, das erinnert mich an was.“

Er legte eine bedeutungsschwangere Pause ein.

„Ach ja … ich war kürzlich auf einem Klassentreffen. Da war eine Klassenkameradin … die hat kaum einer wiedererkannt, weil sie sich so verändert hatte, so attraktiv gewo…“

„Schon gut, ich bin ja schon still“, räumte sie ein und konnte die Freude über seine Worte nicht verhehlen.

„Na endlich“, grinste er breit und wurde dann ernst. „Rebekka! Nur testosterongesteuerte Deppen müssen sich mit dümmlichen Barbies schmücken, deren Horizont nicht über die Länge ihrer Fingernägel reicht.“ Seine Finger krabbelten unter den Stoff ihres T-Shirt-Ärmels und jagten ihr erneut Schauer über den Körper. „Und was Lara betrifft … ich hab dir doch gesagt, dass sie mich nach nur zwei Wochen total genervt hat. So, und jetzt komm. Hör auf, dich so zu zieren und gib mir endlich eine Antwort.“

„Okay, aber nur, wenn du mir sagst, was passiert, wenn du irgendwann aufhörst, mich sexy zu finden.“

„Ach Becks, waren wir nicht schon vor zehn Jahren wie ein altes Ehepaar? Bloß ohne Sex. Was soll da schiefgehen? Du bist mein bester Freund … sorry, Freundin, und so schnell höre ich nicht auf, dich scharf zu finden. Wir haben ja gerade erst damit angefangen.“

Rebekka schlang ihm einen Arm um den Hals. „Als wenn du nicht längst wüsstest, was damals mit mir war."

„Nur damals? Und etwas zu ahnen, heißt noch lange nicht, es auch zu wissen", murmelte er an ihrem Ohr und küsste sie auf die zarte Haut darunter, worauf sie erschauerte.

Ihre Lippen fanden sich und für einen Moment gaben sie sich dem innigen Kuss hin, der Rebekka komplett für alles Leid der letzten Tage entschädigte.

„Na gut, du alter Quälgeist ... ich habe in der Nacht mit dir geschlafen, weil ... äh, übrigens hast du dich seitdem um tausend Prozent gesteigert ..."

„Moment mal!", schnappte er. „Ich stand vielleicht unter Drogen! Und außerdem war ich noch ziemlich grün hinter den Ohren."

Rebekka lachte auf. „Na gut, lasse ich als Entschuldigung durchgehen." Sie wurde ernst. „Ich war sehr verliebt in dich, Clemens, und habe mich unendlich danach gesehnt, dass ich dir nahe sein darf ... dass du mich willst, mich berührst ... mich liebst", sie fixierte das Fell ihrer Katzen-Hausschuhe. „Ich konnte mein Glück nicht fassen, als du plötzlich so anhänglich warst. Ich hatte ja keine Ahnung, dass dieses Zeug daran schuld war." Sie holte tief Luft. „Erinnerst du dich noch an die Klassenfahrt in der Zehn? Wir hatten ein Picknick und du hast mich aus Spaß umarmt ...", sie hob die Achseln, „... na ja, ich weiß nicht, ob es für dich überhaupt eine Umarmung war, aber für mich war es eine."

„Ja, das war in Wien. Ich erinnere mich an die Klassenfahrt und auch an das Picknick, aber nicht an diese Umarmung."

„Dachte ich mir. Auf jeden Fall habe ich mich da unsterblich in dich verliebt. Und als dann die Abifete kam, habe ich gehofft, dass ich dich irgendwann mal allein erwische. Ich wollte es dir sagen, hatte mich extra gestylt und dann ..."

„Oje, und ich hatte nur Lara im Kopf. Da warst du sicher ziemlich enttäuscht."

„Enttäuscht?" Rebekka lachte trocken auf. „Ich war am Boden zerstört. Immerhin war es meine letzte Chance, dich zu treffen, du wolltest schließlich weg zum Studieren. Wie hätte ich dich danach noch ..."

„Warum hast du mir denn nicht mal ein Zeichen gegeben? Wenigstens ein klitzekleines. Ich konnte doch nicht ahnen, was in dir vorging."

„Ach Clemens, denkst du, das hätte ich mich getraut? Never ever. Ich wollte deine Freundschaft nicht verlieren und dachte, du würdest mich auslachen, wenn ich dir das erzähle." Rebekka schüttelte den Kopf. „Ich habe in den letzten Tagen sehr viel nachgedacht und denke, dass es damals noch zu früh für uns war. Du wolltest mein Kumpel sein und ich hab mir gewünscht, dass du mich so ansiehst, wie du Lara angesehen hast. Das konnte nichts mit uns werden."

„Hm ... gut möglich", nickte er verhalten. „Ich kann dir heute nicht sagen, wie ich reagiert hätte, wenn ich davon gewusst hätte." Er schloss die Augen und man sah ihm an, wie erschöpft er war. „Trotzdem ...", er rieb sich über das Gesicht, „... kannst du dir vorstellen, wie sich das für mich angefühlt hat, als du auf einmal wie vom Erdboden verschluckt warst und ich dich noch nicht mal mehr anrufen konnte?"

„Ehrlich gesagt dachte ich, dass dir das nichts ausmacht. Du hattest so viele Menschen um dich ... deine Familie und Freunde. Du warst und bist Everybody's Darling. Ich war mir sicher, dass du mich ganz schnell vergessen und mich durch ein Mädchen wie Lara ersetzen würdest – schlank und schön."

„Für diesen Quatsch müsste ich dir eigentlich böse sein. Denkst du wirklich, dass ich so oberflächlich bin?"

„Nein, nein, bitte Clemens, so war das nicht gemeint. Der Fehler liegt bei mir. Ich hatte damals überhaupt kein Selbstbewusstsein, schon gar keins als Mädchen oder Frau. Das geht nicht gegen dich."

„Okay okay, das ist mir inzwischen auch klar. Du hast keinen Schimmer, wie stinksauer ich auf dich war ... das kann ich dir versprechen. Egal jetzt. Für mich warst du so was wie ein Familienmitglied und die ersetzt man nicht durch *schlank* und *schön*. Aber gut ... wie hast du so treffend gesagt? Schnee von gestern." Er zog eine Grimasse. „Darüber wollte ich übrigens schon in Berlin mit dir reden, da bist du nur dummerweise auf der Couch eingepennt." Er rieb sich die Müdigkeit aus den Augen. „So, jetzt aber zu dem, was ich dir eigentlich sagen wollte: Am Sonntagabend, als ich nach Hause kam, hatte ich noch ein Gespräch mit meinen Eltern. Mein Vater hat ein seltenes Talent dafür, die Dinge auf den Punkt zu bringen. Willst du wissen, was er mir gesagt hat?"

„Na klar. Wenn es dir wichtig ist."

„Nicht nur für mich", grinste er. „Im Übrigen haben sie sofort gecheckt, dass ich ziemlich durch den Wind war."

Rebekkas erstaunter Blick veranlasste Clemens, ihr spontan einen Kuss auf die Wange zu hauchen.

„Rebekka, du bist die erste Frau, mit der ich nach Verenas Tod geschlafen habe."

„Oh ..."

Er umschlang sie mit beiden Armen. „Nicht dass du das auch gleich wieder falsch verstehst ... es war mehr als nur Sex für mich. Es war, als würde ich einen neuen Lebensabschnitt beginnen. Logisch, dass ich danach ein bisschen aus der Spur war, oder?"

„Verständlich, wenn man das weiß. Ich dachte, du würdest es bereuen, was zwischen uns passiert ist ..."

„Warum sollte ich etwas so Schönes bereuen? Es war nur alles so neu und ich wusste nicht, was das mit unserer Freundschaft macht, wenn wir miteinander schlafen. Ich hatte Angst, dass ich es damit kaputtmache."

„Und ich hatte Angst ...", Rebekka bekam vor Rührung feuchte Augen, „... dass du mich nicht als deine Freundin willst."

„Meine Güte, was denkst du nur? Das bist du doch immer gewesen. Es gibt viele Arten von Liebe, hat mir mein alter Herr gesagt."

„Würde ich unterschreiben", krächzte sie. „Aber was ist daran so besonders?"

„Eigentlich nichts. Aber ...", er fuhr ihr mit dem Daumen über ihre Wange, um eine Tränenspur zu verwischen, „... dass es mich ziemlich getroffen hat, als du plötzlich weg warst, hab ich gesagt." Clemens fixierte Elias' selbstgemaltes Bild vom Weihnachtsmann, das über dem Küchentisch hing, und rang nach Worten. „Manches wird einem erst im Rückblick klar. Die

Gefühle, die ich durchlebt habe, als du so plötzlich weg warst, waren ähnlich wie die, die ich von Verenas Unfall erfahren habe: Schock und Ohnmacht. Ein Abschied, der mir aufgezwungen wurde, genau wie bei ihr. Du warst zwar nicht tot, aber du warst für mich nicht mehr erreichbar. Verlust ist auch eine Form von Trauer. Wenn du es von außen betrachtest, ist die Situation die gleiche, obwohl die Umstände anders sind." Er strich sich mit allen Fingern durch die dichten Locken und gähnte verhalten. „Erst der Spruch meines Vaters hat mir bewusst gemacht, dass es da Parallelen gibt. So gesehen liebe ich dich eigentlich schon seit der vierten Klasse. Früher zwar nur platonisch, aber ..."

Rebekka hielt die Luft an und starrte ihn ungläubig an. Sie traute ihren Ohren nicht. „Du liebst mich?"

„Hab ich doch gerade gesagt." Ein Grinsen überzog sein Gesicht und ging in ein Gähnen über. „Liegt doch auf der Hand, findest du nicht? Nur was deinen Hang zu platonischen Freundschaften betrifft ... darauf können wir jetzt verzichten – also ab morgen", grinste er schief. „Mein Akku hat höchstens noch fünfzehn Prozent, wenn überhaupt." Er gab ihr einen Kuss auf die Nase.

„Meiner noch weniger. Ich hab wegen eines ziemlich attraktiven Kerls letzte Nacht kein Auge zugemacht ..."

„Mistkerl", grinste er.

„Sag ich doch." Sie übersäte ihn mit Küssen und flüsterte ihm ins Ohr: „Ach Clemens, du bist so ein Schatz und ich liebe dich bis zum Himmel und zurück. Hab ich dir das eigentlich schon mal gesagt?"

„Kann mich nicht erinnern."

„So, jetzt weißt du's."

„Und was war daran so schwer?"

„Eigentlich nichts. Man muss sich nur trauen." Ihr Blick fiel auf die Schüssel mit Nudeln. „Oh nee, die sind jetzt bestimmt eiskalt."

Eilig rutschte sie von seinem Schoß und lächelte ihn entschuldigend an. „Elias hat um die Uhrzeit normalerweise längst gegessen."

„Ich könnte auch was vertragen. Kann ich helfen?"

„Ja, stell bitte die Nudeln in die Mikrowelle, ich kümmere mich um die Soße. Die Parmesanreibe liegt zweite Tür rechts."

„Und der Parmesan im Kühlschrank", grinste er, nahm sie in den Arm und drückte sie fest an sich. „Ich bin so froh, dass es dich gibt und dass ich jetzt hier sein kann."

Rebekka gab ihm einen Kuss und strahlte ihn an. „Frag mich mal!"

„Bleibst du jetzt bei uns?", wollte Elias wissen, als sie zu dritt am Tisch saßen.

„Hatte ich vor", nickte Clemens.

„Und wo schläfst du? Bei mir?"

„Na endlich fragt mich hier mal jemand. Hatte mir extra ein Köfferchen gepackt. Steht noch im Auto. Ich glaube nur, das wird für uns zwei Jungs ein bisschen ungemütlich in deinem schmalen Bett, hm? Eigentlich hatte ich gehofft, dass deine Mama sich erbarmt", zwinkerte er dem Kleinen zu. „Aber wir können zusammen baden, wenn du magst."

„Und wann wollen wir mit Jan skypen?" Elias sah fragend zwischen den beiden Erwachsenen hin und her.

„Dann, wenn wir nicht mehr so müde sind", gähnte Rebekka.

„Würde ich auch vorschlagen. Was haltet ihr davon, wenn wir ihn zu Silvester einladen?", schlug Clemens vor. „Soviel ich weiß, will Judith eine Party geben und uns einladen. Ich bin mir absolut sicher, auch ohne sie gefragt zu haben, dass sie kein Problem damit hat, wenn Jan dazukommt."

Rebekka strich Clemens über die Hand. „Das ist lieb, dass du daran denkst. Ich kann mir vorstellen, dass Jan sich sehr über die Einladung freuen wird."

Keine zwei Stunden später - Elias schlief glücklicherweise endlich – fielen die zwei Verliebten total übernächtigt und erschöpft in die Kissen. Ein Kingsize-Bett hatte Rebekka zwar nicht, doch es reichte ihnen völlig, sich auf einer Einmeterzwanzig-Matratze aneinanderzukuscheln. Beide waren so groggy, dass sie nicht mal mehr sprechen konnten. Kaum, dass die Wärme sie eingelullt hatte, fielen ihnen auch schon die Augen zu.

20

Es war der erste Weihnachtsfeiertag und bereits Spätnachmittag, als Clemens und Rebekka mit Elias in der Villa eintrafen. Den Heiligen Abend hatten die drei bei Rebekkas Mutter und ihrem Mann verbracht, weshalb der Kleine vor lauter Vorfreude auf weitere Geschenke kaum zu bändigen war.

Cornelia hatte die Familie zu einem *Lorentz-Brunch,* wie sie es nannte, eingeladen. Damit meinte sie: Jeder brachte etwas zu einem Alles-was-schmeckt-Buffet mit und alle konnten genießen. Und da es in der Villa den meisten Platz gab, fand der sogenannte Brunch zur vorgerückten Stunde dort statt. Clemens hatte seinem Vater versprochen, ihm noch bei ein paar Einstellungen am Computer behilflich zu sein, weshalb sie früher als seine Geschwister eintrafen.

Nachdem er seine Mutter mit einem Kuss auf die Wange begrüßt hatte, verschwand er im Arbeitszimmer seines Vaters.

„Schön, dass ihr da seid." Cornelia strich Rebekka über den Arm und lächelte Elias liebevoll an. „Das Kleid steht dir ausgezeichnet", lobte sie, „da wirst du bestimmt Fragen nach der Boutique beantworten müssen."

„Danke." Rebekka trug das gleiche Outfit, das sie auch beim Klassentreffen getragen hatte und freute sich über Cornelias anerkennende Worte.

„Das Baguette kannst du schon ins Esszimmer bringen." Cornelia deutete auf die Kunststoffdose, die Rebekka in der Hand hielt. „Das ist sicher der Käse-Dip, von dem du gesprochen hast? Gib mir den, ich fülle ihn in eine Glasschale um."

„Wo soll ich das Baguette hinlegen?"

„Auf den Esszimmertisch. Holzbrett und Brotmesser liegen schon parat."

Elias lief eifrig vor seiner Mutter her zum Esszimmer, während Cornelia zurück in die Küche ging. Auf einer zum Buffet umgewandelten Tafel standen neben Geschirr, Gläsern und Besteck auch eine Käseplatte, Frikadellchen, Rohkostsalate sowie Brezeln und Kuchen. Gäbe es nicht die festliche Dekoration, könnte man meinen, man wäre auf einer Sommerparty, schoss es Rebekka durch den Kopf.

Gedankenverloren legte Rebekka die beiden Baguettes, die sie in ein Geschirrhandtuch eingewickelt hatte, auf das vorbereitete Brett und sah sich um. Die Brote waren noch warm, weil sie sie erst kurz bevor sie losgefahren waren aus dem Ofen geholt hatte. Elias stürmte unterdessen weiter zum Wintergarten. Clemens hatte ihm auf der Herfahrt erzählt, dass dort der Weihnachtsbaum stand.

Rebekka wollte sich kneifen, so unwirklich erschien ihr das Leben, das sie seit wenigen Tagen führte. Sie konnte nur Superlativen finden: unbeschreiblich und überirdisch schön, himmlisch romantisch und verdammt aufregend. Clemens war einfach nur atemberaubend liebevoll zu ihr – ganz besonders nachts. Rebekka fühlte sich wie im siebten Himmel – und bekam Angst, dass sie irgendwann aufwachen würde und feststellen musste, dass sie das alles nur geträumt hatte.

Auch Elias hatte sich durch Clemens verändert. Nicht auffällig. Außenstehende würden die Veränderung wahrscheinlich nicht mal bemerken, doch Rebekka bemerkte sie, denn obwohl er durch Jan gewohnt war, unter männlicher Obhut zu sein, verhielt er sich mit seinem Vater anders – zärtlicher, inniger, unerklärlich vertrauter. So, als gäbe es durch die Blutsverwandtschaft eine höhere Dimension der Zusammengehörigkeit.

„Boah, der ist ja groß!"

Elias bestaunte mit leuchtenden Augen die drei Meter hohe, gut gewachsene Nordmanntanne, die den wohltemperierten Wintergarten mit ihrer Schönheit bestimmte. Die Türen zum Wohnzimmer standen weit offen. Speziell die nostalgische Glasspitze, die sicher schon seit Generationen die Weihnachtsbäume im Hause Lorentz zierte, war ein besonderer Blickfang. Carsten hatte den Baum traditionell mit rot-goldenen Kugeln geschmückt. Aber auch die anderen Pflanzen, wie beispielsweise ein riesiger Gummibaum, der in der Höhe mit einer Yuccapalme und einem Ficus konkurrierte, waren sehr beeindruckend. Ein bisschen bekam man das Gefühl, als befände man sich im botanischen Garten. Die Pflanzen ragten mit ihrem Blattgrün mitunter bis unter das gläserne Dach, in dem sich das Funkeln der Baumlichter spiegelte. Draußen dämmerte es bereits, was den heimeligen Effekt noch verstärkte. Auch hier zeigte sich, dass Cornelia Feierlichkeiten mit sehr viel Liebe ausrichtete. Die Kulisse, die sie dafür zur Verfügung hatte, brachte ihre Fähigkeiten nur noch richtig zur Geltung.

Ebenfalls ein Blickfang war ein leuchtend roter Balthasar-Stern, der am Fenster hing und ein sanftes Licht abgab. Doch vor allem die in der Mitte des rechteckigen Innenraumes stehende lange Tafel, die von hellen Rattanstühlen umringt war, machte den Raum einzigartig. Rebekka fühlte sich sofort an Berichte aus Lifestyle-Magazinen erinnert, in denen der englische Landhausstil angepriesen wurde. Unter dem Weihnachtsbaum lagen mit buntem Papier eingewickelte und mit Namensschildchen versehene Geschenkpäckchen.

Elias, dessen Augen erwartungsfroh daran hängenblieben, ergriff Rebekkas Hand. Sie amüsierte sich insgeheim, weil er nach der anfänglichen Euphorie, seine Großeltern zu besuchen, jetzt ein bisschen eingeschüchtert wirkte. Verwunderlich war das angesichts der imposanten Umgebung nicht. Obwohl Rebekka die Villa von früher gut kannte, war auch sie jedes Mal aufs Neue beeindruckt. Das alte Gemäuer übte einen Zauber aus, dem man sich nur schwer entziehen konnte.

„Mami, glaubst du, der Weihnachtsmann weiß, dass ich heute hier zu Besuch bin?" Elias blickte mit großen Dackelaugen zu ihr auf.

„Könnte gut sein, dass ihm das irgendjemand gesteckt hat", schmunzelte Rebekka. „Das wirst du aber erst erfahren, wenn alle Kinder da sind. Du siehst ja, dass da ganz viele Päckchen liegen und der Weihnachtsmann sicher gewollt hat, dass Oma und Opa die Geschenke verteilen."

„Und die Erwachsenen kriegen gar nix?"

„Ach Schatz, woher soll ich das wissen? Sehe ich aus wie der Weihnachtsmann?"

„Nee, aber ich dachte nur ... also, dass du ... hm, weißt du, der Noah hat nämlich im Kindergarten erzählt, dass es so was wie den Weihnachtsmann gar nicht gibt und dass die Geschenke von den Mamas und Omas kommen."

„Aha ... was der alles weiß ..." Rebekka verzog unschuldig das Gesicht. „Tja, ich denke, wir werden trotzdem warten müssen bis auch die anderen da sind." Sie deutete auf die gegenüberliegende Seite, wo einige Spielsachen zusammengestellt waren. „Da vorne in der Ecke habe ich ein paar interessante Sachen gesehen. Vielleicht guckst du mal, ob da was dabei ist, womit du dich beschäftigen kannst, bis Tabea kommt. Ich möchte deiner Oma nämlich noch ein bisschen zur Hand gehen."

Während sie durchs Wohnzimmer Richtung Küche lief und die Behaglichkeit der Räume mit ihrer schlichten Eleganz in sich aufsog, musste sie daran denken, wie es war, als sie so alt wie Elias gewesen war. Natürlich hatte sich ihre Mutter die größte Mühe gegeben, ihr ein schönes Fest zu bereiten, doch da Beate als Angestellte in einem Supermarkt am Heiligen Abend meist bis zum späten Nachmittag hatte arbeiten müssen, war sie zur Bescherungszeit oft müde und abgespannt gewesen. Wie anders war es doch jetzt für Elias. Es war Rebekka sehr wichtig, dass er das Fest bekam, von dem sie als Kind geträumt hatte. Das Glücksgefühl darüber, dass sie ihm das bieten konnte, war so stark, dass es ihr die Tränen in die Augen trieb. Wieder wollte sie sich kneifen, um glauben zu können, dass das, was sie gerade erlebte, wirklich stattfand.

Es war Weihnachten. Und sie saß nicht allein mit ihrer Mutter vor einem mickrigen Plastikweihnachtsbaum. Um sich zu vergewissern, drehte sich noch einmal zum Wintergarten um. Nein, der Baum war definitiv echt. So echt wie die Familie, zu der der Baum gehörte. Und sie nun auch.

Sie blieb stehen und blinzelte, weil ihr diese simple Erkenntnis erst jetzt vollends bewusst wurde. Ihr sehnlichster Kindheitswunsch war in Erfüllung gegangen! Wie war es möglich, dass sie das, obwohl sämtliche Vorbereitungen seit Tagen auf diesen Punkt hinausliefen, erst jetzt kapierte?

Gedankenverloren kam sie in der Küche an, in der Cornelia in aller Seelenruhe werkelte. Sie war eine Frau, die selbst mit Schürze noch Klasse hatte, auch wenn sie sich dafür nicht sonderlich anstrengen musste. Dem lockigen, inzwischen grau melierten Haar, das sie seit eh und je kurz trug, sah man an, dass es mal dunkel gewesen war. Diese Gene waren klar an Cathi und Clemens gegangen. Cedric mit seinen dunkelblonden, glatten Haaren kam dagegen mehr nach seinem Vater.

Rebekka blieb in der offenen Küchentür stehen und atmete tief durch, um sich wieder auf das Hier und Jetzt einzustellen.

„Wollen wir wetten, dass dein Käse-Dip die erste Stunde nicht überlebt?", schmunzelte Cornelia, die gerade ihre Schürze ablegte. Sie trug ein schlichtes Kleid in Marine, das eine Kette aus bunten Holzperlen schmückte. „Ich habe beim Umfüllen ein bisschen genascht", zwinkerte sie. „Wenn das Baguette genauso lecker ist, wird das der Renner am Buffet. Gibst du mir das Rezept?"

„Sehr gerne … ich schreib es Ihnen auf."

Rebekka hatte Clemens' Eltern, obwohl sie so oft hier gewesen war, immer gesiezt. Darauf hatte ihre Mutter bestanden, weil sie es für kein gutes Benehmen hielt, fremde Erwachsene zu duzen.

Aus heiterem Himmel verschwamm der Anblick der hellen Landhausküche vor Rebekkas Augen. Liebe Zeit, was war denn auf einmal mit ihr los? Sie schloss die Lider, um sich zu fangen, und räusperte sich mit belegter Stimme. „Kann ich was helfen?"

Cornelia, die sich abgewandt hatte, um die Schürze zur Seite zu legen, drehte sich wieder zu ihr um und kam auf sie zu.

„Kannst du, aber vorher haben wir noch was zu erledigen." Cornelia deutete auf einen Stuhl, auf dem Rebekka Platz nehmen sollte und setzte sich ihr gegenüber.

„Bevor die anderen eintrudeln, haben wir noch einen Moment. Und die Männer sind beschäftigt, ich hoffe, Elias auch." Sie stutzte, als sie Rebekkas feuchte Augen bemerkte. „Geht's dir nicht gut?"

„Doch, doch, alles gut. Es ist nichts … hm, es kann nur sein, dass Elias ein bisschen Chaos verursacht", grinste sie schief. „Er hat sich mit Begeisterung auf die Spielsachen im Wintergarten gestürzt."

„Ach so." Cornelia machte eine wegwerfende Handbewegung. „Dafür sind sie angeschafft worden … ja und jetzt wollen wir mal mit diesem Gesieze aufhören. Ich fand das damals schon albern, aber deiner Mutter war es ja immer so wichtig."

Sie sprang auf, nahm zwei Sektgläser von dem bereitgestellten Tablett und stellte sie geräuschvoll auf den Tisch, bevor sie eine bereits geöffnete Flasche aus dem Kühlschrank holte und eingoss.

„So! Wir beide stoßen jetzt auf das Du an." Sie drückte ihr ein Glas in die Hand. „Cornelia."

Gerührt blinzelte Rebekka den nächsten Anfall von Sentimentalität weg und schluckte den Kloß in ihrem Hals mit dem süffigen Getränk hinunter.

„Na geht doch", grinste Cornelia. „Achtung meine Liebe, ab jetzt ...", sie hob den Zeigefinger, „... denke ich mir jedes Mal, wenn du mich siezt, was Gemeines aus und außerdem musst du dann wieder Sekt mit mir trinken."

„Ja, das ist natürlich eine ganz schlimme Strafe", lachte Rebekka und nahm einen weiteren Schluck, „wenn die Bestrafung immer so gut schmeckt werde ich mir das mit dem Sie noch mal überlegen."

„Was muss ich denn hier beobachten?" Carsten kam in die Küche und tat empört.

„Das arbeitende Volk gönnt sich was, na und? Hör auf zu meckern und hol dir lieber auch ein Glas. Ich hab Rebekka das Du angeboten."

„Ausgezeichnete Idee. Da schließe ich mich natürlich an." Er goss sich ein, hielt das Glas hoch und deutete einen Diener an. „Gestatten: Carsten."

Rebekka erhob sich und tat es ihm mit einem Knicks gleich, bevor sie die Gläser klingen ließ. Beim Blick in seine freundlichen Augen wurde sie verlegen und wusste nicht, was sie sagen sollte. Mist, warum war sie auf einmal nur so verdammt rührselig?

„Herzlich willkommen im Lorentz-Clan, Rebekka." Carsten überging ihre Schüchternheit, als gäbe es sie nicht. „Wir sind wirklich froh darüber, dass du da bist. Aber eigentlich ist das ja ein Heimspiel für dich."

Cornelia nickte und hob den Daumen. „Sehe ich ganz genauso."

„Danke für eure Gastfreundschaft. Ich war immer so gerne bei euch. Das wollte ich schon längst mal gesagt haben." Rebekka drehte das Glas zwischen den Fingern. Wieder übermannte sie diese bescheuerte Gefühlsduselei und sie musste schlucken. „Ihr seid eine so tolle Familie und wir ... ich ..." Rebekkas Stimme brach.

Überrascht von dem plötzlichen Sinneswandel sah Carsten seine Frau ratlos an.

„Aber du gehörst doch jetzt dazu. Eigentlich hast du das früher schon", zwinkerte er und wirkte dabei etwas hilflos.

„Genau", hakte Cornelia ein, „und es ist ja wohl das Selbstverständlichste der Welt, dass du hier bist. Rebekka, das ist doch kein Grund zum Weinen ..."

„Nein ... natürlich nicht", krächzte sie und schnappte sich ein Stück von der Küchenrolle, um sich die Nase zu putzen. „Entschuldigung, ich weiß auch nicht, was heute mit mir los ist. Normalerweise bin ich nicht so eine Heulsuse. Aber nachdem was war ... und wie ich mich verhalten habe ... es ist in der Zwischenzeit so viel passiert." Sie schluckte und räusperte sich. „Ich hätte nie gedacht, dass ich noch mal herkommen kann. Ihr habt ja gar keine Vorstellung, wie sehr ich mir als Kind gewünscht habe, mal Teil einer großen Familie zu sein ..."

Cornelia nahm Rebekka spontan in den Arm. „Ach, jetzt verstehe ich, was dir durch den Kopf geht." Sie löste sich von ihr. „Hör zu: Wir sind sehr zufrieden damit, wie sich alles entwickelt hat. Was glaubst du, wie glücklich wir sind, dass unser Sohn wieder ganz der Alte ist." Cornelia drückte ihre Hand. „Das haben wir dir zu verdanken, Rebekka."

„Absolut richtig", stimmte Carsten seiner Frau zu. „Wir hatten große Sorge um ihn. Clemens hatte jegliche Lebensfreude verloren, doch nachdem er dir auf dem Klassentreffen begegnet ist …"

„Was ist mit mir?", stürmte der, von dem die Rede war, herein. „Wo bleibt ihr eigentlich? Draußen rollt die Karawane an. Wollt ihr mich vielleicht alleine lassen? Tabea schreit wie am Spieß, weil sie vor lauter Aufregung aus dem Auto aufs Kopfsteinpflaster gestürzt ist und sich die Knie aufgeschlagen hat. Jetzt hat sie ein Loch in der Strumpfhose und blutet." Er visierte seine Mutter an. „Ich soll dich von Judith fragen, ob du zufällig noch Ersatz hättest. Pflaster hat sie aber selber."

„Na, das geht ja gut los." Cornelia sah erschrocken auf die Uhr. „Jetzt müssen wir uns aber sputen!" Sie überlegte einen Augenblick. „Natürlich habe ich Ersatz. Ich hab sogar ein ganzes Arsenal von Ersatz – übrigens für alle, nicht nur für die Kinder. Es bleibt immer irgendwas zurück, wenn sie hier waren. Liegt alles im Schrank im Gästezimmer." Sie zwinkerte Rebekka zu. „Überleg dir das mit der Großfamilie lieber noch mal." Sie klatschte in die Hände. „So, jetzt aber an die Arbeit! Jeder nimmt fürs Buffet was mit. Carsten, die Fischplatte steht im Kühlschrank. Rebekka, du nimmst das

Tablett mit den Sektgläsern. Clemens, du kannst die Schüssel mit dem Käse-Dip und die Schinkenplatte mitbringen und sag Judith, sie kann sich die Strumpfhose selbst holen. Sie weiß, wo alles ist." Cornelia öffnete die Kühlschranktür und drückte jedem eine Platte in die Hand, bevor sie sich mit den Sektflaschen für die Begrüßung bewaffnete. Es war gute Sitte, auf das Weihnachtsfest anzustoßen. Natürlich erst, wenn die Kinder ihre Geschenke hatten.

Eine Stunde später saßen die Erwachsenen entspannt am Tisch und genossen die Köstlichkeiten, zu denen schlussendlich auch Cathi und Judith mit leckeren Salaten beigetragen hatten. Es war ein ständiges Hin und Her zwischen Aufstehen und Setzen, um zum Buffet zu gehen oder um eines der Geschenke der Kinder zu bestaunen. Elias hatte neben einem Fahrradhelm und Reflektoren noch ein Kinderlexikon von seinen Großeltern – Pardon – dem Weihnachtsmann bekommen und war überglücklich, nun endlich richtig mit dem Fahrradfahren loslegen zu können. Clemens hatte es sich nicht nehmen lassen, seinem Sohn ein Rad zu kaufen. Das hatte er, genau wie den ferngesteuerten Jeep, den Rebekka ihm unter den Weihnachtsbaum gestellt hatte, am vergangenen Abend bekommen. Tabea tröstete sich mit einer vielseitig begabten Puppe über ihr aufgeschlagenes Knie hinweg und Christian, Toms und Cathis Sohn, spielte selbstvergessen mit einer Holzeisenbahn, die irgendwann schon einmal vor vielen Jahren für Clemens unterm Baum gestanden hatte. Doch das interessierte ihn überhaupt nicht. Ähnlich erging es Raika, die bunte Legosteine zusammenbaute. Nur der jüngste Familienzuwachs, klein Ella, verschlief den Trubel.

„Kann es sein, dass jemand seine Geschenke unterm Baum vergessen hat?" Tom deutete auf drei Päckchen, die dort zurückgeblieben waren.

„Oh, tatsächlich!" Cornelia starrte genau wie alle anderen überrascht zum Baum.

„Mama!" Clemens verdrehte die Augen, bevor er nach den Kindern Ausschau hielt. „Du willst uns doch jetzt nicht erzählen, dass in diesem Haus irgendetwas vor sich geht, von dem du nichts wüsstest."

Alle feixten.

Cornelia hob die Finger, als würde sie einen Eid schwören. „So wahr ich hier sitze! Davon weiß ich nichts und ihr braucht gar nicht so verschwörerisch zu grinsen ... Moment mal!" Sie tippte ihren Mann an. „War Rita heute Morgen nicht kurz hier? Sie wollte uns doch frohe Weihnachten wünschen ..."

„Ja, das ist richtig", nickte Carsten, „und ja, sie war auch im Wintergarten. Ihr würde der Baum sehr gefallen, sie hätte noch nie einen so großen Weihnachtsbaum gesehen, hat sie gemeint."

„Jetzt bin ich aber neugierig, für wen die Geschenke sind." Clemens war aufgestanden und fischte die Päckchen unter den Tannenzweigen hervor. „Ach, da ist ja für mich auch eins dabei!"

Er kam zurück zum Tisch und reichte die beiden anderen an seinen Vater und seine Mutter weiter. „Die können nur von Rita sein. Sie will sich sicher bedanken, dass sie hier wohnen konnte."

Cornelia hatte als Erste ausgepackt. „Tatsächlich. Ach wie schön! Selbstgestrickte Socken und so liebe Worte!

Das Stricken hat sie bestimmt von Frau Wichert gelernt. Seitdem sie bei der alten Dame wohnt, blühen beide richtig auf."

„Den Eindruck hatte ich heute Morgen auch", stimmte Carsten zu, „es war wirklich das Beste, dass du sie mit hergebracht hast, Clemens."

„Kaum zu glauben, dass dieses nette Mädchen solche schrecklichen Leute als Eltern hat", rief Cornelia kopfschüttelnd.

„Apropos schreckliche Leute!" Clemens legte die Strümpfe zur Seite. „Die Welt kann ziemlich klein sein. Fabian hat zufällig jemanden aus unserer ehemaligen Parallelklasse getroffen. Sie haben sich unterhalten. Ein bisschen Blabla eben, bis er erzählt hat, dass einer der üblichen Verdächtigen eine Anzeige wegen Liquid Ecstasy am Hals hat."

Cedric horchte auf. „Das wird dann vermutlich derselbe sein, der dir damals die KO-Tropfen ins Bier gekippt hat."

„Das ist anzunehmen", nickte Clemens und wandte sich an Rebekka. „Hast du da mal was mitgekriegt, dass bei denen so kaputte Typen in der Klasse waren? Also ich nicht."

„Ja ... nur vage. Es gab da ein paar Spezies, die schon in der Schule auffällig oft zum Rektor mussten", nickte sie. „Ich hab das nur vom Zuhören. Unsere drei Schönheitsköniginnen wussten doch immer alles."

„Ganz schön dämlich, so was zu machen. Wenn sie ihm das in mehreren Fällen nachweisen können, geht er in den Bau", meldete sich Tom zu Wort. „Ich weiß das von einem Typen, einem Handballfan, der bei allen Spielen dabei war. Ein Macho, dem es mit den Mädels

nicht schnell genug gehen konnte und meinte, er
müsste da ein bisschen nachhelfen. Außerdem hatte er
gehört, dass man so …", er malte Gänsefüßchen in die
Luft, „… noch mehr Spaß haben könnte. Na ja, für den
Spaß sitzt er jetzt wegen sexueller Nötigung im Knast."

„Verrückte Menschen gibt's." Cornelia verzog missbilligend die Lippen. „Aber egal …"

Ihr Blick wurde weich, als sie zu den Kindern hin-
übersah. Elias und Tabea spielten mit der Eisenbahn
und Christian wiegte die Puppe in seinen Armen.

„Ich finde, wir können froh sein, dass alles genau so
gekommen ist wie es jetzt ist."

Clemens legte seinen Arm um Rebekka und zog sie zu
sich heran, worauf sie sich liebevoll an ihn schmiegte.
„Sehe ich ganz genauso, Mama."

Rebekka war so gerührt, dass sie nicht sprechen
konnte.

„Und wenn wir jetzt noch eine größere Wohnung finden", seufzte er theatralisch, „weiß ich gar nicht mehr,
wohin vor lauter Glück. Habt ihr eine Ahnung, wie
schwer das zurzeit ist? Einfach der Wahnsinn, kann ich
nur sagen."

Zustimmendes Murmeln.

Cathi stand auf, um nach ihrer Jüngsten zu sehen, die
im Wohnzimmer in der Tragetasche lag und nun anfing zu jammern. Auf dem Weg dorthin wechselte sie
einen Blick mit ihrer Mutter, bevor sie sich zu Clemens
umdrehte. „Wieso zieht ihr nicht hier ein? Das Haus ist
so groß, da lässt sich doch bestimmt was machen."

„Ja, das hätte ich jetzt auch vorgeschlagen … natürlich
nur, wenn ihr das wollt." Carsten sah seinen Sohn ernst
an. „Zwei Etagen, zwei Familien."

Clemens suchte Rebekkas Blick, bevor er seine Mutter ansah. „Da denkt ihr aber nicht das erste Mal drüber nach?"

„Nein, natürlich nicht", nickte Cornelia. „Das Haus ist für zwei Personen viel zu groß und bietet mehrere Möglichkeiten, es aufzuteilen."

So kam es, dass die drei nach Ablauf der Kündigungsfrist in der Villa einzogen. Einen Entschluss, den sie auch Monate später nicht bereuen sollten. Elias liebte es, zwischen den Wohnungen seiner Eltern und Großeltern hin- und herzusausen. Zudem kam Tabea öfter zu Besuch.

Rebekka nahm ihren langgehegten Wunsch, den Führerschein zu machen, in Angriff und Clemens kaufte ein familientaugliches Auto. Im Sommer heirateten die beiden im kleinen Kreis und feierten im Garten der Villa. Denn Clemens wünschte sich mindestens noch ein Kind und fand es nicht nur aus diesem Grund angemessener, der Beziehung einen offiziellen Rahmen zu geben.

Grüner Kuchen

Zutaten für 4 Personen: (Kuchenblech 30 x 40 cm)

Teig:
· Brotteig (am einfachsten: eine halbe Packung Backmischung/Bauernbrot)
· 2 Eßl. Öl

oder:

· 250g Roggenmehl
· 150 g Weizenmehl
· 250 ml warmes Wasser
· 1 Würfel Helfe
· 2 Eßl. Öl
· Salz

Belag:
· 1 Kopfsalat (je nach Größe auch nur ein halber)
· 3 Bund Frühlingszwiebeln
· ½ Bund Frische Petersilie

· 2 Becher Schmand je 250 g
· 4 – 5 Eier (L)
· ½ Tasse Öl
· Salz, Pfeffer

· Semmelbrösel und Butterflocken (nach Belieben)
· Schinkenwürfel oder Schinkenspeck (nach Geschmack)

Zubereitung:
Den Teig laut Anleitung zubereiten und mit dem Öl verkneten, gehen lassen.
Den Salat und die Frühlingszwiebeln in Streifen bzw. Röllchen schneiden, die Petersilie hacken. Eier schaumig schlagen und mit Schmand, Öl (am besten ein geschmackneutrales Öl benutzen) vermengen und mit Salz und Pfeffer nach Belieben kräftig würzen.
Salat, Frühlingszwiebeln und Petersilie untermengen. Den Teig auf einem Blech gleichmäßig ausrollen und die Masse darauf geben. Die Masse mit Semmelbrösel, Schinken und ein paar Butterflocken bestreuen und in den vorgeheizten Ofen schieben. Backzeit: 35 – 45 Minuten bei ca. 180 °

Grüner Kuchen ist eine nordhessische Spezialität. Dieses Rezept stammt von meiner Urgroßmutter, einer Bauersfrau, die, wie die meisten ihrer Zeit nichts umkommen ließen. Obwohl das Rezept an den Elsässer Flammkuchen erinnert, gibt es entscheidende Unterschiede. Der Teig, ein kräftig schmeckender Sauerteig-Brotteig aus Roggenmehl, ist herzhafter und nicht so dünn. Und auch der Belag ist saftiger und dicker. Man vermutet, dass das Rezept aus einem Behelf entstanden ist, weil es in den Sommermonaten ein Überangebot an „Grünem" im Garten gibt. Auch Lauch und Blattspinat lassen sich gut verarbeiten.

Heutzutage schmeckt der „Kuchen" zu jeder Jahreszeit.
Grüner Kuchen wird heiß gegessen.
Guten Appetit.